X
宇野朴人
illustration ミユキルリア
七つの魔剣が支配する

「自分の道を歩く。
……きみとおんなじで。
ぼくも、そうするって決めた」
ユーリィ＝レイク
Yurie=Lake

「…………」
オリバー＝ホーン
Oliver=Horn

「……大歴1525年──」

「クロエ＝ハルフォードの関係者か？」
デメトリオ＝アリスティディス
Demetrio=Aristidis

クロエ＝ハルフォード
Chloe＝Halford
「――これ、きはんそう。
こっち、げらげらだけ。
そっち……くもりほおずき」

「よく分かるなぁ！
じゃあこれはなーんだ!?」
エドガー＝グローヴズ
Edgar=Groves

目次

CONTENTS

Seven Swords Dominate

Presented by Bokuto Uno

Cover Design : Afterglow

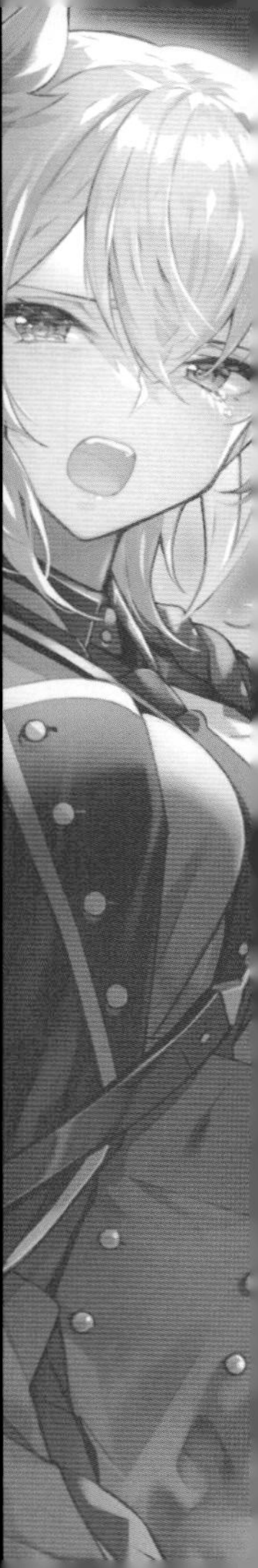

七つの魔剣が支配する

X

Seven Swords Dominate

宇野朴人
Bokuto Uno

illustration
ミユキルリア

Character

登場人物

三年生

本編の主人公。器用貧乏な少年。
七人の教師に母を殺され、復讐を誓っている。

オリバー＝ホーン

東方(エイジア)からやって来たサムライ少女。
オリバーを剣の道における宿命の相手と見定めた。

ナナオ＝ヒビヤ

連盟の一国、湖水国(ファーンランド)出身の少女。
亜人種の人権問題に関心を寄せている。

カティ＝アールト

魔法農家出身の少年。
率直で人懐っこい。
魔法植物の扱いを得意とする。

ガイ＝グリーンウッド

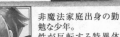

非魔法家庭出身の勤勉な少年。
性が反転する特異体質。

ピート＝レストン

名家マクファーレンの長女。
文武に秀で、仲間への面倒見がいい。

ミシェーラ＝マクファーレン

飄々とした少年。セオリーを無視した難剣の使い手。オリバーへのリベンジに燃えている。

トゥリオ＝ロッシ

転校生を名乗る少年。
常識に欠けるが好奇心が強く、誰にでもフレンドリーに接する。

ユーリィ＝レイク

オリバーの家族

オリバーの母。「双杖」の異名で呼ばれる規格外の天才。

クロエ＝ハルフォード

オリバーの父。クロエとは対照的な理論派の魔法使い。

エドガー＝グローヴズ

七年生

柔らかい雰囲気を持つオリバーの従姉。「臣下」としてオリバーの暗躍をサポートする。

シャノン＝シャーウッド

「毒殺魔」の異名で恐れられる生徒会の一員。その日の気分で女装する。

ティム＝リントン

シャノンの兄でオリバーの従兄。「臣下」としてオリバーの暗躍をサポートする。

グウィン＝シャーウッド

退廃的な快楽主義者のエルフ。欲望と悪徳を愛する性格から故郷を追われた。

キーリギ＝アルブシューフ

生徒会のお目付け役。自他共に厳しい振る舞いでキンバリー全体を引き締めている。

レセディ＝イングウェ

酒を扱う錬金術師。敵・味方問わず「客」と見なし、自らはバーテンダーとして振る舞う。

ジーノ＝ベルトラーミ

学生統括。他の生徒から「煉獄」と称される魔法使い。桁違いの火力を誇る。

アルヴィン＝ゴッドフレイ

前生徒会陣営のボス。かつて学生統括の座をゴッドフレイと争った際、顔の右半分を焼かれた。

レオンシオ＝エチェバルリア

教師

天文学の教師。異端から世界を守ることにひときわ強い使命感を持つ。

デメトリオ＝アリステイディス

「剣聖」の二つ名で呼ばれる魔法剣の名手。ダリウスとは学生時代からの友人でライバル。

ルーサー＝ガーランド

キンバリー学校長。魔法界の頂点に君臨する孤高の魔女。

エスメラルダ

魔法生物学の教師。傍若無人な人柄から生徒に恐れられる。

バネッサ＝オールディス

魔道工学の教師。大怪我前提の理不尽な課題ばかり出す。

死亡 **エンリコ＝フォルギエーリ**

シェラの父親。ナナオをキンバリーへと迎え入れた。

セオドール＝マクファーレン

- フランシス＝ギルクリスト
- ダリウス＝グレンヴィル 死亡
- ダスティン＝ヘッジズ

プロローグ

――仕立てさせた服に一点の解れがあった。よくよく見なければ誰も気付かぬほどの。
自らそれを知った日から五日後の早朝、縫い師は裏庭の林で首を吊って死んでいた。それまでの間に後任への引き継ぎを十全に済ませ、足元の芝生にほんのわずかな汚れすら残さない。およそ完璧と言える自死の作法だった。

その行いを、誰に命じられたわけでもない。ただ、末端のひとりに至るまで、エチェバルリアの使用人はそうした覚悟を持って勤めていた。確かな技術のもとに自らの仕事を十全に果たし、衰えによってもはやそれが叶わないと悟ったなら、その時点をもって自ら命を断つ。まるで「完璧」という概念に呪われたかのように。

「ひとつ欠けたなら、そこから次々と欠けていく。それが人間でございます」

小さな主人の身支度を整えていた侍従長の老人が呟く。深い皺の刻まれたその手でシャツのボタンをひとつずつ留められながら、少年は黙ってそれを聞いている。彫像じみた均整で成り立つ美貌に、どのような表情も浮かべぬまま。

「解れを見つけたことだけが自裁の原因ではないでしょう。……彼は今年で六十二歳。己の務めに対して必要な集中力を保てる限界が来たことを悟ったのです。だから速やかに自分を終わらせた。完璧から遠ざかっていく自身の姿で、大切なあなた様のお目を汚さないために。御館様もそのことをよく存じていらっしゃる。だから完璧なものだけを家中に揃えるのです。それは何よりも、あなた様を完璧な魔法使いに育てるために」

少年がかすかに頷く。――幼いなりに、自分の生家がそのような場所であることは理解している。花弁にわずかな歪みを生じた薔薇はたちまち瓶から取り去られ、鱗がほんの少し剥げた観賞魚はいつの間にか水槽から消えている。人間もまた同じこと。彼が生まれる前から、ここはずっとそういう場所だ。

「美しく仕上がって下さいませ、レオンシオ様。我々はひとり残らず、そのために生きて死ぬのですから」

何度目とも知れない嘆願を少年に言い聞かせ。それから二か月の後、誰よりも長く彼に仕えた侍従長もまた、縫い師と同じ場所で毒を含んでその生涯を終えた。立った時に腰が真っ直ぐ伸びなくなった――自室の文机に置かれた遺書によれば、それが理由だったという。

掠めていった炎で顔の半分が焼け爛れた瞬間。ふとその記憶が、レオンシオの頭をよぎった。

「……はは……」

笑おうとすると頬が引きつる。顔の左右が非対称になっているのが感覚で分かる。それでますます可笑しくなって、どうしようもなく歪な笑いがこみ上げる。

同時にやっと理解する。——これが完璧でなくなるということかと。この火傷をもって、自分はあの家にいられる代物ではなくなった。花弁の歪んだ薔薇、鱗の剝げた観賞魚、手先の鈍った縫い師や腰の曲がった侍従長と同じ。完璧な世界を見苦しく汚すばかりの毀損に成り果てたのだと。

「——治せ、レオンシオ。そのぐらいは待ってもいい」

損なってくれた男が何かを言っている。焼け焦げた右腕でまっすぐ杖剣を構え、愚直に守らんとする相手を背後に庇って。およそ迷いのない瞳で自分を睨み付けたまま。

その姿は、何ひとつ完璧ではない。顔立ちにも服装にも言葉遣いにも洗練というものが見て取れない。全ての造形において端正さよりも武骨さが勝る男。一目でそれと分かる野良犬だ。

こんな人間は生まれた瞬間からあの家にはいられない。

なのに——なぜ、こんなにも、目が離せないのか。

「……無用だ……」

引きつった笑みのまま言葉を返し、きっと見る影もなくなった顔で相手に向き直る。構いはしない。皮一枚の完璧さはすでに失われた。そんなものに拘泥する理由ごと焼かれて落ちた。

だから、ここからは。——その内側にあるもので、お前に向き合おう。

「――寝ているのか？　レオ」

面白がるような女の声が耳を打つ。それで微睡みから覚めると、いつもの拠点のソファの上、レオンシオは静かにまぶたを開ける。

「……思い返していただけだ。この火傷が刻まれた時のことを」

「ああ、分かるとも。それだけそそり立っていれば」

愉しげに言ったキーリギが視線を横にずらす。男のズボンの下で、生まれ持った埒外の巨根が天井を目指さんばかりに屹立している。その尖端をすっと人差し指でなぞり、エルフの女はなおも囁く。

「つくづく一途が過ぎるよ、お前という男は。……その巨根の受け入れ先も、相手が魔法使いならさほど困りはしないだろうに。なびかない男を想って孤独に勃てるくらいなら、五人でも六人でも愛人に囲って悦ばせてやったらどうなんだ？」

諫言めいた言い回しを黙殺し、レオンシオが相手の手を強く払いのける。打たれた手の甲をひらひらと揺らしながら、キーリギがこれ見よがしにため息をつく。

「存外に良いものなのだがな。抱けない相手を想いながら違う相手を抱くのも……」

「それを悪趣味と言うのですよ、キーリギ」

部屋の隅から淡々とした声が響く。重厚なカウンターの向こうでグラスをひとつひとつ丁寧に磨きながら、【酔師（バーマン）】ジーノ＝ベルトラーミがちらりと壁の時計に目をやる。

「そろそろ出ましょうか。我々が遅れてはパーシィが気の毒です」

そう促すと同時に最後の一個を拭き終わり、『酔師（バーマン）』が静かにカウンターの内側から歩み出た。レオンシオが鼻を鳴らしてソファから立ち上がる。

「応援の有無など関係がない。――パーシィは勝つ。私がそう命じたのだから」

第一章

自然の理（ロウズオブネイチャー）

異界の脅威がその片鱗を示した「渡り」の一件の翌日。ひいては、キンバリーの今後を占う上級生リーグ決勝を目前に控えた夜のこと。

誰から言い出すでもなく。ただ全員が等しくその必要に駆られて、剣花団の面々は秘密基地のリビングに寄り集まっていた。

「……みんな揃ったな」

集合を見て取ったオリバーが口火を切る。紅茶はすでに全員分がテーブルに供され、お代わりの入ったポットも等間隔で三か所に置かれている。長丁場を意識しての準備でありながら、同じテーブルに茶請けの類は一切ない。口を甘くすべき話題ではないと誰もが承知していた。それが必要となった時には、どんな苦い言葉でも口にしなければならないと。

「ゆっくりでいい。聞かせてくれ、カティ。君が何を思ってあの柱精に向かったのか。そして、あれに触れて……何を得ようとしたのか」

「……うん」

重く頷いたカティがひとつ深呼吸する。それから同じテーブルを囲む五人を順番に見つめた。ひとりひとりとしっかり視線を合わせた上で、彼女は静かに目を伏せる。

「まず——心配かけてごめんなさい、みんな。謝って済むことじゃないのは分かってる。でも、最初に謝らせて」

重い謝罪が口を突いて出た。そこに宿る確かな誠意を感じながら、オリバーたちはなおも押し黙る。どれほど簡単だったろうか——その言葉と気持ちを受け止めて、ひとりずつ彼女にハグをして、それで話を終わりに出来たのなら。

「カティ、もう誰も怒ってはいませんわ。……この場で話し合いたいのはその先。どうすれば今後あなたを守れるか、なのです。そのために、まずはあなたの心境を詳しく知らねばなりません」

シェラが柔らかく先を促す。カティが頷き、言葉を選んだ上で静かに話し始める。

「……昔から。わたしには、スイッチが入ることがあります」

——魔法使いの一般的な傾向として、『普通人よりも多く食事を取る』ことが挙げられる。これはごく単純に生態が導く必然であり、体内における魔力の生産と運用に大量のエネルギーを要するからだ。

魔力量の多い者ほどその傾向は強く顕れがちだが、それとはまた別に、『体が大量の栄養を必要とする時期』というものがある。筆頭に上がるのは成長期だ。魔法使いとしての「器」を形成するこの時期には、とりわけじゅうぶんな栄養の摂取が欠かせない。キンバリー生も下級生の間はまだその範疇であり、校内での食事が半ば無制限に供給されるのにはそうした切実な理由もある。

さらに時期を遡った幼少期にも同じことが言える。魔法の素養を持つ子供は一般的に食欲旺盛で、そうでない場合には「漏斗で流し込んででも食わせろ」などと極端に言われたりもする。量だけでなく栄養素の質にも気を遣う必要があり、とりわけ肉食の重要性は広く知られるところだ。エルフ等のごく一部の例外を除いて――端的に言えば、野菜と豆と水だけで優れた魔法使いは育たない。

一方で、人権派の一部には菜食主義を掲げる者も根強くいる。これには動物愛護の側面もなくはないが、より本質的には「魔道の探求のために生命を無制限に消費する」従来のライフスタイルへのアンチテーゼとして行われる。人間や亜人種に限らず、生命の利用に当たっての心構えを根本的に変えていこうとする運動の一環だ。

当然ながら、その姿勢は多くの場合で切実かつ真剣である。が、同じ理屈で自分の子供に菜食を求める魔法使いはまずいない。人々の意識を変える試みは大事にせよ、「それはそれとして」自分の子供が魔法使いとして立派に育たないことには彼らも困るのだ。弱く育った魔法使いに大きな成果は見込めず、その言葉が将来的に多くの人々を動かすこともないのだから。

「――わっ、ミートボール(リハブツラ)だ！　いただきまーす！」

他の多くの例に漏れず。自らの子育てに当たって、カティ＝アールトの両親もまた同じ道を選んだ。

かつては「生物不食」の理想を目指して日夜研究と運動に明け暮れた彼らだが、その頃の危ういまでの情熱とは裏腹に、「娘にそれを引き継がせない」と決断するのは早かった。栄養面の問題に加えて、自分たちが過去に夢破れた事実が響いた面も無論ある。が、何よりも――一個人の主体的な選択を重んじる姿勢において、彼らは紛れもない人権派だったのだ。

ひとつの魔道の頓挫が、そこに連なる魔法使いの人生に皮肉な自由をもたらすことがある。カティの場合はまさにそうだった。アールトの魔道については両親の代で大きな見切りが付けられ、そうなると彼女が魔法使いとして親から受け継ぐべきものはいかにも少ない。その事実に思うところが無いとは言えないにせよ、両親の側もそれを良しとした。重荷のない身軽な立場から、娘が気長に新たな道を模索してくれることを願っていた。

彼らは善き親だった。魔法使いのそれとしては最上と言えるほど。

最初に逸脱したのは、娘の側だ。

「――パパー、ママー。これなおしてー」

カティが五歳を迎えて間もないある日。親友であるトロールのパトロに付き添われ、両手を血塗(ちまみ)れにして駆け寄ってきた娘の姿に、彼女の両親は度肝を抜かれて立ち上がった。

「な――どうしたのカティ！」「その怪我(けが)、何が……！」

べそをかいたカティに駆け寄って治癒を施す。説明を欲(ほっ)したふたりの視線がとっさにパトロを向くが、言葉を喋(しゃべ)れない彼には何も言えない。代わって少女自身が舌足らずに話し始める。

「テッポがね、いじめられてたからね、止めたの。そしたら、ヘリュが怒っちゃったの」

それで両親も経緯を理解した。――少女が口にしたそれらは、アールト家がその広大な敷地(しきち)の中で飼育している魔犬(ワーグ)たちの名前だ。魔法使いたちによる交配の過程で一定数生じる「売り物にならない」個体を、彼らは様々なところから引き取って保護している。

普段はカティとも仲良く過ごしているそうした魔犬(ワーグ)たちだが、その生態から、どうしても「群れの中での序列」というものが生じる。それで低く位置付けられた個体が他の仲間からぞんざいな扱いを受けることもままある。その様子を見かねて魔犬(ワーグ)たちの間に割って入ったことが、今回の怪我(けが)の原因だった。

単なる噛(か)み傷であれば治癒はあっという間に済む。父母の丁寧な処置で綺麗(きれい)に治った自分の手を眺めて、カティはにこっと笑って身をひるがえす。

「ありがと、ママ。――じゃ、いってくるね！」

「え⁉」「待って、カティ！　どこに――」

「ヘリュのとこ！　まだ仲直りできてないもん！」

　止める間もなく駆け出した少女の背中を両親とパトロが慌てて追いかける。ついさっき自分が嚙まれて血を流した事実など、カティの頭からはすっかり抜け落ちていた。


　似たようなことは数え切れないほど起こった。時にそれは、魔法をもってしても治せない爪痕を少女の心に刻み付けた。

「――パパ！　ママ！　これ見て！」

　リビングで手紙をしたためていた両親のもとへ、両手に小さな何かを載せたカティが血相を変えて走ってきた。ふわふわの巻き毛は羽毛を含んでしっちゃかめっちゃかで、顔から肩にかけては小さな爪に引っ掛かれたと思しい無数の傷跡が散りばめられている。立ち上がった両親がすぐさま杖を抜いた。

「どうしたの、カティ」「落ち着きなさい。いま処置を――」

「そっちじゃない！　この子治して！　蓑鳩の巣から落ちてぐったりしてたの！　動けないから蛇さんに食べられそうになってて……！」

　身を案じる声に被せて少女が主張する。その手の中に力なく横たわった雛鳥に目を落とした瞬間、彼女の父母は同時にぎゅっと眉根を寄せた。

「……贋作鳥（コンバード）の擬態雛（ひな）……」

呟（つぶや）いた父の隣で母が膝を折り、小さな我が子と視線を合わせる。慎重に言葉を選んだ上で、彼女は娘にそっと語りかけた。

「……カティ。残念だけど、その子は治してあげられない。このまま看取（みと）りましょう」

「!? なんで!? まだ赤ちゃんだよこの子！」

「落ち着いて聞いて、カティ。……うちの庭じゃなくて、外で蓑鳩（コートダヴ）の巣の下に落ちているのを見つけたのよね？ でも、その子は蓑鳩（コートダヴ）の本当の子供じゃないの。贋作鳥（コンバード）……托卵（たくらん）っていうやり方で他の生物に子育てをさせる、まったく別の生き物なの」

「……？ たくらん……？」

「よその巣に卵を紛れ込ませて、孵（かえ）った雛（ひな）はその生き物のふりをして育つんだ。上手（うま）くいけばそのまま大人になれるけど、見抜かれて失敗することもある。たぶん、その子も……」

説明を引き継いだ父が言葉を濁す。……この時点で経緯は明らかだ。カティが見つけた擬態雛（ひな）は、自分の子供ではないと気付いた蓑鳩（コートダヴ）によって巣から蹴り落とされたもの。そうしないと、今度はこの雛（ひな）が回りの本当の子供たちを蹴り落とすからだ。自分により多くの餌が回されるように。

「私たちが餌を与えて生き延びさせることは出来るわ。でも、それはとても不自然な形で、決して安易にすべきじゃないの。理由を説明するのは本当に難しいけど……例えば、そう。その子が育って大人になれば、またどこかの巣に自分の卵を紛れ込ませるでしょう。そこから孵った雛はまた、その巣の本当の子供たちを蹴り落とす……」

母の言葉にカティが愕然と立ち尽くす。それは幼い彼女が初めて直面する真実だった。即ち——あらゆる生命は、他の生命と何かを奪い合って生きているのだという。

簡単に頷けるはずがない。手の中で震える小さな命を見捨てるべきと、それを生かすことが間違いだという理屈が呑み込めない。だから首を横に振る。小さな頭で必死に解決策を考えて、それを訴える。

「ちゃ——ちゃんと、言い聞かせるから。そのやり方はもうやめようって。わたしも手伝うから、自分で子育てしようって……！」

「無理なんだよ、カティ。……贋作鳥は間違ったことをしてるわけじゃない。この世界で生き残るために必死で培ってきた、それがその生き物の本来の在り方なんだ。

もっと言えば、その子を食べようとしていた蛇だってそうだ。カティが獲物を持ち去ったことで、その蛇は食事を取れなかっただろう。すごくお腹が減っていたかもしれないのに。その子を助けたことで、今度は蛇のほうが飢えてしまったのかもしれない……」

少女の肩がびくりと震える。ひとつの命を救ったつもりで別の命を蔑ろにした——その可能性に気付いてしまえば、カティにはもう目を瞑れない。だって彼女は生き物が好きだ。蛇も小

鳥も同じだけ好きなのだ。

「……それに、もう……」

言葉を尽くして娘を諭していた父が、ふとその視線を彼女の手の中へ落とした。そこでカティもハッと気付く。――息をしていない。さっきまでは感じられた微かな生命の鼓動が、もはや自分の手に伝わってこないことに。

「……待って……やだ、待って……！」

涙を滲ませて小さな亡骸に呼びかける少女を、父母がそっと肩に手をやって抱き締める。そうして寄り添う以外に、もはや何も出来ることはなかった。


「……今日も、食べないのか？　カティ……」

テーブルの上で湯気を立てる焼き立てのパンと温かいスープ。それを前にして、スプーンを持ったまま固まってしまった娘へと父が問いかける。擬態雛の一件をきっかけにカティの食欲は日毎に落ちていき、昨日からはついに水の他に何も口に出来なくなってしまっていた。

「……気持ちは分かるわ。気付いてしまったんでしょう、それもまた命だって」

娘の心境を推し量った母が静かに呟く。彼女らがかつてそれに悩んだように、カティもまた思い至ったのだ。食べるという行為、ひいては生きるという行為の本質に。それが「他の生命から奪う」ことで初めて成り立つという厳然たる事実に。

「けど、駄目。……その悩みに目を瞑って先送りにしてでも、今は食べなきゃならない時。あなたの体は成長期なの。ここでじゅうぶんな栄養を取らないままだと体作りに支障が出てしまう。それを無視して絶食を続ければ……最悪、あなた自身が死んでしまうことだってある」

その葛藤を痛いほどに理解しながら、なおも母は強い口調で言い聞かせる。……悩むのはいい。しかし、生きなければそれも出来ない。答えの出ない問いを脇に置いてでも、まずはカティに自分自身のことを第一に考えさせる。それが親としての義務だと知っていた。

その上で、彼女は娘の口元へ差し出す。匙ですくった温かなスープを。

「食べて、カティ。……あなたの好きな牛肉スープよ。いい匂いでしょ？」

促された少女の目に怯えが浮かぶ。母が作ってくれたそれは、言うまでもなくカティの大好物。彼女にとっての幸せの味そのものだ。一日何も食べなかったために空腹はとっくに限界で、自分を思い遣ってくれる父と母をこれ以上困らせたくもない。食べるべきだと知っている。釈明は目の前に揃っている。

意を決して、差し出されたスプーンにおそるおそる口を付ける。こっくりと滋味深い、甘く優しい味が舌に広がり――同時に、夥しい数の動物の死体が脳裏をよぎる。自分を生かすために殺され、この先も死に続ける無数の命。暗がりからじっと自分を見つめる彼らの視線が。

「……うっ……！」

呑み込むことを喉が拒む。口元を押さえて蹲り、どうしようもなく嘔吐する。駆け寄った母が手でその背中をさすり、同時に立ち上がった父がナプキンでそっと彼女の口を拭いてやる。そうされる間、カティはずっと詫び続けている。ごめんなさい、ごめんなさい——と。もはや、自分が誰に、何に対して詫びているのかも分からないまま。

深刻な事情からどうしても「食べられない」子供に対しては、対症療法的に打つ手がいくつかある。例えば栄養点滴はそのひとつ。「漏斗で流し込む」よりもいくらかましな方法とはいえ、これを実行せざるを得なかったカティの両親の心境には忸怩たるものがあった。

無論、そこに行き着くまでに手段は尽くした。時間をかけて本人の話を聞き取り、関連書籍を片っ端から読み漁り、食事の内容を極力抵抗が少なそうなものに切り替え、掛かり付けの魔法医にも頭を下げて対処を相談した。その上で断行せざるを得なかったのは——最終的に、彼らが悟ってしまったからだ。我が子が抱く葛藤の激しさが、自分たちの過去のそれを遥かに上回ることを。それが本人の中で先へ進むまで、自分たちはもはや待つしかないということを。

点滴で栄養を補っている間は、当然ながらそれ以前と同じように元気なままではいられない。

長い苦悩による心労もそこに重なって、幼いカティの体力は目に見えて衰えた。が——それで部屋に引きこもるようなことは、他でもない彼女自身が許さなかった。

ふらつく体をパトロに支えられながら、それまでにも増して、カティはより多くの生物との交流を求めた。煮詰まった思考だけでなく、向き合う現実から何かを見出そうとするように。そうすることで彼女なりに足掻き、先へ進もうとしていた。

カティが食を断ってから二か月と少し後。余人のあらゆる想像を絶する形で、「その時」は彼女の両親の前に訪れた。

まず、パトロが血相を変えて両親を呼びに来た。続く心労のためにリビングで居眠りしていたふたりが飛び起き、その時点で只事ではない「何か」が起きたことを確信して走り出した。杖を手に現場へ向かいながら、パトロ以外のお守りを娘に張り付けていなかったことを悔やむ。愛する娘に対する見守りという名の監視をどこまで徹底するか、彼らの中では未だに結論が出ていなかった。パトロもまた同じことだ。心優しい少女の親友であるが故に、「ひとりにして欲しい」とカティに言われた時、彼にはそれを断ることが出来なかった。

「……パパ……ママ……」

まもなく父と母が現場へ辿り着いた。力なく仰向けに寝そべった娘がそこにいた。

両腕の肘から先が、丸ごとなくなっていた。

「――――～～～ッッッ！」

絶叫を上げる余裕すらなかった。同時に、皮肉な慣れが彼らにはあった。安全なはずの自宅で娘が怪我をした回数はもはや数え切れない。否応なく経験が積まれ、それが動揺とは無関係のところで両親を突き動かした。今回は突き抜けた重傷だったが、皮肉にも、彼らは辛うじてその延長上で事態に対処することが出来た。

「……何があったの。説明して、カティ……」

屋内へ運び込んだ娘の体に必要とされる処置を全て施した後。憔悴しきった面持ちで、母は初めてそれを尋ねた。両腕は見つからない。現場にはそれらしき肉片が僅かに散らばるのみで、その組織の状態からは「小型の生物に少しずつ食い千切られた」ことが見て取れるのみ。

まったく状況が分からなかった。アールトの庭園は単なる趣味の庭ではない。それは魔道の研究に用いる人工生態系であって、住まわせる生物の性質に応じた厳密な区画分けが施されている。当然ながら今のカティに危険な生物が棲む区画への立ち入りは許しておらず、食事を断ってからは魔犬のエリアにすら両親の同伴無しでは入れない。さっき彼女がいた一角には人を捕食する生物はおろか、人に危害を与え得る生物など一種も存在しないはずなのだ。

「……その子が、ね……」

カティがぽつりと口を開く。その視線が同じ部屋の一角、自分とは別の処置台に載せられて眠る小さな魔法生物を向く。環境に応じた卵生と胎生の切り替えを特徴とする卵産みムジナ（エッグバジャー）のメスの成体だ。カティのすぐそばに倒れていたその個体も彼女と同様の傷を全身に負って衰弱しており、今は両親による救命処置を受けて静かに眠っている。

「……ちょっと前から、卵を抱いてたの。すごく、すごく大事にしてたの。それが、やっと、孵（かえ）って……」

カティの声がぐっと詰まる。その先を口にするために長い時間を必要とし、やがて、

「……産まれた子供たちが。お母さんを囲んで、食べてた……」

自分が目にしたひとつの光景を。震える声で、そう口にした。

同時に、両親も事の経緯を理解する。——生まれたばかりの子供が最初に親を捕食する。一部の蜘蛛（くも）を始めとして、そうした生態を持つ生き物はこの世界に少なからずいる。脆弱（ぜいじゃく）な幼体が過酷な自然界を生き延びるための、それはひとつの戦略であり本能だ。

平時は草食性の卵産みムジナ（エッグバジャー）もまた、時に同じ生態を顕（あらわ）すことが知られている。条件は大きく二種類あり、ひとつが出産時点における周辺環境の過酷さ。もうひとつが同じタイミングにおける親の衰弱の度合いだ。もちろん手厚く管理されたアールトの庭園はひとつ目の条件を満たさない。が、ふたつ目のほうはごく稀（まれ）に起こってしまうことがある。老齢の個体が出産に及んだケースなどがそうであり、余命が短い状態で多大な体力を費やして子供を産んだ結果、その体が「自分を子供に食べさせる」ことを選んでしまうのだ。元来の自然状態においては、そ

のほうが子供の生存率が高く見込まれるために。

「止めようとしたの。でも——みんな、すごくお腹が減ってて。わたしが言っても、ぜんぜん止まってくれなくて。

それで、思ったの。何か、代わりのものを食べさせないとって。……だから……」

カティが呟く。走って両親を呼ぶ間にも卵産みムジナの子供たちは母親を食べ続ける。彼らの生存本能は高栄養の「肉」を欲しているため、すぐに用意できる代わりの食べ物は周りにない。故に——唯一与えられるものを、彼女は差し出した。錯乱でも何でもなく、明晰な思考のもとにそれがベストであると判断して。

突き付けられたその事実にもはや声もなく、両親が息を呑んで立ち尽くす。少女の視線がゆっくりと彼らを向く。

「……パパ……お腹、へった。……ごはん、たべさせて、くれる？」

ずっと食を断っていた娘からの求めに父が驚く。カティがこくりと頷き、呟く。

「……食べられる、のか？」

「ちょっとだけ……整理、付いたの。——自分を食べてもらったら、何となく……」

欠損した彼女の両腕が新たに生え、その指先まで以前と同じように動かせるようになった頃。

決して避けては通れない親の務めとして、両親は彼女とリビングでまっすぐ向き合った。

「話をしましょう、カティ。……あなたを守るための、大切な話を」

厳かな口調で母が切り出す。その意図と気持ちを余さず受け止めた上で、カティも頷く。

「自然には、理があるわ。人間の善悪では括れず、時に私たちの目にはとても酷いことに映ってしまうルールが。……それはもう、理解出来ているわね？」

「──はい」

少女の口がはっきりと肯定する。ただの理屈としての把握ではない、自らの身をもって感得した真理を揺るがぬ瞳が告げている。そこに宿る確信を何よりも恐れながら、母は娘に問いを重ねる。

「でも、あなたは、そこに飛び込んでいってそれを変えようとしてしまう。自分が傷付いても少しも構わないで、そのために体を削って与えることさえしてしまう。お母さんとお父さんが何度止めても。もう無茶は止めてって、どんなに泣いてお願いしても。

……それは、何故なの？」

震える声で、全ての核心を尋ねた。カティが深く俯く。長い沈黙を挟んで、口が動く。

「……自然の、ルールは……」

今まで口にしてきた食事が頭をよぎる。温かい湯気を立てて食卓に並ぶ料理が、父と母と囲む幸せな食卓が、途方もない数の生と死によって支えられてきたことを想う。

「……どうしても、変えられないもの……？」

息絶えていった雛の体温が手の中に蘇る。蹴落として生きる以外の道を知らぬまま蹴落とされて死んだ、それが生涯の全てであったひとつの命のことを想う。

「……消せないの？　痛みも、苦しみも……その中に、織り込まれていて……」

我が子に貪られる卵産みムジナの姿が鮮やかに目に浮かぶ。そこへ差し出した己の両腕を、小さな歯に血肉を削り取られる痛みを、その時に抱いた不思議な安らぎを想い、

「──だったら。わたし──」

カティが顔を上げる。限りなく透明な、人間が浮かべるべきではない笑みをそこに浮かべて。

「──それ、ぜんぶ、持っていきたい」

その貌を前にした瞬間、両親は遂に理解する。──親としての決定的な敗北を。

彼らには理解ってしまった。自分たちが産んだ娘が、自分たちとはまったく違う「何か」であるのだと。その魂に背負う業が──もはやどうしようもなく、自分たちの手には負えない領域にあることを。

カティが語り終え、六人が囲むテーブルに重い沈黙が下りる。少女の本質に触れる過去を知って、他の面々は各々の考えに没頭していた。その内容をどう受け止め、何を言うべきか。

「──何がしたい？　オマエは」

最初に口を開いたピートが尋ねる。カティが胸に手を当て、そっと首を横に振る。

「その形が見えなくて、ずっとずっと足掻いてる。……途方もなく大きな願いがここにあるのは分かる。でも、それをどう表現したらいいか分からない。ひょっとしたら──この世界に存在する言葉の中に、『それ』はまだ無いのかもしれない」

「だから異界の神サンに尋ねようってか？　短絡もいいとこだな、おい」

ガイがあえて棘のある言葉を挟む。その優しさに、巻き毛の少女が苦笑して頷いた。

「本当に、その通りだね。……無思慮で、身勝手で、なのに衝動ばっかり人の何倍も強くて。……どうしてこうなんだろう、わたし……」

重いため息と共にカティが自分を顧みる。ナナオがそこに真顔で言葉を添えた。

「卑下することにはござらん。……拙者が見るに、それはカティが生まれ持つ大器の片鱗。大志を抱く上で欠けてはならぬ心の焔にござろう」

「持ち上げんなナナオ。悪ぃが、おれにゃそんな上等なもんには見えねぇよ。……放っときゃ勝手に突っ走って無駄死にして終わりだ。それで大器も大志もへったくれもねぇ」

一貫した厳しい論調でガイが言う。その言葉にナナオも深く頷く。

「いかにもガイの申す通り。……されどやはり、実を結ぶまでの大業とは常にそのようなもの。その歩みと狂奔との線引きなど拙者如き愚昧には出来申さん。……或いはそんなもの、最初から何処にも在らぬやも知れぬ」

強い意思とは常に狂気を帯びるもの。そう見なして語る彼女に、シェラが向き直る。

「カティはこのまま進むべきだと。……ナナオ、貴方はそう思うのですか？」

「まさか、露とも思い申さん。……只、止める言葉を持ち合わせぬ。そこで戦い死ぬと決めた士に、外様から言えることなど」

抑揚のない声でナナオが言う。故郷の戦乱を生き抜いた末にキンバリーへ流れ着いた彼女に特有の、ある種の根本的な諦観がそこにはある。何か言いたいと思いながら、それでもオリバーには迂闊に口を開けなかった。ナナオの言葉は自分にも刺さるところが多すぎる。

「悠長だな、オマエらは。――ボクはもっとシンプルに考えてるぞ」

友人たちの沈黙を前にピートが声を上げる。硬質の声で刻み付けるように、彼は告げる。

「本人の意思なんか関係ない。どうすればコイツの馬鹿を止められるか、どうすればコイツを生かしておけるか。ボクが考えるのはそれだけだ。

……例えば、そう。――ここに鎖で繋いででも」

ぞっとするような一言に全員が息を呑む。まっすぐカティを見据える瞳から、その言葉に一片の冗談も含まれないことは容易に見て取れた。即座にオリバーが立ち上がってピートの背後に回り――首に両腕を回して、友人の体をぎゅっと抱きしめる。

「落ち着け、ピート。……伝わった。君が誰よりも怒っていることは」

耳元でそう告げる。彼らにも痛いほど分かっていた。たとえ自分の言葉で場を凍り付かせでも、なぁなぁのまま話し合いを流すことだけは絶対にしない――今の発言がその決意の表れだということは。友を守るために憎まれ役も辞さないピートの覚悟が。

「……悪かった。……しばらく続けてくれるか。でないと、また口が滑りそうだ」

友人の手を握り返したピートが小声で求める。ささやかな甘えに迷わず応じて、オリバーは少年を抱く力を強くする。その様子をじっと眺めながら、シェラが話の整理を試みた。

「思うところは各人各様ですが、どの意見にも一理はあります。それらを踏まえて、おそらく全員に共通した見解はこうでしょう。

――カティの在り方は容易に変えられない。よって、それを前提に、あたくしたちは彼女を守らねばならないのだと」

俯いたカティ以外の全員がはっきりと頷く。初めから分かっていたことではあった。本人に反省を促して済むような問題なら、最初からここまで深刻な話にはなっていない。だからこそ、先のピートの意見にも極論すれば一理はあるのだ。「本人を変えられないなら環境を変えるしかない」という一点においては。

だが――そこまで割り切る前に、オリバーにはひとつ試したいことがあった。藁にも縋りたい想いで、彼はそれを口にする。

「ひとついいだろうか。……最初から思っていたんだが。当事者がひとり欠けているな、この話題は」

「？　と、言いますと？」

「俺たちの立場からではカティを止められない。であれば、違う角度から彼女を見ている者にも意見を訊くべきだろう。……例えば、隣の部屋にいる彼に」

大部屋とリビングを仕切る扉を指さしてオリバーが言う。その向こうに言葉を交わせる相手がもうひとりいることを、それで全員が思い出す。

「――ン。どウしタ、みンな。ソんナ深刻ナ顔しテ……なニかアッタか」

張り詰めた面持ちで入ってきた六人に、大部屋の隅で読書中だったマルコがじっと視線を向ける。低く落ち着いたその声を聞いたところで、ガイがふと小さな気付きを得て問いかけた。

「……なぁ、マルコ。ちょっと流暢になってねぇか？　喋り方……」

「ソうカ？　だッたラ嬉しイ。たクさン練習しタ甲斐アる」

「……会話だけじゃなくて、最近は本も読んでるよな。魔法史か？　それ……」

「ン。分カらナい言葉、ミんナに訊く。本、チョっト小さクて、メくリづラいケど……こノ頃やッと、中に書イてルこト、分カッテきタ」

本のページを太い指先で器用にめくってみせながら、少しだけ得意気にマルコが言う。その様子を感心して見つめる仲間たちを横目に、しばらくぶりにカティが微笑む。

「すごいでしょ。……でも、実は当たり前なんだよ。マルコの……トロールの脳にはね、本来これくらいのポテンシャルがあるの。知能の高さっていう意味では人間とそう大きく変わらない。……ただ、わたしたちみたいな進化の形を選ばなかっただけ」

カティとマルコの尽力によって証明された、それはひとつの事実。そこから自分の思い付きが的外れでないと確信しながら、オリバーが一歩踏み出して大きな友人へ尋ねる。

「……それが現状なら、尚のこと君に聞きたい。──カティの性格をどう思う？」

「ン……。どウいウ意味デ訊イてル、ソれ」

「おそらく君も知っての通りだ。目標に向かって突き進む時、彼女は自分が傷付くことを余りにも顧みない。それを俺たちは心配して、さっきからずっと話し合ってる。どうすれば彼女がもっと自分を大事にしてくれるのかと」

伝わりやすい言葉を選びながらも、それ以上の気兼ねはせず、オリバーはまっすぐ問いかける。その言い方で「伝わる」と確信できる程度には、マルコと共にここで過ごした時間も彼らの中に積み重なっていた。果たしてその信頼に違わず、マルコは本を置いて彼らに向き直る。

「……ムラが襲ワれタ時。オれタちは、子供ノないイ者から前ニ出ル」

そうして重く告げる。自分の経験と価値観に照らした上で、そこから自然に導かれる回答を。今はそれを求められているのだと、彼もまた分かっているから。

「子供ガいル者、最初ニ連レて逃ゲる。当タり前ノこト。死ンだラ子供、育テらレなイ。男でモ女でモ、そレ、みンな同ジ」

マルコの素朴な言葉に耳を傾けながら、ふとそこでガイが小さく首をかしげる。

「ん……？　おっかさんを先に逃がすわけじゃねぇのか？」

「授業で習ったでしょ？　トロールは男性も母乳を分泌するよ。どっちが主体になって子育てをするかはまちまちで、群れごとに別の傾向があったりするの。地域別に調べてもグラデーションがあって面白いんだよ」

嬉しそうに説明を補足するカティ。が、そこで「ん？」と眉根を寄せてマルコを見る。

「……でも、なんで今その話？　わたしに何か関係あるっけ？」

「アる。……子供ガいレバ、カてィ、きッと変わル。大切ナ相手とノ、子供」

返ってきた答えに少女が一撃で凍り付く。ガイもまた呆気に取られて、その脇腹を小突く。

「……おい。さらっとすげぇ案が出たんだが」

「……え……そ、その……」

何か言えるはずもなく言葉を詰まらせる少女。その様子を横目で眺めつつ、答えの分析を終えたピートが鼻を鳴らす。

「……ふん。子を持てば人が変わるなんて、ボク自身は信じてないけど。……コイツの場合だと、ひとつの方法としてはアリかもな。亜人種や動物とは別のところに『自分が面倒を見なきやならない存在』が出来れば、それが否応なくブレーキになるかもしれない」

「え、えぇ……？」

思いがけず冷静に語られたことで、逆にカティの混乱はいや増す。ひとまず落ち着かせようとオリバーとシェラが口を開きかけるが、そこへ畳みかけるようにピートが続ける。

「……で。誰と作る？」

「ふぇっ⁉」

「ボクはいいぞ、協力しても。産むにしても産ませるにしても、在学中にひとりやふたりもうけるのは悪くないと思ってた。オマエらと違ってボクの家はまだまだこれからだしな。信頼出来る相手に両極往来者の血を分けられるメリットは大きい」

「おいおいおいおいおいおい、ピート……」

「落ち着け、ピート。それは決して試すような形で実行していいことじゃない。……今日の君は、いくらなんでも前のめりが過ぎる」

オリバーが諫めの意味を込めて友人の肩に手を置く。が、今ばかりはそれを頑なに振り払い、ピートは仲間たちへまっすぐ向き直る。

「やっぱり悠長だな、オマエら。……仲間が生きるか死ぬかだぞ。ボクからすれば身体を張るのも張らせるのも当たり前だ。仮にカティ以外でも今のは同じことを言った。オリバーでもナナオでも、ガイでもシェラでも」

真顔で言ってのけるピートの剣幕に、オリバーはとっさに二の句が継げなくなる。手段を篩(ふるい)にかけている場合ではないとその目が語っている。その後に残る常識的な対応が何ひとつ功を奏さないほど、カティを巡る事態は切羽詰まっているのではないかと。

応答に悩むオリバーに代わり、シェラが前に出てピートの頰に手を添えた。極端な発言を諫(いさ)めるのではなく、それはただ純粋な親愛の念でもって。

「そう言ってくれる貴方(あなた)が愛おしいですわ、ピート。……けれど、少し落ち着きましょう。カティに無理をさせないために貴方(あなた)に無理をさせては仕方がありません。それに――まだ想像出来ないと思いますが、負担は決して軽くありませんのよ。誰かに産んでもらう場合も、もちろん自分で産む場合も……」

静かにそう囁(ささや)かれて、こわばっていたピートの肩から少しずつ力が抜ける。それでようやく自分の発言を顧みる余裕が出てくる。

「……まぁ、そうだな。もし子供を持ったとしても、ボクのほうは実家に育児のサポートを頼めない。それを考えると今の提案は軽率だった。謝るよ」

シェラの体をそっと押して離し、ピートは仲間たちへそう詫(わ)びた。それに対して何か反応が返る前に、彼のほうで再び口を開く。

「ただ、依然として方法そのものは検討の余地アリだ。ボクが駄目ならオリバーやガイに頼む手だってある。……全員もうじき四年生になるわけだし、時期として早すぎるってことはないだろ。取れる選択のひとつくらいには考えとけ」

そう言い置いてぴしゃりと口を閉じる。追加で出されたふたつの名前にカティの頭がますます茹だり、ガイとナナオがそれを落ち着かせるのに右往左往する。その光景に潮時を見て取り、オリバーが声を上げた。

「……方法はともかくとして。ピートの懸念には共感するし、今のがその上での意見だということも理解したつもりだ。が――さすがに話が飛躍し過ぎた点は否めない。カティも混乱してるし、ここから冷静に話し合うのは難しい。今はこのくらいにしておこう」

その言葉に全員が頷く。もとより一夜の話し合いで対処が決まるとは誰も思っていない。問題意識を共有出来たところで今は及第とすべきだった。ここから先を考えるには、まずもってカティの気持ちに整理が付くのを待たねばならない。

「早めに休んで明日に備えよう。……こんな話題の後だと寝付けないかもしれないが、みんな頑張って休むように努めてくれ。寝ぼけ眼で観戦に行くのは、いくらなんでも先輩方に失礼だ」

明けて翌日の昼過ぎ。この日もまた当然のように満座に埋まった闘技場で、そこまでの五試合を経て、決闘リーグ五～六年生部門の最終戦が演じられていた。

「……ぜぇっ、ぜぇっ……」「……クソッ……！」

開始から十分が経った頃、その戦いの趨勢が誰の目にも明らかな形で現れ始める。ここまで攻め続けていた一方のチームの足が止まっていた。誰かが脱落したわけではなく、体力と魔力に枯渇の兆しが見えたわけでもない。ただ——用意した全ての攻め手が、ひとつ残らず受け切られたことによって。

「……崩せない……！」

敵の堅牢さに歯噛みする生徒会メンバーたち。その様子を見て取った相手チームのリーダー、次期学生統括候補パーシヴァル＝ウォーレイが杖剣を構え、厳かに告げる。

「もう終わりか生徒会。なら、潰すぞ」

「……強い」

観客席で試合を見守るオリバーが腕を組んで唸る。隣に座るシェラも同意を込めて頷いた。

「どの角度にも穴のない万能型。呪文戦の駆け引きで主導権を握りながら、同時に仲間を的確にサポートして力を引き出す。——あなたにタイプが近いですわね、オリバー」

「ああ。……だが、ウォーレイ先輩はもっと徹底している。チームメイトの戦力を最大限に活かす立ち回りが念頭にあって、どんな状況でも決して我を張らない。剣の攻防を極力避けるのもそれが理由だろう。俺よりも遥かに献身的な指揮ぶりだ」

見習うべき部分も多くある。オリバーがそう感じる一方で、ピートが首をかしげる。

「……それでいいのか？　一介の生徒ならともかく、あの人は学生統括のポストを狙う立場だろ。自己主張を抑えた戦い方じゃ本人のアピール力に欠ける。あれじゃチームメイトのほうが目立ってるじゃないか」

「その通りだが、キンバリーという場ではそれがかえって珍しい。……ゴッドフレイ統括やエチェバルリア先輩とは明確にタイプが違う。おそらくあの戦い方で、彼は新たなリーダーシップの在り方を示そうとしている──」

「──がっ……！」

呪文の直撃を受けた五年生が意識を失って倒れ伏す。それでついに三対三の均衡が崩れ去り、試合は終局へ向けて動き始めた。

「──ゴッドフレイ統括は稀有なカリスマだ。思想の違いは別にして、その実力、求心力は私も認めざるを得ない」

チームメイトと息を合わせてフィールドの端へ敵を追い込みながら、その立ち回りの中でウォーレイが拡声魔法を用いて口を開く。単なる余裕の表れではない。自分の勝利をより強く印象付けるための、それは選挙の勝利へ向けたパフォーマンスの一環だ。

「だが、それは一代限りの輝きだ。いったい誰が彼の後を継げる？　誰がこの先も彼と同じように振る舞える？　――出来はしない。お前たちの現状がそれを証明している」

「――ッ」「……っ……」

言葉が容赦なく胸を抉る。今まさに敗着へと追い込まれている側に反論は叶わない。自分の言葉が最も説得力をもって響くこのタイミングに、ウォーレイは語り尽くす。左手を胸に当て、その内で彼がずっと温めてきた強固な意志を。

「私は違う。自分の任期中に、必ず自分以上の人材を育ててみせる。……一介の器用貧乏に過ぎなかった私を、レオンシオ先輩がそうしてくれたように」

「……勝ってから叩きなさいよね。そういう大口は――！」

残るふたりが腹を決めて反撃に打って出る。まっすぐ先行した女生徒を狙ってウォーレイ隊から二発の電撃が襲い掛かるが、後ろの仲間がその足元へ遮蔽呪文を詠唱。突き上げた壁を蹴っての跳躍で電撃を回避――敵ふたりを跳び越えて着地し、後方で指揮を執るウォーレイへと襲い掛かる。半ば相討ち覚悟の突撃だった。先の演説の印象を削ぐ上でも、彼らからすればウォーレイだけは是が非にも落とさなければならない。

「――フゥ」

だが、ウォーレイは焦らない。中段に構えた杖剣で敵を待ち受け、襲い来る刃の全てを堅実に受け流す。張り合うこともカウンターを狙うこともしない。そんなリスクを冒す理由が今の彼にはない。

「――かッ……！」

後方から電撃が襲い掛かり、それに背中を撃たれた生徒会メンバーの女生徒が倒れ伏す。

……彼女がウォーレイを攻めあぐねている間に、その仲間はすでに背後で仕留められていた。チームメイトの援護が来るまで耐えて待つ、最初からそれだけがウォーレイの仕事だったのだ。チャンスを与えぬまま盤面を詰め切った上での勝利。仕事を果たした実感と共に杖剣(じょうけん)を鞘(さや)へ納め、ウォーレイは告げる。

「勝つと分かっていたから口にした。……これが私の戦い方だ」

「――そこまで！　ウォーレイ隊堂々の三連勝、よって決闘リーグ四～五年生部門はウォーレイ隊の優勝です！　事前の下馬評では波乱も予想されましたが、終わってみれば危なげない試合運びの連続！　次期統括候補に相応(ふさわ)しい采配を見せつけてきたァ！」

「大したものだな。彼のことは一年の頃から見てきたが、ここまで優秀な指揮官に育つとは予想もしなかった。メンバーの地力で他のチームが劣っていたわけではない。差が出たのは人材の使い方、さらに言えば事前の徹底した戦略構築だ」

実況のグレンダの隣でガーランドが試合を総評する。彼は気付いていた。チーム内での盤石の連携に加えて――ウォーレイ隊にはもうひとつ、他にはない強みがあると。

「……敵味方を問わず、生徒全員の詳細な分析に努めているのだろうな。ウォーレイ隊の試合運びには終始戸惑いがなかった。情報の収集と秘匿の両面で勝った結果と言えるだろう。日頃から戦っている姿を周りに見せがちな生徒会メンバーはその面で不利だったとも言える」

「大勢は盤外ですでに決まっていたということですね！　この戦いで勝利を摑むためにMr.ウォーレイが費やしてきた労力の大きさが窺われます！　これは選挙戦も結果が分からなくなってきたぞォ――！」


「……すみません、統括……！」「勝てませんでした……！」

苦い敗北を呑まされた敗退チームの面々が、目に涙を浮かべてその結果を控え室のゴッドフレイに報告する。男が微笑んで彼らの肩を叩いた。

「――よく頑張った。……敗因は俺のほうにある。生徒会活動にキャパシティを割かせた分だけ、決闘リーグの対策に君たちを集中させきれなかった。……すまない」

「違います……！　ただ、私たちが弱かっただけ……！」

大粒の涙が滴って床を濡らす。ここで自分たちが決めなければならなかったのだと彼らは思う。ゴッドフレイが卒業した後のキンバリーで主力となるのは自分たちなのに、最後の最後まで先輩へ尻拭いを押し付ける結果になってしまった。それがひたすらに不甲斐ないと。

報告と謝罪をひとしきり済ませた生徒会メンバーたちが肩を縮めて控え室を去る。その背中を見送ってから、強面の七年生女生徒レセディ＝イングウェが厳しい面持ちで腕を組む。

「四〜五年生部門はあちらに取られた。……いよいよもって我々に委ねられたな」

「上等だ。要するに勝ちゃいいんだろ？」

女装姿のティム＝リントンがぽきぽきと手の骨を鳴らす。やる気じゅうぶんの彼らを後ろから眺めつつ、最後の打ち合わせに訪れていた次期統括候補ヴェラ＝ミリガンがふむと唸る。

「私の場合はもう少し複雑だね。——まぁ、せいぜい頑張るとしようか」

午後の試合に備えて友誼の間で昼食を取っていた剣花団の面々。全員が食後のお茶に手を付けたところで、オリバーが静かに声を上げた。

「——ユーリィの姿は、誰も見ていないか」

その言葉にぴたりと動きを止めて、それから五人全員が首を横に振る。オリバーがため息をついてカップをテーブルに置く。

「そうか。……今日の試合は、さすがに見に来ると思ったんだが」

長く姿を見せない友人への心配が募る。と、そんな彼の背中に思いがけない声がかかった。

「――ここにいたか。Mr.（ミスター）・ホーン」

呼ばれた方向にオリバーが振り向くと、なんとそこには、レオンシオ陣営の次期統括候補である五年生・パーシヴァル＝ウォーレイが厳しい面持ちで立っていた。ついさっきまでその戦いぶりを眺めていた相手に声を掛けられて、オリバーは驚きながら席を立って挨拶する。

「ウォーレイ先輩？　これは……リーグ優勝、おめでとうございます」

「社交辞令は結構。君が現生徒会支持だということは知っている」

最初の応答で形式的なやり取りをばっさり切り捨て、ウォーレイはそのまま本題へ踏み込む。

「だから、これはその上での引き抜きだ。――私が当選して学生統括になった場合、次の生徒会のコアメンバーに君を指名する。私の後任に据える可能性を視野に入れての抜擢（ばってき）と……そう思ってくれていい」

「――！」

「え、それって……」「オリバーが次の統括になるかもってこと……⁉」

ガイとカティが目を丸く見開く。同じ話を漏れ聞いた他のテーブルの生徒たちまでもざわついた。にわかに集まる注目を背中で感じながらも、オリバーは慎重に相手の意図を推し量る。

「……光栄な話ではありますが……余りに唐突です。リーグの結果から実力を買っていただいたにしても、そちらの陣営にも人材は揃（そろ）っているはず。なぜあえて俺を取り込もうと？」

「分からないか？　今日の私の戦いを見た上でも、本当に」

後輩の目をまっすぐ見据えてそう問いかけ、ウォーレイは自分の胸に手を当てる。

「君と私は魔法使いとしてのタイプが近しい。……まずスタート地点がほぼ同じだ。抜きん出た素養を持たない万能型として周りに軽んじられ、その評価を覆すために他の生徒とは違った形で研鑽を積み重ねてきた。……もっとも、私の場合は同じ土俵で競うことを早々に見切ったがな。我の強い魔法使いたちをあえて『集団として』扱い、その力を最大限に引き出す――それが私の追求してきた強みだ。同時に、次期統括としてのリーダーシップの在り方でもある」

「……謙遜が過ぎます。そこまで割り切らずとも、あなたは単独でじゅうぶんに強い。箒競技でも華々しく活躍されているじゃありませんか」

「そうしたかったが、残念ながら頭打ちだ。箒乗りとしても剣士としても、これ以上の伸びしろは私にはない。……そこのＭｓ．ヒビヤに落とされた時に悟った。経験や戦い方で補える次元はもう過ぎたのだとな」

テーブルの反対側のナナオにちらりと視線をやり、軽いため息と共にウォーレイは言う。ひとつの大きな挫折を語りながら、その表情に陰りはない。彼はすぐさま元の口調に戻って話し始める。

「もっとも、それを嘆いてはいない。キンバリー生のトップに必要なだけの強さは示せた。ここからは本来の仕事に集中するだけのことだ。……私のテーマを聞いてくれるか？」

「……伺います」

軽い気持ちで引き抜きに来たのでは決してない。相手の言動からその意思を確かに感じ取り、オリバーもまた相応の真剣さで続く言葉を待つ。ウォーレイが力強くそれを口にする。

「『魔法使いを魔法使いとして束ねる』こと。同時に、その実現のための万能型の重用だ」

そう告げたところで、ふいに白杖を抜いて周囲に遮音魔法を展開する。目の前のオリバーにのみ声が伝わるよう細工しながら、彼は自らの構想を語り始める。

「ヴァロワ隊の戦い方は憶えているな？　あれは悪い例だ。強烈なひとつの個が他を塗り潰して同一化する——精神支配まで及ばずとも、低次元のリーダーシップは得てしてそのような形に陥りがちだ。エゴのぶつかり合いが行き着く先の必然とはいえ、それでは単なる個の拡大再生産であって何の発展性もない」

そこまで語ったところで遮音を解除する。意図を摑みかねるオリバーだが、一瞬置いてそれがヴァロワ隊の面目への配慮であると理解した。次期統括候補から名指しで戦い方を批判されたとなれば彼女らの風評に対する影響は決して小さくない。オリバーは少なからず驚いた。これまでの印象からして、そうした気遣いをする人物だとは思っていなかったのだ。

「とはいえ、普通人めいた生温いチームワークも我々には適さない。全体のためにエゴを抑える試みは魔法使いを弱くする。畢竟、個を個として活かしたまま調和させる——そうした高次元のプロデュースが必要になると分かるだろう。これは高いレベルの現場でこそ実現しているが、そこへ導くための方法論が未だに確立されていない。いわばある種の達人芸に留まっているのが現状だ」

その分析にオリバーも軽く頷いた。チームプレーは魔法使いが抱える古くからの命題だ。まとまりが無いのは困るが、小さくまとまってしまうと弱くなる——そうした二律背反が彼らには歴然と在る。

「結果として、優れた魔法使いの集団は決まって統率が緩い。大まかな方針を定めた上で各々が勝手に戦い、連携もその時々で判断して行うのが常だ。もっとも高いパフォーマンスが求められる異端狩りの現場ですら例外ではない。現状はそうした環境に適応した者のみが達人芸を獲得して生き延びるわけだが……その過程で生じる多くの犠牲を、私は見過ごしたくない」

その懸念にオリバーも少なからず共感する。ナナオ、ユーリィの実力と彼らとの信頼関係を前提に、決闘リーグでは彼もまた「統率を緩くする」方針を採った。が、全ての相手と同じやり方が成り立つわけでは当然ない。気が合わない相手もいるだろうし、ほとんど交流がない相手と現場で組むことになるパターンも考えられるだろう。

「そこで活きてくるのが万能型だ。そもそもの気質として他者への強い興味を、ジャンルを超えた多方面に渡る関心を持てる者。そうした人間がトップに立つことによって、キンバリーという魔法使いの集団は新たなステージに踏み込める。——もう分かるな？　君や私がそうだということだ」

過信も謙遜もなく、ただそれが自分たちの強みであると確信をもって語る声。否応なくオリバーの胸には響く。言葉のひとつひとつに、相手が自己と向き合ってきた年月の重みが見て取れるから。それが多くの点で自分と重なると分かってしまうから。

「この話の重要性を、君なら理解してくれるはずだ。……君というリーダーの指揮下で、Ms．ヒビヤとMr．レイクは本当に自在に戦っていた。束縛や従属ではない理想的な指揮の形がそこにあった。私の望みはその在り方を普遍化すること。それは同時に生徒間の関係性の調整であり、今までとは異なる形の秩序を校内にもたらす試みでもある。……その先にあるキンバリーの姿を想像してみてくれ。君たちにとっても決して悪い未来ではないはずだ」

その言葉はオリバーだけでなく、周りの剣花団の面々、ひいては友誼の間に居合わせた全ての生徒たちへ向けたもの。自分が目指すキンバリーの理想を広く伝えるものに他ならない。

応答に悩む目の前の後輩へ、ウォーレイは首を横に振ってみせる。

「決断を急ぐ必要はない。選挙の結果を見た上で決めてくれても一向に構わない。その程度のしたたかさを責める者はキンバリーにいないだろう。負けた時にも自分の支持者を次の生徒会に残せるのだから、むしろゴッドフレイ統括にとっては好都合な話とすら言える」

不義理への釈明を相手に与えて、その上でウォーレイは身をひるがえす。――伝えるべきは伝えた。これ以上の長話は自分の格を落とすだけと弁えている。ただ、最後に。

「君の戦い方が好きだよ、Mr．ホーン。……この先のキンバリーでは仲間として共に過ごしたい。心からそう思う」

飾らない本心を口にし、以て勧誘の締め括りとする。オリバーの胸がぐっと詰まった。……全てにおいて計算され尽くした振る舞いだと知っている。だが、確かな誠意もまたそこにあった。自分を評価していると、今後は共に在りたいと――その願いに嘘のないことが、今のやり取りを通して痛いほどに伝わった。

用件を済ませて友誼の間から去っていくウォーレイの堂々とした背中。これまでより一回り大きく見えるそれをじっと眺めながら、ガイの口元が無意識ににやつく。

「……買われたもんだなぁ。おれまで誇らしいぜ」

「至って正当な評価でしょう。悩ましい立場になりましたわね、オリバー」

友人への称賛にすっかり気を良くしたシェラが微笑みを少年に向ける。気持ちを整理してから、オリバーは苦笑して彼女へ向き直った。

「……そうだな。正直、今の話には心を揺さぶられるところがあった。万能型の指揮に基づく集団としての魔法使いの運用――まさか、そういう方向でキンバリーの未来を見据えている人がいるとは」

それだけを抜き出して語れば、本当に喜ばしいことだ。誰もが才能を問われ続けるキンバリーにあって、従来の物差しとは異なった基準で自分たちを評価してくれる先輩がいるのだから。応援したい気持ちはある。自分を高く買ってくれたことへの感謝もある。――だとしても。

「けど、悩む必要はない。俺は現生徒会が勝つと信じている。そのために出来る限りの後押しもした。残る仕事は表彰式での応援演説くらいで——後はもう、見届けるだけさ」

迷いなくそう告げる。今の勧誘を受ける前に——より多くのものを、ゴッドフレイたちの背中から受け取っていたから。


四～五年生部門の決着を越えて始まる午後の試合。迫る祭りの終わりを誰もが感じ取りながら、同時にここからが本番だとも悟っている。グレンダもまた同様。叫び続けた喉を魔法薬で癒した上で、彼女はその実況に臨んだ。

「——さぁ、決闘リーグもいよいよ最終盤！　下級生から四～五年生たちの決着を経て、お待ちかね六～七年生の決勝となります！　鍛え抜かれた最高学年の中でも選りすぐりの強豪たち、全てのキンバリー生たちが目指すべき姿を見せてくれると信じて疑いませんが——誰もが気になる点がひとつ。ゴッドフレイ統括のコンディションはどうなのでしょうか⁉」

「ゾンネフェルト校医が太鼓判を押した。安心しろ、彼はベストだ」

ガーランドの断言に沸く観客席。その熱気の中、グレンダの進行に合わせて第一試合を戦う両チームが入場し、魔法剣の教師もまた彼らへ意識を移す。

「だが、まずは目の前の試合からだな。ミリガン隊ｖｓデシャン隊——これも重要な一戦だ。

優勝候補のゴッドフレイ隊やレオンシオ隊とは否応(いやおう)なく厳しい戦いになる以上、ここは互いに何としても取りたい試合だろう」

「いかにも！　現生徒会支持のミリガン隊と前生徒会支持のデシャン隊、それぞれの立場から必勝を求められているのは明らか。ふたつの陣営の勝敗はもとより、Ms(ミズ)・ミリガンが次期統括に選ばれるかどうか——その結果を占う分け目の一戦ともなり得そうです！」

盤外の状況を踏まえて試合の意義を述べるグレンダ。それに頷(うなず)きつつ、ガーランドが両チームの内情へと言及する。

「——本戦の時にも触れたことだが、まず面白いのはミリガン隊の構成だ。リーダーにMs(ミズ)・ミリガン、チームメイトにMs(ミズ)・リネットとMs(ミズ)・ゾーエ。いずれも各分野で優れた実力を示している生徒ではあるが、まさか決闘リーグにこの顔ぶれで出てくるとは誰も予想しなかっただろう。いずれも研究者肌の印象が強い三名だけにな」

「対するデシャン隊は一目でそれと分かる実戦派の顔ぶれですからね！　私もそれが気になってMs(ミズ)・ミリガンに編成の意図を尋ねてみたのですが、その時は『強い生徒を集めれば強いチームになるのは当たり前。今回はその先を見せたいと思ったのさ』との返答でした。彼女なりに深い思惑がありそうです！」

一方で。入場を経て闘技台の脇に辿り着いたミリガン隊のうち、リーダーのミリガンを除くふたりは、グレンダの実況とは裏腹に低いテンションでいた。

「……あー、やだわーこの雰囲気。騒がしくて暑苦しくてやってらんない」

「工房に帰りたいナァ……」

リネット＝コーンウォリスともうひとりの女生徒が口々に不満を漏らす。およそ大一番を前にしての態度とは思えないチームメイトたちに、ミリガンが苦笑して声をかける。

「まぁまぁ、もう数試合の辛抱だから頑張ってくれたまえ。何も血を吐きながら斬り合えとは言わないからさ」

「頼まれたって出来ないわよそんなの。一応言っとくけど、向こうの誰と斬り合っても一分もたないからね私たち。強引に攻め込まれたら――」

「たぶん、あっという間に全滅なんだナァ」

ぽっちゃりした体をゆらゆらと揺らしながら、眠たげな目をしたゾーエ＝コロンナが断言する。それを聞いたミリガンがにやりと笑う。

「承知しているとも。けれど――そういうメンバーで勝つことにこそ意味がある」

彼女がそう嘯いて間もなく、実況席のガーランドから最初の指示が下った。それに応じて両チームのひとり目が闘技台へ登る。ミリガン隊からはリーダーのミリガン自身が、対するデシャン隊からはチームを率いる屈強な七年生が歩み出た。グウェナエル＝デシャン――頭皮が透けるほど刈り上げた頭髪が印象的な彼は、過去にゴッドフレイたちとも幾度となく杖を交えた、校内で折り紙付きの強豪である。

「ずいぶんとひ弱な連中を揃えたな、蛇眼。勝つ気があるとも思えんが」

「勝ち方にも拘りたいのさ。畏れ多くも次期統括を務める身としてはね」

「魔眼の不具合か？　ありもせぬ未来が見えているようだが」

こめかみを指先で叩きながら挑発的に言ってのけるデシャン。それをミリガンが意味深な微笑みで受け流し、追ってガーランドの声が下る。

「──始め！」

声が響くと同時にふたつの杖剣の切っ先が跳ね上がり、両者の口が呪文を紡いだ。

「**雷光疾りて！**」「**夜闇包みて！**」

中間地点で衝突して相殺し合うふたつの魔法。それを追ってミリガンがまっすぐ踏み込んだ。下がる相手を追うつもりでいたデシャンが意表を突かれるが、それで隙を晒すような甘さは彼にない。迷わず刃を合わせて斬り合いに応じる。

「飛び込んでくるか」

「呪文戦で時間稼ぎに徹すると思ったかい？　あいにく私も魔法剣は苦手じゃない」

打ち合う刃が火花を散らす。一歩も下がらず彼女の攻勢を受けながら、デシャンが傲然と鼻を鳴らす。

「確かに下手ではない。が——お前のラノフ流は凄味に欠ける」

真っ向からの鍔迫りがミリガンを吹き飛ばす。そのまま後ろへ跳んで体勢を回復する彼女に、爆発的な踏み込みを経たデシャンの刺突が襲い掛かる。受けで勢いを殺し切れずにミリガンの体が横へ流れ、体軸が定まらないその瞬間を狙ってデシャンがさらに攻め立てた。

「……ッ……」


眼下で繰り広げられる手練れ同士の攻防を、剣花団の面々もまた固唾を呑んで見つめていた。

「……押されてるな」

「なんで魔眼を使わねぇんだ？　ミリガン先輩」

「使わないいんじゃない。使えないいんだ」

ピートとガイの疑問へオリバーが端的に答える。そこにシェラがすかさず解説を添えた。

「魔眼の発動には眼に魔力を集中する必要があります。その際は他に用いる魔力が減りますから、同格以上の相手に対しては安易に使えません。発動前に斬り伏せられてしまいますから。魔眼の存在を知らない相手なら不意も突けるでしょうが……いくらあの人でも、キンバリーで片目を六年隠し通すのは無理でしょう」

オリバーが同意を込めて頷く。——加えて、相手のデシャンはリゼット流の名手だ。前後の動きの速さは基幹三流派の中でも随一であり、半端な間合いで動きが鈍ることはまず望めない。さらに魔法使いとして体が出来上がっている分、一年の頃の自分やナナオと比べれば石化への耐性はずっと高いだろう。総じて魔眼を刺すには条件が厳しい相手と言わざるを得ない。……

「奥の手のほうなら可能性はあったが、そちらはミリハンちゃんにしてしまったからな。そういえば、今あの子はどうしているんだ？」

「……ああ、うん……。すぐに分かると思うよ」

問われたカティが言葉を濁す。オリバーがそれを怪訝に思った次の瞬間にはもう、彼らの前に答えがもたらされていた。

「――ぐっ！」

起死回生の打ち払いを狙って左腕を振り抜くミリガン。が、それを見切ったデシャンの一閃が逆に彼女の腕を薙いだ。切断された手首がまっすぐ床へと落下し、その光景にデシャンが眉根を寄せる。

「？　何故――」

不殺の呪いが半掛けなのに「斬り落とせる」のはおかしい。その違和感に彼が追撃を躊躇った瞬間、床でぱちりと「眼」が開いた。

「ッ！」

即座に床を蹴って後退するデシャン。その間にも、五指でカサカサと床を這った手首がミリガンの体を登っていく。双方へ向けてすぐさま呪文を放つデシャンだが、ミリガンはそれを炎で迎え撃ち、さらには熱をまとった杖剣で腕を焼いて止血まで済ませてのけた。魔女の口元ににやりと笑みが浮かぶ。

「さすがの反応だね。今ので絡め取るつもりだったのに」

「……貴様……」

予想外の出来事にデシャンの攻めが鈍る。が、ここでは彼自身よりもチームメイトが黙っていなかった。あってはならない光景を前に、彼らは闘技台の外から声高に主張する。

「――ちょっと運営！　あれ反則！」「使い魔の使用は禁止じゃないのか⁉」

無論のこと。その抗議が耳に届くまでもなく、ガーランドの側でも状況を見て取っていた。

「なるほど、そう来たか。……双方とも手を止めなさい。審議する」

試合を一時中断させつつ、この日も天井に座って観戦していたセオドールを呼んで今の出来事について話し合う。幸いにも意見はすぐに一致を見た。セオドールが頷いて同僚に説明を促し、ガーランドがそれを口にする。

「結論が出た。――Ms(ミズ)・ミリガンのそれは反則ではない。使い魔の定義とは『魔法使いが使役する自分以外の存在』だからだ。試合に自分の左腕を持ち込むなとは言えない」

告げられた判定に、試合の当事者ばかりか観客席の生徒たちまでもが唖然(あぜん)とする。ともすれば悪質な言葉遊びとも思えかねない理屈に、当然ながらデシャン隊の面々が反論した。

「それはおかしいでしょう！　体から切り離された後に動いた時点で使い魔と見なせます！」

「いや、切り離した髪の毛を操って戦った生徒の前例がある。それは当時ルール違反に当たらないと判定された。Ms(ミズ)・ミリガンの戦術も条件は同じであり、彼女のみを反則とするのは筋が通らない」

ガーランドが重ねて告げる。当然ながら言葉の定義だけが根拠ではなく、類似した前例を踏まえての判定である。が、その程度ではまだデシャン隊は納得しない。

「それって『正常な頭髪を』『闘技台の上で』使い魔に仕立てたケースだよね？　ミリガンのあれは明らかに持ち込みでしょ。現にあの使い魔、校内で何度も目撃されてるし」

「いや、違うね。過去の運用はさておき――今日に絞れば、このミリハンちゃんはさっきまで私の左手でしかなかった。自律して動き始めたのは腕を切り離された瞬間からだ。である以上、『闘技台の上で仕立てた』という要件は私も満たしているのだよ」

今度はミリガンのほうから抗議への反論が上がる。デシャン隊の面々が顔をしかめた。この手の舌戦が彼女の得手だとは知りながら、なおも裁定への抵抗を試みる。

「詭弁を！　仮にその点を呑んだとして、何の仕込みもなしに腕が自分で動くものか！」

「もちろん仕込みはある。けど、自分の体をいじる行為なんて魔法使いなら当たり前だろう？　髪を操った生徒だってそのための準備をしていたはずだよ。だからこそ決闘リーグの慣例として、生体と有機的に繋がった器官は『道具の持ち込み』とは判定されない。じゃなきゃこの魔眼がすでに反則になってしまうからね」

「ぐ……！」

「一応言っておくと、この子に非生体由来の部品は一切使っていない。少々神経をいじくって脳に近い機能を持たせてるだけで、素材としては魔眼を除けば純度百パーセント私の体だ。疑うなら今すぐ運営に検めてもらっても構わないけど？」

少しの負い目もないとばかりに言ってのけるミリガン。そのふてぶてしさに苦笑しながら、ガーランドがさらに説明を補足する。

「魔法道具を体内に埋め込んでの持ち込み、あるいは取って付けたような三本目の腕なら私も反則とした。……が、それはさっきまで本人に繋がっていた本物の左腕だ。髪の毛の前例がある以上、体の一部を自ら切り離した上で利用する行為はルールの範疇と考える。

判定の根拠は以上だ。――両チーム、試合を再開しなさい」

そう促されたデシャンが渋い顔で杖剣を構え直す。審議を経て結論が出た以上、もはや何を叫んでも抗議は通らないと悟っていた。再び始まった彼らの呪文戦を前に、グレンダが笑いとも呆れとも付かない顔で口を開く。

「ろ、露骨にルールの隙間を突いて来たァ！　しかし、使い魔でないとすればあれは何ですか⁉　他にどう定義しろと⁉」

「苦しいことは承知だが、体から離れても動く左腕、という解釈になるだろう。この裁定に批判があれば、もちろん私に回してくれて構わない」

そうフォローしつつも、生徒の大半が今の判定に納得することは確信している。つまるところキンバリーの習いなのだ——教師の側でルールに穴を残すのも、生徒の側でそれを目敏く見つけて利用するのも。


「——攻めづらいかい？　悪いね、手先が他人よりもちょっと器用で」

中断を経て戦い続ける傍ら、ここぞとばかりにミリガンが相手を挑発する。デシャンが吐き捨てるように言い返す。

「成らなかった策で胸を張るな。……いくら貴様でも腕を着脱自在とはいくまい。身体から切り離した魔眼がどれだけ機能する？　独自に魔力の貯蔵があるとして、せいぜい二回が限度だ」

「確かにね。けれど、それでじゅうぶんなのだよ」

不敵に笑う魔女。その余裕を捻じ伏せるようにデシャンが呪文を唱え、相殺と同時にまっすぐ踏み込んでいく。が――両者が剣の間合いに差し掛かった瞬間、ローブの襟からミリハンが眼を覗かせた。

「……チ……！」

やむなく床を蹴って間合いを取り直すデシャン。単体なら彼にとって何の脅威にもならない使い魔だ。が――ミリガンの立ち回りと合わさることで、今それは極めて有効な牽制として働いている。忌々しくもそう認めて、彼はその対処に考えを巡らせ始めた。

「――切り落とす前提か。最初から……」

呟いたオリバーがたまらず額を手で抱えた。目論見を理解するほど頭が痛くなる。

まずもって、ミリハンを付け直すためには一度腕を切断する必要があったはず。試合前の施術でそこまで済ませた上で、彼女はそれをさらに試合の中で相手に斬り落とさせた。ルールの隙間を突いて使い魔を持ち込み、あくまでも「自分の腕」としてその存在を許容させるために。

「Mr.デシャンの勢いが衰えましたわ。ミリハンちゃんの存在が効いているようですわね」

「ミリガン先輩の魔力運用とは無関係に発動する魔眼だ。あれはやり辛いだろうな……」

シェラとピートがそれぞれの目から戦況を観察する。ガイが腕を組んで嘆息する。

「したたかっつーか、ズルいっつーか……。ぶれねぇなあの人も」

「……まだまだ、あんなものじゃないよ。あの人のずるさは」

カティが呟いた一言にオリバーも無言で頷く。――巧妙な奇策ではあるにせよ、ミリハンちゃんの存在が決定打とはならない。である以上、あれもまだ布石に過ぎないのだ。それを用いて勝利に至るまでの流れが、蛇眼の魔女の中には確とある――。


「――あーあ。凌いじゃったか」

三分経過と同時に両チームのふたり目が参戦。ミリガン隊からはリネットが、デシャン隊からは七年の女生徒であるヒルデガルト＝クルゼが闘技台に登る。しばらく距離を開けての呪文戦が続いていたことで、二対二への移行は互いに妨害もなくスムーズだった。互いに態勢を立て直した上での仕切り直しである。

「頼むよリネット。ここからは君頼みだ」

「はいはい、出たからには仕事するわよ。――**雷光疾りて**！」

背中合わせのミリガンに応え、面倒事はさっさと終わらせようとばかりに呪文を唱えるリネット。呪文戦の再開と見て取って迎撃するデシャン隊だが、案に反してリネットの放った魔法が彼らを襲うことはない。杖剣の先端に生じた多くの光文字によって編まれた光球は、そのまま斜め上にずれて彼女の後方上空へと上昇。やがて一定の高さで闘技台の周りを回転し始めた。

「――？」「あれは……」

迎え撃つつもりで唱えたデシャンたちの呪文が空を切り、結果としてリネットの魔法行使を傍観する結果になった。その意図を推し量りつつも、上空に遠く離れた光球に現時点での脅威は見て取れない。ひとまずは放置という路線で合意し、彼らは攻撃を再開する。

「**氷雪猛りて**(フリグス)**！**」「**切り裂け風刃**(インペトウス)**！**」

ミリハンの存在がない分だけ与(くみ)しやすいと見て、デシャン隊はリネットのほうから狙い始める。それを呪文で迎え撃つミリガン隊。しばし互いの立ち位置を変えながら呪文戦が演じられ、

「**雷光疾りて**(トニトゥルス)**！**」

その流れの中でミリガンが呪文を放つ。迎撃のために対抗呪文を放とうとするデシャンだが、予想に反して、彼女の視線の先で魔法が上向きに逸(そ)れた。軌道の制御ミスかと訝(いぶか)しんだデシャンの後方上空で、その位置に回ってきていたリネットの光球へとミリガンの魔法が吸い込まれる。大きさと輝きを一回り増したそれを見上げてデシャンが舌打ちした。

「――Ms(ミズ).リネットが参戦と同時に上空へ光球を配置！　さらにMs(ミズ).ミリガンの呪文の追

加で大きさを増しました！」

「呪文衛星。発音を筆記に変換して形成する立体魔法陣の一種だな。しかもそこに後付けで魔法を加えて育てている。相当に器用な扱いだ」

技術を分析したガーランドが感心の面持ちでそう語る。同じ光景に技巧戦の気配を感じ取ったグレンダがさっそく術者の狙いを推し量る。

「通常は自分の周りに浮かべて用いることが多い技です！　あれほど高い位置に配置したのにはどういう意図が⁉」

「いくつかあるだろうが、ひとつは簡単に撃ち落とされないためだな。空中に光文字で形成した魔法陣は非常に脆く、呪文の余波を受けるだけで容易に壊れてしまう。その際に暴走した魔法で術者が逆に傷付くこともあり、呪文戦に用いるにはそれなりの気遣いが必要だ。それを踏まえると、最初から自分の遠くに置くのはひとつの手ではある」

現時点で推察できる意図をガーランドが述べる。魔法の多くは一時的な現象であり、ひとたび放った後のそれを何の媒介も用いず維持し続けることは困難だ。文字への変換はそれを解決する代表的な手段だが、筆記に要する時間のために今のような戦況で使われることは少ない。先手で不意を突いた結果とはいえ、そのロスを最小限まで縮めたリネットの魔法筆記がまず見事。加えて、そこへ後から魔法を吸収させたミリガンの呪文制御も相当な器用さだ。喩えるなら薄いガラスで出来た器に鉄球を投げ込むようなもの。よほど繊細にコントロールしなければ、吸収の前に衛星そのものが壊れて散ってしまっただろう。

「あれだけ距離があると衛星からの援護が届くのには時間がかかる。が、同じ理由で相手側にも撃墜は困難だ。すぐに脅威とはならないが、デシャン隊には少々目障りだろうな」

「とはいえ、術者から離れた空中の立体魔法陣は魔力供給が断たれています！　独立して長くは存在できません！　ただ浮かんでいるだけで消耗していき、あのままでは数分ともたず自然消滅すると思われます！　ミリガン隊は呪文の追加で維持し続ける気でしょうか⁉」

「さすがにデシャン隊と戦いながらそれは難しいだろう。が――」

　ミリガンから供給された分の力を蓄えて上空を回り続ける呪文衛星。それを視界の端に鋭く捉えながら、デシャンがぼそりと呟いた。

「……なるほどな。あちらの狙いは我々の意識を散らすことか」

「頭でっかちの組みそうな作戦だね。真っ向勝負に自信がないって言ってるようなもんだ」

　橙色に染めた跳ね髪が印象的なチームメイト、ヒルデガルトが鼻で笑う。近距離では服の中に潜んだミリハンが、遠距離では上空に浮かぶ呪文衛星が、それぞれ彼らに「敵の動きに集中する」以外の気遣いを要求してくる。それらは確かに目障りではあるが、デシャン隊から見れば所詮は弱者の工夫だ。

「――吹けよ疾風(インペトゥス)！」

不意を突かれてばかりでは芸がない。呪文衛星が見える時ではなく、あえて視界から外れた瞬間を選んでヒルデガルトが詠唱。軌道を予測した上での背後撃ちで撃墜を試みる。が、それを見て取ったリネットが横へステップすると、衛星もまたその動きに同期して軌道をずらす。直撃の軌道にあった魔法が空を切り、ヒルデガルトは手応えのなさに舌打ちする。

「……チ、対策してるか。公転軸はリネットだ。片手間だと狙い撃ちはかなり厳しいね」

「たかだか呪文二発分の衛星だ。これ以上育てさせなければ問題は――」

デシャンがそう口にしかけた瞬間、呪文衛星から放たれた電撃がヒルデガルトを狙って襲い掛かる。ぎょっとしてそれを躱(かわ)した彼女がとっさに文句を付ける。

「ちょっと、撃ってきたんだけど⁉」

「馬鹿な。こんな威力を放った上で維持できるはずが――」

予測を覆(くつがえ)されたデシャンがじっと衛星を見つめる。――最初の一節分の魔力は今まで浮かんでいる間に使い尽くされたはず。その上で攻撃を放ったのなら、それでもはや衛星は消滅していて然(しか)るべき。が、依然としてそれは今も上空に浮かんでいる。明らかにおかしい。エネルギーの採算に辻褄(つじつま)が合わない。

不条理への解を求めたデシャンの視線が術者へと向く。リネットが鼻を鳴らして告げる。

「そんな半端(はんぱ)なモンで勝負するわけないでしょ。こちとら何年領域学んでると思ってんのよ」

「──すごいな、あの魔法陣。周りの魔力を自分で吸ってる」

彼らと同じ問題に頭を悩ませていた剣花団の面々だが、ここではピートが真っ先に解答へ辿り着いた。それを聞いたオリバーとシェラもハッと思い至る。

「……そうか、場所の条件を利用したのか。この場には数百人の魔法使いが一堂に会している。必然的に大気中の魔素濃度は桁違いの高さだ。闘技台の上ならそれも調整されるが──」

「──魔法陣が浮かんでいるのは闘技台の外の上空。条件としてはあたくしたちのいる観客席に近いですわね。つまり、利用可能な魔素で満ちている……」

それこそがリネットの用いたカラクリだった。ガイが腕を組んで首をかしげる。

「……アリなのか、それ？　要は闘技台の外から使い魔に援護させてるのと同じだろ？」

「その通りだが……魔法使いの一般的な認識として、魔法陣はそれ単体だと使い魔に当たらない。これまでの試合でも闘技台周辺の空中を利用することは黙認されていたから、それらを踏まえると、あれも確かにルールの範囲内での運用と言える。そもそも立体魔法陣を道具の補助なしにあした形で維持するのが高度過ぎて、簡単には真似出来ないが……」

そう口にしたところで、オリバーはミリガン隊の戦い方の本質に思い至る。──彼女らは単にルールの隙間を突いているのではない。それだけなら敵もすぐに見抜いて対処する。にも拘らず奇策として通用するのは、それが高度な技術をもって初めて見出せる類の抜け穴だからだ。ガーランドが咎(とが)めない理由もおそらくそこにある。彼女らの戦い方は見る者によってはイカサマに映るかもしれないが、だとしても安易なイカサマでは決してない。

隣でシェラも同じ結論に至っていた。あえて戦闘向きでないメンバーを集めて決闘リーグに挑んだ魔女の思惑——その一端を確かに感じ取りながら、彼女はこの先の戦いを予測する。

「相手も手練(てだ)れの上級生ですから、撃ち合いながら魔法陣へ呪文を追加することは容易ではありません。しかし、あの衛星は自ら魔力を吸収して成長します。時間を稼げばそれだけ、ミリガン先輩たちの側に有利が積み重なっていきますわ——」

「**火炎盛りて**(フランマ)！——っと、ああ鬱陶しい！」

自分を狙った上空からの電撃を横っ飛びに躱(かわ)したヒルデガルトが苛立(いらだ)ちを露(あら)わにする。不定期に撃ち出される呪文衛星からの妨害がじわじわと彼女らを苦しめていた。常にそちらに意識を割かねばならないせいで呪文戦への対応が一瞬遅れる。忌々(いまいま)しくも彼らが予測した通りの展開だ。

とはいえ、いつまでも相手の掌(てのひら)で踊る趣味はない。現時点でのミリガン隊の戦術がリネットを核としていることは明らかであり、ネックも同時にそこにある。多少強引にでも彼女を潰せば形勢は一気に覆るのだ。

「――打てよ風槌ッ！」

機を見計らって撃ち出す力強い風の一撃。その回避のためにミリガンとリネットの距離が離れ、それによって自身はリネットとの距離が縮まった一瞬。そこにヒルデガルトは好機を見て取った。先に放った呪文に迫る速度でリネットへ疾走して剣の間合いへ肉薄する。斬り合いなら速やかに仕留めてのけるという激しい自負をもって。

が、その前進すら見越したように。リネットのローブの懐から、そこでひょいとミリハンが顔を出した。

「――!?」

「火炎盛りて！」

とっさに跳び下がったヒルデガルトへ向かってリネットが呪文を放つ。すんでのところで迎撃して体勢を立て直しながら、ヒルデガルトがぎり、と歯噛みする。

「……いつの間に……！」

危うく彼女のほうが固められるところだった。ミリガンの服の中に隠れているとばかり思っていた使い魔が、どこかのタイミングでリネットのほうに居を移していたのだ。この戦況で誰が優先的に狙われるか、そこまで見越した上での罠である。

「背中合わせに立った時か。……奇術じみた真似を」

「気まぐれな子でね。なかなか腰が定まらないのさ」

移動のタイミングを推察するデシャンにミリガンが冗談めかして返す。チームメイトの攻勢に合わせて彼のほうはミリガンに張り付いており、その圧力によってふたつの戦闘は一時的に分断されていた。一撃での決着こそ逃したが、彼らの手番は未（いま）だに終わってはいない。

「所詮は小細工だ。——押し通れ」

「了解」

リーダーの端的な指示を受けたヒルデガルトの口元が凶悪につり上がる。——もはや懐（ふところ）に魔眼があろうと関係はない。さっき退かざるを得なかったのは使い魔の存在に不意を突かれたから。そこにそれがあると分かった上でなら、その点を踏まえてリネットを斬り伏せることに何の支障もない。

必勝の確信のもとにヒルデガルトが床を蹴る。即座にリネットがそれを迎え撃つ。

「**切り裂け刃風（インベトウス）！**」

「**凝り留まれ（ブロイベーレ）！**」

襲いくる風の刃をヒルデガルトが対抗属性で相殺（そうさい）。同時に、これまで温存してあった全力で疾走を加速。無論リネットの攻撃もまだ終わらない。呪文衛星から放たれた電撃が背後に迫るのをヒルデガルトが感じ取る。紛れもない直撃の軌道——が、彼女はそちらに振り向かない。

「**夜闇包みて（テネブリス）！**」

代わりに、着弾の瞬間に合わせて呪文を詠唱。自己領域内に展開した闇の帳によって背後の電撃を迎えながら、自らは全力の踏み込みでもってリネットに斬りかかる。瀬戸際の相殺から漏れた電撃で背中を焼かれていようと、その程度はもはや痛みの内にも数えず。

「……っ！　野蛮ね、この……！」

「褒め言葉だねそりゃ。さぁ、斬り合いの時間だよお嬢様！」

　自分の間合いに入ったヒルデガルトが嬉々として敵に刃を浴びせる。こうなればもはやミリハンの存在すら誤差の範疇。おそらく二回りでは済まない剣の実力差を承知の上で、リネットは斬り合いに応じざるを得ない——。

「——い、一撃耐えた？」「背中で受けたぞ。どうやったんだ、あれ……」

「零距離相殺。着弾に合わせて自己領域内で呪文を相殺する荒技だ」

たった今目にした出来事に呆然とするガイとピートへ、オリバーが険しい表情で解説を行う。ガイたちが驚くのも無理はなく、今のは上級生リーグでもそうそう見られる技術ではない。むしろこれほどレベルの高い使い手同士の戦いで実現することこそが稀だ。

　彼の戦慄を共有した上で、隣のシェラが説明を補足する。

「タイミングが極めてシビアな上に、成功しても無傷では済まないことが多いですわ。ただ、あれなら呪文が襲ってくる方角に杖を向ける手間がありません。その分だけ次手への移行が早くなります」

「おそらくリネット殿も予測してござったな。故に前後から機を一致させての挟み撃ちを狙っておられたが——対手はそれすら見越して足運びに緩急を付け、以てふたつの呪文の到達にじゅうぶんな時間差を設けられた。天晴な手際にござる」

後列のナナオが感服を率直に言葉にする。それに頷きつつ、オリバーはミリガン隊が一気に不利になった戦況を眺める。

「あの間合いだと衛星からの援護は得づらい。剣術戦を避けたかったリネット先輩には厳しい展開だ。ミリハンちゃんの存在が牽制にはなるだろうが、それがどこまで続くか——」

果たして予測に違わず。剣の間合いに入ってからの攻防は、それを嫌うリネットにとってひたすらに一方的だった。

「——さぁさぁジリ貧だよ！　あの使い魔をどこに隠してんのさ⁉　袖⁉　懐⁉　それとも背中に張り付いてんのかなぁ⁉」

「……っ……！」

叩き付ける刃の圧力にずりずりと後退しながらリネットが必死に耐え凌ぐ。もはや言葉を返す余裕もない。……これがミリガンなら魔眼のプレッシャーを牽制に織り交ぜて渡り合うことも出来ただろう。が、リネットには出来ない。研究者として成長する上で、彼女は魔法剣の技術向上に早期の見切りを付けてしまっている。対してヒルデガルトは前線で切った張ったを日常的に続けてきた武闘派であって、その差は借り物の魔眼ひとつでは到底埋まらない。

「どうしたの！　好きに出してきなよ、どこでも全部対応してやるから！　抱えて落ちるのもあんたの勝手だけどさぁ！」

　その挑発に乗りたいのはリネットも山々。が、正解は逆であり、出せばそこで終わる。今のヒルデガルトがリネットを圧倒しながらも攻め辛さを残しているのは、相手が体のどこかにミリハンを隠し持っていると知っているからなのだ。その位置さえ割れてしまえばもはや何の懸念もなくなり、比喩でなく一秒で戦いは終わる。

「――あっ――！」

　無論、抱え続けたところで最終的な結果が変わるわけではない。ヒルデガルトの繰り出した足払いがリネットの足首を直撃し、瀬戸際で耐えていた彼女の体勢を決定的に崩してのけた。一本調子の後退を刈られて後方にのけぞる体。それをひたと見据えたヒルデガルトの目が無言で告げる。――言わんこっちゃない、と。

「打てよ風槌！」

　決着を告げる呪文が無慈悲に放たれ、胸にその直撃を受けたリネットの体が為す術もなく場外に弾き出される。身体が宙に浮いた時点で意識はすでにない。である以上、ヒルデガルトはもはや見届けることもしない。ばいばい、リネット——胸の内でそう呟いて意識を背後へ向けた。いま警戒すべきは倒れたリネットではなく彼女が残した呪文衛星だ。術者が昏倒してはもはや長く保たないだろうが、置き土産に一発撃ってくる可能性はじゅうぶんに——、

「——え？」

そこで、止まる。先に背後へ回した意識を追って動かしかけた自分の体。半ばまで振り向いた時点から、それが微動だにしないことにヒルデガルトが気付く。まるで五体が丸ごと石になったかのように。

「いい仕事だ、リネット」

デシャンと呪文戦を繰り広げていたミリガンが薄く笑って呟く。その視界の端の上空から一発の電撃が放たれる。術者の昏倒と同時に全力で放たれるように設計されたそれが、脱落の直前にリネットが指定した場所へ置き土産を届けようとしている。

無論、知っている。ヒルデガルトもそれは予測している。だからリネットを倒すと同時に呪文衛星を警戒した。来ると分かっていれば躱すことも撃ち落とすことも容易だ。この期に及んでそれだけの悪足掻きで不意は突けない。

そう。——背後の床に埋まったミリハンが、その魔眼で彼女を絡め取ってさえいなければ。

「——ッ——！」

悪態すら許されぬまま置き土産が直撃する。呪文衛星の総力でもって放った電撃がヒルデガルトを打ち据え、激しい衝撃の内に全身の感覚を失わせる。

「……かは……」

「ヒルダッ！」

仲間の脱落を見て取ったデシャンの視界に、一瞬遅れて床に半ば埋もれたミリハンの姿が映る。続く彼の行動の前に、ミリガンがそちらへ杖剣(じょうけん)を向けて先手を打つ。

「**我が身に戻れ(ドゥーケレ)！**」

「**吹けよ疾風(インペトゥス)！**」

魔女の引き寄せ呪文でミリハンが床から飛び上がり、ほんの一拍遅れてそれがいた場所をデシャンの風が薙(な)ぎ払(はら)った。空中を舞い戻ってきた使い魔を器用に肩で受け止め、そうしてミリガンは得意満面にデシャンへ向き直る。

「――ごく単純な仕掛けだけどね。領域魔法の発動の密(ひそ)やかさでは、リネットは上級生の間でも指折りの腕前なのだよ。本人を仕留めたくらいで油断しちゃいけない」

「……初めから相討ち狙いか。食わせ物共め」

一連の流れを理解したデシャンが毒づく。――ヒルデガルトとの斬り合いで後方へ押し込まれる間、リネットは足元の床を領域魔法でわずかに溶かし、同時にスカートの中で脚を伝って下ろしたミリハンをそこに埋め込んでいたのだ。不利が明らかな剣術戦の中で掛け引きに用いるのではなく、自分が脱落した後にヒルデガルトを足止めする罠（わな）としてそれを張り巡らせた。自らの勝利のためではなく、ひとりの難敵を確実に道連れにするために。

「ああ……出番が来ちゃったんだナァ」

ひとつの相討ちを経たところで、試合開始から六分が経過。ミリガン隊の三人目、ゾーエ＝コロンナが低いテンションのままのっそりと闘技台に姿を現す。

「——両チームから一名ずつ脱落！　と同時に、ここで三人目の参加となります！」

「脱帽だな。斬り合いの間はMs（ミズ）・ヒルデガルトも『手』の動きに警戒していたが、仕込みはその意識の外側で済んでいた。してみると、呪文衛星も自分が脱落した後に相手を仕留めるための布石だったわけだな。いやはや巧妙だ」

ガーランドが手放しで賞賛する。自分の脱落まで織り込んだ作戦の妙、その視野の広さを評価せずにはいられない。

「Ms（ミズ）・リネットに真っ向勝負での勝機が薄かったことを踏まえると、この相討ちはミリガン隊に利する結果と言えるだろう。……あぁ、ちなみにMs（ミズ）・ヒルデガルトも狙っていたと思うが、あの『手』が場外に出た場合はもちろんMs（ミズ）・ミリガンの場外負けだ。回収が間に合ったから良（い）いものの、今のはそれなりに綱渡りだったな」

「奇策を逆手に取る発想はMs(ミズ)・ヒルデガルトにもあったわけですね！　先ほどの零距離相殺(そうさい)は見事でしたし、本来の実力を出し切れなかった感があるのは惜しいところです！」

「そうとも言えるし、力を出させない戦いを強いたミリガン隊が上手(うま)いとも言える。……決して戦闘向きではない仲間の強みを最大限生かしつつ、同時に敵の戦力を封じる手際(てぎわ)。次期統括候補として、それがMs(ミズ)・ミリガンなりのアピールなのだろうな——」


双方の三人目の参戦からしばらく、闘技台の上では両チームの睨(にら)み合(あ)いが続いていた。

「——おや、攻めが途切れたね。さすがに力押しでは難しいと察してくれたかな？」

相手の警戒を見て取ったミリガンが愉(たの)しげに囁(ささや)く。シンプルな早期決着を狙っていたデシャン隊にとっては不本意だが、彼らにそれを求めるだけのインパクトが今までの戦いには凝縮していた。戦力が未知数な三人目の参戦直後では尚(なお)のこと、安易に攻めるのはまずい。

「あんまり警戒して欲しくないんだナァ。こんなの早く終わらせたいからナァ——」

ミリガンと目配せしたゾーエが膝を落として地面に両手を突く。重いため息を経て、彼女はひとつの詠唱を舌に乗せた。

「……**融けて混ざれ(ルトウムリームス)**……」

「**雷光疾りて(トニトウルス)**！」「**風よ切り裂け(インペトウス)**！」

観察に回ったとはいえ、その隙を見逃すデシャン隊ではない。電撃と烈風が織り交ざって敵を襲う。対して呪文を唱えることもせず、ミリガンはチームメイトに寄り添って立ったまま。だが、着弾の直前。彼女らの前で急激に隆起した床面が、デシャン隊の魔法を完全に阻んでのけた。

「——⁉」「なんだ、それは……」

デシャン隊のふたりが愕然と目の前の光景を見つめる。ゾーエを中心とした闘技台の床が、粘土のように変形してぐねぐねとうねっている。ミリガンと彼女自身を丸ごと含むほどの広範囲に渡って、まるでそれ自体が命を持つかのように。

「別に……ただの泥遊びなんだナァ」

重たいその言葉と共に、ゾーエの体が頭のてっぺんまでずるずると床に呑まれていく。魔法使いの目で見てさえ異様なその光景に、デシャン隊のふたりの顔が引きつっていく。

「——と、闘技台の床に自ら融け込んだ⁉　あれは一体なんだァ⁉」

「古式ゴーレム術の応用……自らを核としつつ、そこに属性同調を高次元で組み合わせているようだ。床を操っているというよりも、もはや床と同化しているのに近い……」

顎に手を当ててガーランドが分析する。興味や感心を越えた警戒が彼の中に生じていた。決勝まで勝ち残った生徒たちが各々の秘術を駆使するのは当然としても、そこには教師として越えさせられない一線があるからだ。

「そこらの地面ならともかく、自己修復の術式が施された闘技台の床で本来出来るような芸当ではない。おそらく術式そのものに侵入して書き換えているのだろう。キンバリーの防衛機構が危ぶまれる光景だが……いや、それ以前にあれはもう——」

ゾーエが床に融けてから数十秒の間に、試合の光景は一変していた。ぐねぐねと波打つ闘技台の上にはもはや平らな場所のほうが少ない。さっきまで立っていた場所が山となり、かと思えば急激に落ち窪んで谷となり。その変化をミリガンが軽やかに乗りこなす一方で、デシャン隊のふたりはひたすらに翻弄されている。

「……ちょこまか動かないんで欲しいんだナァ。いま、泥みたいに眠いんだナァ……」

すでに闘技台の上からは姿を消しながら、その床面全体を震わせる形でゾーエの声が響く。どこか寝言じみた声の響きを聞きながら、デシャンは努めて冷静に状況を分析する。

「ある種のトランス状態か。……見た目の異様さに呑まれるな。こんな無茶は長続きせん」

「見れば分かるさ！　床を溶かして操るんじゃなく、自分自身を床に融かすなんて……！　魔に呑まれる寸前の芸当だぞ！」

デシャン隊の三人目を務める六年生、頭の左右で生真面目に分けた黒髪が特徴的なケネス＝ヘイワードが声を震わせて叫ぶ。目の前の光景はもはや奇襲や奇策といった次元にはない。それは正真正銘の異常であり、決闘リーグという場で彼らが目にするはずのないもの。むしろ生徒会の現場でゴッドフレイが何度も向き合ってきた光景に近しい。

「眠らないでくれよ、ゾーエ。君とはまだお別れしたくない」

「……頑張るんだナァ。……でも……返事しなくなったら、起こして欲しいんだナァ……」

波打つ地面へ向けてミリガンが時おり語りかけると、そのように頼りない応答が一応は返る。ゾーエが魔に呑まれていないと判断できる根拠はもはやそれだけだ。その一線がいつまで保たれるかに至っては、デシャン隊の側には何ひとつ推し量れる材料がない。

ミリガンと撃ち合いながら揺れ動く足場を渡り歩く彼らの下で、その変化がひときわ激しさを増す。すでに自分たちの立つ場所の標高そのものが試合開始時点とは異なっていた。その現状からさらに想像を膨らませて、ケネスがぐっと息を呑む。

「……まさか、全体を変形させて――」

「こちらの強制的な場外負けが狙いか。……呪文干渉で止められるか？」

デシャンが具体的な対処を提案する。数秒考えてケネスも頷いた。敵の狙いがどうあれ、このまま床を変形させられ続けるのはまずい。

「それだけに集中すれば、どうにか……」

「任せるぞ。蛇眼の相手は俺がする——」

それぞれの分担を決め、デシャン隊が意を決して動き出す。隆起で山と化した一部分の陰を狙ってデシャンが呪文を撃ち、それに炙(あぶ)り出(だ)されたミリガンが潜伏を解いて姿を現す。

「おっと、ばれたかい」

「見損なったぞミリガン！　こんな危うい駒を好んで使う奴(やつ)だったとはな！」

掛け値なしの憤慨を込めてデシャンが叫び、続けざまの呪文射撃でミリガンを攻め立てる。

地形の変化による仲間のサポートを駆使してそれを凌(しの)ぎながら、魔女がふと口を開く。

「ご立腹のようだね。……少し、真面目な話をしても？」

「——？」

その提案を受けて、デシャンは少し悩んだ。——お喋(しゃべ)りに費やす間は戦いが止まる。それはイコール時間稼ぎだが、その行為によって利するのは、今の状況を踏まえてどちらか。

「——**凝りて固まれ**(ブロイベーレ)——**凝りて固まれ**(ブロイベーレ)——**固く締まれ**(フォルティス)　**礎たる大地**(ブロイベーレ)——！」

闘技台そのものの大規模な変形はケネスの抵抗によって押し留(とど)められている。その均衡が崩れるとすれば彼の魔力が尽きた時だが、それは床に埋もれたゾーエより早く訪れるだろうか？

答えは否。起こしている現象の規模からして、魔力の消耗は明らかにゾーエのほうが大きい。その天井を突き抜けるとすればそれこそ彼女が魔に呑(の)まれた時であり、そこに至る前にガーランドからミリガン隊の敗北が言い渡されることは間違いない。ひとりの魔法使いが「手遅れになる」一線を見誤らないという点において、魔法剣の教師には絶対の信頼が置ける。

「……聞いてやろう」

時間は自分たちに味方する。状況の分析からそう確信した上で、デシャンは相手に発言を促す。ミリガンも頷いて語り始めた。

「去年の末頃、ゾーエは私が見つけた。三層の工房で自分の作品に融けかけているところをね」

「………」

「気付かず放置していれば、今はもうとっくに魔に呑まれていたはずの子だ。……まぁ、よくある話だよ。キンバリーはそれを良しとする場所だし、私も以前なら平気で見過ごしたと思う」

「……理解できん。なぜそれをわざわざ決闘リーグに駆り出した？　いずれ魔に呑まれるだけなら、今のうちに利用しようとでも？」

デシャンが問う。時間稼ぎのための引き延ばしという以上に、それは純然たる彼の疑問。こんな駒をあえて使う理由が見当たらない。ここまでのミリガンの策士ぶりを思い返しても、もっと手堅い戦力をチームに組み込んでさえいれば、彼女にはより高い勝算が見込めたはずなのだ。それを捨ててまで博打に打って出た判断の根拠が彼にはどうしても分からない。

ミリガンが微笑む。相手のそんな戸惑いを重々承知した上で、彼女は先の問いに答える。

「ひとり、同じようにして魔に呑まれた知り合いがいたよ。友人と呼べる関係ではなかったけど……最後に交わした会話に、いくらか心残りがあってね」

「何かと思えば……くだらん感傷だな。お前が何か言えばそいつが踏み止まったとでも？」

「はは、まさか。魔法使いの業はそんなに軽いものじゃないさ。……ただ、魔に呑まれる時が数日くらいは遅れたかもしれない。その数日の間に、ひょっとしたらもう少しだけマシな言葉が交わせたかもしれない。それが出来ていれば、この心残りがちょっとは軽くなった……そんな気がするんだ」

杖剣を握る右手を胸に当ててミリガンが言う。いつも孤独だったひとりの魔女の面影がその頭をよぎる。……詫びようとは思わない。彼女とは最後まで敵同士で、だからこそ互いを傷付ける言葉だけを最後に交わした。その顚末は彼女の中できちんと筋が通っている。

ただ、思うのだ。——次があれば、あれとはまた別の結末が見たい、と。

「ゾーエを連れてきた理由はそれがひとつ。……魔に呑まれる時、魔法使いは大抵ひとりぼっちだろう？　逆に言えば、そうでなければ少しは踏み止まれるんじゃないかと思った。折よくここは賑やかだ。うっかり孤独を忘れるくらいには」

「……何の意味がある？　その束の間の先延ばしに」

眉根を寄せてデシャンが問う。昔の自分でもきっと発しただろうその言葉に、ミリガンは肩をすくめて微笑む。

「何の、と言われると困るね。ただ——人が生きる時間にはそれだけで意味がある。人権派の根本思想は、もともとそういうものじゃないかな」

不思議なほど返答には悩まなかった。言葉を選ぶまでもなく、それが自然と口を突いて出た。自称に過ぎなかった肩書きが、ここに来てようやく馴染(なじ)んだのかもしれない。そんなことを考えて少し気恥ずかしくなりながら、ミリガンはそっと足元を見下ろす。

「さて、そろそろ限界(リミット)だね。——起きなさい、ゾーエ！」

そう告げた瞬間。ごとん、という音と共に、闘技台の半分がずれた。

「……え？」

懸命に変形を押し留(とど)めていたケネスがぽかんと顔を上げる。その彼が立つ場所が、そこを含む闘技台の西側の半分が、斜めに斬れて滑り落ちている。闘技台の床に足を着いたまま、彼の体はすでに「場外」と見なされる範囲へ流れ着いていた。

「見事に切れたね。……お疲れ様、ゾーエ。もう眠ってしまっていいよ」

ミリガンが優しい声で語りかける。切れ落ちた闘技台の断面で蛹(さなぎ)のように身を縮めて、ゾーエがゆっくりとまぶたを閉じる。

「……そうするんだナァ……」

返事の後を追って、すぅすぅと穏やかな寝息が響く。それがそのまま聞こえるほど、観客席からは何の声も上がらない。

しばし忘我の間を置いて。どうにか我に返ったグレンダが、自信なさげに隣のガーランドに問いかける。

「……リ……場外負け(リングアウト)……でしょうか？　これは……」

「……そうなるだろうな。場外に落ちた闘技台の破片は、もはや闘技台と見なさない。破片の、大きさとは無関係に」

男の口が定められたルールをそう告げた。混沌(こんとん)とした戦いの中にあった確かな戦略を、ガーランドの目は見て取っていた。

　ともすれば暴れ馬をそのまま放ったようにも見えるゾーエの参戦。だがその実、彼女の働きはリーダーのミリガンの指揮下で巧みに制御されていた。即(すなわ)ち、敵の抵抗(レジスト)を前提とした闘技台の破壊である。単なる干渉の力勝負では敵を場外負けに持ち込めない。だから押し合った上で最後に引いた。最後に断面となる一面の流動性のみをゾーエに全力で保持させ、その上でケネスの呪文干渉を逆に利用して他を「固めさせた」のだ。

　結果は見ての通り。闘技台の切断とそれに伴う断片の移動は、ふたつの魔法がせめぎ合った果ての結果であるが故に、これまでの変形と比べても遥(はる)かに劇的だった。だからこそ、自分を含むフィールドの半分で大規模に起きたその出来事を、ケネスはとっさに攻撃と見なせず。決闘リーグ史上でも極めて稀（まれ）な、闘技台に立ったままの場外負けを強いられたのだ――。

「――これで互いに残りひとり。……まぁ、なんだい。そろそろ決着を付けようか、Mr.（ミスター）・デシャン」

西半分が斜めに斬り落とされ、残る東半分にもあちこちに凹凸が残ったままの闘技台。もはや試合開始時点の様相からは見る影もないそのフィールドで、ミリガンが静かに決戦を促す。

一方のデシャンもまた、苦りきった表情で相手を睨（にら）んだ。

「……長々と会話に乗ったのは……」

「もちろんこれが狙いだよ。昔から情に訴えかける語りは得意でね。どうだい、今のはなかなかに泣けただろう？」

胸を張って悪びれず言ってのけるミリガン。その態度を前に、もはやデシャンは悩むことを止めた。真意を推し量っても仕方がない。憤（いきどお）ることにはなおさら意味がない。息の根を止めないことには、この蛇は決して黙らないのだから。

「……侮（あなど）りがあったことは認めよう。だが、結果は同じだ」

「それは困るね。ここで負けると格好が付かない」

会話を打ち切り、生き残ったふたりが真っ向から向き合う。誰の目にも状況は煮詰まっている。ここから先は、どう転んでも長い戦いにはならない。

「切り裂け刃風（インベトウス）！」

「凝り留まれ（プロイベーレ）！」

呪文がぶつかる。決闘リーグ史に刻まれる奇戦の決着へと、両者が一斉にひた走る。


「……開いた口が、塞がりませんわ……」

観客席の一角で、他の多くの生徒たちと同様に、シェラもまた呆然（ぼうぜん）としていた。技巧への賞賛も戦術を評価する言葉も出てこない。その心境を強いて表現するなら、そう――どこから突っ込めば良いか分からない、というのがもっとも近いかもしれない。

彼女とまったく同じ感想を抱きながらも、オリバーは強引に頭を切り替える。……今までの戦いで何があったにせよ、ここから先はまだ分からない。考えるのはそれだけでいい。そこに絞って思考することで、彼はどうにか正常な頭の働きを取り戻せた。

「……ここまでの経緯はともかく、局面はシンプルな一対一だ。しかも闘技台が切り落とされて狭くなった分、両者とも立ち回りは大きく制限される」

「……ということは、剣の間合いに入りやすい。左手が欠けてる分だけミリガン先輩が不利か……」

「いや、分かんねぇぞ。ミリハンちゃんはまだどっかにいんだろ？」

ピートとガイが各々の見解を述べる。オリバーもそれらを踏まえて戦いを眺めるが、明らかなのはやはり狭いフィールドにおけるミリガン側の不利だ。逆に言えば、それを上回る「何か」の準備が彼女の側にない限り、この終盤戦での勝ち目は薄い。

「カティ。オマエはどう思う？」

考えあぐねたピートが巻き毛の少女に話を回す。その視線の先で、カティは試合が始まってからもっとも緊迫した面持ちで先輩の戦いを見つめていた。

「勝ち筋はあるよ。でも、成功するかどうかは……わたしの腕次第、かも」

「は？」

意味を理解しかねたピートが眼鏡の奥で眼を細める。その言葉が引っかかったまま、オリバーもまた目の前の戦いへと意識を集中し直す。

「……ぐっ……！」

肌を炙る熱気にミリガンの口から苦悶が漏れる。剣術戦に押し負けて彼女が下がったところに容赦なく放たれた呪文の追撃。相殺しきれなかった炎がローブに燃え移り、ミリガンは敵と距離を取りながら必死でそれを脱ぎ捨てる。

「……ふん……」

ゾーエによって大幅に変化させられたフィールドへの適応も、デシャンの側ですでに終わっていた。地形の起伏を相手に利用させず、自らは逆に活かして相手を動かすことで、彼は着実に相手をフィールドの端へと追い込んでいる。

「底が見えたな。悪いが、この条件で負ける気はない」

揺るぎない確信のもとにそう告げた。その傍ら、上着を脱ぎ捨てた相手の全身をくまなく観察することも怠らない。戦いが詰めの局面に入ったからこそ、最後に警戒すべきは使い魔の魔眼なのだから。

「服の中には隠していないようだな。となれば闘技台のどこかに埋もれているのだろうが――魔眼の間合いは俺の領域知覚内だ。どの角度から来ようと見逃さん」

じりじりと距離を詰めながらの睨み合いが続く。ミリガンに圧をかけながら索敵を続けていたデシャンが、ふいにぴたりと動きを止めて呟く。

「……そこか。**火炎盛りて！**」

呪文でミリガンを牽制したデシャンが真横へ跳んだ。床の一か所を靴底で踏み付けて領域魔法で床表面を硬化。そこに潜伏していたミリハンを封印し、続く踏み込みで敵へ肉薄する。

「見切ったぞ！　詰みだ、ミリガン！」

「くっ――！」

仕掛けを見抜かれたミリガンが身をひるがえして背中を晒す。普通なら有り得ないその行動を、デシャンは「背中にミリハンがいる」と主張する苦し紛れのハッタリだと見なした。——無論、そんなものには騙されない。さっき踏み固めた場所にミリハンがいたことは領域知覚で確認済みであり、敵の詐術のタネは全て割れている。

「——!?」

その確信があるからこそ。直後に自分の体が固まった事実が、彼には理解できなかった。

「——ローブを焼いてくれて助かったよ。自然を装って脱ぐ手間が省けた」

背中を向けたまま魔女が呟く。ローブを脱ぎ捨てて露わになったそのブラウスの背後、左右の肩甲骨の間の一か所に奇妙な一筋の切れ目が入っている。そこに——「眼」が覗く。赤と緑の光彩を持つ人ならざる目が、人ならばあってはならない場所に炯々と光っている。

「……貴、様……背中、に……」

「左目のほうは贋物さ。見せてあげられないけどね」

前髪をかき上げながらミリガンが言う。その言葉通り、デシャンの位置から見て取れない左目には、精巧に作られた義眼が収まっている。それ自体は何の能力も持たなく、魔法道具ではないため持ち込みを咎められることもない。ただ——そこに魔眼があると信じ込んだ者にのみ、ひとつの思い込みが生まれる。使い魔にひとつ、左目にひとつ。それで全てだという誤解が。

「君たちは強い。でも、狡さでは私の勝ちだ。

「——雷光疾りて（トニトゥルス）」

魔女が後ろ手に振った杖剣（じょうけん）から放たれる電撃。それが意識を刈り取るまでの一瞬、デシャンは生まれて初めての悪態をありったけ胸の内で叫んだ。即ち（すなわ）——このあばずれが、と。


最後の一撃を受けて倒れ伏したデシャンの体。その決着を目にしたところで、観客たちもようやく困惑を越えて素直に沸き上がった。

「——け、決着……！　相手の想定を超えて盤面をひっくり返し続けたミリガン隊の勝利です！　反則スレスレの綱渡りを最後まで図太くやり切ったという印象ですが、師範（マスター）ガーランドの感想や如何（いか）に⁉」

「まぁ、下級生諸君に見本にして欲しくはない試合だな。……が、上級生の手練（てだ）れを出し抜くにはあのくらいやる必要があるというのも事実だ。能力的に戦闘向きでない生徒たちに示唆を与えた点も大きく評価できる。発想次第であぁした戦い方も可能だと分かった以上、今後は今までにも増して戦略の幅が広がるだろう。それに……」

　闘技台の切断の直後に運営の生徒によってフィールドの外へ運び出され、今はそこですやすやと眠っているゾーエ。目を細めてその姿を見やりつつ、ガーランドはぽつりと呟（つぶや）く。

「……体よく策略に利用しただけと、彼女はそう言うかもしれないが。魔に呑（の）まれる前に、この場にMs(ミズ)・ゾーエを引っ張ってきてくれたことに感謝したい。……審判ではなく、これはひとりの教師としてな」

「……カティ。あの魔眼は、君が？」

世にも稀(まれ)な一戦の興奮に賑(にぎ)わう観客席の中、巻き毛の少女に向き直ったオリバーがそう尋ねる。それに釣られて、仲間たちの視線も否応(いやおう)なく押し黙る彼女に集中する。

オリバーは確信していた。終盤戦でミリガン隊の勝利を決定付けた「背中の魔眼」。死角を補いつつもっとも意外性のある位置に「目」を配置した判断は理解できる。が——埋め込む箇所からして、あれはひとりでは用意できない。それが先のカティの発言と重なって、試合前に何があったのかを想像させていた。

少年の問いを受けて、カティが力なく頷(うなず)く。自分が用意したものだと、何の言い訳もなくその姿が語っている。

「ちゃんと機能してくれてほっとした。……きのう頼まれたの。段取りはミリガン先輩がぜんぶ組んでたから、その通りに……」

ガイとピートが啞然(あぜん)とする。秘密基地で自分自身について話し合う前に、そんな大仕事を終えてきていたのかと。その視線から逃げるように顔を背けて、カティはなおも言い続ける。

「左目から背中への眼球の移植そのものは……まぁ、嫌だけど難しくないよ。魔眼の扱いも注意すれば何とかなる。でも、神経の延長と接続……！　やってる最中に何度も泣きそうになった！　あんなの三年生に任せるなんてどうかしてる……！」

顔を手で押さえて悲鳴じみた声を上げるカティ。かける言葉もなくオリバーたちが立ち尽くしていると、そこに闘技台のほうからもうひとりの当事者の声が上がった。憎らしいまでに得意気な顔で杖剣（じょうけん）を突き上げて、少女に無茶な手術を求めた本人がその成果を報告する。

「勝ったよカティ君！　見たかい先輩の勇姿を！」

「知りません！　ばか――――っ！」

あらん限りの大声でカティが言い返す。オリバーとシェラが顔を見合わせ、まったく同時に大きなため息を吐き出した。

第二章

宿敵（ラヴァーズ）

デシャン隊が初戦を落とした。その報告に、レオンシオ隊の控え室は少々ざわついた。

「……驚きましたね、デシャンたちが敗れるとは。考えうる限りでいちばん手堅いメンバーだったのですが」

「ハァ、ハ。蛇眼にしてやられたな。小狡さにますます磨きをかけたようだ」

ジーノが戦いの流れについて考え込み、キーリギは面白がって笑いながら諸手を打つ。その一方で、彼らのリーダーは部屋の奥のソファに座ったまま何の反応も示さない。ふたりがそこに視線を向ける。

「いずれにせよ些事だな。……レオがあの様子では」

キーリギがにぃと笑う。——無視しているのではなく、聞こえていない。中空の一点に据えられて微動だにしない瞳が示すように、今のレオンシオはおよそ極限と言える集中状態にある。こうなるともはや仲間ですら下手に近付くことは出来ない。肩を叩くどころか、もはや自己領域に触れた瞬間に腕を斬り飛ばされてもおかしくないのだから。

「――勝ったのかよ。あの面子でよくもまぁ」

対するゴッドフレイ隊の控え室では、呆れ声に近いティムの感想が響く。ミリガン隊は同じ陣営のチームだが、その勝利を伝えられた彼らが素直に賑わったとは言えない。むしろ「どれほどえげつないペテンを駆使したのか」に対する懸念が勝った。あのメンバーでデシャン隊に勝つには、観客席を丸ごと唖然とさせるレベルの仕掛けがふたつ、みっつと必要になるだろうと分かっていた。彼らがまだ知らない試合の流れを踏まえても、その予想は至って正しかったと言える。

とはいえ、朗報には違いない。部屋の奥でストレッチを行っていたレセディがそれを切り上げて立ち上がり、闘志も露わに鼻を鳴らす。

「我々も続かねば示しが付かんな。……準備はいいか？　ゴッドフレイ」

「勿論だ」

ふたつ返事で頷いたゴッドフレイが体操を終えて直立し、そうしてこれから戦う相手のことを意識する。長らく対立し、幾度となく衝突し、遂には求愛さえされた――そんなひとりの宿敵のことを。

「……久しぶりだな。彼と本気でやり合うのは」

知らず口元に微笑みが浮かぶ。互いに派閥を束ねる立場となってからは、そう簡単に長同士で立ち合うわけにもいかなくなった。その程度の自制は求められて当然のものと理解していたが、それ以上の欲求不満が募っていたことは認めざるを得ない。生徒からの支持率、施策の評判、仲間の数と質による示威——それらを介した迂遠な争いは、もう沢山だ。

「——時間だ！　ゴッドフレイ隊、入場を！」

開いたドアから現れた案内役の生徒が声を張り上げる。三人全員が即座にそちらへ向き直る。

「この一戦が我々の集大成だ。——行くぞ」

「「応！」」

そうして踏み出す。それぞれの宿敵が待つ場所へ。この学び舎での彼らの年月を締め括る、最後の戦いへ。


第二戦の開始を間近に、にわかに観客席へ姿を現したリーグ運営の生徒たち。彼らが前列の生徒たちを下がらせて防護結界の強化に勤しむ様子が、オリバーたちにこれから始まる戦いの激しさを予感させていた。

「……ガッチガチに固めてるな、結界。まるで竜でも暴れるみてぇだ」

「適切な備えでしょう。両チームの火力を考えれば」

ガイの喩えにシェラも迷わず頷く。生徒たちの多くも警戒の必要性は弁えており、周りの一～二年生に声をかけて後列に避難させる程度の配慮は自分たちの側で行っていた。一方で、物騒だからと会場を去る者はほとんどいない。身を危険に晒してでも見る価値がある——この後の一戦に対して、誰もが固くそう考えているからだ。

「正真正銘、現キンバリーの最強を決める戦いだ。……俺も、ここからは口数が少なくなる」

予め仲間にそう断ったオリバーが居住まいを正す。彼らの座る場所も前列寄りだったが、全員が下級生リーグでの本戦出場メンバーとあっては先輩方から気遣われることもない。むしろ周りの後輩を守ることを求められる立場であり、危なっかしい生徒がいないかと、オリバーはさりげなく周りを見回す。

「——だから、下がんなくて平気だっての！」「まぁまぁ。ディーン、まぁまぁ」

「念のために、ね。その方が観戦にも集中できるから」

視界の端に後輩のディーン＝トラヴァースの姿が映った。同学年のリタとピーターに背中を押されて、彼は今まさに後列に下がっていくところだ。テレサも最後尾に続いており、その光景にオリバーはふっと頬を緩める。ああして自主的に避難してくれるのはありがたい。

「——第二試合の直前だが。生徒諸君に重要な通達がある」

そんな中にガーランドの声が重く響く。何を言われるかはおおよそ察しながら、観客席の生徒たちがそれに耳を傾ける。

「この試合に限り、観客席の最前二列は空けてもらう。一部の生徒は立ち見になってしまうが、これは君たち自身の身の安全、ひいては選手たちから巻き添えの懸念を払拭するためだ。彼らが気兼ねなく全力で戦える環境のために協力を願いたい」

　言われるまでもない、と多くの生徒たちが表情で語る。「この試合を邪魔しない」判断には善意や良識を経由するまでもなく辿り着く。ひとつには貴重な観戦の機会を損なわないために。もうひとつには、高速回転する歯車に手を突っ込む愚行を誰も望まないために。

「立会人は私とギルクリスト先生が闘技台の傍で務める。流れ弾は確実に処理すると約束するが、念には念を入れて観客席にも結界を重ね掛けする。最前二列を空けてもらうのはそのためだ。立ってもらった生徒には申し訳ないが、事情を弁えて席の取り合いなどは控えるように」

　ガーランドが重ねて告げ、会場の数か所で起こっていた小さな諍いがそれで渋々と収まる。あまり派手に争っては運営に退場させられかねないため、今ばかりは誰もが寛容に甘んじるしかない。自分たちの殺し合いは一旦置いて試合を見ろ。端的に要約すれば、今までのメッセージはそのような意味合いである。

「時間になりました。……両チーム、入場です」

　そうして整っていった会場の中に、実況のグレンダの声がかつてなく厳かに響いた。それでオリバーたちも否応なく背筋が伸びる。神聖な儀式を執り行う祭壇にも似た緊張が場を包み、そこに東西の入り口から戦いの当事者たちが姿を現す。

「選手の紹介は——あえて、しません。彼らの実力も、その人格も、キンバリー生なら誰もが知ることです。今さら私が言葉で飾るのは蛇足でしかない」

いつもの躁じみた賑やかさとは反対に、グレンダの言葉は驚くほど少ない。この試合だけは一介の観客であることを許して欲しいと、その様子でもって暗に語っている。無論、誰ひとりそれを咎めはしない。

「ただ、ひとつだけ私的な感想を。──確信しています。この試合を見るために、私は今日までキンバリーに在籍してきたのだと」

彼女の言葉を呼び水に、闘技場の空気が観客たちの期待感で満たされる。同時に両チームの選手が闘技台の傍らに整然と並んだ。それを見て取ると同時に、魔法剣の教師と配置を代わった実況席のセオドールから最初の指示が放たれた。

「両チーム先鋒、前へ！」

声に応じて階段を上がっていった両チームのリーダーが、まもなく闘技台の上で邂逅を果たす。片や多くの生徒を苦境から救い、またその手で看取ってきた百戦錬磨の学生統括。片や幾多の生徒を麾下に従え、その実力とカリスマでもって支配してきた対抗派閥の首領。互いに対して思うところはもはや数え切れない。だからこそ、この期に及んで交わすべき言葉は少ない。

「……変わらないな、ゴッドフレイ。本当に──あの日から、お前は何ひとつ変わらない」

「お互い様だ。レオンシオ」

言われたゴッドフレイが率直に応じる。その言葉に、レオンシオが薄く笑って首を横に振る。

「いいや。……私は変わったよ。お前のせいで、変わってしまった」

己のみが知る事実を語る、その声の調子はどこか嘆きにも似る。ひとりの人間との関わりによって不可逆の変化を及ぼされた男の、長年を費やしてそれを受け入れた結果としての諦観がそこにある。……怒りでは到底収まり切らなかった。だから憎しみに変わり、最後には恋に化(ば)けた。その経緯は男の中でどこまでも明らかで、よって情念を向ける矛先にはついぞ困らない。

「時は満ちた。今こそお前の全てを呑(の)み干そう、愛(いと)しき〈煉獄(れんごく)〉よ」

「来い。〈黄金卿(きょう)〉」

互いの異名でもって相手を呼ばわり、杖剣(じょうけん)を抜く。——もう一秒も待てはしない。そんな彼らの限界を見て取ったセオドールが唯一の、そして何よりも望まれた言葉を告げる。

「——始め！」

キンバリーの伝説に刻まれる十分強が、そうして幕を開けた。

「——**焼いて浄めよ(イグニス)！**」

「——**灼き照らせ(ソリスルクス)！**」

力強く詠唱が響き渡り、ふたつの杖剣(じょうけん)から放たれた赤と金の焔(ほのお)が鬩(せめ)ぎ合う。対抗属性の峻(しゅん)別(べつ)など考えもしない。そこに割く集中力を全て速度と出力にありったけ費やす。ぶつかり合った炎が闘技台の中央で膨れ上がって束(つか)の間(ま)の太陽と化した。それに巻き込まれぬよう後退しながら、両者は最短の所作で次の詠唱へと及ぶ。

「——**灼き照らせ(ソリスルクス)！**」

「焼いて浄めよ(イグニス)！」

　追加の炎が注ぎ込まれ、間に浮かぶ太陽が二倍の大きさに膨れ上がる。それが放つ圧倒的な光が、闘技場の全域から影という影をひとつ残らず消し飛ばす――。


「お、あ――！」「うっ……！」「ぐっ――！」

　強すぎる光に目を焼かれて呻(うめ)くガイとカティ、ピート。即応したオリバーとシェラが空中に保護膜を張って光を減衰させる。それを隔てた向こう側に戦いの光景を見やりながら、縦巻き髪(ロールヘア)の少女が震える声で呟(つぶや)く。

「……なんという……」

「……さながら、神話」

　受けた印象をナナオがありのまま言葉にする。それが剣花団全員の、ひいては全ての観客の心境を代弁してもいた。――魔法使い同士の殺し合いが日常茶飯事のキンバリーにあってさえ、目の前の戦いはそこから逸脱した幻想の域に踏み込む。喩(たと)えるなら遠い神代の昔、長い歴史のひとつの節目――そうした特異点にごく短い間だけ生じて消えたであろうものだ。

「…………」

　自ら張った保護膜を部分的に解除し、オリバーが剥(む)き出(だ)しの両目でその光景を見据える。それを心配したシェラがとっさに声を上げる。

「オリバー、それでは目が――」

「見届ける。目が焼けても」

迷わず言い切って瞳孔の調整に意識を回す。彼に倣うように後ろの席のナナオも同様にした。並行してまったく同じことを考える。――この一戦を見届けるために支払う代償として、目玉が焼かれる程度のことは余りにも安いのだと。


互いに退く気も曲げる気もなく、よって弾道と属性の使い分けすら用いない。単一の呪文を正面からぶつけ合う戦いが続き、余波を受けた闘技台の床が中央から急速に削られていく。

「――フゥッ!」「――ハァ……!」

試合開始から二分が経過し、両者の放った二十発以上の呪文が同じ回数に亘って鬩ぎ合った後。撃ち合いの優劣とはまったく別の理由から、彼らの戦いは一時の中断を求められた。

「――立会人。闘技台が消し飛んだが、これは?」

杖剣の切っ先を宿敵に据えたまま、フィールドの脇に控えたガーランドへ向けてゴッドフレイが問いかける。その言葉には少しの比喩の誇張もない。彼らが立つ両端のみをわずかに残して、闘技台の大部分はすでに蒸発していた。当初の形状は見る影もない。

たまらずガーランドが苦笑する。──第一試合での損傷を修復する際に念入りな強化を施し、今回の闘技台はとりわけ堅く仕上げたというのに。それでも最初の三分さえ保たないとは。

舞台そのものの準備不足を認めながら、彼はもうひとりの立会人であるギルクリストに目配せする。続けて実況席のセオドールへ。両者から頷き(うなず)きが返ったところで、運営として取るべき方針は決定した。すぐさまそれを口にする。

「……いいだろう。この試合に限り、会場底部の地面全域を闘技台(リング)とみなす。君も構わないな？　Mr.(ミスター)・エチェバルリア」

「無論だ」「感謝する、師範(マスター)」

レオンシオが頷(うなず)き、ゴッドフレイが短く礼を述べる。各人の合意の下に戦場の拡大が決定し、それに伴う必然として、闘技台の脇に待機していた両チーム残り四名の立ち位置が入場口まで下げられた。地面の全体がフィールドとなった以上、控えの選手をその中に置くわけにはいかない。

新たな条件のもとに場が整い、中断されていた試合の再開が告げられる。が、同じひとつの思考のもと、ゴッドフレイとレオンシオはあえて動かなかった。……少し待てば三分が経過する。どうせ仕切り直しなら、新しい顔を加えて始めるのがいい。

「──いい貌(かお)だ、レセディ。リヴァーモアの一件では互いに気兼ねが多かった。漸(よう)く私を存分にぶちのめせる機会だものなぁ」

かくして、両チームのふたり目が戦場に歩み出た。先に声を上げたのはレオンシオ隊のキーリギ＝アルブシューフ。常よりもひときわ陰惨な笑みを浮かべたその顔を睨み付けて、ゴッドフレイ隊のレセディ＝イングウェが鋭く言葉を放つ。

「ひとつ勘違いを正してやる。キーリギ」

「うん？」

「私は確かに怒っている。だがそれは、お前が愛人たちを寝取ったことにではない」

そう口にしながら、両足のブーツを順番に脱ぎ捨てる。剛鉄で爪先を覆ったそれらがズシリと重い音を立てて地面に落ちた。晒された素足が芝生をぎゅっと踏みしめる。続けてレセディの右脚が掻き消え、断ち切られた芝の切片がはらはらと宙を舞った。横にひと振りされた足刀で、さながら鋭い鎌に刈り取られたように。

蹴りの威力を高めるための武装と誰もが思う。だが、その認識は正しくない。それはむしろ保護するものだ。余りにも強すぎる脚力から、それを振るう彼女自身を。

「私がずっと許せずにいるのは。——その後で、お前が彼女らを泣かせたことだ！」

レセディが烈しく一喝する。そうして上体を前傾し、異大陸の体術に由来する独特の低い構えを取った。その声を受け止めたキーリギの全身がぶるりと震える。

「……ああ……それだよ、レセディ」

感極まったように額を押さえながらキーリギが頷く。同時に想う——今ばかりはレオンシオ

が羨ましいと。自分に一物があれば、今はこの上なく屹立させてみせるところなのに。

「お前の怒りはいつだって美しい。どうしても許せぬものに憤る時、その激情を胸に燃やして現実へ立ち向かう時……お前の姿は、夜明けの太陽よりもなお眩しい」

たまらず足を踏み出す。篝火に誘われて身を投じる一匹の蛾のように、それが自分を焼くものだと分かっていても止められない。もっと近くで見たいと、この手の内に収めたいと――その衝動に突き動かされるまま、彼女はこれまでに多くの輝きを闇の底に沈めてきた。

「分かっておくれよ。そんなお前をいつまでも見ていたいから――私は何度でも、同じことを繰り返すんだ」

そうして悪びれず差し出す。暗く悍ましい己が好意を、受け取ることがそのまま破滅を意味する捩れ切った感情を。それを示されるのは今回が初めてではない。故に、レセディの側にも戸惑いはない。

「……お前の辞書から欠け落ちた大事な言葉がふたつある。『反省』と『自制』だ」

「ハァ、ハ。懐かしい響きだ。父と母が呪文のように繰り返していたなぁ」

「ここで刻み付ける。――それが私の、この学校での最後の役割だ！」

蹴った地面の爆発と共にレセディの体が消失する。歓喜に歪むキーリギの顔面に、三十ヤードを一秒弱で詰めたその脚が斜め上から襲い掛かった。とっさに身を屈めて掻い潜ったところに踏み立つ虚空を経て逆方向から襲い掛かる二撃目。それも紙一重で躱せば今度は離れ際に呪文での追い撃ち。息つく暇もない攻勢(ラッシュ)の中、その全てに対処しながらキーリギが嘆息する。ああ——何てことだ。今日のお前はいちだんと格好いい、と。

「——Ms.(ミズ)・イングウェとMs.(ミズ)・アルブシューフが参戦！　こちらも様子見なしのぶつかり合いです！」

「素晴らしいね。素足のMs.(ミズ)・イングウェを見るのは久しぶりだ」

実況席のセオドールが笑顔で頷(うなず)く。あえて最低限のコメントに留(とど)めているグレンダの意図を酌(く)んで、彼のほうでも多くは語らない。ただ、目の前の光景から感じるところは少なからずあった。杖(つえ)の拡声魔法を切った上で、彼はただの独り言としてそれを口にする。

「……キンバリーへ流れ着いたばかりの頃、Ms.(ミズ)・アルブシューフは本当に危うかった。あの時すでに、彼女は自分が何者なのかを理解してしまっていたから。正直僕は二年以内に魔に呑(の)まれると読んでいたよ。そうなった時の処理に責任を持つと約束して、僕自身が彼女をここに招き入れた……」

男の呟(つぶや)きが耳に届き、グレンダがちらりとそちらへ目を向ける。——数多(あまた)の才能が集う名門キンバリーでも、キーリギのようなエルフの入学は稀(まれ)なケースだ。その実現に当たって一役買った人間がいるのは当然で、教師に入学の便宜を図られたという点では三年のナナオ＝ヒビヤにも境遇が近しい。エルフを妻に娶った魔法使いというセオドールの立場も、その際は何かと有利に働いたのかもしれない。

「それが杞憂になってくれたのは、ここでの出会いに恵まれたからだ。……余りにも希少だよ。彼女を懐に収められるMr.エチェバルリアたちの器も、彼女とぶつかり合い続けて砕けないMs.イングウェたちの器も。両方が揃っていたことはもはや奇跡と呼んでもいい」

その経緯を踏まえて、今の光景を眺める男の瞳には感謝が宿っていた。……分の悪い博打だったとは自分でも思う。徒に校内を混乱させるだけで終わった可能性も少なからずある。だが、だからこそ思うのだ。この結果は紛れもなく教え子たちの手柄なのだと。

「エルフの里では受け入れられなかった彼女が、ここでは少しも孤独じゃなかった。……それはさ。ほんの少しだけ、誇らしくないかい——？」

掠れるほど小さな声でセオドールが呟く。その横顔が気恥ずかしげに語っていた。——たまにこういうことが起こるから。分の悪い博打というものが、自分は嫌いではないと。

大方の予想に違わず。局面が二対二になったことで、試合はひときわ激しさを増した。

「**焼いて浄めよ！**」

「**灼き照らせ！**」

何度目とも知れず詠唱が響き渡る。戦場が広くなったことで呪文戦にも気兼ねが減り、大火力の撃ち合いに、両チームのふたり目を交えた壮絶な駆け引きが始まっていた。

「ハァ、ハ――！」

嗤(わら)うキーリギが観客席のすぐ下の壁を踏み立つ壁面(ウォールウォーク)で駆け抜ける。闘技台が焼失した今となってはそこも立派に戦場の内だが、レセディもまたすぐさま相手の意図を見て取った。――あの位置の敵を撃とうとすれば観客席スレスレを狙うことになる。自分はまだしも、結界を貫通しかねないゴッドフレイの魔法の威力でそれは出来ない。「生徒を守る」自分たちのスタンスが盾に取られているのだ。

「フゥ――！」

が、そんな相手の悪辣さは重々承知。レセディが迷わず地を蹴って一直線に敵へ向かい、それを狙ってキーリギが高い位置から呪文を撃ち下ろす。迎撃分の魔力すら脚に注いだレセディが爆発的な速度でそれらを悉(ことごと)く掻(か)い潜(くぐ)って壁を駆け上った。そんな彼女の接近を、キーリギが自ら立つ壁面へとさらに垂直の壁を生やして待ち受ける。呪文で壁を壊そうと横から迂回(うかい)しようと一手分の不利は避けられず――故に、レセディはどちらも選ばない。

「ゼァァアッ！」

立ち塞がるその壁を、壁面でさらに跳躍したレセディの両足が真上へ向かって続けざまに蹴り飛ばす。ただ打ち砕くのではない、蹴った端から飛礫(つぶて)と化して向こう側の敵へ射出してのける。ぎょっとしながらそれらを躱したキーリギが眼を輝かせた。——素足で壊すだけでも馬鹿げているのに、同じ動作で射出する？　もはやゴッドフレイの火力に劣らず冗談じみている。呪文を用いるまでもなく、今のレセディなら紅王鳥にすら正面から蹴り勝つかもしれない。

「ハア、ハ——！」

壁面で追い付かれる前に自ら飛び降りたキーリギの体が地面へ舞い戻る。即座にレセディもそれを追い、踏み立つ虚空を経た空中からの蹴撃で相手を追い込む。それを見たレオンシオがすかさず撃ち合いの中で立ち位置を調整、自分とゴッドフレイの呪文の衝突地点をふたりの近くに置くことでレセディを牽制。彼女に間合いを取り直させることで、キーリギに体勢を立て直す猶予を与える。

「……まったく、お前ときたら……」

歓喜に震える声が邪鬼の口を突いて出る。……魔法使いの常識を遠く置き去りにした立ち回り。我が身を軸とした苛烈で容赦なく、どこまでもシンプルで清々しい戦い方。その姿に、キーリギはお伽噺の英雄を見る。無垢な子供のように恋焦がれる。だからこそ願うのだ——それに見合う邪鬼たらねばと。生半の怪物ではこの勇者に失礼であろうと。

「——**根差して育て**——！」

故に、そうする。故郷から持ち出したものに数年かけて品種改良を繰り返し、その上で全身の複数個所に埋め込んだ「種」。発芽を命じられたそれらが速やかに体内で根を張り、筋骨と融け合う形で魔力流を強引に拡張する。その変化は体内にすら留まらない。左腕の皮膚を貫いて巻き上がった大量の蔦が螺旋状に巻き上がり、そこに第二の杖を——触腕を形成する。

「……ギ——ヒハッ——ゲァッ——ッ！」

背中がぼこぼこと波打ち、大量の魔力を蓄えた瘤杢（こぶもく）が数か所で歪（いびつ）に隆起する。伴って悍（おぞ）ましい痛みと気が狂いそうな万能感が五体を満たす。——もはやエルフと聞いて人々が思い浮かべる姿はどこにもない。さながら年経た古木が呪いを帯びて化けた異形。森の奥の暗がりに人々が想像した通りの化け物として、今のキーリギ＝アルブシューフはそこに在る。

「——**切り裂け刃風（インベトゥス）**ッ！」

魔力流の拡張によって二本目の杖（つえ）の機能を有した触腕、その先端に咲いた巨大な花弁より撃ち出される大威力の烈風。それを跳んで躱（かわ）しながら、相手の変化を見て取ったレセディがフンと鼻を鳴らす。——今さら驚きはしない。生徒会メンバーとして戦い抜いた日々の中で、その程度はとっくに見慣れた様だ。

「禁忌の重ね掛けか。両親が泣くぞ、その姿は！」

次撃に向けて駆ける彼女が何の気なしに放った皮肉。変異した体で新たな神秘を紡（つむ）ぐ傍（かたわ）ら、キーリギもそれに応じようとして——なぜかふと、言葉に詰まる。

——夜ふかししては　いけないよ　火遊びしては　いけないよ

――ことに　月のない夜は　どちらも決していけないよ

代わって、古い唄が頭に響く。かつて彼女に示唆を与えたそれが。

――こわぁい邪鬼(アールヴ)が見ているよ　可愛(かわい)いお前を攫(さら)いに来るよ
――代わりに鬼子を置いてって　ママはそれに　気付かない――

……真相は何であったろう。何度目とも知れず、キーリギはそれを考える。

邪鬼(アールヴ)の子攫(さら)いの伝承には、多くの場合においてもう一つの要素が絡(から)む。「取り換え子(チェンジリング)」だ。

人間の子供がいなくなった時、その場所は色鮮やかな茸(きのこ)の輪で囲まれ、そこには代わって美しい鬼の子が残されるのだという。

素直に考えれば、純血主義を貴ぶエルフがそんな真似(まね)をするとは考えづらい。が、斜に構えればまた別の考え方も出来る。例えば――種族の純粋性を脅(おびや)かすものは、本当に外因だけだろうか？

そんなことはない。他所の血や思想に染まるまでもなく、長い歴史の中では外れ者が必ず生まれてくる。まるで降って湧いた悪夢のごとく、誰もが認める清く正しい両親の間に、矯正不能の悪性を抱えた子供が生まれ落ちることがある。そうした意味での「鬼子」が。

鬼子は成長すれば鬼となる。言葉を知り、魔術を覚え、周りの善良なエルフたちを惑わし扇動する力を得る。それはエルフの里のような少数の閉鎖的な集団を揺るがすにじゅうぶんな脅威だろう。そうした「内側の病巣」への対処が必要になったケースも、長い歴史においては少なからずあったはずだ。

そういう時――自分が正しいエルフならどうするだろう、とキーリギは考える。

身近に置き続けるのは避けたい。が、単純に里から追い出すのも論外だ。それではエルフの血統が外界へ流出する。いっそ殺してしまうのが手っ取り早いが、同胞殺しは血の流出と並ぶエルフの禁忌だ。少数の長命種族によって営まれる集団は仲間内のいざこざを何よりも恐れる。それは容易く里そのものの瓦解へと繋がり、ひいてはエルフという種を内部で分断する結果を生むからだ。

それでも強いて手を下すなら――鬼子を産んでしまった両親が、あくまでも「自主的に」行うのが望ましい。その形なら遺恨は家族の枠を超えて広がらない。他のエルフたちは善意の第三者として隣人の悲劇を悼み、哀しみ、慰め、その陰で安堵に胸を撫で下ろすだけで済む。

……が、全ての親が同じ道を選べるはずもない。エルフは長命の代償として繁殖力に乏しく、生涯の間に成す子供の数は決して多くない。故に、血を分けた子供への愛情はいっそう深い。

殺せない。生きていて欲しい。そばにいられなくても。どんなに哀しく歪な形でも。

その葛藤を自分に重ねた時——キーリギの頭を掠める、ひどく朧気な記憶がひとつある。

ふと瞼を開けると。横たわる自分を左右から見下ろして、父と母が泣いていた。

あれ、と思う。また自分は何かしただろうか。玄関に出たトカゲの味が知りたくて齧ってみたのが先月で、ずっと飼っていた妖精のお腹の中身がどうしても気になって割ってみたのが先週で、お友達のきれいな瞳を借りて指輪を作ろうとしたのが一昨日で——それより後に何をしたのか、思い出せない。でも、きっと何かしたのだろう。ふたりが私を怒るのも、私を想って泣くのも、いつもそういう時だから。

ごめんね、と囁いて、母が私を抱きしめる。

ごめんよ、と呟いて、父が私の頰を撫でる。

よく、分からない。私の側に謝ることはいくらでもある。けれど、なぜ、ふたりが私に謝るのだろう。こんなひどい娘に苦しめられている父と母が、いったい何を謝ることがあるだろう。

母が喜ぶ顔より、泣き崩れる顔が見たくて。

父が微笑む顔より、悩み苦しむ顔が好きで。

何度叱られても、何度諭されても、それを見たがる心が止められなくて。

「——」

なぜ謝るの。そう訊こうとしても、口が動かない。
体がだるくて、重い。頭がぼうっとする。お腹の下のほうから鈍い痛みが昇ってくる。
ああ、夢なのかもしれない。それならいい。父も母も、何も謝らなくていいのだから。
だから、安心して瞼を閉じる。——おやすみ。お父さん、お母さん。
キーリギはずっと、あなたたちを、愛しているよ。

「——ハア、ハ——」

——ずいぶん経つ。あの頃からも、里を出てからも。

退屈な故郷と比べて、浮世はいかにも忙しない。その水にすっかり馴染んでしまったからだろうか。エルフなら風のひと吹きのはずの年月も、自分にはそう感じられなくなって久しい。

追い出されるよりも、自分で飛び出す方が早かった——それが両親にとって幸だったか不幸だったかは分からない。が、里にとっては明白に失策だったろう。父と母が躊躇ったとしても、彼らはもっと早く自分を放逐すべきだった。取り換え子でも何でも構わない。少なくとも、これほど多くのエルフ魔術を持ち逃げ前提で貪られる前には。

だが、今は思う。その失策にも理由はあったのではないか。彼らはなぜ油断した。決して自分を逃がしたくないのなら、何としても里に留めておきたいのなら、なぜ鎖に繋いで地下牢にでも閉じ込めておかなかった。

……エルフ魔術の多くは血統と不可分だ。たとえ外界に知識だけを持ち去って伝えようと、その神秘の多くを人の身では再現し得ない。故に、何よりも優先して防ぐべきは血の漏洩(ろうえい)。自分たちの血脈が人と混ざって広がってしまうこと――それこそ彼らが何よりも恐れる最悪の結末に他ならない。

ならば。……ならば。…………ならば。

そのために最も重要な一手は、あの時すでに、打ってあったのではないか。

「……ハハ……」

人界に下って以来、不徳とされる行いには軒並み手を染めてきた。あらゆる快楽に片端から溺れた。初めて訪れた人の街はまるで取り放題のビュッフェのようで、老いも若きも区別せず、気が向けば男とも女とも手当たり次第に交わった。避妊など一度たりとも考えたことはなく、むしろ積極的にこの血をばら撒(ま)こうと意気込んですらいた。それこそ自分の使命であろうと。

キンバリーに流れ着いてからも、そのスタンスは大きく変わらない。

だというのに。……いかに少子はエルフの宿痾(しゅくあ)とて。これ程の数を打って尚(なお)、いっかな子を宿さぬこの胎(はら)は不思議なものだ。いやいやむしろ便利なくらいだと嘯(うそぶ)きながら。

その理由を。ひとたび切り開ければすぐ判(わか)る、そうであればただ妥当なだけの真実を。

どうして――自分は今もまだ、確かめられずにいるのだろう。

「オオオォォッ！」

剛脚が風を切って叩き付ける。頬の皮一枚を掠め去るその爪先をなおも未練がましく目が追いたがる。ああ——躱すのが勿体ない。それに頭を砕かれて脳漿をぶちまける瞬間が何よりも待ち遠しい。無惨に伏した己の亡骸に重なってお前の凱旋が目に浮かぶ。耳を澄ませば群衆の歓呼さえ聞こえるようだ。——なぁ、分かるだろうレセディ。邪鬼退治の英雄譚は、それを締め括る勇者の勝利は、いつだってそのようにあるべきもの。

だから、レセディよ。……私の、私だけの愛しき英雄よ。

もし叶うなら。お前に討たれる化物の立場から、たったひとつだけ嘆願が許されるなら。

頭を潰す前に——どうか、腹を蹴ってはくれないか。ことに臍より下を。内臓の区別もなくなるくらい滅茶苦茶に。後から死体を切り開いたとしても、魔法医たちがどれほど念入りに中身を検めたとしても、もはやそこに崩れた肉と血の海しか見て取れないほどに。

願わくば永遠に——ひとつの妥当な真実が、その中に埋もれていてくれるように。

「……ハァ、ハ——ハハハ——ハハハハハハハハァァァ！」

六分経過時点で戦場へ踏み込んだ時。夢中で撃ち合うゴッドフレイとレオンシオと並べて、ジーノ＝ベルトラーミはそこに、変わり果てた姿で泣き笑うチームメイトの姿を見た。

「──昂りすぎですよ、キーリギ」

「抜かせ〈酔師〉！　素面でいられるものかよ、こんな時に──！」

窘める言葉に叫び声が返る。軽くため息を吐きながらも、ジーノはその状態を良しとした。

──自分の声はまだ届く。危ういところに踏み込んではいても、今なお彼女は彼女のままだ。

「深酒ですが、悪酔いはしてないようですね。……なら構いません。私も、今は接客に集中したい」

そうして、自分の仕事に意識を向ける。反対側の通路から入場してきた〈毒殺魔〉の可憐な女装姿がそこにあった。熾烈に争う他二組を横目に戦場で向き合い、〈酔師〉は恭しく相手に語りかける。

「いらっしゃいませ、お客様。……一杯目には何を？」

「レッドアイ。テメェの血で割ったやつをジョッキになみなみと」

呼吸に等しい煽り文句をティムの口が放つ。杖剣の鞘を払ったジーノが肩をすくめる。

「そのようなレシピですと、当店では取り扱いがございませんが……ご安心を。貴方にぴったりのカクテルをご用意致します」

「結構なこった。でもよ、今日はテメェも呑んでけ」

杖剣の切っ先で相手を指してティムが言い放つ。その言葉にジーノが眉根を寄せる。

「私を酔わせたいと？　……試みる分には構いませんが。分の悪い勝負になりますよ、それは」

「違(ちげ)ぇよ腐れバーテン。僕が見てぇのは、そうやってカウンターの向こうでお行儀よく取り澄ましてるテメェが――」

　話の途中で言葉を切ってティムが地を蹴り、間合いを詰めて突きかかる。それを危なげなく受け流した相手へ向けて、彼はなおも毒舌を走らせる。

「――不様に地べたで這(は)いつくばって、胃の中身まるっと吐いてるトコだ！」

「……ああ。憧れますね、それは」

　微笑して斬り合いに応じる〈酔師(バーマン)〉。かくして両名の間で、毒を孕(はら)んだ剣術戦が幕を開ける。

「――両チームの三人目にMr(ミスター).リントンとMr(ミスター).ベルトラーミが参戦！〈毒殺魔〉と〈酔師〉、ふたりの錬金術師による正面対決です！」

「これまた因縁の深いふたりだね。ただ、魔法道具の持ち込みが出来ない状況での対決は珍しい。まずはMr(ミスター).リントンが毒の攻撃力を他でどう補うかだけど――」

　グレンダの実況に合わせて観客の意識が三組目の戦闘へと注がれる。その攻防をしばらく観察した上で杖(つえ)の拡声魔法を切り、セオドールがふっと笑う。

「――あまり難しいことは考えていないようだね、彼は。何が何でも一服盛る気だ」

「――フゥ……」

斬り合いの最中にジーノが吐き出す静かな呼気。酒精を含んで蠱惑的な芳香と甘みを帯びたそれが周囲に立ち込め、不可視の魅了となって〈毒殺魔〉の全身を絡め取る。

魔法道具の持ち込みが許可されない決勝のルール上、両者とも普段のような手持ちの魔法薬を駆使しての戦闘は望めない。が――その上でなお、彼らは錬金術師である。幻覚効果を持つ魔法の扱いはもちろん、体内で蓄積・生成した薬効成分を呼気と共に吹く程度の真似は造作もない。そのように創り出した幻惑空間の中で駆使するラノフ流こそ、〈酔師〉が校内屈指の難剣使いとして畏れられる理由である。

「ハ、お得意の酒気帯び剣術か。――酒が弱ぇよ。どんだけ吸っても酔わねぇぞそんなもん！」

が、そうした手管はティムの側でも先刻承知。彼の耐性の前に魅了の類は効果が薄く、ジーノのそれですら芳香剤の利いた空間と大差ない。感覚の狂いを少しも生じぬまま、彼は殺意も露わに相手の首を狙って刃を突き出す。

「本日は品揃えが限られておりまして。申し訳ございません」

それを受け流しながら〈酔師〉が率直に詫びる。この条件だと強い酒で一気に酔わせることは出来ない。が、それはティムの側も同じであり、必然、互いの蓄積が響いてくる中盤戦以降に攻防の山場が予期される。

その点を踏まえて、今はひとつでも多くの布石を打つ段階。そう予測して戦術（サービス）を組み立てていたジーノの肌を、思いがけず強毒の気配が掠（かす）めた。

「――⁉」

「僕はそうでもねぇよ」

斬り合いの合間に突き出された左手。それに致命的な脅威を感じたジーノがとっさに後退し、直後に自分の手首の袖が爛（ただ）れ落ちているのを見下ろす。――わずかに指先が触れただけ。〈酔師（バーマン）〉の職分に合わせて改造を施してはいても、これもまた上質の魔法加工が施されたキンバリーの制服。生半（なまなか）な毒で損なわれたりはしないというのに。

「……それは……」

肌に感じる刺激から強烈な麻痺（まひ）毒と分析しつつ、目を細めて相手の左手を睨（にら）むジーノ。うっすらと瘴気（しょうき）をまとったそれの正体を、彼の側でもほどなく見て取る。

「……毒手ですか。また無茶な真似（まね）を」

「テメェの店じゃ酒瓶の持ち込みはご法度（はっと）か？　ならそう看板に書いとけ！」

悪びれず言ったティムが自ら掌（てのひら）を切り裂き、目の前の相手へ向けて指を弾く。そうして放たれた猛毒の血飛沫（ちしぶき）を、ジーノの操る領域魔法の風が左右に逸（そ）らす。

毒手（ポイズンハンド）は東方（エイジア）にルーツを持つ暗技である。厳密に管理された毒成分の長期に及ぶ服用・塗布を経て自らの手を毒の精製器官たらしめる荒技。ミリガンの魔眼と同様、生体に組み込まれた機能であるが故に「魔法道具の持ち込み」とは判断されない。が、その実践には当然ながら相応の苦痛と副作用が伴う。形成途中で断念するのはまだ良（い）いほうで、強毒に順応出来なかった体の側が蝕（むしば）まれることも珍しくない。

加えて——本来なら年単位の時間を要するところを、ティムのそれはひと月足らずの突貫施術で仕上げてある。機能面でこそ申し分ないが、体調とのバランスを考えた長期間の運用は初めから想定しておらず、つまりは使い切ったら切り落とすことが前提の切り札。切った腕を生やせる魔法使いだからこそ成り立つ真似（まね）とは言え——その軽率さと強引さに、ジーノは内心でため息を禁じ得ない。

「仰（おっしゃ）るように、持ち込みは好ましくありません。それが粗悪な酒となれば尚（なお）のこと」

努めて冷静に語って聞かせる。悪酔いした客を窘（たしな）めるように、あるいは物覚えの悪い弟子へ説くように。……もう何度繰り返してきたか分からない。相手がそれを右から左へ聞き流すばかりだとも承知している。だというのに——その徒労を、どうしても打ち切る気になれない。

「酒とは元来薬です。そして、全ての薬は処方を間違えた時に毒となる。——まだ分かりませんか、ティム君。君が得意気にばら撒（ま）いているのはそういうものだと」

そうして問う。錬金術師の在るべき姿、その根本の姿勢を。相手の目をまっすぐ見据えて。

「…………」

いつものように下品な悪態が返るばかりと思っていた。が、今回は違った。杖剣(じょうけん)と毒手のふたつで休みなくジーノを攻め立てながら、その戦い方とは裏腹に、かつてなく落ち着いた声でティムが口を開く。

「……なぁバーテン。ご自慢のカクテルをお上手に作り損なった時、お前ならどうする？」

「捨てます。その失態を深く恥じ、二度と同じことを繰り返さないよう腕を磨くのみ」

「ははッ、そりゃそうだ。……でもよ……」

答えに苦笑した〈毒殺魔〉の瞳がかすかに揺れる。刹那、その脳裏に浮かぶ光景がジーノにまで想像された。かつてのアルヴィン＝ゴッドフレイとの出会いがティム＝リントンに齎(もたら)したもの。彼という人間を今日まで生かし続けてきた、ひとつの救いが。

「……何も言わずに呑(の)み干したんだよなぁ。あの人は……」

「――ッ――」

その一言に、ジーノの胸中が強烈に揺さぶられる。それがどのような感情であるか自分でも分析しきれないまま――ただ、浮かび上がる。彼という酒瓶の底にあった記憶の澱(おり)が。

完璧な一杯を作って出した。その自負は、今もってジーノの中で変わらない。

──あぁ、ジーノ。素敵なジーノ。

手に取ったグラスを、彼女は二口ですっと呑み干した。それ自体が満点を告げる所作であると彼は知っていた。出来が悪ければまず鼻で笑う。それから手の中でグラスを弄び、ちびちびとじれったく口に含む。ああ不味い不味いと繰り返しながら、何時間でも悪い点を論うのだ。本当に意地悪に、そして楽しげに。

──お前の酒は完璧だよ。でも、ただひとつ欠けがあるとすれば──、

空になったグラスを静かに置いて、彼女は寂しげに微笑んだ。ジーノは戸惑った。その心境を正しく推し量るには、その頃の彼は余りにも若過ぎた。

──お前にはまだ、酒飲みの気持ちが分からない。それだけかもしれないねぇ……。

明けて翌朝。師の工房を訪れたジーノの前には、その全てを埋め尽くす形で、ただ芳しい酒の海が広がっていた。

一目で分かった。それが彼女の最期なのだと。全ては昨夜のうちに終わっていたのだと。あの厄介な酒癖に付き合わされることは、もう二度とないのだと。

透き通る琥珀の海の中、静かに膝を折った。手ですくい上げて、彼女の残滓を一口含んだ。余りに難しかった。美味いとも不味いとも分からなかった。まるで初めて酒を口にした子供

の時のように。それをどう味わえば良いのか、何を思って受け止めれば良いのか、彼には少しの見当も付かず。

だから。――どうしようもなく、嗚咽が零れた。

……師よ。どうか教えてください、師よ。

ずっと考えるのです。あの時――もし私が、あれとは違う一杯を出していたら。

例えば、それは少しも完璧ではない仕上がりで。

一口含んだ瞬間。その出来の余りの酷さに、貴方はぎょっと目を剝いて。

こんなものを師に呑ませるとはいい度胸だ。卒業など程遠い、お前にはまだまだ教えることだらけだと。釈明もなく頭を垂れる私に、貴方は酔って真っ赤な顔で夜通し説教をして。

その後で――まだ少しだけ、この世界に、留まってくれたのでしょうか。

「――は？」

ティムが呆然と声を上げる。その眼前に、相手の手がある。彼の毒手と真っ向組み合う形で、ジーノの左手が。

「なら、そうしましょう」

じゅうじゅうと音を立てて肌が爛(ただ)れる。目の眩(くら)むような激痛を追ってジーノの腕に痺(しび)れが回り始める。全力の抵抗(レジスト)でそれに耐えながら、彼はなおも言葉を紡(つむ)ぐ。

「飲ませてみなさい、それを。分析して差し上げます。どの工程が誤りで、どこを正せば良い酒になるか。……それらの経過を経て、君という存在がどれほどの美酒と成り得るか」

どんな混ぜ物もない生(き)の酒を相手(グラス)に注ぎ、ジーノは思う。……師との別れから、この場所で多くの酒を供してきた。一筋縄ではいかない客とも数え切れず向き合った。思うように酔わせられない自分の未熟に、どれほど技を尽くしても酔わない相手の頑(かたく)なさに、今までどれだけ苛(いら)立(だ)ったか知れない。

その繰り返しの中で、知ったのだ。完璧な一杯では癒(いや)されぬ心の渇きを。

学んだのだ。それと向き合うために、己の流儀すら放り投げるべき時合があることを。

だから、そう。あの日の酒の味も——今の自分ならば、分からぬはずはない。

「伝えなさい、君の全てを。呑(の)み干してみせます——たとえ泥のように酔い潰れても！」

「……おいおい、照れんだろ。急にラブコールすんなよ——」

ティムの毒舌が力なく引っ込む。こればかりは致し方ない。嫌味でも皮肉でもなく、ただまっすぐ自分を求められた時——返す言葉の持ち合わせが、彼には余りにも少ない。

ふたりの錬金術師が鎬を削る中。同じ戦場では、ひとつの戦いに決着が付こうとしていた。

「——が——あッ……」

左膝を足刀で踏み折られたキーリギがその場に崩れ落ちる。間髪入れず襲う踏み立つ虚空を経たレセディの追撃。とっさに左の触腕を盾にして迎えるが、そこへ叩き付けた蹴りが容赦なくガードを粉砕。残る勢いのまま、キーリギの胸を強かに打ち据える。

「——かはッ——！」

「——フゥ——！」

散らばった木片の中にレセディが音もなく着地し、やや離れた場所に倒れ込んだキーリギの口が盛大に血を噴いた。肺は半ば潰れ、左脚は膝から逆に曲がっている。もはや立ち上がれない体で必死に後ずさりながら——それでもなお、彼女は右手の杖剣で宿敵と向き合う。

「——ま——まだだ、レセディ……！　……もっと……もっと、遊ぼう……！」

懇願にも似た言葉が口を突いて出る。折れた左膝を体内の根で強引に繋ぎ合わせ、砕かれた左の触腕を新たに生え伸ばし、彼女はなおも身を起こそうと足掻く。もはや目前に迫った最後の一瞬まで血反吐の中をのた打ち回る。まるでそれこそが自分の義務であるかのように。

「……悪いエルフは、ここにいる……！　さぁ、やっつけろ……！　可愛い子供たちを、守れ……邪悪を、討つんだ……お伽噺の……主人公の、ように……」

……！

ありったけの力を込めてキーリギが放つ最後の電撃。迫るそれを前にレセディは自ら前のめりに倒れ込み、両手で空中を突いての宙転でもって跳び越える。そのまま前に一回転しての踵蹴りで杖剣を握るキーリギの手を叩き、床に落ちたそれを着地と同時に踏み付けた。

「……悪は滅び、戻った平和に人心は安らぎ。……かくて世はなべてこともなし、か。断る。そういうお伽噺を昔から好かん。主役に据えられるのもまっぴら御免だ」

先の言葉に応えて語りながら、レセディが左のこぶしを握りしめる。抵抗の術を断たれた体でなおも懇願するように自分を見つめてくる宿敵を、彼女もまたまっすぐ見返す。

「正義など掲げたことは一度もない。私はただ、お前が気に食わないから蹴り飛ばしてきた。……これから先も同じだ。お前が反省しないのであれば、私のやることも変わりはしない」

ごん、とこぶしで軽く相手の頭を叩く。続けて、有無を言わさず相手の体を抱き寄せた。

「心配せずとも、また死ぬほど蹴ってやる。だが——それは今日ではない。今は、眠れ。……それは誰にも等しく在るものだ。善き人々にも、悪しきエルフにも」

「……ハア、ハ……」

かすかな安堵の声を零してキーリギが昏倒する。同時に、レセディもまた膝から崩れ落ちた。

——両手での踏み立つ虚空を経ての宙転などという曲芸を、彼女は断じて伊達や酔狂で行ったのではない。単にそれしかなかったのだ。装甲靴を脱いだ上で全力の蹴りを放ち続けた両脚はすでに砕けかけ、実のところ負傷の度合いではキーリギと負けず劣らずだった。

迫る呪文に対して、跳躍はおろか左右への回避すら不可能。呪文で相殺したところで機動力を失った体ではその先の戦いに勝ち目がない。だから彼女は残された腕を使って前へ跳んだ。それだけがレセディに残された唯一の勝ち筋であり——必然、その完遂と同時に、彼女の体もまた限界を迎えた。

「……後は任せるぞ。馬鹿ども……」

チームメイトへ向けて最後にそう口にし、レセディが目を閉じる。駆け付けたガーランドが両脇にふたりを抱き上げ、戦い抜いた彼女らを速やかに戦場から退避させた。

同じ頃、観客席でも波乱が起こっていた。闘技台の消失に伴う戦場の拡張によって観戦の死角が生まれ、その解消を求めた一部の生徒たちが前列へ押し寄せていたのだ。

「——こらっ、前に出るな！」「落ち着けってのに！」

「段差が陰になって見えねぇんだよ！」「前に出させてよ！　誰も死んでも文句言わないって！」

必死に止めようとする運営側と押し合いへし合いする生徒たち。そのやり取りの中で一部の下級生が前へ押し出され、その後を追った生徒たちの勢いに先頭の面々が背中を押される。

「おぁ——」「——うおっ⁉」

なお運の悪いことに、大威力の呪文を受け続けて綻んだ結界の穴がそこにあった。最後の手すりを越えて押し出された下級生たちの体が、そのまま戦場へと落下した。

ジーノとの攻防の最中。やや離れた位置で起こったその出来事が、ティムの視界にも映った。

「――あァ!?」

ぎょっとするティムの前で、ゴッドフレイとレオンシオの撃ち合いから逸れてきた流れ弾がそちらへ向かう。ギリギリの撃ち合いを続ける今の彼らに、互いの干渉で曲がった呪文の着弾点まで気を遣う余裕はない。折悪しくガーランドは両手にレセディとキーリギを抱えていて、ギルクリストの位置もゴッドフレイとレオンシオを挟んだ反対側である。

ジーノは意に介さない。他ならぬ〈毒殺魔〉を相手にしながら他へ気を散らす余裕などありはしない。それが正しいとティムにも分かっている。今は全てに優先してチームの勝ちに徹するべき局面であり、時を弁えず乱入してきた生徒がどうなろうと気にするべきではない。

ティムもそう考えた。以前の彼なら間違いなくそうした。そこに何の負い目もないはずだった。ゴッドフレイと生徒会の仲間以外に何も守るもののなかった、かつての彼のままなら。

――あなたは素敵な人です、リントン先輩。

なのに。

落ちてきた後輩たちの間抜け面に。どうしようもなく、ひとつの面影が重なってしまった。

「——畜生がッ！」

戦闘を打ち切ってティムが駆ける。狼狽える後輩たちの前へ飛び出し、迫る炎へ向かって対抗呪文を詠唱。が、あのゴッドフレイとレオンシオの撃ち合いから漏れてきた流れ弾である。彼の出力では止められない。身体で盾になるしかない——そう腹を決めたティムの視界を、たちまち金と赤の入り混じる猛火が埋め尽くし、

「——？」

一瞬の後。自分がまだ焼き尽くされていない、その事実を不思議に思い。

さらに一瞬を経て。さっきまで戦っていた相手が、目の前で代わりに焼かれている事実に気付く。

「……何やってんだ、お前……」

呆然と呟く。対抗呪文を重ねて直前に割り込み、それでも逸らせなかった炎を背中に受け、すでに瀕死の体になった相手へ向けて。そんな彼の問いに、ジーノもまた力無く応える。

「……急に退店されては困ります、お客様。まだ……酔わせて差し上げられていません」

なおも声を上げようとするティムの口を、有無を言わせずジーノが唇で塞いだ。

「――っ⁉」

さしもの〈毒殺魔〉も立て続けの出来事に硬直する。とっさに抵抗を思い付けなかった。口を介して流し込まれた相手の唾液が、その強力な麻酔成分でもって全身を速やかに侵していく。それで辛うじて自分の仕事を果たして、ジーノが相手から唇を離す。

「……いささか、呑み過ぎたようです。……私と……したこと、が……」

自嘲めいた呟きと共に、ティムを抱きしめたまま彼が崩れ落ちる。もはや力の入らない手足で一緒に倒れ込みながら、目鼻の先に瞼を閉じた宿敵の顔を見つめて、ティムは舌打ちする。

「……なんだよ、クソ。いい顔で潰れやがって……」

一発殴ってやりたいが、それもすでに叶わない。いかに彼の耐性をもってしてもジーノほどの相手から直で体内に流し込まれた麻酔には抗えない。手足の感覚はとうに無く、秒刻みに狭まっていく視界の中――今なお戦い続ける想い人の姿をそこに映して、ティムはぽつりと呟く。

「……すんません、統括……。……先に……落ちます……」

「――前ふたりに続いてMr.リントンとMr.ベルトラーミが脱落！　観客席でのトラブルが影響した結果ですが……この結果は、少々……いえ、かなり意外です……！」

驚きを込めてグレンダが実況する。ギルクリストの呪文で場外へ放り出される生徒たちを見ながら、その隣で審判役のセオドールが目を細める。――彼らが助けずとも教師のフォローが間に合っただろう。が、それを踏まえて尚、彼は教え子たちの行動を愚かと断じる気にはなれない。

「僕の目からはそうでもないけどね。……変わったよ、Mr.リントンは。ああいう風に動いてもおかしくないと思えるくらい」

そう言いつつ混乱の残る観客席へと目を向け、セオドールは珍しく強い声で呼びかける。

「いま前列に押し寄せている下級生たち。僕が怒る前に、そこから速やかに後退した上で――全員、彼らに感謝しなさい。……誰が落ちても、Mr.リントンはきっとああしたよ。君たちにも理解できるはずだ。この学校にあって、そういう先輩がどのくらい得難いものであるか」

それを聞いた生徒たちが動きを止め、少しの停滞の後、驚くほどの素直さで後列へと引っ込んでいく。教師からの圧力だけが理由ではなかった。ガーランドに抱き上げられて安全圏へ運ばれていくティムの姿を、彼らの多くがじっと目で追っていた――。

時を同じくしての互いのチームメイトの脱落。視界の端にそれを見て取ったゴッドフレイとレオンシオが、どちらからともなく呪文の撃ち合いを中断した。互いの現状がそれを求めた。ここまで続けた全身全霊の撃ち合いが、他のどの生徒が相手でも成り立たない極限の拮抗が、気が遠くなるほどの消耗を両者にもたらしていた。

距離を置いたまま、互いを睨んで杖剣を向け合う。そうして辛うじて息が整ったところで、レオンシオがふと問いかける。

「――なぁ、ゴッドフレイ。……完璧という言葉について、お前はどう思う？」

ゴッドフレイが困惑する。それでも持ち前の生真面目さで、彼はその問いに応じる。

「返答しかねるな。俺からは最も縁遠いものだ」

まったく予想通りの返答にふっと笑い、レオンシオが己の胸に手を当てる。

「私は、誰よりもそれと縁が深い。もとよりその体現を望まれてこの世に生まれ落ちた身だ」

ふぅと息を吐き、天井を仰ぐ。常の優美な笑みとは一転した憎々しさが、その表情に浮かぶ。

「だが――今は思う。こんなにくだらん呪いも他にないと」

こぶしに握った両手の骨を軋ませながら、そうして彼は生まれて初めて口にする。エチェバルリアの使命と己の心の背反を。自分を今の自分たらしめる原初の怒りを。

「完璧とは、何だ。基準はどこにある。それはどこの誰がいつどのように定めたものだ。私の前に決めた者がいたのなら、そいつは私よりも完璧だったのか――？」

「――退学を考えています」

後輩のパーシヴァル＝ウォーレイを仲間に勧誘した時からおよそ一年後。いつになく思い詰めた顔で現れた彼の口から、レオンシオに向けてそのような言葉が放たれたことがあった。

「……一応聞くが。どういう理由だ？　それは」

「絶望しました。自分の才の無さに。……貴方から見れば一目瞭然でしょう」

ウォーレイが告げた。深く顔を俯かせ、両のこぶしを握り締め、無力感に打ちひしがれた姿で。――生徒同士が常に競い合うキンバリーという場所で、そうした心理に陥る生徒は決して珍しくない。自らの強みを見出せなかった者、その劣等感を越えられなかった者は、遠からず自らの足で学校を去っていく。

ウォーレイもまたそうなろうとしている。その事実を前に、レオンシオは険しい目で相手を見据える。

「私を測るのか。――自分の価値を見捨てた立場から」

「――ッ――」

言われたウォーレイが唇を噛んで押し黙る。同時にレオンシオがソファから立ち上がる。

「お前をその思考に追い込んだのは誰だ。どうせ同学年だろう、全員の名前を言え」

「……それ、は……」

「勘違いするな、私刑じみた報復などせん。事前に実力を調べ尽くした上で、お前を完膚無きまでに勝たせるだけだ。……先の言葉の間違いを証明するためにな」

そうして、強く肩を摑む。相手の心を断固として引き戻すように。怒りに震えるその口が、熱を帯びて声を放つ。

「お前は私の後継だ、パーシィ。私がそう見込み、そうあるべきと決めた人間だ。……なぜそれを信じない。勝手に絶望する前に――なぜそちらを誇らないッ！」


「――勝手に、己を、見限るな！」

発された声が闘技場の空気を隅々まで震わせる。呆然とする観客席の生徒たちを視線でぐるりと一瞥して、冷めやらぬ怒りも露わにレオンシオは言い放つ。

「驕るな凡俗ども！　貴様らに自分自身の何が分かる！　己が無価値だと⁉　ピークを過ぎれば坂道を転がり落ちるのみだと⁉　寝言をほざくな！　己の価値もろくに分からぬくせに、同じものの無価値だけは判別できる眼を持って生まれたつもりか！」

それは、彼の憤り。その感情をまだ言葉に出来なかった幼少の頃から、レオンシオ＝エチェバルリアがずっと腹の底に溜め続けてきたもの。彼の前に現れては去っていった多くの人々――その全てに告げたかった想いの丈。

「分からぬと悟れ！　そして委ねろ！　価値の有る無しは私が決めてやる！　お前たちの存在がどこでどう活きるか、その采配をひとり残らず見出してやる！　的外れな絶望を捨てろ！

軽率な自裁を止めろ！　そんなものは全てそこから先の話だ！」

そう叫んだ瞬間、彼の脳裏をひとりの魔女の面影がよぎる。――ダイアナ＝アシュベリー。

世界最速の箒乗りにして、誰よりも潔く人生を駆け抜けていった魔法使い。

己が魔道を完璧に遂げていった彼女の偉大さを疑う生徒はもはやいない。だが――その生前、レオンシオはずっと待っていた。彼女が挑戦に失敗してくれる日を。大きな挫折を経たアシュベリーの手を掴み、その人生を別の方向へと導く時を。彼女が生きる「その先」の人生を。

タイムの更新が成らなければ人生丸ごと失敗作だと。事も無げにアシュベリーが言い放つ人生観に対して、レオンシオはずっと我慢がならなかった。胸の内で常に憤っていた。彼には納得出来ない――なぜそんなにも自分の在り方を狭く見るのか。なぜ分からないのか、お前は何にだって成れるのだと。タイムの壁を破れずとも、よしんば箒乗りとしての生き方を捨ててすらも、お前という人間は有り余るほどの魅力で満ちていると。

次があるのだ。ひとつの道で弾かれたとしても――生きている限り、人間には必ずその先が。

「――もし、それでも。どうあっても、己の生に意味を見て取れぬのなら。

その時は、私が送ってやる。金の炎で美しく弔ってやる」

苦しげな声で口にして、レオンシオは炎をまとった杖剣を眼前に掲げ持つ。それはまるで葬送のように。その所作をもって、これまで目の前で喪われてきた全ての命を悼むように。

「だが忘れるな。いずれ必ず意味になる。お前たちの生も死も全て、私の中で――」

厳かな声でそう誓う。観客席の生徒たちが悉く言葉を失って沈黙する。多くの死者たちに加えて、それが自分たち全てに向けられた決意であると分かるから。

初めて胸の内を晒した前生徒会陣営の長。確かな熱を帯びて紡がれるその言葉、出会ってから初めて目にする宿敵の姿を前に――安堵にも似た心境で、ゴッドフレイがふっと微笑む。

「……君が勝っても良い。今、初めてそう思えたよ。レオンシオ」

そう言って杖剣を構え直す。背筋をまっすぐ伸ばし、疲労を押し殺して気を張る。――そうしなければ向き合えない。こんなにも強い人間と戦うのなら、自分もまた全力で我を張らなければ。

「だから。ここから先は――俺自身の、ただの意地だ」

最高の宣言にレオンシオが笑う。そうして互いに呪文を忘れる。双方が真っ向から踏み込んで刃をぶつけ合い、足を止めてただ全力で鍔競り合う。魔法はおろか剣技すら用いない。それはもはや子供の意地の張り合いも同然であり――故に、続くのもまた技ではない。

「「おぉおッ――！」」

咆哮が重なる。五指を握り固めた左手で互いの頬を殴り付ける。衝撃で離れた間合いを双方が間髪入れずに詰め直し、再びありったけの力で相手の顔面をぶん殴る。一片の理もそこにはない。意味を考える前に殴り合い、殴り合うほどに意味が消し飛ぶ。それが堪らなく心地よくて、まだまだ味わい足りなくて、飛びかけた意識が何度でも舞い戻ってくる。

前歯が折れる。鼻血がしぶく。頬骨がひび割れる。続けるほどに凄まじい形相になりながら、気付けば彼らは同じ顔で笑っている。ずっとこうしたかったのだと今更のように気付く。だから——遅れたことへの詫びに代えて、ひたすらにこぶしの応答を贈り続ける。

「————」「……これは、もう……」

その光景を呆然と見守る中で、オリバーたちも感じ取る。——もはや神話ではない。そのような高みから自ら飛び降りたふたりの人間の、純然たる意地のぶつけ合いだけがそこにある。

同時に理解する。神話に等しい領域の魔法使いだからこそ、彼らにはどうしようもなくそれが必要なのだと。あらゆる理屈と意味を置き去りに、ただ自分が自分として在る時間を求める。それが許されるのは——ともすれば、彼らの生涯で今この瞬間だけなのかもしれない。

オリバーもまた信じる。その営みが持つ無条件の価値を。故に見届ける。まばたきすら禁じて目に焼き付ける。この先の魔道を歩む上で、それは決して忘れてはならない輝きだから。

「……あぁ……」

同じ光景を前に、ナナオが堪らず目を細める。オリバーとアンドリューズの立ち合いを眺めた時と等しい表情がその顔に浮かぶ。彼らに憧れ、羨みながら——彼女はぽつりと口にする。

「——良い喧嘩に、ござるなぁ……」

何発目とも知れず放たれたゴッドフレイの拳撃。それが頬を打ち抜いた瞬間、レオンシオの視界がふっと暗くなった。

「――お……」

地面が消え失せ、膝が折れる。全ての感覚が、宙に浮いた意識と共に遠ざかる。

「――倒れるな！　その程度か、レオンシオッ！」

そこに観客席から声が響く。視界が急激に明度を取り戻し、レオンシオの視線が観客席の一点に吸い寄せられる。パーシヴァル＝ウォーレイがそこにいる。出会った頃から見違えるように背筋の伸びた彼の後輩が。

「……そんなわけがあるか、パーシィ……」

ふっと笑って両腕を動かし、刺突を杖剣で受けると同時にゴッドフレイの襟首を掴む。互いの額がごつんとぶつかり、目と鼻の先で視線がかち合う。

「……私は……勝つぞ、ゴッドフレイ。……聞こえただろう？　いい後輩を、持ったのだ……」

「……あぁ……」

応えて、ゴッドフレイの左手がレオンシオのうなじに回る。そこを掌でがっしりと掴んで固定しながら――彼の視界にもまた、ひとりの後輩の姿が映る。闘技場に至る通路の端に横たえられたチームメイト。自ら救った下級生たちに囲まれて治癒を受けている、かつての在り方からは想像も付かないティム＝リントンの姿が。

「……お互いに、だ」

だから、最後の力が湧く。押し倒そうとする相手の動きに合わせ、片腕での首相撲の形から相手の上体を全力で引き下げる。間で鍔競り合っていた杖剣の切っ先へと、レオンシオの胸が導かれ――その刃が、深く潜り込む。

「――かッ……」

レオンシオの口から息が漏れる。手から力が抜け、握り締めていた杖剣が滑り落ちる。

「…………憎らしい、奴め……」

血と共に声を吐きながら、崩れかける体を、彼は相手の襟首を摑んだ左手で辛うじて支える。そうして震える右手で、ゴッドフレイの頬に触れ――その瞳を見据えて、口を開く。

「……ひとつ、約束、しろ。……誰にも、屈するな……」

一瞬の躊躇もなくゴッドフレイが頷いた。その返答が余りにも眩しかった。レオンシオの瞳が切なさに揺れ、それを覆い隠すように、彼はそっとまぶたを閉じる。

「……ついに、手に入らなかったな。……私の、愛しい……煉獄……――」

その言葉を最後に、力の抜けた全身が今度こそ崩れ落ちる。が、体が床に触れることはなか

った。杖剣(じょうけん)を手放したゴッドフレイの両腕が、彼の体を強く抱きしめていた。

それが決着だった。全てが終わり、決まったのだと、誰もが悟った。

続く試合はなかった。それをする理由が、もはや消えていた。無意味な戦いで彼らの後を汚すことを誰も望まず——ゴッドフレイ隊以外の全チームが、自(おの)ずと残る試合の棄権を表明した。

そうして祭りは終わった。決して忘れ得ぬ光景をいくつも生徒たちの記憶に刻み付けて——

キンバリーの決闘リーグは、その長い熱狂に幕を下ろした。

第三章

コールティング
求愛

決闘リーグ終幕の翌日、その熱を生徒たちの胸に残したまま統括選挙の投票が執り行われた。教師の手による厳密な集計を経て、続く同日の午後に開票を迎える。

「――あーっはっはっはっは！　いやぁ最高の気分だねぇ！　決まりきった勝利を見届ける立場というのはさぁ！」

　校舎四階の大広間「討議の間」の中央に陣取ったミリガンが声高に笑う。同じテーブルにはオリバーたちが肩身狭げに座り、平然と菓子をつまむナナオを除いて、その態度でひたすら周囲へ先輩の無礼を詫(わ)びていた。彼らとて気が気ではない。場所がいつもの友誼(ゆうぎ)の間ではない上、近くには対立陣営のウォーレイらの姿もあるのだから。

「……ご、ご機嫌ですわね。ミリガン先輩」

「おやおや、そこは遠慮なくミリガン統括と呼んでくれたまえよシェラ君。分かるだろう？　もう投票は済んだんだ。私が生徒会のトップに立つことはすでに決定事項だよ！」

　控えめに自制を促そうとしたシェラに、それを許さぬテンションでミリガンが話し続ける。隣のカティが頭を抱えた。態度はともかく自信そのものは妥当であって、擁立候補の顔ぶれを見渡せば、今のゴッドフレイ陣営が彼女を次期統括に推すのは自然な流れである。まして決闘リーグを二部門で制したゴッドフレイ陣営の勝利はすでに堅いのだから。

「君もよく頑張ったよMr.ウォーレイ！　が、やはり年季の差というのは如何ともし難いのだろうね！　学年が逆なら結果も逆だったかもしれない、そう考えると実に惜しい！　しかしどうか涙を呑んでくれ、勝負というのは非情なものだからねぇ！」

　別のテーブルの対立候補へ向けてここぞとばかりに主張しまくる。それに顔を引きつらせながらも、ウォーレイ自身は敗者の立場を弁えて何も言わない。板挟みのカティたちの立場からすれば、それは素直に喧嘩を買われるより何倍も怖い。先だってウォーレイに熱心な勧誘を受けたオリバーは尚更である。

　だが――実のところ、その状況すら今の彼らを悩ませる最大の要因ではなかった。開票に先んじてゴッドフレイに伝えられ、今なおミリガンに対してのみ伏せられたひとつの指示。それが彼らの後ろめたさを何よりも加速させていた。その辛さに耐えきれなくなったガイが顔を上げ、隣のカティに耳打ちする。

「なぁ、カティ……」

「……分かってる。でも、お願い。まだ何も言わないで」

　相手の気持ちを痛いほど酌みながら、カティが頑として沈黙を命じる。そうなるとガイも彼女に倣うほかなく、オリバーたちもまた同様だった。そうして彼らが煮え湯の中で過ごすような時間に耐えるうちに、やがてその終わりを告げる教師の声が討議の間に響き渡る。

「静粛に。――待たせたな、諸君。これより統括選挙の結果を発表する」

「盛大に頼むよ師範（マスター）！　なにしろキンバリー史上初の人権派統括の誕生だからね！」

ガーランドの宣言にミリガンが合いの手を入れる。それを聞いてもガーランドは眉ひとつ動かさず、その様子に流石（さすが）だとオリバーは感心した。仮に自分が同じ立場だったなら、今の場面を同じようにポーカーフェイスで凌（しの）げたとは言い切れない。

「発表の前に、いま一度選挙戦の推移を振り返っておこう。――君たちも知っての通り、今回はいつにも増して接戦だった。ふたつの勢力が各々（おのおの）の強みと弱み、根本のスタンスを問い直された戦いと言えるだろう。その厳しさを物語るように、各学年でも支持の傾向は割れている」

場の勢いに流されることなく、男は必要な前置きを口にする。選挙戦がお祭り騒ぎの側面を持つのはキンバリーの常とはいえ、結果の公示まで同じではならない。それはキンバリーの今後を大きく左右する重大な発表なのだ。厳かな口調がそれを重ねて生徒たちに示す。

「故に――これから伝える結果は、決して決闘リーグの勝敗だけで左右されたものではない。それを君たちに踏まえてもらった上で、当選者を発表する」

場がしんと鎮（しず）まった。その沈黙の後に呼ばれるのが自分の名前であると信じて疑わず、ミリガンは直後の演説に備えて落ち着きなく体を揺らす。そうしてついに結果が告げられた。

「キンバリー魔法学校新学生統括、ティム＝リントン六年生。壇上へ登りなさい」

名指しされたその人物へ、居合わせた生徒の三分の一がぎょっとして目を向ける。片隅のテーブルでむっつりと押し黙っていた本人が、それで静かに椅子から腰を上げた。

「……うぃっす」

　相も変わらぬ女装姿で生徒たちの眼前を横切り、大広間の奥に設置された演壇へとティムが登る。その姿をきょとんと目で追いながら、状況を理解できないミリガンが首をかしげる。

「…………………………うん？」

「落ち着いて、ミリガン先輩」

　たまらずカティがその肩を横から支え、周りのオリバーたちが葬儀の晩のように目を伏せる。そんな彼らの様子も含めて大部屋をひとしきり見回し、杖で拡声魔法を行使しながら、ティムが硬い表情で口を開く。

「……あー、その、なんだ。僕も戸惑っちゃいる。ちょっとぐだぐだ喋るからよ。お前らも一緒に整理してくれるとありがてぇな」

　そう前置きした上で数秒の間を置き。言葉を待つ聴衆の前で、彼は語り始める。

「正直、僕が選ばれるとは思っちゃいなかった。どう考えても柄じゃねぇし、いっぺんでも友誼の間で毒ぶん撒いた人間が統括になれるなんて思いやしねぇ。……その件についちゃ、さすがにもう知らねぇ奴はいねぇよな。

　釈明は特にねぇ。昔の僕は全員ブチ殺す気でそれをやった。この学校が心底大嫌いだったからだ。……生徒同士が殺し合って喰らい合う、僕が育った家と何も変わらねぇこの場所が」

取り繕わぬかつての心境をティムが語る。その姿を見つめて、生徒たちが続く言葉を待つ。

「蠱毒って術式は知ってるか。中つ国に伝わる毒の錬成法だ。簡単に言や、ひとつの壺に大量の毒虫を入れて互いを喰い合わせて、最後に生き残った奴を毒の素材にするっつぅクソッタレな手法でよ。……知識のある奴は分かるだろうが、まぁ半分は呪術の領分だな。

僕が育ったのはその壺の中だ。ざっくり言えば、リントンの家は人間でそれをやった。あちこちから掻き集めた素養のある子供に片っ端から毒を呑ませて、先に死んだ奴の体を生き残った奴の飯にして食わせた。僕はその最後のひとり。兄妹の体を貪って一匹だけ生き延びた毒虫。……何の比喩でもねぇ、蠱毒の生き残りだ」

生徒たちが一斉に息を呑む。自ら扱う強毒に対して異常なまでの耐性を持つ「毒殺魔」の、その壮絶な由来を知って。

「その頃の僕にとっちゃ、世界はただのクソ溜めだ。長く生きようなんて思っちゃいなかった。キンバリーに来た当初も変わらねぇ。ここが実家を水で薄めただけのドブの底にしか見えなかった。……実際、当時は今に輪を掛けてひどくてよ。安心できる場所なんて校内のどこにもありゃしなかった。周りはどいつもこいつも飢えた毒虫ばかりに見えた」

ティムの顔に乾いた笑みが浮かび、その表情がふと真顔に戻る。

「ゴッドフレイ先輩に出会ったのもその頃だ。……声をかけられた時は正直、頭が狂ってんのかこいつと思った。やること為すこと口にすること全部そうだ。何度追い払っても懲りねぇし、毒呑ませてブッ倒れさせても翌日にはケロッとした顔で挨拶してきやがる。極め付けが自警団とかいう寝言だ。仲間を集めてここを変えようって、動けば必ず変えられるって言いやがる。ろくな後ろ盾もないくせに」

演壇の横で、返す言葉もないとばかりにゴッドフレイが腕を組む。その姿にちらりと横目を向けて、ティムは続く言葉を舌に乗せる。

「――でも。友誼の間で景気よく毒ぶん撒いて、そのついでに僕がこの世とオサラバしようとした時――ゴッドフレイ先輩だけが、毒の中を突っ切って僕を助けに来てくれた。……分かるか、捨てた命を頼んでもいねぇのに拾われちまったあの気持ちがよ。観念したよ。そうなりゃもう、今後の扱いは拾い主に任せるっきゃねぇ」

はにかむように笑ってティムが言う。その表情を見てオリバーは思う。彼の人生はきっと、そこから始まったのだと。

「その後の時間は、僕にとっちゃ今でも不思議な夢みたいなもんだ。――じわじわ人が集まって、出来ることがちょっとずつ増えてって、寝言がどんどん形になっていく。そこでやっと気付いた。ゴッドフレイ先輩は狂ってなかったって。むしろ逆、あの人だけがこのイカれた場所で正気だった。だから他の奴らもそれを思い出したんだ。毒虫でも薪でもなく、僕たちが人間だってことを」

躊躇なくティムが言い切る。これまでの生徒会活動の根本にあった、それは揺るぎない彼らの信念であるから。

「もちろん楽に事が進んだわけじゃねぇ。むしろ楽な時なんて一瞬もなかった。化物みてぇな上級生に何度も殺されかけたし、同輩や後輩に背中を狙われるのだって日常茶飯事だった。……頭数が増えるにつれて人間関係も入り組んで、そっから仲間内でのいざこざも起きた。それでひとり友達とは袂を分かった。あの時、あいつにもっと何とかしてやれなかったか……それが今でも、僕のいちばんの心残りだ」

　誰のことを語っているか、その最期に立ち会ったオリバーたちには自ずと分かる。あの場に居合わせられなかったティムの後悔もまた。

「ただ、最近気付いた。——お前らの面倒を見るのが、僕は意外と嫌いじゃねぇ。後輩の世話を焼いてる時はちょっとだけ後悔が和らぐし、目に映る景色がいくらかマシに見える。それをもっとマシにしてぇって今は素直に思う。……統括なんてご立派な肩書きをもらったところで、僕のやることはたぶん一緒だ。困った生徒がいりゃ話を聞いて、必要なら助けに入って、それを邪魔する奴がいれば毒ぶん撒いて黙らせる。——相手が誰だろうと、何だろうと」

　声に力を込めてそう告げ、ティムはふぅと息を吐く。

「僕の覚悟といえばそのくらいだ。……こんなもんで就任演説になってんのかは知らねぇ。けど、これでちったぁ分かったか？　お前らがどういう人間をトップに選んだのかをよ」

にやりと笑って話を締め括る。全てを聞き届けたゴッドフレイが演壇に登り、彼と位置を替わって生徒たちへ向き直る。

「前統括アルヴィン＝ゴッドフレイ、僭越ながら引き継ぎの演説を務めさせてもらう。――多くは語らない。俺はティム＝リントンを信任して生徒会の今後を預け、彼がその期待に応えてくれることを知っている。君たちの多くも同じ気持ちで投票に及んだとは思うが――そのささやかな後押しとして、ひとつだけ伝えておきたいことがある」

そう言ったところで少しの間を置き、男は語り始める。

「先の上級生リーグ決勝。観客席でのトラブルで下級生が戦場に落ちてきた時、ティムは目の前の戦いに優先して彼らを助けに走った。――それを見た時点で、俺は彼を次の統括に推すことを決めた。後輩の危険を無視してチームの勝利を優先するなら、それは俺の仲間であっても君たちの仲間ではない。だが、ティムはそうしなかった。自分が本当に守るべきものを、俺がずっと守ろうとしてきたものを、彼はあの土壇場で見誤らずにいてくれた」

男の視線が演壇を降りたティムに向く。温かな微笑みの浮かぶ口から、その想いを告げる。

「嬉しかった。世界の全てに向かって誇りたいほどに――あの時俺は、それが嬉しかった」

胸に沁み入るその言葉に、ティムがぐっと口元を引き結んで俯く。そんな彼を数秒見つめてから視線を生徒たちに戻して、ゴッドフレイは演説を続ける。

「新統括の心根は揺るぎなく保証する。が――経験の不足は否めん。何かと迷惑をかけることもあるかもしれない。だが、そうした至らぬ点は、他でもない君たちに補って支えてもらいたい。そうすれば必ず、彼は俺よりもずっと素晴らしい統括になってくれるはずだ。引き継ぎは以上だ。どうか、皆――俺の後輩を、宜しく頼む」

最後に深く頭を下げ、その所作をもって演説を締め括る。オリバーたちが最初に拍手し、それを呼び水に大広間の全体へと拍手の波が広がった。新たな統括への確かな信任を、その光景が何よりも如実に物語っていた。

「……えぇ……？」

状況に取り残されたミリガンの肩がみるみる縮こまっていく。そんな彼女を、カティとシェラが何も言わずに左右から抱き締めた。

剣花団の全員でミリガンに謝り倒した上で、ひとまず後の世話をカティに任せて迎えた同日の午後三時。選挙戦というひとつの山場を自分なりに越えたオリバーは、その先で新たな問題と向き合い始めていた。

「……ふぅ……」

談話室の椅子に腰を下ろしてため息をつく。――自分の決勝が終わってからはそれなりに休みも取れたので、疲労困憊で頭が回らないということはない。が、そのコンディションを踏まえても、目の前に並ぶ問題はひとつ残らず手強過ぎた。

まず、カティの件。場を設けて全員で話し合いこそしたが、まだ何も解決してはいない。彼女の身の安全のために、然るべき対処を早急に打ち立てなければならない。

続いてシェラの件。平然を装っているが、公の場で父親と揉めたショックが小さいはずはない。落ち着いた場所で本人から話を聞いて、その心情を速やかにケアするべきだろう。

そして、慰労会の後のナナオとの一件。尾を引いていることは明らかで、今日も互いにほとんど目を合わせていない。対応の重要性は言うに及ばず、これはオリバー自身が当事者である。

「……一体、どこから手を付けたものか……」

頭を抱えて呟くオリバー。小さくなったその背中に、ふと馴染みの深い気配が歩み寄る。

「悩んでんな。……まぁ分かるぜ、だいたい」

声に振り向けば、ガイがそこにいた。オリバーが何か言う前に、彼がすっと隣の椅子に座る。この期に及んで相手が何を考えているかは先刻承知。だから、無用の前置きはしない。

「手助けってわけでもねぇけど……カティのほうは、ひとまずおれに任せとけ。どうせミリガン先輩のフォローも一緒にしなきゃなんねぇし、その間しっかり見とくからよ」

「ガイ……」

「親父さんにキツいのもらったシェラのほうも心配だけど、おれだって注意はしてるし、あいつに限ってそうそう崩れやしねぇ。……おまえが真っ先に何とかしなきゃなんねぇのは、やっぱナナオだろ」

知る限りの状況から、まずはシンプルに優先順位を提示する。オリバーが言葉に詰まってぐっと俯いた。その横顔から見て取れる苦悩の色はいつにも増して濃い。杖を抜いて遮音の魔法を張りつつ――少しの間を置いて、ガイはその理由を尋ねる。

「……訊いてもいいか？　何があったか、とかよ」

「…………」

「言いにくいことだよな、そりゃ。……ただ喧嘩したってわけでもねぇんだろ、その分だと」

急かすことはせず、ガイはじっと相手の反応を待つ。それを明かすための覚悟に長い時間をかけて、やがてオリバーがぽつりと呟く。

「――求められた。……そう言えば、伝わるか」

ガイが眼を瞠った。そこまで直球の答えが返ることは、彼も予想しなかった。

「……マジか……」

「……思い違わないでくれ。非は、俺の側にある。彼女の心境に対して、余りにも配慮が足りていなかった……」

額を手で押さえて唸る友人へ、オリバーは懸命にフォローの言葉を重ねようとする。が、それはガイの側で手を上げて制した。――どちらに非があるかとか、どんな流れでそのような状況に至ったかとか。それはひとまず、彼の中で重要ではない。

「問題をシンプルにして考えようぜ。……おまえ、ナナオのこと嫌いか？」

だから、もっとも大事な点を先に問う。即座にオリバーが激しく首を横に振った。今にも泣き出しそうなその顔を前に、ガイは穏やかな声で話を続ける。

「だよな。……じゃあ、考えてみてもいいんじゃねぇの。応えてやることもよ。もちろん穏便な形で、だけどよ……」

ごく自然な答えを口にしたつもりなのに、葛藤が後から追いかけてきた。背中を押したい気持ちと自分の浅慮を疑う心の板挟みで、ガイはがりがりと頭を掻きむしる。

「これはこれで早まってんのか？　……いや、でも、仕方ねぇだろ。最初にナナオとそうなるなら、カティだってピートだって文句は言わねぇよ。多少ぐずるかもしれねぇけどよ……」

「……？　なぜ、そこでピートが……」

聞こえた名前にオリバーが疑問を示す。彼としては、カティに素朴な好意を向けられていることまでは流石に察しても、眼鏡の少年に関しては現時点で意識の外だ。その反応にガイが眉間を指で押さえる。

「そっちも自覚ねぇのか。……いや、いい。忘れろ。今はナナオの件に集中だ。詳しくは話さなくていいけど、そういうことを求められたって解釈でいいんだよな？」

「……半分は、おそらく……」

「なら、もう半分は一日置いとけ。おれにゃ何も言えねぇところだ。

……何にしてもよ。あいつはきっと、おまえにとっての特別でありたいんじゃねぇかな。互いの特別な事情は抜きにしても……これまでずっと、いちばん仲良かったんだからよ」

あらゆる込み入った事情を脇によけて、出来る限り単純な話にまとめて語る。乱暴だとは知りながら、同時にそれが自分の役割だと思い決めている。何事も深く考えすぎる友人のために、自分はこれくらいでようやく丁度いいのだと。

「………」

友人の言葉のシンプルな妥当さを認めつつも、オリバーはどうしても先に踏み出せない。そこに彼だけの大きな一線があることを見て取って――無神経は百も承知で、ガイはその聖域へ踏み込む。

「躊躇いがあんだな。……それはナナオのほうが原因か？　それとも……」

問いかけたガイがじっと反応を窺う。俯いたまま、オリバーは力なく首を横に振る。

「……こじれているのは、きっと、俺のほうだ」

弱々しいその返答に、ガイが頷いた。だとすれば、彼の中で結論は自ずと導かれる。

「よし、分かった。――それ、ぜんぶあいつに話せ」

「――え？」

「切実な事情なんだろ？　だったら話せばナナオだって絶対に分かってくれるし、それを踏まえておまえとの接し方を考えてくれるはずだ。もし家に関わる問題とかなら、まぁ……気持ちが伝わる程度にぼかして話せばいいからよ」

ひとりきりの苦悩ではなくふたりでの対話を促す。その一方で、詳細を自分に話せとは言わない。そうしてもらえない現状に悔しさはあっても、ここでそれを求めて相手の苦悩の種を増やすことだけは絶対にしたくない。剣花団という集まり中で、自分は誰よりも気楽に話せる人間でなければならないのだとガイは思う。

己の役割をそう自覚した上で、彼はがっしりと力強く相手のオリバーの肩を抱く。

「いいか、ひとりで悩むんじゃねぇ。まず話してからいっしょに悩め。……おれの考えじゃ、それが仲間への信頼ってもんだ」

その言葉を呑み込んで、オリバーがこくりと頷く。……胸に問えば、紛れもなく信頼はそこに在る。だから——必要なのはもう、自分の勇気だけなのだ。

先の会話を頭の中で繰り返しながらオリバーが廊下を歩いていると、周囲から人気が絶えた辺りで、ふいに真横から声が聞こえた。

「——お悩みですね」

驚きはせず足を止めて振り向く。彼に付き従う隠形の少女がそこにいた。

「……テレサ」

「ひとつ御用があって参りました。……決闘リーグ本戦での私たちの戦い。不甲斐ない結果に終わりましたが――あなたから見ての感想はどのようなものかと、改めてお尋ねしたくて」

何かの報告かと予想したので、その内容が私的な質問だったことをオリバーは意外に思う。先日の慰労会ではチーム内でずいぶん盛り上がっていたようだから、その熱が今も冷めていないのかもしれない――そう推し量って微笑ましく思いつつ、彼は丁寧に受け応える。

「……もちろん、いい試合だった。チームメイトの強みを活かしきれたとは言えないにせよ、君なりに慣れない環境で試行錯誤したのは見て取れて……」

「恐縮です。つまり、私の働きは評価して頂けたということですね」

言葉の後半へ被せる形でテレサが結論を急ぐ。その反応にオリバーは重ねて戸惑った。――自分の試合についての感想が欲しい、というわけではないのか？

「厚かましいとは自覚しておりますが。その件に関して、ひとつご褒美をねだっても？」

「俺に出来ることなら、構わないが……」

「でしたら、祝福の接吻を所望します」

真顔のままテレサはそう言ってのけた。内容と裏腹な圧のある口調に戸惑いながらも、その要求自体はささやかなもので、オリバーは苦笑しつつ相手の隣で膝を屈める。……昔のシェラを真似ているようで何やら可笑しい。ただ、この子の頬にキスをすることには、自分でも不思議なほど抵抗がない。それはとても自然なことのように思えるのだ。幸いと周りに人目もない。

「そこではありません。こちらに」

が、空気が変わった。彼が頬に授けようとしたキスを手で制しながら、少女が自分の唇を指してのけたからだ。ぎょっとしたオリバーがかすかに身を引く。

「……テレサ。それは……」

「躊躇(ためら)われますか」

「……意味合いが、違ってくる……」

「そうですか。しかし、あの女とはされていたようですが」

返しの付いた槍(やり)にも等しい言葉がオリバーの胸に突き刺さった。同時に思い出す――あの出来事は慰労会の直後で、二年生たちはその前に寮へ送り出していた。友人たちと盛り上がっていたテレサもその流れで寮へ向かったと思い込んでいたが、本来の彼女の職分からすればそれこそおかしな話だ。校舎を出て早々に友人たちと別れ、そのまま速やかに自分の仕事に戻っていたとして、いったい何の不思議があるだろう。

「……見て――」

「不本意ながら。それが私の務めですので」

まっすぐ相手の目を見て、堅い口調でテレサが声を重ねる。それが強い怒りに根差した態度であることを、この期に及んでオリバーはようやく理解する。遅きに失した自覚と同時に。

「改めてお尋ねします。――あの行為は、あなたが自分から望まれたことなのですか」

「……それは……」

続く問いにオリバーの息が詰まる。どう答えるべきなのか、彼にはとっさに分からない。自分から望んだ行為ではないにせよ、その責任をナナオに押し付けるような答え方もしたくはない。彼女をあの行動に追い込んだのはむしろ自分のほうだとオリバーは思っている。

だからこそ、ここでの沈黙は失策だった。そんな主君の性格を、とうにテレサのほうでもよく知っていた。自分で望んだことなら迷わず「そうだ」と言うだろう。逆にそうでなければ、慎重に時間をかけて相手のフォローのための言葉を選ぶだろうと。

である以上。速やかな肯定がなかった時点で、テレサにとっては回答を得たも同然である。即ち——主君が辱められたという、およそ許すべからざる事実を。

「よく分かりました。……あなたはあれを望まず。それでいて、一方的に強いられた」

「——ッ、待——」

一瞬遅れて相手の思考に追い付いたオリバーがそれに歯止めを掛けようとする。が——その全てを置き去りにする速度で、テレサは音もなく彼の胸に抱き着いた。

「お慕いしております、我が君。臥しても覚めても、貴方以外の何も見えぬ程に」

熱を秘めた言葉がオリバーの全身に重く響く。立ち尽くす彼のローブとその下のシャツに、テレサが額と鼻先を何度も何度も擦り付ける。自分の存在をそこに刻み付けるために。二度と誰にも汚させはしないと誓うために。或いは——呪うために。

「そして、今は……腸が煮えくり返る程に」

その儀式を終えた瞬間、少女の意思の全てがひとつの方向を向く。とっさに相手を抱き止めようとするオリバーだが、その懐から体温が一瞬にして掻き消えた。空振った両腕に愕然としつつ、少年が血相を変えて周りを見回す。

「――テレサ⁉　どこだ、テレサ！」

問えども答えはない。遠ざかる気配すら感じ取れないというのに、その足がどこへ向いているかだけは確信できる。許さないと決めた相手のもとへ、彼女は一直線に駆けている。怒りに全身を突き動かされるまま、およそ一切の回り道なく。

「――ッ――！」

懐から三体の偵察ゴーレムを飛ばし、それらの視界を共有しながらオリバーが全力で廊下を駆け出す。タイミングがおよそ最悪だった。あの晩から距離を置いていたナナオが今どこで何をしているのか、彼にはまるで見当が付かない――。

そんな自分の立場を知る由もなく。問題の中心にいる東方の少女は、迷宮二層「賑わいの森」を当てもなく散策していた。

「……む。頂上にござるか」

足を止めたナナオがふと見上げれば、これまで登ってきた巨大樹の頂きが早くも目の前にある。険しい道を選びながら漠然と高所へ向かって歩いていただけなので、特にここを目指していたわけではない。ただ、邪魔が入らなかったことで登り詰めるのは早くなった。なにしろ今に至るまで魔獣の一匹もちょっかいを出してこない。

「……ふむ」

他にすることもなく、頂きからぼんやりと二層の全体を見下ろす。故郷の里山を思い起こさせるその景観は彼女も嫌いではない。が、そうした郷愁にも今は浸る気になれなかった。自分がやらかしたひとつの過ちが、どこへ行こうと頭の凡そを占めていたから。

「……参ってござるな。どう詫びたものか――この期に及んで、糸口さえ思い当たらぬ」

ぽつりと口を突いて出たその言葉に、ナナオは自分で苦笑する。――糸口も何も。事を丸く収めようと願うこと自体、あの行いの後では厚顔も甚だしい。

そも、と彼女は考える。――仮に、奇跡のように今の状況を収めたとて。この先もオリバーの傍にいることが、果たして自分に叶うのかと。

余りにも眩しかったのだ。彼とリチャード＝アンドリューズの立ち合いが。

どうしようもなく苦しいのだ。自分と彼の間で、あれが決して果たされないことが。

自制の試みはナナオの側でやり尽くしている。知る限りの心法はもとより、シェラやカティもあらゆる助言を彼女に授けた。友を増やし、新たな趣味を嗜み、それらに心の熱を分ける方法で己を手懐けるべしと。その全てにきっと効果はあった。なにしろ今日まで彼に斬りかからずいられたのだから。

だが、同時に考えてしまう。――その方法で稼げる時間にも、終わりが来たのだろうかと。

だとすれば。これから先、自分は一体どうすれば良いのだろうと。

「……っ……」

かぶりを振って暗い思考を止める。――下手の考え休むに似たり、どころの話ではない。悩めば悩むほど深いところに心が沈んでいく。このような思索から至る結論が正解などということは有り得ない。今の彼女には、まだ辛うじてそれが自覚出来た。

呼吸を整えて平常心に還ろうとするナナオ。と――そんな彼女の近くを、何も知らずに探索にやって来た三年生たちが通りかかった。うちひとりが背中を指さして口を開く。

「ねぇ、あれMs.ヒビヤじゃない？　決闘リーグ優勝チームの――」

「待て、下手に触るな」「微妙に気配がヤバい。黙って通り過ぎるぞ」

無邪気に寄っていこうとした仲間を他のふたりが小声で止める。三年生ともなればその程度の直感は備えているもので、それはそのまま魔獣たちがナナオの歩みを邪魔しなかった理由と同じだ。極力距離を置いたままナナオの背後を通り過ぎていく生徒たち。遠ざかっていくその気配を背中で感じながら、ナナオは小さくため息をつく。

「こんな日に限って、誰も因縁を付けてくださらぬとは。……一戦交えれば雑念も晴れように」

と、いささか物騒なことを呟く。二層を散策していた理由の半分はその期待からだったが、皮肉にも今のナナオへ喧嘩を売ろうとする生徒は校内に決して多くない。決闘リーグでの戦いぶりからその途方もない実力と、何より脇の甘さのないことが知れ渡っていた。相性や戦術でワンチャンスを狙えるならまだしも、その見込みすらない相手には誰もちょっかいを出さない。上級生なら話は別にせよ、そちらは単独行の後輩に喧嘩を売ること自体が不名誉である。

この場に居続けても何かが上向くことはない。そう諦めた上で、ナナオは静かに踵を返す。

「回らぬ頭でいくら思い悩んでも詮無し。……いい加減、腹を括り申すか」

そう呟いて来た道を下り始める。ついに良案のひとつも思い付かぬままなので、足取りはいかにも重い。探索の後いつもなら嬉々として向かうはずの秘密基地だというのに、今は一歩近付くごとに恐怖すら覚える。そこにオリバーがいた場合のことを考えてしまう。彼と向き合った時、今の自分に何が言えるのだろうと。

「――む」

が、巨大樹の枝から降りて森に入り、しばらく歩いたところで。憂いのどん底にあったナナオに、思いがけず救いがもたらされた。

「……これはまた。抜き身の刃のごとき殺気にござるな」

びりびりと肌に感じるそれを受け止めながら、小さく笑みを浮かべてナナオが言う。――いる。姿こそ見えないが確実に、自分を害さんと願う何者かが木立の闇に潜んでいる。それも生半の敵意ではない。一切の遊びなく怨敵を捉える、それは仇討ちの士にも似た純一の殺意。

「誰某かは存じ上げぬ。何処で如何様に恨みを買ったものか、その経緯も図り知れぬ。が――一向に構い申さん。一切合切、問い申さん」

有難い。心よりそう思いながら、ナナオが腰の得物を抜いて不殺の呪いを半掛けに施す。この頃合いで仕掛けてくれた相手には感謝しかない。

重ねて願うならただひとつ。――どうか、易々と斃れてくれるな。

「お相手仕る。――好きに抜かれよ」

刀を脇に構えたナナオがその挑発でもって相手を招く。同時に気配が動き始めた。彼女を取り巻く緑の闇の中を、その位置を掴ませぬまま縦横無尽に。

「姿を晒す気は皆目ござらぬと。……成程、乱破の類とお見受け致した」

敵の性質を見定めたナナオが逡巡し、一度は抜いた刃を鞘へ収め直す。だが、それは構えの解除を意味しない。左手で鞘を握り、右手をゆるく柄に置いたその姿は即ち、

「然らば貴殿。その手管を以て、この間合いを越えて来られよ」

響谷流立居合・円の構え。あらゆる角度からの奇襲を迎え撃つ乱破落としの定石手。どこから攻めて来られようと応じる一手に不足はない。否――ナナオの場合はそれ以前に、

「――**斬り断て**」

その「居合」の間合いが、今や十間をゆうに越えている。

「――ッ……！」

テレサが潜む木立へ向けて放たれた敵の最初の呪文。その範囲にあった三十本以上の木々、どれも若木とは呼べない強固な成木が、彼女の眼前でひとまとめに斬り倒された。傾いていく枝の一本から見下ろしたその光景に彼女の全身が粟立(あわだ)つ。

出力が、おかしい。相手が三年生ということを考慮に入れても、テレサの知る切断呪文は一節でこのような威力を放つものではない。重ねて寒気がするのは断面の状態。どれもこれも滑らかを通り越して金属さながらに光を反射すらしている。おそらく、この切れ味が馬鹿げた威力の一因でもあるのだ。

「**斬り断て(ぐらでぃお)**――**斬り断て(ぐらでぃお)**――**火炎盛りて(ふらんま)**」

たった三回。それだけの詠唱で、敵を中心とした半径二十ヤード余りの立ち木が真円状に余さず刈り取られた。続く火炎呪文がそこへ容赦なく火を放つ。その出力もまた尋常ではない、隠れた相手を炙(あぶ)り出(だ)すどころか焼き殺す勢いである。

「……**写し形成せ(コプフィグラ)**……！」

このままでは押し切られる。そう踏んだテレサが密(ひそ)やかに呪文を詠唱し、その結果を闇に放つ。続けて対抗属性をまとわせたローブを守りとして、自ら炎の中へ飛び込んでいく。

　二発目の火炎呪文をナナオが放った直後。横合いの倒木の中から、ひとつの影が飛び出した。

「斬り断て（ぐらでぃお）！」

　その胴体を、放たれた刃が寸分の狂いもなく斬り飛ばす。断たれた影が散り消え、同時に逆方向の炎上する倒木の中から本物のテレサが電撃を発射。刀を振り抜いた直後の背中を狙った一撃へ、抜き打ちからの流れるような動作でナナオが向き直る。続く諸手（もろて）斬り流しが刀身に絡（から）め取った電撃を後方の地面へ送り去った。

　対処を終えたナナオの視線が炎の中に向く。そこに敵の姿はすでにない。

「ふむ、分身（わけみ）。先の催しで見慣れたつもりにござったが——**斬り断て（ぐらでぃお）**」

　リーグ本戦の乱闘（バトルロイヤル）を思い出しつつナナオが呟（つぶや）き、続けて倒木から飛び出してきた影を再び呪文居合の一閃（いっせん）で斬り飛ばす。予想に違わずそれもすぐに散り消え、裏腹に周りの気配はさらに増えた。むぅ、と抜き打ちの構えに戻りながらナナオが唸（うな）る。リーグでも二種類の分身を駆使した戦術には大いに苦しめられたが、今の状況はまた違う。

「分身の質でミストラル殿に勝る、というわけではあり申さぬな。……むしろ、本人の気配のほうが酷（ひど）く薄い。これだけ動き回っても分身と区別が付かぬほど」

　そう分析する。今までの攻撃から見て、相手が倒木と炎の中を高速で走り回っていることは明らかだ。それだけ激しく動けば自然と気配も濃くなるものだが、この相手に関してはその常識が通じない。攻撃のために呪文を唱えるわずかな一瞬を除いて、敵は常に自ら生み出した分身たちと同様の朧さを保ったまま動き続けている。

「――面白くなって参り申した」

生半の手練れではない。相手の戦力をそう見て取った上で不敵に笑う。こじれた思考の詰まった頭が秒刻みに晴れていくのを感じながら、ナナオは次なる敵の一手を楽しみに待つ。

「……化物……」

ここまでの戦闘を経て。ただ一言、テレサの口からはその声だけが漏れた。

見抜かれている。自分の強みも、それを活かした攻め筋も。何をしようと防がれ応じられると分かる。どれほど分身で揺さぶっても、その上でどの角度から狙っても――攻撃が相手に届くビジョンが、どうしようもなくテレサの頭には浮かばない。

それだけなら、まだいい。そこが天井ならまだ許容出来る。何より問題なのは――敵がまだ、少しも本気ではないこと。受けに徹してこちらの攻撃を悉く迎え撃つ構えでいること。

微動だにしない本人の立ち位置が何よりもそれを証明している。その事実が彼女にはもはや信じられない。自分はこれほど駆けずり回っているのに――あれはまだ、戦いが始まったその場から動いてもいないのだ。

「……は、は……」

状況と裏腹な笑みで口元が引き攣る。——そうだ、それでいい。化物であってくれていい。

主君を辱めた相手が人間であるほうが厄介だ。だって、化物なら殺していい。それは人に害をなす存在なのだから。このまま放り置けば、あれはまた何度でもあの人を苦しめるのだから。

許さない。見逃しはしない。その決定に、力の差などこれっぽっちも関係ない。

「……**写し形成せ**……**写し形成せ**……**写し形成せ**……」

倒木の陰から陰へと音もなく渡り歩く。その間に分身を限度数の最大まで配置し、同時に視線を上げて二層を照らす偽りの太陽の位置を確認。それらの条件から、自分に勝機が生まれる唯一のタイミングを計って待つ。

勝負手の準備を整えながらテレサは思う。——お前が化物なら、私は悪霊だ。死して尚ここに在る人型の妄執。お前を呪い憑り殺す、ただ一個の悪魂だ。

「——む?」

微動だにせぬ居合の構えで敵の再来を待ち受ける中。ふいに暗くなった自分の視界そのものから、ナナオはその異変に気が付いた。

「――蝕？　否、これは……」

構えは崩さぬまま、視線だけを光源の方向へ向ける。常に明るく二層を照らし出す偽りの太陽。それとナナオが今いる場所を遮る形で、巨大樹の一角から途方もなく大きな葉が茂っている。さっきまでは存在しなかったはずの日(ひ)除(よ)けの傘が。

寄生性の器化植物(パラシティック・ツールプラント)。土に撒(ま)いて生やすオーソドックスなタイプとは別の、他の動植物から栄養と魔力を吸い取って成長する器化植物(ツールプラント)。土に撒(ま)くタイプと比べて使用の条件はシビアだが、多くの魔力を蓄えた巨木を苗床とするなら環境としては申し分ない。ナナオを尾行する過程で巨大樹(イルミンスール)を登ったテレサが途中の枝に仕込んでおき、その成長と偽りの太陽の位置が合わさって生まれる「日陰」の場所に応じて今の戦場を決定した。

即(すなわ)ち。この時この場所に限って――眠りを知らぬ二層にも、限定的な「夜」が訪れる。

「――成程。この手筈(てはず)でござったか」

感服しきりにナナオが呟(つぶや)く。彼女をして予想もしなかった。夜陰に紛れるは隠形の基本と言えど、まさか自ら夜を創り出そうとは。

これが煙幕なら移動すれば済む。しかし、この「夜」から抜け出すには相当の距離を走る必要がある。その過程では必ず森の中を抜けることになり、結局のところ視界が悪化した状態での追撃は避けられない。

無論、自ら光源を浮かべることは出来る。今のナナオの魔法出力をもってすれば一帯を照らし出すことも可能だろう。だが、杖から離れたところに持続的な光を保つためには、術者の側でも相応に魔力を練って呪文を唱える必要がある。果たして今この状況で、そんな悠長を敵が彼女に許すだろうか？

「――宜しい。来られよ」

居合の構えから刀を抜き、中段に構える。これから敵は勝負に出るのだと肌に感じる殺気が告げている。なればこそ、ただ全力で迎え撃つ、それ以外に生き残る術などありはしない。燃え続ける倒木だけが灯りとなる暗闇の中で、朧な気配が全周から迫り来る。分身と本物の区別はもはやナナオには付けられない。であれば、彼女に出来ることはたったひとつ。

「――ハァァァァッ！」

ひ、ひ、ひ、ひとつ残らず斬り伏せる。それだけを考えて気配の全てを迎え撃つ。斬っては動き斬っては動き、ただの一時も休まず敵を切り崩して振り回す。その無謀を懐かしいとすら感じた。故郷の戦では形勢が悪くなる度に何度でもこれをやった。残りが何人かなど知らない。斬り伏せた人数など数えもしない。それは死した後で神仏に尋ねよと響谷流は教えるのだ――。

「――ッ……！」

練った策の下に全ての条件が万全に整った状況で、それでもテレサには分からなかった。どこで撃てばあれを仕留められるのか。いつ撃てば、その直後に自分が斬り伏せられないのか。

隙などどこにも見て取れない。一太刀につき一体の分身を斬るその姿はまるで刃を帯びた風車(かざぐるま)だ。自分に迫られれば無論ひとたまりもない。さりとて迎撃を恐れて手をこまねいていれば分身のほうが底を突く。そうなる前に決めろと、これから五秒の間に決断しなければならないと理性が金切り声で叫んでいる。

二秒で絶望する。――このやり方で仕留められる相手ではない。

四秒で自問する。――では、お前は何をしにここに来た。

五秒で咆哮(ほうこう)する。――あの女をぶちのめしにここに来た!

「――――――!!!!」

声なき鬨の声(ウォークライ)と共にテレサが夜を駆ける。分身が作った隙を遠間から撃つのではなく、自らを分身の中に置いて敵の心臓を刺すために。リスクは忘れた。成算は頭から消し飛んだ。どちらも意味がない。絶対にそうすると決めた目的の前に、そんな足し引きをして何になる。

目の前で二体の分身が斬り伏せられた。相手が背中を晒(さら)した。今なら捻じ込めると感じて、だからそうした。一切の音を断った踏み込みから杖剣(じょうけん)を突き上げる。領域感知には引っ掛かったかもしれない、だとしても反応は絶対に間に合わない。そう確信できる最高のタイミングであり一撃だった。

その渾身(こんしん)の切っ先が、悪夢のように打ち払われた。

「――え――」

喉から音が漏れる。相手はまだ振り向いていない。それなのにテレサの杖剣は逸らされた。頭上を越えて振り抜いた刃の峰で。そんな馬鹿げた技はどの流派にもないはずなのに。

響谷流口伝・裏構え。信じがたい防御を成した敵が身をひるがえし、テレサの目の前に憎らしい横顔が覗く。この化物と正面から向き合うことは隠密である彼女にとって死を意味する。次の一瞬で終わる。この手で何も出来ないまま。この相手に何ひとつ贖わせてやれないまま。あの人の苦しみを、ほんの少しも減らせないまま。

「――ア――！」

あっていいわけがない。その感情の爆発の中、何も考えず左手が奔った。

真後ろの敵を斬り伏せるべく向き直ったナナオ。瞬間、その頬っ面を、とてつもない衝撃が斜め下から張り上げた。

「――おぉ……」

腰の入った平手の一撃。もはや掌底に近いそれに脳を揺らされ、ナナオの視界が白く明滅する。焦点の定まらぬまま漠然と刃を袈裟に下ろし、それが当然のように空を斬る。

その間にも、敵の姿は闇の中へ消えていく。顔のひとつも彼女に拝ませぬまま。薙ぎ倒され焼き払われた木立のさらに向こうへと、小さな気配があっという間に遠ざかる。

「……これは、効き申した」

くらくらする頭を手で押さえながらナナオが呟く。――近接での組み打ちは彼女も慣れている。だが、この土壇場で平手というのは意表を突かれた。

いっそ拳であれば歯を食いしばって耐えられただろう。だが、あの平手には不思議な力があった。頬を張られた瞬間、ナナオの側で「受け入れなければならない」と心のどこかで思っていた。それがどのような不可思議であったのかはもはや知る由もないが――ただひとつ、彼女の中で確かなことがある。

「感謝致す、顔も知らぬ何某。……貴殿のお陰で、漸く前に進めてござる」

相手が消えていった暗闇に、ナナオは深く頭を下げてそう告げる。――頭を重くしていた思考が、今は綺麗さっぱり消えている。一度死んで生まれ変わったように心が清々しい。益体もない釈明を考える脳味噌ごと、あの一撃で吹き飛ばしてくれたのかもしれない。そう思うとますます感謝が湧いて――仏を拝むように、ナナオは暗闇に向かって手を合わせた。

自ら創り出した夜の中を一心不乱に駆け抜け、それを抜けるまで走り詰めたところで。張り詰めた糸が切れたように、テレサはようやく茂みの中に倒れ込んだ。

「……フーッ、フーッ……フ——ッ……！」

重ねた両腕の間に口を突っ込むようにして息を荒げる。どれほど疲れていようと、音を立ててその弱みを周囲に晒すような不様は許されない。隠形として育てられた少女に芯まで刷り込まれた、それはもはや生態に等しい習性である。

「……——ッ、……——ッ、……ッ、……っ、…………っ……」

長い時間をかけて呼吸を整える。そうすると、否応なく頭が冷える。激情に酔っていた神経が鎮まっていき、徐々に徐々に、思考が平常に回り始める。冷静になってしまう。

気付けば、高い場所から自分を見下ろしている。

今のお前はどういう有り様だと。他ならぬ自分自身より、その問いが投げかけられる。

「…………」

さっき考えたことを思い出す。相手が化物なら、自分は悪霊だと。圧倒的な敵を前に自分を奮い立たせるために。せめて気持ちで負けないために、そう心に叫んだつもりでいた。

だが、今は思う。——何を意気込んで叫ぶ。ただ単に、その通りではないのか。

「…………っ……」

考えろ。ナナオ＝ヒビヤを仕留めれば、あの人が笑顔になったとでも言うのか。

思い出せ。仇を討った時、彼が一度でも笑ったか。満ち足りた顔でその最期を眺めたか。

分かり切っていたはずだ。誰かが死んで、それを喜べる人間ではないことなど。

「…………ウ……」

おかしいだろう。ではお前は、何のためにここに来た。

許せなかったからだ。身勝手な欲望をぶつけてあの人を苦しませた人間がいる、その事実にどうしようもなく耐えられなかったからだ。あの人が傷付いた分だけ、あの人が悩んだ分だけ、相手にも何とか帳尻を合わさせなければ気が済まなかったからだ。

なるほど、そうか。それもまた随分と身勝手な感情だが、ひとまず置いてやろう。

だが——本当に、それだけか？　取り繕うな。もっと醜い感情も奥にはあるだろう。

例えば。……あの女はいつも隣にいて、自分はいつも陰にこそこそと潜んでいる。

例えば。……あの女とは唇でキスをして、自分には頬にキスをする。

「……っ……」

それが、我慢ならなかったのではないのか。あの人を辱められた怒りと同じくらい、その差に心が耐えられなかったのではないか。

自分よりあの人に愛される人間をこの世から消してしまいたい。そんな願いが心の片隅にもなかったと——お前は本当に、胸を張って言えるのか。

「……ア………」

認めたらどうだ。あの人を想っているようで、お前はいつも自分のことばかり考えている。

あの人に撫でられたい。あの人に抱きしめられたい。あの人にキスされたい。一皮剝けば、お前の頭の中はそればっかりだ。欲望でぱんぱんに膨らんだその頭蓋骨を一度割ってみろ。出てくる脳味噌はさっき頬を張った女と何が違う。

お前がそんなものを晒すから、あの人はどうにか応えようとする。ただでさえ潰れそうな重荷を背負いながら、そこへさらに図々しいお前の分を上乗せする。そんな余裕はどこにもないのに。それが最後の一押しになって、今度こそ膝がへし折れるかもしれないのに。

さぁ、もう前置きはじゅうぶんだろう。お待ちかねの答え合わせの時間だ。念願叶って潰れてしまったあの人を想像してみろ。その背中に嬉々としてしがみ付く自分を思い描け。

分かるだろう？　――その姿はまさしく、悪霊そのものだと。

「……ウ……アッ……！」

結論が下る。堪えきれなかった嗚咽が腕の隙間から零れて、すぐそばの枝葉を微かに震わせる。罪悪感と自己嫌悪の燃料を得て加速する自責。それが思考の始まりと繋がって円環をなし、同じ形のままテレサの頭の中で膨らんでいく。

罪の意識に苛まれた全身がぶるぶると震える。――動けない。あの人のもとに帰る以前に、こんな自分のまま息をすることさえ恐ろしい。小さな体に詰まった強欲が果てしなく呪わしい。

誰か教えて欲しい。あの人を守るために、支えるためにある命が、どうしてこんなにも醜い形なのか。なぜもっと相応しい自分になれないのか。

「……ごめんなさい……ごめんなさい……！」

　帰る道を忘れた子供のように、テレサはずっと泣き続ける。喉が嗄れて声が出なくなるまで、大切な人に詫びる言葉をその口が紡げなくなるまで。いつまでも、いつまでも——、

「——ンにゅー？」

　——泣き続ける、はずだった。

　なのに。妙なものが、そこに割って入った。

「…………え？」

　橙色の光を帯びた何かがふわふわと空中に浮かぶ。茂みの中に伏した自分の真横。目と鼻の先を漂うそれを、テレサが我を忘れてじっと見つめる。

「——キぱー！」

　あろうことか。ぼんやりとした人型のそれが、奇声と共に変顔を向けてくる。目鼻と口の位置がくるくると自在に入れ替わり、奇怪極まる百面相をそこに演出する。泣き腫らして真っ赤な目でテレサが呆然とそれを見つめていると、今度は何者かが茂みを掻き分けて近付く気配を感じ取った。我に返った彼女が跳ね起きてその音の方向へ杖剣を向け、

「——ここか、ウーファ。無闇に先行するなとあれほど——」

　枝葉を肩で押しのけて、ひとりの男が現れる。邪教の神父じみた改造制服に身を包んだ大柄なその姿。それを目にした瞬間。すでに致命的とも言える互いの間合いに、テレサの喉がひゅっと鳴る。

「——む？　先客か」

　思いがけず後輩の姿を見て取った男が平然と口を開く。——屍拾い（スカベンジャー）の異名を校内に轟（とどろ）かすキンバリーきっての危険人物、サイラス＝リヴァーモアがそこにいた。

＊

　校舎に彼女の姿がないことを確認した時点でオリバーは迷宮に潜ろうとした。が、秘密基地へ行く時にいつも使っている最寄りの「出入口」が使用不能になっており、結果として別の入り口から大幅な遠回りを強いられた。

「——ナナオはいるか⁉」

　焦（あせ）る心に急（せ）き立（た）てられながら、考えうる最短の道筋を辿（たど）って秘密基地に辿（たど）り着（つ）く。そこではまず、シェラとピートのきょとんとした顔が彼を出迎えた。

「ど、どうしましたのオリバー。血相を変えて」

「ナナオならいるぞ。ほら、さっき戻ってきて飯食ってる」

　少年の様子を気に掛けたシェラが流し台から離れ、学習用の机で論文をチェックしていたピートがテーブルを指さす。その言葉通り、大振りのサンドイッチを口いっぱいに頬張る東方（エイジア）の少女の姿をそこに見つけて、オリバーは盛大に安堵（あんど）の息を吐いた。

「……良かった……」

「んぐ。——何ぞあり申したか？」

「それは俺のほうが聞きたい。……その、何も無かったか？ 迷宮をうろついて来たなら、途中で誰かに襲われたりとか……」

最悪のケースまで想定していたオリバーがそれを問う。が、予感に反して、あっという間にサンドイッチを平らげたナナオが笑顔で首を横に振った。

「何もござらぬ。夜明けの川辺を歩くが如き、まこと清々しい散歩にござった」

澄み切った笑顔でそう答える。嘘というよりも、それは起こった出来事に対する彼女の実感をそのまま言葉にした結果だ。散歩に出て、ひとつの素晴らしい立ち合いを通して頭を綺麗に整理し、上向いた気持ちでここに戻った——彼女からすれば、自分の身に起こったことはそれだけである。「襲われた」という言い回しはその実感にそぐわなかった。

「……そうか。……いや、ならいいんだ。俺の取り越し苦労だったかもしれない。……ただ念のため、校舎に戻る時には俺も一緒させてくれ」

多くは語らず、オリバーの側からはそう頼むに留めた。……今のテレサについて覚えた懸念をそのまま伝えるのは憚られるし、そもそもナナオの言葉通りなら、彼女はまだ何もしていない。本人との話し合いはナナオを寮へ送り届けた後で内々に行えば済むし、何より明白な根拠のない状態で警戒を促すのは不義理に当たる。そこに目を瞑るには、オリバーもまたテレサという少女を大切に想い過ぎていた。

「承知致した。――時に、オリバー」

理由は問わぬまま提案に頷き、そこでナナオが椅子を立つ。まっすぐ自分を見つめるその瞳から、オリバーの側でも続く言葉を予感した。

「貴殿に折り入って話がござる。暫し時間を頂くが宜しいか」

真剣なその声に対して、腹を据えてきた少年もまた重く頷く。その様子を見て察したように、ピートとシェラが目配せし合って荷物をまとめ始めた。

「ボクたちは外すぞ」

「今日はこのまま校舎に戻ります。ガイとカティも明日まで寄越しません。……じっくり話し合ってくださいませ、ふたりとも」

短くそう言い残したのを最後に、彼らは扉を開けて去っていく。そうして静かになった空間の中に、互いへの計り知れない想いを抱えたオリバーとナナオだけが残された。

秘密基地にふたりきりになったところで、彼らはまず寝室に使っている部屋のほうに場所を移した。大きな意味があったわけではなく、単純に気分の問題だ。これから話す内容の深刻さを踏まえると、リビングや大部屋は開けすぎていて少しばかり気が引ける。

「……皆にも気を遣わせてござるな。重ね重ね、慙愧に堪えぬ」

ピートとシェラの気遣いを思ったナナオがふぅと息を吐く。同時にそれで前置きを終え、改めてオリバーと間近に向き直った。無難な世間話から順を追って本題に寄せるようなやり方は、もとより彼女と無縁である。

「然らば、改めて。──あの晩に拙者が貴殿へ働いた狼藉の数々。思い返すだに申し開きの仕様も──」

「待て、ナナオ」

走り始めた相手の言葉を、その出だしの部分でオリバーが制する。きょとんとした彼女の顔をまっすぐ見つめて、まずオリバーは確認した。

「君は今、謝ろうとしている。……そうだな？」

「他には何も思い付かなんだ故」

寂しげな微笑みを浮かべたナナオがそう明かす。オリバーの胸がずきりと痛む。そんな顔を彼女にさせていること自体、彼にとっては途方もない不本意だ。

「謝罪は無用だ。……代わりに、俺にも言いたいことを言わせろ」

「それは……無論にござる。罵倒なり侮蔑なり打擲なり、如何様にも貴殿の望むままに」

応答に続けて、ナナオが目をぎゅっと堅く瞑って叱責を待ち受ける。頬を打たれようと胸を突かれようと受け入れるとその姿が語っている。或いは、もっとも恐れるものは別にあるかもしれないとオリバーは思う。それは自分の言葉。彼女の心に最悪の深手を負わせるとすれば、きっとその他には有り得ない。

同時に悟る。そうした結果すら覚悟して、彼女はこの場に来てくれたのだと。

「生憎だが、そんなもので済ませる気はない」

感情をひた隠して堅い口調のまま口にする。びくりとナナオの肩が震える。その姿だけで胸が張り裂けそうになりながら、この一言は絶対に要るのだとオリバーは自分に言い聞かせる。――ナナオの自責は強い。ただ許すだけでは負い目が残る。ここで挟んだ意地悪が後々に相手を救うと信じて、彼は次の行動に移る。

「――っ!?」

無言で肩を掴み、唇を奪う。或いは奪い返す。慣れない乱暴さ、馴染まない強引さに自分自身で戸惑いながら、今だけは徹底してそれを行う。彼女にされた時の勢いをなぞるように。これでおあいこだと互いに思えるように。

長い、長いキスになった。時間を数えるような余裕はオリバーの側にもとっくになかった。だから、息苦しさを感じる限界までそれを続けた。一瞬にも永遠にも思える沈黙を経て、彼らはようやく息継ぎに及ぶ。

「……オリ、バー……」

ナナオの瞳がぼうっと少年を見つめる。その顔を前に、オリバーが大きく息を吸って再び口を開く。それだけは何の気遣いも慮りもなく、ただ心底からの自分の本音を吐き出す。

「……君だけが我慢してると、思うな……！」

告白を通り越して、声は絶叫の色彩を帯びた。相手の全身がぶるりと震え、そこへ摑みかかるようにオリバーが再度のキスに及ぶ。背中に腕を回して、今度はナナオからもそれに応える。そんなことが自分に許されるとは思えない。だが、応えないことはなお許されないと思う。

「──ぷはっ。オリバー、ひとつ……」

二度目は、さっきよりも少しだけ短かった。体の一部に感じる未知の圧迫がその原因で、それがどうしても気になる余りにナナオの側から小休止を求めた。どちらも疾走の後のように息を荒げながら、互いの瞳を間近に見つめ合う。

「……何だ……」

「……当たってござる。腹に、逞しいものが」

その体勢から視線だけを下に落として、ナナオが率直に理由を述べる。一拍遅れてオリバーも自分の状態に気付いた。途端に頰へさっと朱が差し、相手の肩を摑んだまま、彼はその場で深く顔を俯ける。

「君には無いのが羨ましい。……分かるか？　今、どれだけ恥ずかしいか」

「う、うむ。伝わってござる。ひしひしと……」

こくこくと頷きながらも、その言葉には多少の心もとなさがあった。何しろ自分にはないものだ。相手が途方もなく恥ずかしがっていることは分かるにせよ、同じ気持ちを理解しているかと言えば大いに疑問が残る。体の違いを別にしても、ただでさえ両者の羞恥心の在り方には文化的差異があるのだ。

だとしても、相手にばかり一方的に恥をかかせてはいられない。その苦悩と熟考の行き着く先で、ナナオは自分が取るべき行動を思い決める。

「——不公平でござるな。貴殿ばかり恥ずかしいのは」

決めたのならば後は早い。まずローブを脱ぎ捨て、次にボタンを外してシャツを豪快にはだけ、最後に胸を覆うさらしを解いて相手に向き直る。ずいぶん前にも見せてしまった記憶はあるが、自分から見せるとなるとこれは存外に恥ずかしい。これで少しは対等になったかと思いながら、ナナオは腰に手を当ててどうにか胸を張る。

「そ——それ、見苦しい身体にござろう。どこを取っても傷塗れ。このようなもの、よもや自ら誰かに晒す機会があろうとも思わなんだが」

「…………」

目を細めて、露わになったその肢体をオリバーがじっと見つめる。直後、そのズボンの股間が内側からの圧でさらに張り詰めた。変化を目撃したナナオがぴたりと硬直する。

「……気のせいでござろうか。何やら、ますます逞しく……」

「どうしてそうならないと思ったんだ。自分からそんなものを見せておいて」

低い声でそう言い、平常心を保つために何度も呼吸を繰り返して、それからオリバーは相手の肩にそっと手を置く。恥ずかしさは消えない。だが、それよりも大切なものを伝えるために、揺れる瞳で相手を見つめる。

「分かってくれ。いや——分かれ、ナナオ。今、俺の眼に君がどれほど眩しく映っているか。出会ってから今まで、この身体に触れることをどれほど夢に見たか……」

泣きそうな声で告白するオリバー。その一言一句をじっくり噛みしめた末に、ナナオは無言で自分の頰に手をやり、それを左右からつねってぐいと引っ張る。突然の奇行に少年の眉根が寄る。

「……何をしているんだ、それは」

「夢から覚めようとしてござる」

「これが夢だと？」

「うむ、でなくばおかしい。先ほどから——貴殿の言うこと為すこと全て、余りにも拙者に都合が良すぎてござる」

率直に、ナナオの口が現実感の欠如をそう告げる。無理もない。彼女が想像した奇跡のような結末の、その天井を遠く突き抜けたところに今の状況がある。それはもはや嬉しいを通り越して恐ろしい。いざこれが夢だと分かった時の落差に、今の浮ついた心では到底向き合える気がしない。

オリバーの側でも理解する。何の冗談でもなく、彼女にとってはそれが深刻な懸念であるのだと。だから迷わず寄り添って解きほぐす。相手の両手を握ってそっと顔から離し、代わりに自分の掌で優しく頬を包み込む。

「何が不思議だ？……俺が君を心底好ましいと想う、ただそれだけのことが」

すべらかな肌をゆっくりと撫でながらオリバーが問う。その手から伝わる体温に現実を感じた瞬間、ナナオの両目にぐっと涙が浮かぶ。もう耐えられなかった。相手の体にくっついて肩に体重を預けながら、震える声で彼女は呟く。

「今、目が覚めたら……きっと拙者は、童のように泣き喚いてござる」

「そうなったら、また現実で俺に会いに来ればいい。何度でもこうするだけだ」

「無理にござる。現のオリバーは、もはや拙者を嫌っておられよう。血と色に飢えた浅ましい獣と見下げ果ててござろう。それだけの真似を拙者は致した。擲たれ詰られ突き放される、只そのためだけに此処へ参った。それより上等な結末などあろうはずもなく――」

涙声で訴えるその口を、もはや見かねたオリバーの唇が塞ぐ。続く言葉の全てが形になる前に彼の側でそれを呑み込む。相手が静かになったところで蓋を解いて、そのまま相手の目をまっすぐ見据えた。

「……それ以上自分を貶すことは、俺が許さない」

強い意思を込めてそう告げた。涙を浮かべたままナナオが微笑み、こくりと頷いた。

「承知致した。……然らば、どうか……夢の続きを」

その言葉を合図に手を取り合う。そうして、どちらからともなく――近くにあったベッドに、ふたりの体はゆっくりと吸い込まれた。


同じ頃。迷宮一層の通路を校舎に向かう中、隣を歩く友人へ、シェラがぽつりと口を開いた。

「……ピート。あなたの前でこれを言うのは、少し憚られるのですが」

「分かってるよ。言いたいことは」

みなまで言わせず声を被せる。それに目を丸くしたシェラが足を止め、ピートの側でも合わせて歩みを中断する。眼鏡の奥の瞳に恐ろしく深い思索の色を垣間見せながら。

「あのふたりの関係は最初から綱渡りだ。あんなに互いに惹かれ合ってるのに、好き合えば好き合うほど殺し合いに近付く。……でも、これだけ一緒の時間を過ごして、肩を並べて死線を潜り続けて……それで距離を縮めるなってほうが無理な話だろ。

もう限界だ、今の状態は。付かず離れずのバランスはとっくに成立してない。だったら――同じ綱渡りでも、今までとは違う綱に乗り換える必要がある」

彼なりの喩えでそう表現する。それが適切だとシェラも思った。傍目には揺るぎなく仲睦まじいようで、オリバーとナナオの関係は常に崩壊と隣り合わせのところにある。互いの不断の努力で保たれてこそいるが、どちらかがそれを止めればいつ崩れてもおかしくはないのだ。同時に、それは必ずしもナナオの側からとは限らない。

「斬り合いの代償行為として、体を重ねる。……そんな理屈が成立するのか分からないけど、少なくとも試す価値はある。というより、ボクらにとっても検証は必要だ。……アイツらを殺し合わせないためにな」

厳かな声でピートが現状を結論する。シェラが頷き、そのまま少年をじっと見つめる。

「……全て、仰る通りです。けれど……驚きましたわ。あなたがそこまで冷静に状況を俯瞰していたなんて……」

「取り乱すとでも思ったのか？　あんまりボクを侮るなよ」

「謝罪しますわ、心から。……けれど、貴方は……オリバーが好きでしょう？」

はっきりと口にする。話がここまで進めば、もはやそこに触れないわけにはいかない。問われたピートの全身がぐっと強張る。だが――それで怯むことを、彼はしない。

「――だとしても。いや、だからこそ、取り乱してる暇なんてない。

……一旦話は変わるけど、ボクは実家との関係がすこぶる悪い。目敏いオマエのことだ。そのくらいはもうとっくに察してるよな？」

「……正直に言えば、薄々とは。……けれど、それは？」

今の話にどう繋がるのか、とシェラの視線が尋ねる。通路の壁に背をもたれたピートが、その姿勢のままふぅと息と吐く。

「別に。ごく単純な話だよ。……あの秘密基地だけだ。ボクに『おかえり』と言ってくれる人間が集まる場所は」

そう言って乾いた微笑みを浮かべる。自嘲にも苦笑にも似ていながら、そのどちらも超えたところにその笑みはある。否応なくシェラも察した。今日までに自分と同じように、あるいはそれ以上に――彼もまた、剣花団の今後について考え抜いてきているのだと。

「ふたつ目があるとは思わない。作りたいとも思わない。あそこだけでいいんだ。替えなんて利いて欲しくない。剣花団はボクの唯一の居場所で――だから、ボクの全てを使って守るのは当然のことだ。

オマエは違うのか。ミシェーラ＝マクファーレン」

「――！」

向けられた突然の矛先にシェラが慄然とする。刃そのものの視線で彼女を見据えて、一切の韜晦を許さぬまま、ピートはさらに追い打ちをかける。

「逃げるなよ。これを話すのは、剣花団へのオマエの執着がボク以上だと知ってるからだ。……いい加減そっちも腹を割れ。カティのことをみんなで話し合った時だって、オマエだけはボクの提案に引いてなかった。いや、むしろ逆――その手があったかと思ったはずだ」

「……っ……！」

本音を言い当てられたシェラが立ち尽くす。ピートがふっと微笑んで視線を落とす。

「いいよな、子供。……何がいいって、他人と家族になれるのがいい。簡単に千切れない鎖で結んでくれるのがいい。友達って言葉は美しいよ。でも、その儚さがボクはずっと不安だ。……もし許されるなら。オマエたち全員と、ボクはそうなりたい」

余りにも寂しげに、少年はひとつの狂気を口にした。何か言おうとしたシェラだが、ピートのほうで隙を与えない。振り上げた視線が瞬時に鋭さを取り戻し、それで斬り付けるように再び友人へ向き直る。

「ボク自身も大概なのは自覚してる。けど……そっちも相当こじらせてるよな。学校で作った仲良しグループなんて一過性なのが当たり前で、どう転んでもいつまでも同じ形で続くようなものじゃない。ナナオだってそれを承知で集まりを今の形に名付けたんだ。

なのに——そこに永遠を望まずにいられない。ボクも、オマエも、どうしようもなく……」

その指摘にシェラがぐっと俯く。——否定できるはずもない。人生のある時点において孤独に苛まれた人間の、それはどうしようもない性だから。

孤独の形はそれぞれに違う。暗い部屋でひとりきりの孤独もあれば、賑やかなパーティーの中心にぽっかりと浮かぶ孤独もある。共通して言えるのは、その空白を埋めるためのピースの模索。時に生涯を懸けてでも断行されるその探求は、だがその実——見つけてしまった時により強固な執着となり、彼らをその死守へと駆り立てる。

ふたりはもう悟っていた。目の前の相手が同類であることを。あるいは同病であることを。束の間の楽園を永遠に繋ぎ止める暴挙を望み、そのために費やすあらゆる努力を度外視できる。そうした同一の歪みの持ち主であることを。

「…………」

友人と鏡写しの微笑がシェラの顔に浮かぶ。——どうしようもないのだ。だって、自分たちはずっと同じ夢を見ている。奇跡のようにあの日に咲いた、剣の花という夢を。

その夢の中で生きると決めた。その夢を守り続けると決めた。迷いはしない。たとえそれが、自らの手で絆を呪いに貶めることであっても。

彼らは譲らない。——その夢が終わることを、彼らは決して認めない。

「——望まずに、いられるものですか」

慟哭に等しい答えをシェラの口が紡ぐ。ピートが頷いて彼女に歩み寄り、軽くその肩を叩く。

——確認は済んだ。彼らにとって、それは書面に血判を押したのと同じこと。

「すまない、無駄に意地悪な言い方になった。……言いたいのは要するに、ボクには本音で接しろってことだ。カティやガイにはここまで踏み込ませたくないんだろ？　あいつらには出来る限り、今まで通り呑気でいて欲しいから……」

シェラが重く頷く。一年の頃からずっと胸に在り続けた懸念を、ここで初めて吐露する。

「じき……あたくしたちも上級生になります。キンバリーでは誰もが魔に近付く頃合い。あたくしたちだけが例外であろうはずもありません。

……最悪の想定では、まずカティが魔に呑まれ。それから間を置かずナナオが。……さらには、あたくし自身を含めた、残り四人のうちの誰かが」

口にした瞬間に背筋がぞっとする。恐ろしい想像だからではない。それが余りにも現状と地続きだからだ。杞憂と笑い飛ばせる材料が余りにも少ない。

「楽観はしません。いえ、確信しています。この最悪は——何もしなければ、確実に訪れる類の運命なのだと」

はっきりとそう告げる。今になって事態が差し迫ったわけではない、この件は自分にとってずっと緊急なのだと示す。その危機感の共有を求めてシェラが両腕を開き、ピートも迷わずそれに抱擁で応じた。

「守りましょう、ピート。あたくしたちの愛する全てを」

「ああ、必ず。あの日結んだ花に誓って」

体温をひとつに心を重ねる。互いの心音を聞きながら——終わらぬ夢を、偏に願う。

ベッドの上でナナオと触れ合い、互いの肌を重ねながら。自ずと予想されたひとつの壁に、オリバーはそこで突き当たっていた。

「……ッ……」

心拍が激増し、その鼓動がたちまち不整を呈する。ともなって背筋をこみ上げる激烈な抵抗に少年がきつく歯を噛みしめ――目の前のナナオも、すぐさまその異変に気付く。

「オリバー？　顔色が……」

「……すまない。勢いでどうにかなる問題じゃないな、やはり……」

青ざめた顔のオリバーが苦渋を呑み、やむなく相手と一旦体を離す。すぐに上体を起こしたナナオと視線の高さを揃えて向き合った。強張る喉を動かすために何度か深呼吸を重ねて、彼はそれを口にする。

「打ち明けさせてくれ、ナナオ。……俺はずっと、この行為そのものにトラウマがある」

その告白に、自ずとナナオの背筋が伸びる。途方もない葛藤を越えて告げられたのだと悟る。目の前の相手にとって、それは胸を割って心臓を捧げるに等しい行いだと。

「……それは……」

「ああ、経験がある。……ただ、まともな形じゃないんだ。余りにも酷い経緯でそうなって……結果は、それ以上に酷かった。誰ひとり幸せにならず……ただ、癒えない傷だけが……残って……」

声が掠れ、途切れがちになる。脳裏に蘇る記憶に苛まれながら、それでもなおオリバーは必死に言葉を絞り出そうとする。震える体をナナオの両腕が力強く抱きしめた。確かに受け取ったと、その行いで彼に伝えた。

「じゅうぶんにござる。……よくぞ、辛い記憶を打ち明けてくれ申した」

「……すまない……初めての時に、こんな……」

「何を謝られる？　貴殿の内面をまたひとつ知れたことに、拙者は只喜びしかござらん」

掛け値なしの本音をそう口にして、ナナオはにっと笑顔を浮かべる。暗い空気を一撃で吹き飛ばす、晴天の下の満開の向日葵にも似たそれを。

「その上で申すなら――オリバー、貴殿はいささか気負い過ぎてござる。よく見られよ、どう足掻いたところで相手は拙者でござるぞ。格式ある良家の令嬢でもなければ後宮の名だたる美姫でもござらん。なればこそ、閨の営みなどと改まって構える必要は露ほどもなし。こんなことに成功も失敗も最初からあり申さぬ」

くだけた調子で言ってのけるなり、ナナオは相手の脇腹に手を滑り込ませて盛大にくすぐり始める。突然の不意打ちに驚いたオリバーが、刺激に体を跳ねさせながら相手の肩を掴む。

「……っ……！　はっ、ははっ……！　ま、待て、ナナオ……！」

「そらそら。この戯れ合いの延長で、気楽に吸ったり揉んだりするだけのこと。そう思えば戯れと何も変わらぬでござろう？」

そうして伝える。何も緊張しなくていいのだと。結果も条件も何ひとつ求めるところではなく、ただ互いが愛しいからこうしているだけなのだと。子供のようにじゃれ合うだけでいい。

毛布の下で夜通し語り合うだけでもいい。その全てが特別に愛おしい時間となることは、これが始まった時点から何の疑いもない。

「重ねて。……貴殿はどうやら、拙者に対して自分から何かせねばと。何故かそのように思い込んでおられるようでござるが――」

くすぐりの手を止めたナナオの視線がオリバーの体を向く。鍛え抜かれたその全身を、惜しげもなく晒された裸身を、熱を帯びた瞳で隅々まで舐めるように観察する。

「――仮に貴殿が指一本動かさずとも、拙者にはやってみたいことがごまんとあり申す。……ああ、無論！　貴殿が嫌がることは決して致さぬと誓ってござるが――」

欲望で前のめりになっている自分に気付き、ナナオが慌てて顔の前で両手を振る。その手首を摑んで左右に開いたオリバーが、何も言わず相手の顔に唇を寄せる。

「……そういうことなら、俺もやられっ放しではいないぞ」

ひとつ反撃した少年が微笑んで言ってのける。そんな彼と目を合わせて、ナナオもにやりと不敵に笑う。

「勝負にござるな。然らば――先手必勝！」

「!?　こ、こら！　いきなりそこは反則……！」

迷わず股間に伸びてきた彼女の手をオリバーが摑んで押さえる。なおも攻め込んでくるナナオの勢いに対抗して、彼の側でも相手の脇腹を手でくすぐる。手当ての応用で魔力を流して刺激を強めたその一手に、ナナオの体がびくんと跳ねる。

「ぬぁっ！　そ、それはずるいでござろう！」

「ずるくない。君もさっきやったことだ」

悪びれず言った彼の姿にナナオも奮起し、そうして裸のじゃれ合いが続く。いつもの戯れの延長上で、彼らは愛し合う。


一方、その頃の校舎。下級生の立ち入りは原則禁止の、上級生たちが俗に「酒場」と呼ぶ上階の談話室。

「……かーっ……」

呑んだくれてさんざん愚痴を吐き出した末に、ミリガンがテーブルに突っ伏して寝息を立てていた。その話し相手を長いこと務めていたカティがふぅ、と息を吐く。

「やっと寝てくれた。……ごめんね、ガイ。先輩のヤケ酒に付き合わせちゃって……」

「構わねぇさ。この人にはおれだって世話になってる」

同じテーブルを囲むガイが肩をすくめて立ち上がり、そのまま酒瓶を片付け始める。半ば巻き添えに近い形で、彼もカティと一緒にここへ連れ込まれた立場だった。

本来なら彼らの学年で入っていい場所ではないのだが、三年生になるとその辺りの線引きはどんどん曖昧になる。今日もミリガンが「私の連れ」と言ったらすんなり三人で通され、今に至るまで誰ひとり文句を付けて来ない。あるいはそれも、今のミリガンの心境を察した上での計らいなのかもしれないが。

ガイと一緒にミリガンが散らかしたテーブルの後始末をしながら、カティがぽつぽつと呟く。

「新生徒会からも、色々とフォローはあるんだけどね……。選挙の間に抱えたミリガン先輩の借金は八割がた向こうで肩代わりしてくれたし、何よりもミリガン先輩自身をコアメンバーに指名してくれた。ゴッドフレイ前統括なんて、わざわざ菓子折り持って謝りに来てくれて……」

つい先刻のその出来事を思い出し、カティが酒瓶を抱えて俯く。――それはもうひどい光景だった。平謝りの前統括に赤ら顔でさんざん嫌味を言った挙句、勧めた酒を相手が干すたびにお代わりを注いでその場に拘束し、なんと小一時間もそれを続けたのだから。ゴッドフレイの側でも自分の立場を粛々と受け入れ、ひとつの文句もなく最後まで付き合い通した。カティとガイも余計な口は挟まなかった。生暖かい目で見守る周りの上級生の様子から、それが彼らなりの「詫び」の作法なのだと分かったから。

「ま、しゃーねぇだろ。なにせキンバリー初の人権派統括誕生って意気込んでたし……それに、見せたかったんだろうぜ。格好良く勝った姿、誰よりもいちばんおまえによ」

寝顔を眺めながらぽつりとガイが言う。それでカティの中にぐっと感情がこみ上げて、眠りこけたミリガンの肩を、彼女は後ろからそっと抱きしめた。――困った人ではある。先日の移植手術のようなとんでもない頼みを軽く放ってくることも度々で、同じような経緯で頭を抱えた回数もとっくに数え切れず、そもそも出会った頃からして危うく頭を開かれかけた。数多の亜人種をその手で切り刻んできた過去を忘れてもいない。

それでも、師匠なのだ。自分を認め、寄り添い導き、その歩みを後押ししてくれる人。

過去のいざこざも、今の苦労も。全部ひっくるめて――自分はもう、この人が大好きなのだ。

「……んぅ……」

首に回された後輩の腕を、ミリガンの両手がきゅっと掴んで胸に引き寄せる。目は覚めていない。無意識の動作だろう。そうと分かっていても何だか嬉しくて、カティはそのまましばらく彼女にくっついていた。その様子を微笑ましく横目で眺めながら、ふと友人の顔に視線を移して、ガイはぽつりと呟く。

「……こっちもヤケ酒が必要になるかねぇ……」

「ん？　なんか言った？」

「何でもねぇ。いいから、今は心穏やかに過ごしとけ」

一か所にまとめた酒瓶に向かって杖を振り、ガイはそれらを近くの回収箱に放り込んだ。そのまま後片付けを続けながら思う。――この程度は手間のうちに入らない。自分の言葉が状況を動かしたとすれば。本当に気合いを入れなければいけないのは、きっと明日以降だと。

迷宮第二層。鬱蒼と茂った木の葉の天井の下で、小さな焚き火の炎がぱちぱちと爆ぜている。

「――どうだ。少しは落ち着いたか、小さな肉」

リヴァーモアがそう話しかける。焚き火を挟んだその向かいで、勧められたお茶のカップには手を付けないまま、膝を抱えて座ったテレサがじろりと相手を睨む。

「……二年のテレサ＝カルステです。肉ではありませんし、それほど小さくもありません」

「ウーファ！」

彼女の名乗りに合わせて、橙色の「何か」がそう叫びながら空中をくるくると回る。それが単なる鳴き声なのか自己紹介なのかもテレサには判別が付かない。リヴァーモアが微笑して自分の茶を啜った。

「減らず口が叩ける程度には気分が戻ったようだな。それにしても驚いたぞ。何もあんな場所で泣き喚かずとも良いだろうに」

「泣いても喚いてもいません。あなたの聞き違いです。きっと耳が悪いんですね可哀そうに」

「別にそれでも構わんが、聞いたのは俺ではない。そこにいるウーファだ。言い訳はそちらにするんだな」

そう言って空中の「何か」を指す男。やはりさっきのは自己紹介だったらしいと思いながら、テレサは改めてその謎の存在を見つめる。——サイズとフォルムは共に四〜五歳の子供くらい。全体が橙色を帯びた半透明だが、両目の部分だけはやや明るい黄色に寄っている。伸びたり縮んだりの動きからして本質的には不定形のようだ。顔面には鼻や口と思しき凹凸も朧気にあり、体全体の変形と合わせて実に豊かな感情を訴えかけてくる。

「……何なんですか、これは。幽霊でも妖精でもない。聞いたことありません、こんなの」

「それはそうだろう。何しろ現時点でこの世にただひとつの存在だ。亜霊体生命——というのは些か長くて通りが悪いかもしれんな。ひとまず半霊とでも呼んでおくか。

まぁ、いささか幽霊じみた人間の子供と思っておけ。その認識でさほど間違ってはいない」

「なイー！　なイー！」

リヴァーモアに紹介されていっそう盛んに動き回るウーファの姿に、これがそうか、とテレサは内心で呟く。——死霊の王国での一件に直接参加していなかったため、テレサはその存在について同志たちからの報告で伝え聞いたのみ。特に興味もなかったので聞き流していたが、まさかこんな形で出くわすとは予想しなかったし、こんなにうるさいとも思わなかった。

テレサが珍獣を眺める目で半霊を観察する間、リヴァーモアの側でも興味深げに彼女を見据える。

「とはいえ、判別に迷ったのはこちらも同じだ。……こうして面と向かっても、おそろしく気配が薄いなお前は。隠形の心得がない分、そこらの幽霊のほうが余程捉えやすい」

「……生まれつきの体質ですので」

見つめられたテレサが居心地悪げに身を縮める。隠密の性というもので、誰かを観察するのはお手の物だが、自分が観察されることには慣れていない。リヴァーモアの側でも早々に相手の警戒を察し、あっさり視線を切って話題を変えた。

「……で？　そんなお前は、何が悲しくてあんな場所で泣いていた」

「だから、泣いていません」

「そうだったな。では、何が悲しくてあんな茂みに頭から突っ込んでいた。それが趣味なら別に止めんが」

杖で焚き火の面倒を見ながら問うリヴァーモア。その理由については当然ながら口を閉ざしたまま、テレサの側でも相手を睨んで反撃に回る。

「……むしろ、あなたの方がここで何をしているんですか。リヴァーモア先輩」

「ほう、知っていたか。顔を合わせたことはないと思ったが」

男の視線がじろりと彼女を向く。テレサとしても何度か迷宮で彼を「覗いた」ことはあったが、そもそも決闘リーグ予選の映像に映っていたので、外見を知ること自体は何も不自然ではない。そう無難に流すことも出来たが——ここまで一方的に醜態を晒した、その悔しさがテレサの側にはある。いつでも背後の茂みに逃げられる態勢を整えた上で、彼女はあえて棘を放つ。

「外見からの推測です。そのクソダサファッション、校内にふたり以上はいないと思います」

「ださイー！　ださイー！」

声に合わせてウーファがくるくると宙を回る。リヴァーモアが小さくため息をつく。

「また妙な言葉を覚えてしまったな。まったく、放っておいてもやかましいところは母親によく似ている。

――しかし、そうか。薄々気付いてはいたが……ダサいのか、これは」

と、思いがけず寂しげな目になった男が自分の服装を見下ろす。その様子にテレサはむしろ戸惑った。彼女としては喧嘩を売ったつもりであり、普通に悪口として効いてしまうことは想定していない。

そんな本人の心境をよそに、リヴァーモアは微笑んで少女を見返す。

「外見について面と向かって指摘してくれた後輩は初めてだ。礼を言うぞ、小さな肉」

「……お礼は要りません。肉ではありません。それほど小さくもありません」

そう繰り返すのが精いっぱいだった。気まずさから逃げるようにお茶のカップを手に取る彼女だったが、その腕にウーファがぐるぐると巻き付いてじゃれ付く。とっさに引き剝がそうとするテレサだが、半透明の身体を摑もうとすると指が通り抜ける。触れられない。

「……っ……、……と、取れない……」

「ずいぶんお前に懐いているな。妙なことだ。幽霊じみた者同士の親近感でもあるのか？」

興味深く思ったリヴァーモアが首を傾げる。――好奇心旺盛なウーファが勝手に動き回るのはいつものことにせよ、それだけでは腑に落ちない部分が現状にはいくつかある。その最たるものが、茂みの中で泣いていたテレサの存在に真っ先に気付いたのがウーファだったこと。リヴァーモアには面と向かうまで気付けなかった。それほどまでに少女の気配は薄く、潜んでいれば誰であれ見逃していて然るべきなのだ。なのに何故か、その微かな嘆きの声をウーファだけが聞き取った。

「……………ふむ」

縁があるのかも、しれない。漠然と覚えたその直感を、リヴァーモアもまた魔法使いであるが故に軽んじない。少し考えた末、彼はそれを繋いでおくことにする。

「何にせよ好都合だ。──仲良くしてやってくれ。今後はそいつも校舎で暮らすのでな」

「──は？」

ウーファに巻き付かれて知恵の輪のようになったテレサが目を丸くする。笑いを堪えながらリヴァーモアが言葉を続ける。

「正確にはこれから教師どもと交渉だ。俺の立場も含めて要求を通すことになるが──まぁ、断られはすまい。こいつの価値を踏まえた落とし所としては上等のはずだ。……ここで何をしている、という先の質問への答えもそれになる」

そう言いながら、男は隣に下ろした大きな背嚢を指で示す。

「でなくとも、そろそろ報告に出向かねばならない頃合いではあった。あまり長く待たせるとまたぞろ部外者に工房へ踏み込まれかねん。この通り論文も山ほど溜まっているからな」

「……それは……その、お疲れ様です」

巻き付きを解いたウーファが空中に戻り、テレサは安堵の息を吐いて立ち上がる。そこで踵を返した少女の背中を、リヴァーモアは軽く笑って見つめる。

「行くか。……調子が戻ったのなら、二層程度で心配は無用だな。それなりに使うことは見れば分かる」

「……頼んでませんが、心配」

「そう言うな。これでも最高学年だ。迷子の二年坊を見かければ、気分次第で多少の世話は焼くことにしている」

言いながら焚き火に杖を振って火を消す。それで向こうも出発するのだと分かり、テレサはなおさら急いで去ろうと思った。校舎まで付いて来るなどと言い出されては堪らない。

だが、何も言わずに去るのは気が咎めた。……彼らが現れなければ、自分は今でも茂みの中で泣いていたはずだから。ウーファのくるくる変わる顔が、リヴァーモアの武骨なもてなしが、気持ちの向きを変えてくれたのは確かだから。

礼を言うのは意地が邪魔をする。その代わり、テレサは彼らに背を向けたまま口を開く。

「……ひとつ、訂正します」

「む？」

「……そのファッション。ダサいと言ったのは、嘘です。……ほんのちょっとだけ、かっこいいと思います」

そう伝えるなり、一目散に地を蹴って木立へ飛び込む。たちまち闇に融けたその背中を、男はウーファと並んでぽかんと見送り――やがて耐え切れなくなったように大きく笑った。

長い一夜が明けた。ベッドの上で意識が戻ると同時に、オリバーはそれを察した。

まぶたを開けて視界が像を結んだ瞬間、すぐ隣で一糸まとわぬ少女がすやすやと寝息を立てる姿が映る。途端にそういうことをしたのだという実感が湧いて、容易には気持ちの整理を付けられないまま、彼は相手の寝顔をじっと眺めた。

健康的な寝息だ。安心しきった穏やかな表情は、剣を手に戦う時の勇ましさが嘘のようにあどけない。

そのすぐ下で、手を握り合っている。互いの顔を見つめながら眠りに就いたその時のまま。眠っている間も、それはずっと離れなかった。自分もまた、離さなかった。

「…………」

愛おしいと。ただ――そう思った。

間違いではないと。だから、そう信じた。

「――ナナオ。……起きられるか、ナナオ」

心の整理を付けた少年がそっと声をかける。ナナオのまぶたがゆっくりと薄く開く。

「……んぁ……オリバー……？」

「そろそろ朝だ。まだ時間はあるが、余裕をもったほうがいい。身支度を整えよう」

促された少女の両目がぱちりと開いた。互いに目覚めたところで、ふたり並んで上体を起こす。

「……そうでござった。昨夜は貴殿と遅くまで熱い格闘を……」

「比喩めかしているが、途中で本当に腕を極められたのは忘れないぞ。まだ肘が痛い」

「相すまぬ。されどそれは、貴殿の指が拙者の弱いところばかり攻め立てる故……」

「それを言うなら君だって、一度握りしめてからのしつこさといったら――」

言い返しかけたところで声が途切れ、オリバーは顔を真っ赤にして額を押さえた。持ち前の冷静さが仇になって状況を客観視してしまう。――なんだ、この会話は。犬も食わない。

「……切り替えよう。まず湯を沸かす。君から先に浴びてくれ」

「一緒でも構い申さぬが」

「ダメだ。……それだけで終われる自信がない」

どうにか誘いを振り切ってベッドから降りる。浮き足立った心を自覚しながら、彼はさっそく不安になった。――果たして今日一日、周りへこれを悟らせずに振る舞えるのかと。

互いに湯を浴びて身支度を済ませると、ふたりはリビングに移って自分たちのお茶を用意した。ちゃんとした朝食は「友誼の間」で取るので、ここでは軽いものでいい。

「——結局、最後までは出来なかったな」

葉が開くタイミングを見計らってお茶を注ぎながら、オリバーがぽつりと呟く。同じテーブルの隣でそれを聞いて、ナナオが微笑む。

「なんのなんの。代わりに講義が充実してござった」

う、とオリバーの息が詰まる。途中で挟んだ避妊具に関するレクチャーを思い出したのだ。ベッドの上に物をずらりと並べてそれぞれの使い方と効果、使用に当たっての注意点を逐一語って聞かせておきながら、結果としてそれは昨夜の時点では具体的な意味を成さなかった。盛大な空回りという以上に、自分自身の心を安定させるための足掻きだったと言わざるを得ない。

「あれは、長々と済まなかった……。よく熱心に聞いてくれたな、君も」

「楽しくござったからな。床の上で初めて貴殿と為すこと、語ること全て」

夢見るように微笑んでナナオが言う。文句を言われて当然なのに、それさえ彼女は楽しい時間だったと言ってくれる。オリバーの胸がぐっと詰まり、ポットを置いて彼女に向き直る。

「ああ、楽しかった。……初めて、楽しいと思えた。

君のおかげだ。礼を言うよ、ナナオ」

両膝に手を置いて姿勢を正し。無上の感謝を込めて、日の国(ヤマツ)の作法で頭を下げる。その肩を優しく摑(つか)んで顔を上げさせながら、まっすぐ相手を見つめてナナオも口を開く。

「拙者こそ。……予想もせなんだ。誰かに触れられて、擦(さす)られて……あんなにも気持ちよくなる場所が、己の体にあろうとは」

胸に手を当て、噛(か)みしめるようにそう伝える。オリバーが間近で見返すその瞳が、じわりと涙で滲(にじ)む。

「されど、余り寂しいことを言われ申すな。……最後まで出来なかった、ではござらん。我々の睦(むつ)み合(あ)いは、あれが最初にござろう？」

震える声でそう尋ねた少女の体を、オリバーが両腕で包み込んでぎゅっと抱き締める。――そうだ。相手の心境を思えば、反省よりも何よりも先に、まずそれを最初に伝えるべきだった。あの時間は一夜の過(あやま)ちではなく、これきりの話でもないのだと。

「……そうだな。また、しよう」

はっきりとそう告げてから、オリバーは相手の唇に軽くキスをする。それでナナオの顔がぱっと明るくなった。二度、三度と相手に口付けを返して抱き締め直し、それから耳元で囁(ささや)く。

「然(しか)らば今夜」

「もう少し間を開けて……」

「明日の朝」

「せめて夜だろうそこは」

「むぅ、そのように億劫がられるな。何事も数を打つのは大事にござるぞ。人事尽くす傍ら神仏へも祈念欠かさず。さすれば穴に棒を突っ込む頃合いもいずれ必ずどこかで」

「最低だ！　今のは最低だぞナナオ！」

あんまりな表現をオリバーがお説教で窘め、それでもナナオが悪びれずからからと笑う。登校の時間が近付くまで——そうして彼らは、飽きることなくじゃれ合い続けた。


その後、並んで校舎に戻ったふたりを、友誼の間で待っていた友人たちが迎えた。

「——あ！　おはよう、ふたりとも！」

同じ空間に入ってきたその姿に真っ先に気付いたカティが、すでに陣取ったテーブルからぶんぶんと手を振って彼らを呼ぶ。そこへ歩いていきながらオリバーとナナオも挨拶を返す。

「ああ。おはよう、カティ」「お早うでござる」

何気ない言葉を交わしつつ席に着く。待ちかねたとばかりにカティがまくし立てる。

「昨日はあっちに泊まったんだってね。わたしも行きたかったよー。ミリガン先輩の愚痴は長いし、その後は逆に部屋にひとりだと寂しくてさ。なかなか眠れなくて、昨日は遅くまでミリハンちゃんと――」

そこまで話したところで、ふと口が止まる。仲の良いふたりの間に流れるいつもの穏やかな空気。そこにほんのわずかに漂う、普段とは違う「何か」を。

「……ん？」

首を傾げて椅子から立ち上がり、カティがふたりの傍へと歩み寄る。長い付き合いだからこそ気付いてしまう微かな変化。残り香にも似た甘い空気を、どうしても捨て置けないそれを、彼女は間近でじっと窺う。

「…………んんんん……？」

「――っ」「如何された。カティ」

近付く両目にオリバーが内心で狼狽し、ナナオが純粋に戸惑って首をかしげる。それらの反応をひとしきり眺めた上でふたりから身を離し、カティは淡々と自分の席に戻る。

「……何でもない。……とりあえず……朝ごはん、食べよっか」

黙々とオムレツを切り分けて食べ始めた少女を前に、ガイとシェラとピートがさりげなく目配せを交わす。当然ながら――カティが気付いたものに、彼らが気付かないはずもない。

言葉少なに朝食を終えた後。オリバーとナナオのふたりを先に教室へ送り出した上で、同じ廊下で距離を開けてその背中を見つめながら、カティがぽつりと切り出す。

「……なんとなーく、さ。わたし以外はもう、みんな知ってる気がするんだけど……」

来たか、と友人たちが身構える。その覚悟の正しさを、続く少女の言葉が証明する。

「……あれは、その……したよね？　オリバーとナナオ……たぶん、昨日の夜くらいに……」

仲睦まじく並んで歩くふたりの、先日までとは微妙に異なった距離感を見つめながらカティが言う。その心情に極力配慮しつつ、こほんと咳払いしてシェラが口を開く。

「……まるきり無いとは言えませんわね、そういうことも。じっくり話し合えるよう、昨晩はふたりきりの場を整えましたので。

とはいえ、カティ。オリバーとナナオの仲の良さは今に始まったことでもなく――」

「それは逃げの解答だよねぇ、シェラさーん」

向き直ったカティのじとーっとした目が彼女を見上げる。思わず目を逸らしてしまうシェラの隣で、ピートが鞄の中身をチェックしながら平然と声を挟む。

「……仮にそうだったとして、何か騒ぐようなことか？　ボクたちは魔法使いだぞ。この歳で経験がないほうが逆に珍しい」

「……それはちょっと意地を張ってる感じだね、ピート。わたしと同じくらいにはショックでしょ、本当は」

視線を彼に移したカティがそう指摘し、鞄を整理していたピートの手が止まる。しんと降り

る沈黙。三人の間に何とも言えない空気が流れ、

「おら、そこまで。八つ当たりでトゲトゲすんな」

見かねたガイが迷わず仲裁に割って入った。カティが唇を尖らせて彼の顔を見上げる。

「ガイ……」

「おまえの気持ちは分かるし、後でいくらでも愚痴は聞いてやる。でもな——あのふたりの状況もちっとは酌んでやれ。もうふわふわした関係でいる余裕が無くなってきてんだよ。……むしろ早めにああなってくれて良かったと思うね、おれは」

シェラとピートが息を呑む。最後の一言は明らかに、相手の神経を逆撫でするつもりで確信的に放たれたものだ。それを正しく受け止めたカティがガイをじっと見つめ返し、その口元で無理やり笑いを浮かべる。

「……やるね、ガイ。一年の頃のわたしなら、ここで頬引っぱたいて逃げてたよ」

「やれよ。無理すんな。大人になったつもりなんだろうが、人間はそんなにお利口じゃねぇ」

そう言って相手の目の前にずいっと顔を差し出す。そこまでやるかと目を覆いかけたシェラ、ピートの眼前で、カティがその頬をそっと両手で包み込んだ。たちまち慈愛に満ちた微笑みが少女の顔に浮かび——続けて両手に力が籠もる。鷲摑みにした相手の額に、ごぉんと音を立てて彼女のヘッドバットが炸裂した。

「——おうッ……！」

「お言葉に甘えます。――ガイのばかーっ！」

吼えて踵を返したカティが脱兎の如く逃げ去る。シェラとピートが何を言う暇もないまま。

脳を揺らされた衝撃によろめきながら、ガイが友人たちに向き直って口を開く。

「……ってなわけで、早めに爆発させといたぜ。後処理は任されるから心配すんな」

「……ガイ……あなたという人は……」

彼の意図を理解したシェラが感心と呆れをため息にして吐き出す。カティが去っていった廊下をじっと見つめながら、眼鏡の少年がぽつりと口を開く。

「――オマエはどうなんだ？　ガイ」

「あん？」

「仲間内での関係性の変化をどう見てるか訊きたい。……長期的に見て、これは望ましい移り変わりだと思うか？　ボクたち剣花団にとって」

相手に向き直って真顔でそう問いかける。手で額をさすりながらガイがそれに答える。

「占い師じゃあるまいし、んなこたぁ分かんねぇよ。……ただ、少しホッとしちゃいる」

「どういう意味だ？」

「……オリバーがな。最近、おれに荷物を分けてくれんだよ。今回もカティの世話をおれに一旦預けて、自分のほうはしっかりナナオに集中してくれただろ。……なんか、それが嬉しくてな。一年の頃は何も出来なくて、あいつに頼ってばっかりだったから……」

そう告げる顔に浮かぶ満ち足りた微笑みに、ピートは胸が締め付けられるのを感じて息を呑む。彼も同じなのだと知る。どこで何をしていても、誰と向き合っていても——その思考の片隅に、いつもオリバーがいるのだと。

「だからまぁ、いい方向に進んでる面もあると思うぜ。——でもよ。おれの目から見ると、オリバーとはまた別のとこにもいるんだよな。勝手に重いもん背負い込んでそうなヤツらが」

そう言ったガイが眉根を寄せて友人ふたりに向き直る。いきなり水を向けられてたじろぐ彼らに、彼はきっぱりと告げる。

「思い詰めんなよ、ピート、シェラ。おまえらは頭がいい。けど、それだけで高いとこから全部見下ろしてる気にはなんな。……おれはいつも、ちゃんとおまえらを見てるんだからな」

「——！」

胸の内を見透かされたシェラが眼を瞠って立ち尽くす。友人の厳しい視線に刺されながら、ピートは顔にふっと笑みを浮かべる。

「……変な感じだ。そんなに格好良かったかな、オマエ」

「へっ。遅ぇよ気付くの」

「ああ、謝る。ボクの眼が節穴だった。お詫びに今度デートしてやろうか？」

「……最近そういう冗談言うよなぁ、おまえ……」

ため息混じりに呟いたガイが肩をすくめ、そのまま踵を返してカティが去った方向へ廊下を歩いていく。別に冗談じゃないんだけどな、と——そう思いながら彼を見送るピートの隣で、シェラが厳しい面持ちで腕を組む。

「……釘を刺されましたわね。驚きましたわ、ガイがあんなにも思慮深くなっていたなんて」

「ああ。けど、向こうだって結構すごいこと言ってたぞ。オリバーの負担を減らせるからカティの面倒を見られて嬉しいって？　言ってることのおかしさに自覚あるのか、アイツ……」

そう口にしながら、堪らず苦笑する。どの口で言えたものかと。そうして思う——キンバリーに入学してから今に至るまでの時間で、いちばんおかしくなったのは自分なのだろうと。

悔やみはしない。自分の思考が狂気に踏み込んでいるとしても、その狂いには揺るぎない理由と目的があるのだから。然るべき形に狂えているのだから。それが即ち魔法使いの思考だと理解しながら、彼は再び口を開く。

「やっぱりいいな、このグループは。これだけ長い付き合いになっても誰ひとり底の見えたヤツがいない。……全員にキスしてやりたくなってきた」

「……何でしょう。今のあなたが言うと、あまり冗談に聞こえませんわね……」

微かな畏れを込めてシェラが言った。それを聞いたピートが彼女へ向き直る。かつてはなかった妖しさを帯びて、その口元が微笑を湛える。

「だとしたら、少しはボクも両極往来者の魔法使いらしくなってきたってことだ。……オマエらと張り合うには丁度いいさ」

長く歩き回るまでもなく探し人の姿は見つかった。適当な教室に隠れるでもなく廊下の片隅に佇む小さなその背中に、むしろ追い付いてくるのを待っていたのだと察しながら、ガイはいつも通りの気さくさで声をかける。

「——おーい。まだご立腹かよ、カティ」

呼ばれたカティが振り向いて無言で彼に歩み寄る。そうして手を伸ばし、さっき自分で叩いた相手の額に手当てを施し始めた。冷却期間を置いたことで、その行いへの反省も済んでいる。

「……ごめんなさい。もう落ち着きました」

「立て直しが早くて何よりだ。効いたぜヘッドバット」

謝罪を受け入れながらガイが軽く応じる。痛みはとっくに残っていない。ただ相手の納得のために手当てに身を委ねながら、彼は目の前の少女の様子をじっと眺める。

「……思ったより冷静だな。二、三日は整理付かなくて右往左往すると思ったのに」

「以前のわたしならそうしたかもね。……うん、これは本当に」

ため息と共にカティがそう呟く。ガイが追い付くまでの間に準備を終えた諦観で、彼女はその先を口にする。

「でも、分かってる。……人並みにやきもち焼く権利なんて、もうわたしにはない。ちょっと前に自分でそれを放り投げたんだもん。

それくらいは自覚、あるからさ。――うん、拗ねるのやめるね。もっとしゃんとしないと」

そう言って無理やりに笑う。自分のどうしようもなさを知ってしまった少女が浮かべる精一杯の笑顔。押せば今にも崩れそうなそれを見た瞬間、ガイの中で何かがぷつんと切れた。

「……なんべん言や分かる」

低い声でそう言って踏み出し、有無を言わさずカティの体を抱きしめる。二年の頃からフリーハグの習慣がある剣花団の仲でも、彼から進んで少女にそうすることは珍しい。半ば反射的に抱き返して応えながら、カティは横目でそっと相手の顔を見つめる。

「……ガイ？」

「……勝手にお利巧になるんじゃねぇ……！」

怒りの滲む面持ちから悲鳴のようにガイが叫ぶ。……友人の状況を分かってやれとは確かに言った。だが――求めていない。そんな痛ましい形で気持ちを呑み込むことは。自分の心を置き去りに、踏み付けにして先に進めなどとは、決して。

「――変わらねぇぞ！　どんだけおまえが変わったつもりでも、おれから見たおまえは少しも変わらねぇ！　一年の最初に出会った時から何も、何ひとつ！　我儘で泣き虫で意地っ張りなカティ＝アールトのまんまだ！」

間近でそれを耳にしたカティの肩がぴくりと震える。平静を保とうとする彼女の胸の内を、続く言葉がなおも揺さぶる。

「おれが世話焼いてんのはそういうやつだ！　身勝手で身の程知らずで天井知らずの理想家で、自分の立場なんてこれっぽっちも弁えたりしねぇ！　やきもち焼く権利がねぇだと？　それを自分で放り投げただと？　おまえが最初からンなもん気にするタマかアホ！　柄にもなく殊勝なことホザいてんじゃねぇぞ馬鹿野郎！」

　ありったけの熱を込めて言い切り、ガイはいっそう強く少女の体を抱きしめる。その胸に顔を埋めながら、今にも弾けそうな心の箍を必死で抑えて、カティは目を伏せて呟く。

「……痛いよ、ガイ」

「うるせぇ！　ヘッドバッドのお返しなら安いもんだ！」

「……けっこう人目もあるよ？　ここ……」

「好きなだけ見させとけ！　どうせ減りゃしねぇよ！」

　迷わずガイが叫ぶ。周りを行き交う生徒の姿など目にも入らず、同時にカティの視界からもそれが消し飛んだ。決壊した堰から押し寄せる感情に身を委ねるまま、少女は力の限り相手を抱きしめて泣き叫ぶ。

「……そうやって甘やかすから……わたし、いつまでもお利巧になれないよぉ……！」

　掠れた嗚咽が廊下に響く。ガイは心に決める。それが腕の中で止むまで――誰に何を言われようとも、絶対に彼女を離すまいと。

それから程なく。迷宮一層に拠点を構えるキンバリー第三新聞部の部室に、どこか浮足立った様子でふたりの部員が訪れた。

「――ひゅー。いいもの見ましたね」「おほほほ。熱いですなぁ、熱いですなぁ」

「あぁ？　何だよ急に」

奥のデスクで女が訝しげに顔を上げる。先に資料のチェックに当たっていた部長のジャネット＝ダウリングだ。ふたりの部員がすぐさま彼女のもとへ歩み寄って説明する。

「おほほほ、いやね。つい先ほど、校舎の廊下で三年同士が熱ぅく抱き合っておりまして」

「色っぽさは皆無なんですが、それが逆に眼福なのです。何かこう、そっと距離を置いていつまでも見守りたくなるような……。この感情に何と名付ければ良いのでしょうねぇ」

「はぁ……なんだそりゃ。三文記事にもなりゃしない。ふたり揃ってぶっ弛みやがって」

想像以上に他愛もない話だと分かると、ジャネットが鼻を鳴らして資料に目を戻す。それが気になった部員たちが彼女の手元へ視線を向けた。

「……何を読んでおられるのですかな？　部長」

「ずいぶん派手に過去を遡っておられますね。これは……なんと、八百二十一号？　昔どころの話ではない。今から四十年近く前の紙面ではありませんか」

古い紙面に記された数字に彼らが驚く。そんな部員たちの様子を上目で窺いつつ、ジャネットはデスクに広げた資料を片手で指さす。

「これと、これと、これとこれと……それにこれ」

「「？」」

「読んでみろ。そんで感じたことを言ってみて」

促された部員たちが首を傾げながらも言われたようにする。一見して同じ部の先達が書いた古い記事以外の何物でもないそれら。だが、やがて彼らも感じ取る。今日までキンバリー中を駆けずり回ってゴシップのネタを追い求めた眼力が、情報の中に潜む異常性を見逃さない。

「……これは……」「……むぉ……！」

気付いた部員たちの顔色がみるみるうちに変わる。それを見届けたジャネットが、手に持っていた資料をばさりとデスクに落とす。

「その反応だと、アタシの考えすぎでもないね。……その記事全部、出来る範囲で裏取って情報まとめといて。

なる早でいけよ。でないと、これ――ちょっとややこしいことになる」

険しい顔で彼女が指示を出し、それを受けた部員たちも即座に資料を抱えて走り出す。デスクから立ち上がったジャネットが天井を仰いで物思う。――これはもう、余り時間はないかもしれない。

　朝のカティの様子が頭にちらつき、やや落ち着かない気分でナナオと共に授業を受けた後。彼女と一旦別れたオリバーは、その足でひとつの姿を求めて校内を走り回っていた。

「……いないか」

　三十分ほどでそう結論して、ため息と共に足を止める。……テレサとはこの後に顔を合わせるので、いま探しているのは別の人物だ。どこにいても目立つ相手なので、うろうろしていれば生徒たちがそれを知らないはずがない。だというのに目撃した人間のひとりも見つからないということは、そもそも相手が校舎に足を運んでいない可能性が高い。

「気を揉ませ過ぎだぞ。……どこで何をしてるんだ、ユーリィ」

　心配を胸にぽつりと呟く。――あの「渡り」の出来事の前後を境に、ユーリィ＝レイクはめっきり彼らの前に姿を見せなくなっていた。剣花団以外の誰に対しても同様で、ロッシやフェイに話を振っても「しばらく見ていない」という答えが返るばかり。彼が神出鬼没なのは今に始まったことではないが、これほど長期に亘って気配がないのはさすがに気に掛かった。

　とはいえ、現時点では他に探す当てもない上、オリバー自身も決して暇な体ではない。頭に浮かぶ無邪気な笑顔に後ろ髪を引かれながら踵を返し、彼はそのまま迷宮へ足を向けた。

「――珍しいな、ノル。時間丁度とは」

一層へ入った彼が駆け足で従兄と従姉の隠し工房に着くと、すでに揃っていた同志たちの中からグウィンが意外そうに見つめてきた。息を整えながらオリバーがそこに詫びる。

「すまない従兄さん、ギリギリまで探し物をしていた。……一息つく暇は要らない。すぐに始めよう」

言いながらテーブルの上座、自分の席へと腰を下ろす。と、その視界の端に隠形の少女の姿が映り、目が合いかけた途端にしゅっと隣の部屋へ隠れてしまった。胸にずきりと痛みを覚えたオリバーが目を細める。

「……テレサ……」

「ごめん、ね。ここ何日か、ずっとああ、なの。少し……そっとして、あげて」

隣に座るシャノンが苦笑を浮かべてフォローする。原因が自分にあることは察しているので、オリバーとしてもそれには何も言えない。後でちゃんと話をしようと心に決めながら、今は目の前にある自分の責務へと意識を向ける。その集中を見て取ったグウィンが口火を切った。

「議題に移ろう。――まず、統括選挙の結果について。最後まで油断ならない情勢だったが、我々が陰に日向に奔走した甲斐もあり、どうにかゴッドフレイ陣営の勝利に落着した。新統括のティム＝リントンとは以前から付き合いも深い。些か人間的に未熟なきらいはあるにせよ、

「そこを我々がフォローすることで良好な関係性が保てるだろう」

長きに亘った戦いの結果を彼がざっくりとそう告げる。それを聞いた同志たちの間に苦笑とも困惑とも付かない雰囲気が広がる。

「リントン統括かぁ。……こうして口にすると何かの冗談だね。まるで」

「あいつが勝つって予想した奴いる？」「馬鹿抜かせ。いたら大した予言者だぜ」

「ババ引かされたミリガンが荒れてるって話もあるけど」

「そっちは大丈夫でしょう。前統括がしっかりケアしてますし」

「じきに借金の処理でそれどころじゃなくなるからねー」

誰もが思い思いの意見を口にして返し合う。その様子から、場の空気がいつもより少しくだけていることをオリバーは感じた。新生徒会の今後について考えることは多々あっても、ゴッドフレイ陣営の勝利は彼らにとって素直に朗報だ。自分たちの尽力が実を結んだ側面もあるとなっては尚更に。

「名前が出たなら丁度いい。ひとつ俺の思い付きを言っておこう」

「ん？　何だねグウィン、改まって」

前置きしたグウィンに全員の視線が集中する。それらにまっすぐ向き合って、彼は言い放つ。

「ミリガンは我々の同志足り得るのではないか。……このところ、そう考えている」

「――！」

　オリバーの胸の内が波立つ。平静を装(よそお)うその横顔を窺(うかが)いながら、グウィンはさらに続ける。

「あいつは元々自称人権派であり、我々とは思想の向きが近しい。生徒会や我々と良好な関係を築いてこられたのもそのためだ。これまでは些(いささ)か、腹の内が読み切れないきらいがあったが……今回の選挙戦で、その不信感も払拭(ふっしょく)されたように思う」

　そこまで言って一度言葉を切る。彼の口にした内容に、同志たちが腕を組んで考え込んだ。

「言ってることは、まぁ、分かる。っていうか君主(ロード)の手柄でもあるよね。あなたやそのお友達と付き合い始めてから、ミリガンは良くも悪くも表のほうで活発に動くようになったでしょ」

「そうそう。それまで裏でこそこそやってた時期と比べると、これは結構な変化なんだよな」

　と、ひとまずオリバーの働きに視点を寄せて彼らは語る。若輩の自分を上げてくれる配慮を素直にありがたいと思いながらも、だからこそ迂闊(うかつ)な返答は出来ない。多くの角度から慎重に考えた上で、彼は従兄(あに)の提案へと言葉を返す。

「……為人(ひととなり)が知れてきたことは否定しない。が、それと同志に加えられるかどうかは話が別だ。思想的に重なる部分が多かったとしても……俺たちの取っている手段に、彼女が頷(うなず)くかどうかは分からない」

「その通りだ。これぱかりは気楽に話を振って確認というわけにもいかない。重要な情報を明かした上で断られてしまえば最悪、その場で始末する以外になくなる」

　グウィンも頷(うなず)き、歯に衣着せず残酷な事実を口にする。部活に勧誘するのとはわけが違うのだ。そこに失敗は許されず、その失敗を放置することはなお許されない。

「だが——そうしたシビアな条件を踏まえた上でも、決闘リーグでのミリガンの戦い方には見るべきものがあった。無論、反則スレスレの戦術の組み立てのことではない。俺が言っているのは魔に呑まれる寸前のゾーエをあえて公の場に引っ張り出したあの判断。……まさか誰も直後の誤魔化しを真に受けてはいないだろう。単純に勝敗だけを考えれば、リスクがリターンを上回ることは明らかだ」

同志たちが揃って頷く。——狡猾な戦術で相手を出し抜いて勝利をもぎ取った印象が強いミリガンたちだが、その中に含まれた大きな博打の割合を彼らは見逃していない。あの状態のゾーエがチームの中で完全な制御下にあったとは考えづらいし、でなくとも事態を重く見た教師から試合の中断が言い渡される可能性は少なからずあった。結果としてガーランドの正確な見極めでその事態は避けられたとは言え、そうしたリスクを踏まえれば、あのチームは決して「勝ちに徹する」上で妥当な編成とは言えない。

「本人に自覚があるかどうかはともかく、ミリガンは損得勘定を越えたところであの決断を行った。俺はそう考える。同時に、それは我々が同志を増やすに当たって取り続けた手段とも近しい。……人格や能力面での相性は前提として、それに加えて、魔に近付き孤立した者に優先して声をかける。校内でも校外でも、そうやって我々は現在の数まで仲間を集めてきた。……無論それは、断られた場合に始末の口実が付くという身も蓋もない理由でもあるが」

美辞麗句で飾り立てることはせず、グウィンはあくまでも事実に基づく認識を口にする。と、そこで同志たちの中から手が挙がった。呪者に特有の陰を持ちながら、それを有り余るほどの愛嬌で払拭する丸い瞳。先だってのリヴァーモアの一件で一時期オリバーたちの監督役を務めた死霊術師の女生徒、カルメン＝アニェッリだ。

「ちょっといいかい。その話の流れだったら、私もひとり推したい生徒がいるんだけど」

タイミングを計ってそう提案する。彼女が同志であることは、オリバーには後になって知らされた。彼というリーダーにあえて組織のメンバー全員を把握させないのはグウィンの側で防諜を意識しての備えである。が、オリバーとしても探索の最中から薄々気付いてはおり、その事実に驚きを覚えることはなかった。

「言ってみろ、カルメン」

「三年のカティ＝アールト。たぶんみんな知ってるだろうね。君主のお友達で、ミリガンとも親しくて、一年の頃から一貫した人権派。加えて、ついこの間もどでかくやらかした娘だから」

ミリガンに続けて上がった名前に今度こそオリバーの心臓が跳ね上がる。そこへ畳みかけるようにカルメンが提案の理由を語る。

「彼女を先に取り込めばミリガンの説得も楽になるかも、というのがひとつ。でも、それ以前に……危ういのだよなぁ、あの子。今の時点から魔に呑まれる気配がプンプンしてる。下手すりゃ同じ時期のサルヴァドーリといい勝負かもしれない。

それもさ、予想される呑まれ方が尋常じゃない。いつか何かとんでもないことやらかすって、私以外も何人かは感じてるんじゃないかい？」

その問いかけに同志たちが重く沈黙する。……この魔境で長い時間を過ごす間に、彼らの中では否応なく「やばい」生徒を見極めるセンスが磨かれてきている。その感覚が等しく告げているのだ。──あれは特大の爆弾だ、と。

「……その直感の真偽はさておくとしても、興味の方向が異界関連に向かってるのがまずいとは思うぞ。あの分野は少ないアクションで大爆発を起こす可能性で溢れ返ってる。もちろん『使徒』の存在も含めて。本人に情熱があればあるほど危ない」

「別に異界に絞って見てるわけでもないんじゃない。あの子の専攻って魔法生物学でしょ？」

「だとしても、研究者を突き動かすのは結局好奇心だろ。未知の生物がわんさかいる場所に興味を惹かれないわけがない。それは別にあの子じゃなくてもそうだ。この中にもエグい禁書に手を出そうとして痛い目見た経験がある奴はいるだろ？」

上級生の多くが共通して持つその手の失敗を挙げられて、身に覚えのある者たちが一斉に黙り込む。そこへ重ねて、カルメンが重く言葉を口にする。

「悪い方向へ転ぶ前に、こちらの側で早めに『保護』したほうがいい。……これが多分に偽善的な言い回しであることは承知した上で、私はそう思うのだよな」

同志たちの議論を踏まえて、グウィンの視線がゆっくりと隣の従弟へ向けられる。

「ノル。お前に意見を訊かねばならない」

恐ろしい手番がオリバーのもとに回ってくる。あらゆる動揺を必死で押し殺して、彼は返答を探した。今の自分が望み、口にすることを許される——針の穴を通すにも似たその答えを。

「……考慮に値する提案には違いない。ただ、今の時点で勧誘の是非を決めるのは軽率だ」

思索の果てに、恐る恐る口を開く。……声が震えていない自信はない。だとしても何も言わずにいることだけは有り得ない。目の前の同志たちのためにも、ここにいない友のためにも。

「優先順位の問題だ。ヴェラ＝ミリガンやカティ＝アールトが同志に加わるとしても、今日や明日の話ではない。また、両者とも高いポテンシャルを秘めていることは認めても、それはあくまで人間性や将来性を含めての総合的な評価であり、単純な戦力として突出しているわけではない。つまるところ——ゴッドフレイ前統括を勧誘するのとはわけが違う」

根拠を説明する上で、もっとも比較の好例と考えた生徒の名前を口にする。それを耳にした途端、一部の同志たちの顔にやり切れない感情が浮かぶ。

「それを聞くと、今さらだけどどうしても考えちゃうな。……本当に無理？　ゴッドフレイを引き込むのって」

「無理だよ。その件はずいぶん前に結論が出ただろ。……思想や感性の向きは確かに近い。けど、あいつは根っから『守る』人間で、俺たちは『殺す』人間だ。この溝はどうしようもなく埋まらない。彼の人間性に魅せられて傍《そば》にいる面々も同様だ」

「じゃあカティ＝アールトは違うの？　一年の頃はそれこそ虫も殺せない子だったでしょ、あの子」

「その通りだよ。……けど、あの子は変化の真《ま》っ只中《ただなか》にある。その結果が誰にも予想出来ないくらい激しい移り変わりの中に。だからこそ、早いうちに俺たちの側に取り込めば――言い方は悪いけど、まだそれなりに染めることも可能だろうさ。……目的のために何かを切り捨てる、その覚悟はある子だと思うからな」

　厳かな表情で腕を組んで同士のひとりが言う。ふざけるな、と喉まで出かけた叫びをオリバーがこぶしを握り締めて必死に押し殺す。――それは自分が発していい言葉では断じてない。今この場において、オリバー＝ホーンは揺るぎなく彼らの君主《ロード》でなければならない。

　仮面を被《かぶ》っていないことを心から後悔する。だから、今からでも見えないそれを被《かぶ》る。巨大な葛藤の一切を包み隠して同志たちと向き合うために、彼は自分の顔面そのものを鋼の仮面へと仕立て上げ――その上で、告げる。

「ふたりの勧誘に向けて外堀を埋めるな、とまでは言わない。それは今の我々のスタンスの延長上で自然と成されることでもある。が――今この瞬間に話し合うべき問題はそれではない。誰をどう殺すか。最優先の議題はそちらのはずだ、グウィン＝シャーウッド」

　きっぱりと口にして従兄《あに》を見据える。その胸中を余さず酌《く》んで、グウィンが目を伏せた。

「……腑抜けた提案を詫びる。その通りだ、我が君」

謝罪の言葉がオリバーの胸を突き刺す。返ると知りながら決して望まなかったそれが。場の空気が一気に引き締まり、移り変わった議題へ向けて同志たちが発言を開始する。

「バネッサ＝オールディスへの挑発を軸に、教師陣に対する揺さぶりは一定の効果を上げています。先日の『渡り』の一件では彼女と他の同僚の間の軋轢も見て取ることが出来ました。……もうひとつ火種を放り込むには良い頃合いでしょう」

「バネッサ先生はこの先もイライラさせとくとして、他は四人。校長やギルクリスト先生を狙うにはまだこっちの戦力が足りない。バルディア先生は呪詛の処理の都合でなるべく後半に回したいんだったよね。となると……」

俎上に並んだ条件が自ずと議論をひとつの結論へと導く。彼らを代表して、グウィンがそれを口にする。

「消去法で決まる。……天文学教師、デメトリオ＝アリスティディスだ」

しんと沈黙が下りる。その現実と向き合うために、彼らですら最大の覚悟を必要とした。それを最初に終えたカルメンが、テーブルに両腕を伸ばしてべたりと伏せる。

「あの人とやり合う時が来たかぁ。……いやー、怖いね。おしっこ漏れそう」

「……せめてエンリコ先生の時よりは楽にしたいがな」

「どうだろうね。エンリコ先生の魔術はそりゃ高度だったけど、少なくとも魔道工学ベースって部分だけはハッキリしてた。デメトリオ先生はそこからもう単純じゃないんだよね」

同志たちが口々に告げる敵の脅威。頷いたグウィンがそれを端的に述べる。

「異端狩りとして磨き抜いた腕前に加えて、東方の思想と融合した独自の技術体系を確立している人物だ。……極め付けが、あの呪文」

場の空気が恐怖を越えた畏れに染まる。様々な情報源からすでにその正体を推し量っている彼らの立場からしても、それは紛れもない秘奥中の秘奥と呼べるもの。「渡り」の一件で本人が使ってみせたのは貴重な出来事だが、それは断じてデメトリオ自身の気の緩みを意味しない。見られたところで誰にも不可能だと知っているからだ。その攻略も、まして再現も。

この世界の魔法使いなら凡そが同意するだろうその結論に。しかしグウィンは、真っ向から反する形で口を開く。

「が、それには突破の当てがある。……戦術はシンプルだ。開戦から可能な限り速やかにノルを剣の間合いへと送り込み、躱しようのない魔剣の一撃で確実に仕留める。

皆も知っての通り、デメトリオ＝アリステイディスは杖剣を持たない魔法使いだ。故に魔剣の優位性は絶対。距離が詰まった時点でどう足掻いても抵抗の術はない」

同志たちが気を取り直して頷く。それが彼らにとっては勝利へと繋がる最大の手掛かりだった。未だかつてデメトリオが魔法剣を使う姿は目撃されておらず、その戦力は杖剣不要論者のギルクリストと同様に呪文の間合いへ偏っている。だからこそ刺さるはずなのだ。彼らが隠し持つ第四魔剣という最大の切り札が。

「動員人数はエンリコ戦の時と同規模で考える。現状で教師たちに気取られず動かせる限界数だ。それが叶(かな)わない状況であれば決行自体を延期すべきだろう。

その上で……襲撃の場所に関しては、ひとつ有力な候補がある。それしかない、と言ってもいいだろうな」

同意を込めて同志たちが頷(うなず)く。そこから先、オリバーの戦力を軸にする形で、彼らは魔人の打倒に向けた戦術を徹底的に詰めていく。


必要な全ての話し合いを終えて同志たちが隠し工房を去った後。顔面に造り上げた仮面をやっとのことで脱ぎ捨てて、彼は迷わずひとりの人物のもとへ向かった。

「――従兄(にい)さん！」

呼ばれたグウィンが資料をまとめる手を止めてテーブルの上で振り向く。一見して武骨な、しかしこの上ない愛情と慈(いつく)しみに満ちた微笑(ほほえ)みが、従弟(おとうと)を向く。

「どうした、ノル」

「さ――さっきは、ごめんなさい」

溜(た)め込んでいた謝罪が口を突いて出る。さっきまでの君主(ロード)としての振る舞いが嘘(うそ)のように、その口調は幼く。言葉もそれを紡ぐ唇も、内心の後悔のまま震えている。

「……話を切り替える口実に、従兄さんを使った……」

掠れる声でそう明かす。追い詰められた心で、自分が確信的にその手段を用いたことを。自らの判断で従兄の思い遣りを踏み躙ったことを。

「分かってるんだ。あの提案は、現メンバーの多くが卒業していく来年以降のキンバリーで、俺が少しでも心細くないように……そう考えてしてくれたものだろう？　ミリガン先輩が同志に加われば俺が頼れる相手も増える。戦力増強よりもむしろ、そちらを見据えて……」

申し訳なさに眩暈を覚えながらオリバーが言う。その優しさにどれだけ救われてきたか、今も救われているか、彼にはもはや言葉で伝えきれない。だが――その上で、あの提案に関してはどうしようもなく踏み切れなかった。

「ありがたいんだ、それは。けど……同じくらい、怖い。表と裏の境界がしっかり引かれていることで、今の俺はどうにかやっていけてるから。ミリガン先輩もカティも表の側の人間だ。それを裏側に引きずり込むことは……」

想像を口にするだけでオリバーの背筋に寒気が突き上がる。その恐怖はもはや「友人を巻き込みたくない」という一言ではとても収まらない。剣花団を筆頭として、表の人間関係は今や彼の心の支えなのだ。それがあるから背負うものの重さにどうにか耐えられている。その一部分でも喪われた時に自分がどうなるのか、オリバーには考えることが恐ろしい。

「カティ＝アールトの名前が出たことで、その恐怖は尚更強まった。……そうだな？」

グウィンの言葉に核心を突かれ、オリバーは力なく頷く。その肩に従兄の両手が置かれる。

「顔を上げろ、ノル」

促されたオリバーが弱々しく視線を上げる。不安と自責に潤んだ瞳がそうしてグウィンの前に晒される。最初に出会った頃の幼さをそこに見て取った瞬間、彼は従弟を抱きしめた。その苦悩に寄り添うことしか出来ない自分の無力を、当時とまったく同じ心境で呪いながら。

「俺が口実になるならいくらでも使え。押し付けられるものは片端から押し付けろ。それを気に病む必要も省みる必要もない。……お前の荷物を分けられた時、俺は救われる。それは元より俺がお前に押し付けたものなのだから」

「違う、従兄さん。それは——」

何か言おうとしたオリバーの口を胸で押さえて黙らせる。何を言われても今のグウィンには耐えられる気がしない。だから言葉を重ねる。従弟の思考をそれで埋めるように。

「霊魂の研究、及び呪詛処理と慰霊の担当職員として、俺とシャノンは来年以降もキンバリーに残る。この魔境でお前をひとりきりになど決してさせない。だが……生徒でなくなることで、これまでよりもいくらか距離は開く。表の校舎でのお前との接し方も多少変わってくるだろう。そうなった時にお前を支える存在はひとりでも多いほうがいい、そう考えてあの提案をした。カルメンが言ったように、後にカティ＝アールトを引き込むための布石になることも想定して。

だが、お前の言う通りだ。今の段階でその未来を話し合うのは呑気が過ぎる。……デメトリオ＝アリスティディスを討ち果たさずして、我々に来年以降などないのだから」

甘い思考をそう詫びる。未来の展望へ話を広げたことが逆に従弟を追い詰めたと分かっている。今は考えさせるべきではない。敵を討つための思考以外の何も求めるべきではない。だからグウィンはそうする。それが今度は自分の苦しみを膨らませると分かっていても。

「エンリコ戦を経て、お前の戦力に対する同志たちの信頼も高まった。よって今回はそれを最大限に活かす方針で作戦を組む。……お前に苦痛を強いる前提の段取りを」

オリバーの肩を微かな水滴の感触が叩く。それが従兄の目から零れたものだと悟った瞬間、彼には抱き締め返す以外の何も出来なくなる。そこへ歩み寄ったシャノンが両者を腕で包み込み、兄の濡れた頬にすり、と額を寄せた。

「今は……グウィンが、いちばん、いたい」

寄り添う三人のそんな姿を。隣の部屋に繋がる扉の隙間から、テレサもまた見つめていた。

「……っ……」

出ていきたい。狂おしいほどに。今すぐ駆け寄って自分もあの中に加わりたい。一方的に求めるばかりではなく、悲しみも苦しみも全て共有する関係でありたい。

けれど——それが彼らへの思い遣りなのか自分の欲望なのか、もはや彼女には区別が付かず。だからどうしても踏み出せない。歯が軋むほどに袖を噛みしめ、届かない光景に目を焼かれたまま、テレサはじっと闇の中に蹲(うずくま)っている。

同志たちとの会議を終えて校舎に戻り、そこからさらに寮の自室へ帰ったところで、オリバーは部屋の扉に何かが挟まっているのに気が付いた。

「……ん？」

小さな便箋をそろそろと手に取って検める。魔法トラップの可能性も考慮しての扱いだったが――よく知る筆跡で書かれた名前を見たところで、その慎重さは消えて失(う)せた。

「――ユーリィ!?」

すぐに便箋を破いて中の手紙に目を通す。彼がそうしていると、騒ぎに気付いたピートが寝ぼけ眼で部屋から顔を出す。

「……どうした、オリバー。戻ってきたんじゃないのか？」

「済まない、ちょっと出てくる！　君は先に寝ていてくれ！」

内容を確認し終えたオリバーが再び寮の外へと走り出す。指定された場所は校舎の傍の庭だった。噴水広場を抜け、駆け足でそこに辿(たど)り着(つ)いた少年がきょろきょろと周りを見渡す。

「――場所はここか。一体どこに――」

「おーい！　オリバーくん！」

降ってきた声に驚いて頭上を見上げる。遥か上の校舎の屋根から、ユーリィが顔を出していた。

「な……!? どこに登っているんだ、ユーリィ!」

「ここがいちばん具合良くてさ! ほら、きみもおいでよ!」

そう言われても、今は箒を伴っていないのでひとっ飛びとはいかない。校舎に入って窓から登ることも考えたが、そんな悠長をしている間に相手が姿を消すことも有り得る。やむなくオリバーは踏み立つ壁面で壁を駆け上った。そうして最短距離で屋根の上に辿り着いたところで、彼はすぐさま友人を睨み付ける。

「君という奴は……! 今日までどこで何をしていたんだ! どれだけ心配したと――」

「ごめん! でもほら、とりあえずあっち見て! 叱るのはそれからで!」

「あっち? 空に何があると――」

視線を上げたところで言葉が途切れる。漆黒を余さず満たす、一面の星々がそこにあった。

「…………」

「ね。あるでしょ、意外と」

屋根の出っ張りに座ったユーリィがにっと笑って言う。ため息を吐いてその隣に座り、オリバーは彼と並んで夜空を見上げた。

「……これが見せたかったのか? ここに呼んだのは……」

「うん。もっと言えば、いっしょに見たかった。今日はすっごく空が澄んでたからさ」

「……確かに、な。この澄み具合はキンバリーだと稀だ。色々な魔素が濃い分、ここはどうしても大気が濁りがちだから……」

「今日は迷宮の活動が落ち着いてるみたいだから、それが原因かもね。晴れの夜と重なって良かったよ。次がいつになるか分からないから」

最後に添えられた不吉な言葉に、オリバーが相手をまっすぐ見つめる。夜空に視線を向けたまま、ユーリィが再び口を開く。

「ひょっとしたら、だけど。……しばらく、これまでみたいに顔を出せないかもしれない」

「……事情があるんだな？」

「うん。ただ、説明は出来ない。すごく込み入った問題みたいで、それを話すと色々まずいことになりそうなんだ。……ごめんね、大した説明になってなくて」

視線を合わせたユーリィが寂しげに微笑む。そう言われてはもう、オリバーから深く追及することは出来なかった。――魔法使いには誰しも秘密がある。友達であれ話せないことは決して話せない。それは自分も同じことだと言い聞かせて、羽交い絞めにしてでも引き留めたい気持ちを必死に抑えながら、オリバーは再び星空を見上げた。

「君の説明が大雑把なのは今に始まったことじゃない。……けど、心配はさせろ。解決の当てはあるのか？」

「分からないんだ、正直。……でも、大まかにどうするかは決めてる。だからかな、あんまり悩んではいないんだよ」

そう告げたユーリィが星空へと視線を戻し、そこへ向かって手を伸ばす。

「自分の道を歩く。……きみとおんなじで。ぼくも、そうするって決めた」

「…………」

オリバーは黙って頷いた。それからはもう何も言わず、ふたりは並んで空を見上げ続けた。心地好い静寂のうちに時が流れて――やがて、ユーリィのほうが腰を上げる。

「何となくだけど、そろそろ行かなきゃまずいみたいだ。きみも早く寮に帰って。今ならまだ大丈夫だから」

「……またいなくなるのか」

寂しさを込めてオリバーが相手を見つめる。屋根の端に立ったユーリィが彼を振り向く。

「ごめんね。……でも、約束する。またこうやって、星を見にきみを誘うよ」

その言葉を最後に、ユーリィの姿が屋根の上から消える。遠ざかっていく気配が完全に感じ取れなくなるまで、オリバーはじっとその場所に座り続けていた。

同日の深夜。シャノンとテレサが就寝した後、ひとり根を詰めて戦術を練っていたグウィンの耳に、思いがけず荒々しい足音が響いた。

「――グウィン、いる⁉」

扉を開けて駆け込んできた同志にグウィンが席を立って向き直る。片腕に資料のファイルを抱え、キンバリー第三新聞部の部長・ジャネット＝ダウリングが息を切らしてそこに立っている。

「何事だ、ジャネット。――緊急か」

「ご名答。まずはこれ見て」

つかつかと歩み寄ったジャネットがテーブルの上に資料を広げる。どれもずいぶん昔に第三新聞部が発行した記事の切り取りだ。所々に赤線のチェックが入ったその文章を読み進めるうち、グウィンの顔が徐々に険しくなる。

「…………！」

「理解出来た？……そうなんだよ。校内や迷宮での遭遇って形で、ユーリィ＝レイクに似た振る舞いをする生徒が過去四十年に亘って繰り返し目撃されている。名前と容姿にはばらつきがあるけど、出会った人間が受ける印象は『不気味なくらい無知で友好的』。で、後でそいつが何年の誰なのか調べようとしても、そんな奴はどこにもいないことが分かるってオチだ」

全ての記事に共通する概要を語るジャネット。口調と表情を一切緩めぬまま、彼女はその先を続ける。

「実はずっと昔に似た生徒が校内で死んでいて……なんて生易しい話だったら良かったんだけどね。問題はこの怪談が、最初に掲載された頃から今までずっと続いてるってこと。もちろんユーリィ＝レイクは生徒名簿にちゃんと載ってる『転校生』だから条件は少し違う。ただ——キンバリーの現状を考えると、今回が特例的なケースだと考えることも特に不自然じゃない」

情報の整理と現象の推察。そこから自ずと導かれる結論を、ジャネットが口にする。

「あいつは四十年前からずっとキンバリーに、い、い、いる。アタシはそう考えてる。その上で……この数字、あんたならどう思う？」

問われたグウィンが顎に手を当てて考え込む。その思考がほどなくひとつの思い付きに至り、彼は目を見開いてジャネットを見つめる。

「……デメトリオ＝アリステイディスの赴任時期は——」

「そう。ぴったり一致する」

前もって同じ結論に至った彼女が肯定を示す。資料の上でこぶしを握り締めるグウィンへ、ジャネットはなおも語り続ける。

「ユーリィ＝レイクの正体は、正直言って分からない。特殊な調整を施された密偵、もしくは使い魔の類とか色々推測できるけど、そもそも運用のコンセプトがアタシたちの常識とはまったく別のところにある気がする。……だから、そこに関してはもう気にしないほうがいい。理解できる部分だけでシンプルに状況を見よう」

限られた情報からの推測には限度がある。故に、ジャネットは焦点を絞って話を進める。即ち、現状でもっとも大きな懸念は何か。それに対して、自分たちはいかに対処すべきか。

「あいつはもう君主に近すぎる。分かるだろ。それがあいつを放った何者かの意図を反映しての行動なら——そいつの中で、オリバー＝ホーンって生徒への嫌疑はすでにかなり濃いってことだよ」

焦燥に背中を炙られながらグウィンが頷く。彼にぐっと顔を近付けてジャネットは告げる。

「一刻も早く殺ろう。ユーリィ＝レイクも、デメトリオ＝アリステイディスも。……でなきゃ、アタシたちの命運も長くない」

彼らがそんな結論に至ったことは知る由もなく。同じ頃、問題の中心人物であるユーリィ＝レイクの姿は、迷宮二層の森にあった。

「——ふぅ。なんとか戻って来られた」

木立の中できょろきょろと周りを見渡しながらユーリィが呟く。——下級生リーグの終了から「教師に見つかること」へ漠然とした危機感を覚え始めた彼は、もっぱらその目を避ける形で迷宮二層に潜伏して過ごしていた。オリバーに会うために校舎へ戻ったのも久しぶりで、彼と別れてここまで戻るのは中々に警戒の要る仕事だった。

「どうしようかなぁ、これから。いつまでも先生たちから逃げて過ごすのはきゅうくつだし、やっぱり一度逃げるしかないのかな。……でも、オリバーくんたちと会えなくなるのは嫌だなあ――」

そう口にした途端、襲ってきた眩暈にユーリィが座り込んで頭を抱える。思考を捻じ曲げようとする圧力がそこに生じている。以前は自覚出来ないまま身を委ねていたそれに、今の彼は歯を食いしばって抵抗する。

「――ッ、またこれだ。キンバリーを出ることを考えると、いつも……」

その思考のたびに、「ここを出る」ことへの凄まじい抵抗と忘却への衝動が暴れ回る。一度抗い始めれば違和感は余りに明白だった。自分の意思とは無関係に生じるそれが「植え付けられたもの」であると気付いた時すでに、ユーリィは自分が何者であるかを漠然と悟っていた。

「……それはぼくの役割じゃない。誰かは、たぶんそう言いたいのかな？　ならごめんよ。もう決めたんだ。自分の歩く道は自分で決めるって――」

自分の中の異物を押さえ付けるようにそう呟く。こみ上げる衝動はなおも強烈だが、経験と分析を重ねたことで、それに耐えて宥めるやり方も徐々に獲得しつつある。一定間隔の呼吸を繰り返しながらユーリィが自己制御へと集中し、

「――残念だが。その道は、ここで行き止まりだ」

その努力の終わりが。ひとりの男の形を取って、余りにも忽然と、目の前に現れていた。

「……デメトリオ、先生……」

古風なローブをまとった天文学教師を前に、ユーリィが頭を押さえながら立ち上がる。その姿を見据えたデメトリオが小さくため息をつく。

「手こずらせたな。だが、最初から時間の問題に過ぎん。……お前は私だ。自分から逃げられるはずもあるまい」

淡々とそう告げる。その口振りから、ユーリィもまた自分の推測の正しさを確信する。

「……やっぱり、ぼくはあなたの使役する『何か』なんですね」

「同様の運用を過去に十八回繰り返した。自覚したのは今回のお前だけだがな」

「使い魔、と考えていいんでしょうか。それとも分身のほうが近いのかな?」

持ち前の好奇心から問いを重ねながらも、ユーリィはじりじりと後ずさって逃走のタイミングを計る。それを見透かしながら一歩も動かず、デメトリオはゆっくりと腰の杖(つえ)を抜く。

「無意味な思考だ、それも。……私に戻れば自(おの)ずと分かる」

「**爆ぜて煙れ(フラルゴ)!**」

相手の声に被(かぶ)せてユーリィが煙幕を張り、そのまま地を蹴って背後の茂みを目指す。見つかってしまったのはまずいが、幸いと二層は潜伏場所に事欠かない。一度視界から外れてしまえば逃げ切れる目算もあるはずだと前向きに考え、

「[redacted]」

　ほんの数歩を進んだ先で、地面から生えた巨大な壁に行く手を阻まれる。ユーリィの目が驚愕に見開いた。背後で何か口にしたのは聞こえたが、前方の地面に呪文が当たったようには見えない。この壁がいったいどういう理屈で現れたのか、彼にはまずもってそれが分からず、

「言ったはずだ。無意味だと」

　その頭を、真後ろからデメトリオの左手が鷲掴みにする。直後に決着の呪文が響いた。

「**眠りに落ちよ**（アルトムソムナム）」

「——あ——」

　意識を断たれたユーリィの手足から力が抜け、その体がくたりとぶら下がる。彼を片手に持ったまま、デメトリオはさらに詠唱を重ねる。

「**主我に融け合え**（コンフランドム）」

　それで、全てを吸い上げる。魂と霊体、仮の肉体の中でユーリィ＝レイクという人格を構成していた諸々を。中身を抜いた体を地面に落として、男はそこに躊躇なく杖を振る。

「**焼いて浄めよ**（イグニス）」

　放たれた炎の中、ほんの数秒でユーリィの体が燃えていく。全身が炭化するまで数秒、それすら崩れ落ちるまでにさらに数秒。そうしてわずかに残った灰を風で吹き散らし、焦げ跡が残った地面を呪文で整えれば、後には何の痕跡も残らない。ユーリィという少年がそこにいた事実は、もはや何も。

「……随分と豊富な情緒を蓄えたものだ。形成した当初とはまるで別人。たかだか二年足らずの間によくもこれほど……」

吸収した霊魂を分析しながら、感心とも呆(あき)れとも付かない声でデメトリオが呟(つぶや)く。そこから読み取る情報が「探偵」として放った分魂からの最後の報告だ。その内容をしばらく検(あらた)めた上で、男は期待が空振ったことを認める。

「——確定的な情報はなし、か。……前回の報告の折、オリバー＝ホーンの身辺を優先的に探るよう刷り込んだはずだが。それを無視して無関係のところばかり回っているな」

無駄と察しながらも一応は念を入れて、他者との会話も含めてチェックしていく。他愛もないやり取りばかりが積み重なる記憶を終盤まで辿(たど)ったところで、その分析がはたと止まる。

「……星空、か」

脳裏に映ったひとつの情景。一瞬だけ惹(ひ)かれかけたそれから速やかに目を逸(そ)らし、デメトリオは森の中で身をひるがえす。同時に訪れた風が木の葉を揺らして吹き去った後——そこにはもはや、物言わぬ木々が佇(たたず)むのみだった。

第四章

無知の哲人（アリスティディス）

箒に跨ればどこへでも飛んでいける。普通人はしばしば魔法使いをそのように羨む。が、そうした想像とは裏腹に、魔法使いでも迂闊に踏み込めない場所は少なからずある。身近なところでは野山がそれだ。鬱蒼と茂った樹木のカーテンはその下に広がる地形の俯瞰を許さず、そこに潜む脅威の把握もまた容易ではない。焼き払うことは可能にせよ、それでは野山がもたらす恵みそのものを消し去ることになる。必然、村付きの魔法使いに求められるのは現実的な範囲での環境把握と、普通人たちに害が及ばぬ範囲での脅威との共存だ。

「——ハァッ、ハァッ、ハァッ……！」

若き日のデメトリオが息を切らして山道を駆ける。無数の生命が息づく山林は本来なら彼の好む場所だが、今ばかりは豊かに育った木々による視界の制限が恨めしい。それらが生み出す死角の全てに何かが潜んでいる可能性があるのだ。獣はもちろん、彼が探し求める相手もまた。

「……マヤ！　どこにいるんだ、マヤーッ！！」

一時間ほど時は遡る。自分が受け持つ小さな学び舎の一室に、この日もまた、デメトリオは子供たちのための教材を持って訪れていた。

「おはよう、みんな！　――あれ？　マヤが来てないね。珍しくお寝坊かな？」

挨拶と同時に、いつもなら最前列の席にいるはずの少女の姿がないことに気付く。それを聞いた子供たちが同時に顔を見合わせる。

「……来てないな」「うん……」

その様子に穏やかでない何かを感じ取り、デメトリオが子供たちを見つめる。

「……何かあったのかい？　なら、先生にも教えて」

その求めを受けて、数人の子供たちがぽつぽつと話し始める。

「……朝に会ったとき、あいつ言ってたんだ。流れ星が落ちたって」

「お日様が昇る頃に、お家の窓から見たんだって。あっちのほうの森の中に落ちたって」

窓の外の野山を指さす男の子。続けて、その子の視線が隣の席の少年に向けられる。

「でも、フレットがそんなの嘘だってゆって。それでけんかになって。マヤ、怒って走っていっちゃって……」

名前を呼ばれた少年が気まずそうに顔を逸らす。デメトリオが状況を察して目を見開く。

「――まさか……それを探しに、山の中に？」

子供たちがしん、と押し黙る。教壇に教材を置いたデメトリオがすぐさま駆け出した。

「今日は自習だ！　みんな、ぼくが帰るまで学校から出ないように！」

大人たちに事情を伝えてすぐさま野山へと飛び込み、そのまま教え子の姿を探し求めること小一時間。一帯の山道を残らず駆けずり回っても一向にマヤの姿は見つからず、デメトリオの焦りはピークに達しつつあった。晩秋の落ち葉が災いして足跡を辿ることもろくに出来ない。同じ時期に特定の茸が放つ胞子によって使い魔の鼻まで利かなくなっていた。

「……落ち着け……落ち着け……！　闇雲に探すな！　あの子の行動を予測するんだ！」

自分にそう言い聞かせて少女の動きをイメージする。——マヤは真面目で話をよく聞く子だ。山の怖さは知っているはずだから、意味もなく道を外れることはしない。それでも見つからないということは、何らかのアクシデントがあって道から飛び出した可能性が高い。例えば獣に襲われて逃げた。例えば何かに興味を引かれて崖を滑り落ちた。

「……！　これは——」

その思考を踏まえて念入りに見渡した周囲の景色に、デメトリオは動物が通った後のようなわずかな茂みの乱れを見て取った。すぐさまそこを覗き込み、それが急斜面の奥へと続いていることを確認——迷わず身を躍らせる。

「……こっちか——！」

痕跡を辿って斜面を駆け下りていく。滑落痕だとすれば一刻を争う。足を痛めて動けなくなっている可能性が高い上、この山には人を襲う魔獣も生息しているのだ。

果たしてその想像は当たった。彼が下りきった斜面の先で、太い木の根元に体を預けたマヤが三頭の野生化した魔犬(ワーグ)に囲まれていた。

「──せん、せ……」

「マヤッ！」

デメトリオが杖(つえ)を構える。牙を剝(む)いて威嚇してくる魔犬たちを睨(にら)み付(つ)け、彼は吼(ほ)える。

「その子から離れろッ！　**雷光疾りて(トニトゥルス)！**」

威嚇に放った電撃が地面で弾(はじ)け、恐れをなした魔犬たちが一斉に逃げ去っていく。それを見たデメトリオがすぐさまマヤへと駆け寄った。足首が折れているのに加えて、鋭い木の枝が胸に突き立っている。おそらく滑落の勢いで刺さったものだ。周りに零(こぼ)れた血の量からして処置を急がなければ命に関わる。

「傷を見せて、マヤ！　もう大丈夫だ、すぐに治癒を──」

「……へいきだよ……」

杖(つえ)をかざして呪文を唱えようとしたデメトリオに、マヤが思いがけず微笑(ほほえ)みを向ける。それで彼の動きがぴたりと止まる。

「……え……？」

「……この子がね、なおしてくれたの。もう、いたくないの……」

そう言ったマヤの後ろの木の間から、彼女の半分ほどの大きさの「何か」が姿を現す。

「Quuuu……」

ふさふさとした青い体毛の下から、紫色に透き通った三つ目の目が怯えを宿してデメトリオを見つめる。彼が読んできたどの書物にも語られない生き物が、確かな形をもってそこに息づいていた。

応急処置が済むと、マヤはその生き物を村へ連れて帰るようデメトリオに懇願した。悩んだ末、デメトリオはその通りにした。少女の無事に胸を撫で下ろすと同時に、村人たちの興味もまたすぐさま未知の存在へと向いた。

「――おわっ。なんじゃこりゃ」「すっごい大きい毛玉」

「見たことあるか、爺さん」

「……いや、ないのぅ。この辺りの生き物ではないぞ、これは……」

話を振られた長老が首を横に振って檻の中の「それ」を見下ろす。近くの屋内でマヤの容態を診ていたデメトリオが外へ戻り、村人たちを窘める。

「皆さん、あまり近寄らないでください。結界は敷いていますが、まだ安全の確認が――」

「悪い子じゃないよっ!」

追って飛び出してきたマヤが声を張り上げ、すぐさま「それ」の入った檻へと駆け寄る。

「先生、はやくオリから出してあげて！　その子が守ってくれたんだよ！　胸のケガだってその子が……！」

「分かってる。分かってるよ、マヤ」

デメトリオがしゃがみ込んで少女を宥める。彼女の目をまっすぐ見つめて、伝える。

「でも、分かっておくれ。慎重に調べなきゃダメなんだ。色んな危険から村のみんなを守るために。……それがぼくの、仕事なんだ」

そう言われた少女がぐっと黙り込む。その背中を押して屋内へ戻らせつつ、デメトリオは背後の村人たちへと告げる。

「マヤの療養と合わせて、当面の間、この生物はぼくが預かって調査したいと思います。もちろん厳重な隔離の上で。宜しいですか、村長」

「勿論じゃよ。そこはお前さんを信頼しておる」

長老が笑顔で頷く。その視線が再び檻の中の「それ」を向く。

「しかし、奇妙な生き物じゃな。わしも魔獣の類はそれなりに見てきたつもりじゃが、そのどれとも似ておらん。……もしやこれが、星からの賓客というものか？」

「その可能性も含めて調べます。……少しだけ、時間をください」

自制を利かせた声でそう述べる。この場に集まってきた全ての村人たちに勝って――誰よりも好奇心に胸をざわめかせているのは、実のところ彼自身だった。

連れ帰った時点で多少の衰弱が見て取れたため、デメトリオはまず餌を探すところから始めた。ひとまず身近なものから見繕って与えたところ、「それ」は生の林檎(りんご)や葡萄(ぶどう)を喜んで食べ始めた。

——果実の類を好むのか。食性的にも体の構造的にも、目に見えた凶暴性はなさそうだけど……。

檻(おり)の中の食事風景を観察しながらデメトリオが考える。ふと思い立って声をかけると、「それ」は食事を止めて彼のほうに寄ってきた。そこに追加で葡萄(ぶどう)の粒を与えながら、彼はさらに思考を掘り下げる。

——知能はそれなりに高い。けど、人と対話して思想を誘導出来るほどじゃない。……今の時点では偶発的な『渡り』と仮定していいんだろうか。他の個体が周りに見つからなかった点もその推測を補強しているし……。

異界生命についての知識は少なからず彼にもある。今の時期の天体の位置関係からして、目の前の「それ」が冥王(ヴァナトー)の孤独に次いで遠い異界、腐れた海の底(エイリオネプチュ)から訪れた存在であることも推し量ってはいる。だが、そこから先はまったくと言っていいほどの未知だ。その異界の生物について詳しく記した書物は少ない。

——ただ、マヤの傷を治したあの能力。……一介の『渡り』にしては、あれは余りにも出来過ぎている。そこが気になる……。

何よりも頭に引っ掛かっているのはその点だった。本人には伝えていないことだが——マヤの胸の傷は、本来なら致命傷だった。何の処置もなければ、まず間違いなくデメトリオが駆け付けるまでもたなかっただろう。その結果を覆したのは「それ」の力だが、正確には「治癒」とはまた違う。傷を治したのではなく、胸に突き刺さった枝が肉と融け合って傷口を塞いでいたのだ。植物である枝と動物である人間、双方の境界がそこでは限りなく薄まっていた。

その部位は外科的に取り除いた上でサンプルとして保存してある。が、マヤの今後にどのような影響があるかまでは、デメトリオには予測できない。

——彼女の経過を慎重に見よう。……危険性を測るのは、それからでも遅くないはずだ。

彼の懸念とは裏腹に、マヤの回復は極めて順調だった。念のために一か月ほどは安静にして様子を見たが、やがてそれにも元気になった本人のほうから不満の声が上がった。そうなるともう、デメトリオとしても彼女を通常の生活に戻さないわけにはいかなかった。

「いきなり激しく動き回っちゃダメだよ。……体におかしなところはないかい？」

「うん、へいき！　なんともない！」

その場でぴょんぴょんと飛び跳ねてマヤが笑う。デメトリオが苦笑して頷いた。

「分かった。……じゃあ、今日からは普通の生活だ。けど、先生と約束。もう子供だけで山には入っちゃダメだよ？」

それを聞いたマヤがぴたりとはしゃぐのを止め、真顔になってデメトリオに向き直る。

「約束する。……けど、あの子はどうなってるの？　まだ会っちゃやだめ？」

「元気にしてるよ。もう檻には閉じ込めてないから安心して。色々調べてるところだから、会わせてはあげられないけど……」

言葉を濁しながらデメトリオが言う。そこにマヤがぽつりと口を開く。

「……あの子、ちがう世界から来たんでしょ？」

「……確かなことは言えないけど。そうじゃないかな、とは考えてる」

慎重に言葉を選んでデメトリオが答える。その懸念を拭い去るようにマヤが微笑む。

「やさしい子だよ、きっと。……せんせーの言った通り」

同じ日の夜。教え子から言われたことを、同じ部屋の床にぺたんと平たくなって眠る「それ」の前で、デメトリオは繰り返し考えていた。

ある。

——マヤの考えは楽観だ。……けど……。

警戒と希望の間で葛藤する。彼女の言葉を支持したい気持ちが、彼の中にどうしようもなくある。

——大人しい生態で、人間に友好的で、傷を癒す力を持つ異界生命。……本当にそうだとしたら、大きな発見だ。これまでの異界観を大きく揺るがすほどの……。

見過ごせない可能性だった。過去の様々な悲劇によって、今の魔法使いの間では異界に関する負の印象ばかりが積み重なっている。その傾向を変えるためには、真逆の証拠を用意するのが何よりも効果的だ。それは彼にとって「異界へ渡る」夢へと近付く一歩でもある。

——本来なら速やかに焼却……でなくとも異端狩りに報告するのが筋だ。……どちらにせよ結果は変わらない。危険性の有無とは無関係に、この子が殺されて終わるだけ……。

その結果を想像してやり切れなくなり、デメトリオは頭を掻きむしる。

——それは……出来ない。夢の欠片が目の前にいるのに、そんなことは……。

そう思いながら、すやすやと眠る毛玉に手を伸ばす。温かく柔らかい感触が指先に返り、彼はぐっと唇を噛みしめる。

「きみに助けられなければ、マヤはあの時に死んでいた。それは、事実なんだ……」

魔法使いとしての正しさと自分の夢の間で長く思い悩んだ末。デメトリオは、慎重に夢のほうへ舵を切ることにした。

「――あっ、モジャ坊外出てる！」「いいの⁉　出しちゃって！」

「少しずつ馴らしてみることにしたんだ。まずは十分、村の中を散歩させてあげようと思う。みんなは近付いたらダメだよ」

デメトリオと共に初めて外を出歩く「それ」の姿に子供たちがはしゃぐ。この日までに村人たちからはモジャ坊の愛称で親しまれており、ふさふさの外見も相まって、外に出しても警戒の目を向ける者は誰もいなかった。むしろ制止がなければ今にも近寄って撫で回しそうであり、そうした点に気を付けながら、デメトリオは村の中をモジャ坊と共に練り歩く。

「……子供たちが気になるかい？　大丈夫だよ。誰もきみに乱暴はしない」

遠巻きに自分を観察してくる子供たちに意識を引かれるのか、モジャ坊はしばしば止まってそちらへ目を向ける。が、その視線がふとまったく別の方向に吸い寄せられた。村の中の畑に赤々と実った野菜だ。

「ああ、トマトが実っているね。……気になるのか？」

ふと思い立ったデメトリオが畑の主に許可を獲って実をひとつもぎ、その場でそれをモジャ坊に与える。途端にむしゃむしゃとトマトを食べ始めたモジャ坊の姿に、観察していた子供たちが一斉にはしゃぎ出す。

「わっ、トマト食べてる！」「すげーうまそう！」

「おやさい好きなんだね！」「フレットよりえらい！」

「うそつくな、おれだって食べれるぞ！　ちっちゃく切れば！」

その光景を見たデメトリオが小さく微笑む。この分ならすぐに友達になれそうだと、小さな安堵を胸に得ながら。


そうして同じように散歩を繰り返していると、ある日、モジャ坊がまた別の行動を取った。

「――ん？　どうしたんだい。あっちに行きたいのか」

モジャ坊が向かう方向にデメトリオも付いて行く。その先では、苗を植えて間もない畑の中で、ひとりの村民が飲み物を片手に一息付いているところだった。

「おんやぁ、どした先生。今日はモジャ坊といっしょか」

「この子が妙に来たがりまして。トマトが実る時期ではないのですが……」

不思議に思いながらデメトリオが首をかしげる。その目の前でモジャ坊が堆肥の入った袋をぐいぐいと押し始め、畑の外へ持っていこうとする。

「……この肥料が、ダメ？　そう言いたいのか？」

意図を察したデメトリオが肥料を畑から離すと、モジャ坊はそれで納得したように動きを止める。そこに村民の妻が家から飛び出してきて叫ぶ。

「あんたー！　また間違えてる！　それは黍の肥だよ！」

それを聞いた次の瞬間、ふたりが驚きを顔に浮かべて同時にモジャ坊を見る。

「……こりゃ驚いた。肥の良し悪しが分かるんか、こいつは」

「ぼくも驚きました。そんな特技もあったとは……」

デメトリオがまだ把握していない能力だった。それを面白がった村民が提案する。

「物は試しだ。蓄えの分も見せてみたらどうだ？」

そうしてモジャ坊を連れて倉庫へと向かう。そこに山と積まれた肥料の袋を見た途端、床を滑るようにしてモジャ坊が活発に動き始めた。毛の中から伸ばした触手で、届く範囲の袋に次々と跡を付けていく。

「これとこれとこれはダメ、と。……ん？　なんだい、その動きは」

見下ろすデメトリオの前で、モジャ坊が土の薄く積もった床に簡単な絵を描き始める。細長い稲のその形は、村の畑でよく育てられている黍を思い起こさせた。それが肥料の袋の前に描かれたことで意図を察し、村民がますます感心した顔になる。

「トマトでなく黍に使えってことか。作物ごとに判断できるなら大したもんだぞ」

デメトリオも同感だった。意図が伝わったことが嬉しいのか毛を膨らませて、モジャ坊はさらに別の袋の前へ移動して絵を描き始める。

「これとこれを混ぜて瓜に使え？　……そんな判断まで出来るのか……」

「面白いな。ちょうど畑にも余裕があることだ、ひと通り試してみるか」

すっかり乗せられた村民が提案を実行し始める。少しの躊躇いを感じながらも、デメトリオはそれを止めなかった。作物に直接触れるならともかく、すでにある肥料の使い方を変えるだけ。それなら問題ないと考えたのだ。


果たして数か月後、その結果は劇的な形でデメトリオの前に現れた。

「──見ろよ先生！　大豊作だ！」

鈴なりに実ったトマトの畑を指して村民が歓喜の叫びを上げる。それをモジャ坊と並んで呆然と眺めるデメトリオに、彼は自ら育てたトマトをがぶりと齧ってみせる。

「実がでかくて数が多い！　味もいい！　どれもこれもモジャ坊の言う通りに調整した畑だ！　こいつはとんだ豊穣の申し子かもしれんぞ！」

話を聞き付けた他の村人たちもあっという間にやって来た。デメトリオとモジャ坊を取り囲み、彼らは口々に声を上げる。

「うちの畑にも寄越しておくれ！」「キャベツは⁉　小麦は分かるか⁉」

「ずるいぞ！　うちが先だ！」「実はわし、サトウキビを作ってみたいとずっと思っとって

「――」

結局、その全員の畑にモジャ坊を連れ回すことになった。その結果もまた劇的であり、豊穣の申し子を得た村はにわかに活気づいた。中には拝む者さえ現れる始末だったが、外部からの要らぬ誤解を警戒し、それは断固としてデメトリオが禁じた。

無論、デメトリオの側にも警戒はあった。村に対する貢献の度合いが大きければ大きいほど、それは人間に対する影響力の大きさをも示している。豊作を導いて人望を得た後で、ある日急に村人たちを扇動し出すのではないか――そんな風に疑いもした。が、それから数年経っても悪い兆候はまったく見えなかった。デメトリオとの生活に不満を唱えることもなく、自分から家の外に出たがるでもなく、モジャ坊は至って満足げに暮らしていた。

「……自分の指示で作物を実らせて、それをたっぷり食べていればご機嫌か」

来た頃よりもひと回り大きくなったモジャ坊を眺めてデメトリオが呟く。一心不乱に葡萄の房へ頭を突っ込むその姿を見ていると、自分の懸念が全て的外れのようにも思えてくる。

「何とも素直だな、きみは。……この分だと、ぼくの判断も間違ってなかったんだろうか」

こうした生き物も異界にはいる。それは何も不思議なことではないのだとデメトリオは思う。

――この世界に様々な生き物がいるように、異界の生態系も多種多様なのだ。その全てが人間に害をなす存在ばかりなわけがない。共存可能なモノもいれば、中には恵みをもたらしてくれるモノもいる。それを端的に証明してくれた目の前の存在に、デメトリオは感謝してもし切れない。

「……ねぇ、せんせー……」「……モジャ坊と、あそんじゃダメ……？」

ふと気付けば、開け放していた玄関の扉から子供たちが家の中を覗き込んでいる。デメトリオが微笑んで腰を上げる。

「――いいよ。……でも、あまり振り回しちゃダメだぞ。たくさん食べた後だから」

「やった！」「こっちおいで！　いっしょに川であそぼ！」

子供たちに招かれて外へ向かうモジャ坊。その後に続いて歩きながらデメトリオは思う。

――この日々を記録して後世に伝えること。それがきっと、今の自分の役目なのだと。

長い時間を同じ空間で過ごしたことで、モジャ坊の生態に関する研究もどんどん進んだ。が、そこから先が悩みだった。革新的な内容であることは明らかなのに、発表する場がないのだ。

「……論文が溜まってきたな。けど、これをどこに見せたものか……」

棚をぎっしりと埋める巻物の束を見ながらデメトリオが腕を組む。と、そこに玄関から焦りを帯びた声が響く。

「——先生！　フレットがっ！」

その時点でデメトリオも緊急事態を察した。研究者から村付きへと一瞬で意識を切り替え、彼は杖（つえ）を片手に外へと駆け出していった。

駆け付けた先は、村からやや離れた山道の土砂崩れの現場だった。その中に埋まった教え子を救出すべく、彼は即座に行動に移った。

「——**浮き上がれ**（スーペルナーテ）！」

普通人では動かせない重さの岩を、デメトリオは慎重に呪文で浮かべてよけていく。中に人が埋まっている以上は二節呪文で一気に吹き飛ばすわけにもいかず、下手に崩して二次災害を起こすわけにもいかない。焦（あせ）りに駆られながらも的確な順番で岩をよけていき、やがて残った土の下から少年の体が掘り出された。

「フレット……！　起きてよ、フレット……！」

「治せるよね⁉　先生なら大丈夫だよね⁉」

すでに呼吸の止まった教え子へとデメトリオが必死の救命措置を施す。呪文で強制的に心臓と肺を動かし、重い傷を片っ端から治癒で塞ぐ。始めてから十分ほどでその結果は出た。

「…………ごめん…………」

力無く杖を下ろしたデメトリオが呟く。周りの村人たちが顔を青ざめさせる。

「……うそ。……うそでしょ」

「傷は治ってるよ！　胸も動いてる！　もうすぐ起きるって！」

デメトリオが首を横に振る。それは彼が呪文で動かしているに過ぎない。自分の手で救える命は、もはやそこにない。

「……助け出すのが遅すぎた。傷を治しても……脳が、もう……」

結論をそう告げた。……心肺が停止すれば、まず真っ先に脳が死ぬ。治癒を学んだ者なら誰もが知る原則だ。魔法使いですらそれは例外ではない。まして遥かに体の脆い普通人では、時間が一定のラインを過ぎたところで救命の成功率は大幅に下がる。デメトリオが全力を尽くしても、今回はそれに間に合わなかった。

「体は生きてても、頭が死んどる。……そうじゃな、先生」

現場に駆け付けていた長老が歩み出て確認する。村の中で誰よりも長い人生を生きてきた彼は、そのケースもまた過去に見てきている。デメトリオが微かに頷くと、それを見た少年の両親がわっと泣き崩れた。長老がまぶたを閉じて告げる。

「分かった。……では、逝かせてやってくれ。そうしないと霊魂が浮かばれんのじゃろう」

長い躊躇いを経て、その求めに頷いた。胸にそっと杖をかざし、小さな頃から見守ってきた少年の死に顔を目に焼き付けて、デメトリオは呪文を唱えた。

「……痺れて止まれ」

仮初の鼓動が止まり、呼吸が絶える。ひとりの教え子が、彼の前で永遠に沈黙する。

「……フレット……！」

冷たくなっていく息子の体に両親が縋り付く。自らの無力が導いたその結果を、デメトリオは何も言えずに見つめている。

他の怪我人への処置を済ませて遺体を村へ運んだ後、葬送は速やかに執り行われた。小さい村での葬儀には村人のほぼ全員が参列する。あらゆる催しで使われるいちばん大きな建物に、喪服に装いを改めたデメトリオもまた足を運んでいた。亡くなった少年とよく遊んでいたモジャ坊をいっしょに連れて。

「気を落とすな、先生。……あんたは出来ることをやった。みんな知っとる」

悲しみに暮れる参列者の中、ひときわ小さくなったデメトリオの肩を長老が軽く叩く。彼もまた、誰も自分を責めてはいないと知っている。逃れられないのは自責だ。少年が死なずに済んだ可能性を無数に思い描いては、それを実行出来なかった自分をデメトリオは詰り続ける。

「……少し、外します」

そんな状態を村人たちに気遣わせるのが苦痛で、デメトリオは逃げるように外へ出る。そうして周りに人気が絶えたところで、彼は握りしめたこぶしで石垣を思いきり叩く。

「……論文を書く間に、子供たちを見ていれば……。……せめて、危なっかしい子だけでも使い魔を付けていれば……！」

頭の全てを後悔が埋めている。だから、彼には気付けない。途中まで付いてきていたはずのモジャ坊の姿が、いつの間にか足元からいなくなっていることに。


「……ぁ……」「……モジャ坊……」

棺の周りで悲しみに暮れていた子供たちが、その輪の中にやって来たモジャ坊へ目を向ける。救いを求めるようにふさふさした毛並みへ手を伸ばす彼らへ、モジャ坊もまた毛の中から触手を伸ばした。その先端に巻いた小さな肉片を、子供たちの口元へと運ぶ。どこか懐かしい香りが傷心の彼らを誘う。

「……なに？　これ……」「……食べろって……？」

奇妙な勧めと思いながらも、モジャ坊に親しみきっている子供たちはそれを拒まない。次々と肉片を口に入れていく子供たちの中で、マヤだけが違和感を覚えて立ち上がる。

「――待って。みんな――」

その時にはもう、数人が呑み込んでいた。くちゃりと柔らかい食感と発酵した豆にも似た風味が鼻を抜けて、子供たちは顔をしかめる。

「……うぇ、へんなあじ……」「……でも、なんか……」

奇妙な感覚を覚えた子供たちが俯けていた顔を上げる。悲しみの象徴のように目の前にあった友人の棺。今はそれが、何も悲しむべきではない何かのように見える。

「……あれ？　フレット……」「……そこに、いる……？」


モジャ坊の不在に気付いたデメトリオが悪い予感を覚えて葬儀の会場に駆け戻った時。そこには彼の想像を越えた、しかし一目でそれと分かる破滅の光景が広がっていた。

「──これ、は」

呆然と立ち尽くす大人たちの先に、馨しく匂い立つ泥の山があった。その内に子供たちが埋もれ、顔だけを突き出して泥と融け合っていた。蓋の開いた棺の中身もまたそこにある。完全に血の気の失せた死人の、しかし悍ましいほど生前と変わらないフレットの顔が、最初にデメトリオを見つけ出してぎょろりと目を向ける。

「──あ。──せんせぇ──」

にこりと笑みが浮かぶ。それに倣うように、他の子供たちの顔も無邪気に笑う。

「──すごいよ、モジャ坊──」「ほら──またフレットに、会えたよ──」

「――なんで、気付かなかったんだろ――腐っちゃえば、みんな同じ――境目なんて、ないんだ――」

デメトリオの背筋をぞわりと怖気(おぞけ)が突き上げる。この世界にあってはならない光景が目の前にあると先に直感し、同時にそれがモジャ坊だということに気付く。泥の中にわずかに混じった長い毛と、三か所に光る紫色の目でもって。

「――ほら――みんなも――」「いっしょに、なろ？」「モジャ坊の中で、ひとつになろ――」

口々に子供たちが誘う。それに吸い寄せられるように大人たちが立ち上がり、泥の山へと自ら足を進めていく。我に返ったデメトリオが彼らの肩を摑(つか)んで引き留める。

「――待って！　近付いては――」

「……けども、先生……」「……子供たちが、呼んどる……」

制止に耳を貸さずに大人たちが前へ出る。それを目にした瞬間、すでに正気ではないのだとデメトリオが気付く。――精神汚染が進んでいる。だが、今ここで始まったものではない。見て取る限り、目の前の泥が放つ魅了(チャーム)はそこまで強くない。通常の人間なら抗(あらが)える。事前に長い時間をかけて致命的な何かに曝(さら)されでもしない限りは。

「……ごめんなさい、せんせー……」

泥の中から謝罪が響く。彼のよく知る教え子の泣き顔が、他の子供たちと並んでそこにある。

「……マヤ……」

「……わたし……いけないこと、してた……。……モジャ坊の、からだの、カケラ……畑に、埋めたの……。そうすれば、もっとたくさん野菜がとれるって、いうから……夜の間に……何度も、何度も……」

全てを察したデメトリオの息が止まる。疑問の余地なくそれが原因だと理解する。

なぜ――なぜ気付けなかったのか。単に肥料を調整しただけの結果としては、あの豊作は余りにも異常だった。より直接的な干渉があったと考えるのが当然だ。

モジャ坊そのものはデメトリオが常に監視しており、畑に直接手を加える隙はなかった。だが――代わりにマヤがいた。真っ先にモジャ坊と出会って影響を受け、無自覚のままその眷属となった存在が。肉片の受け渡しは難しくなかっただろう。散歩の間に、あるいは子供たちと遊んでいる間にモジャ坊がどこかにそれを隠し、意思疎通出来るマヤが後で拾って畑に埋めたのだろう。そうして村人全員が食物を介して異界生命の影響に曝され続けた。葬儀の晩を選んで決定的な事に及んだのは、村人全員がひとつの悲しみを共有している状況が「取り込み」に都合が良かったためか。デメトリオはその企てに気付けなかった。

全てが手遅れになった今、もはや何の意味も持たないひとつの知識が男の頭に浮かぶ。

腐れた海の底の『神』が行うとされる侵略の形。即ち――腐敗による万物の合一。

「……信じたかったの……モジャ坊、悪い子じゃないって……せんせーの夢は、間違ってなんかないって……！」

教え子の絶叫がデメトリオの胸に突き刺さる。――マヤと同じく、彼の目はずっと希望に曇っていた。人間に好意的な異界生命との交流。その眩しい夢に溺れる余りに、相手の本当の脅威を見誤った。この世界の歴史で数え切れないほど繰り返された、それは余りにも典型的な異端（グノーシス）の生まれ方であるというのに。

「……さぁ、行こうや、先生……」「あんたも、私たちといっしょに……」

背後から押し寄せる大人たちの手が彼の体を摑む。悪意など一片もないまま、自分たちが絡め取られた異形の理へと彼を呑み込もうとする。デメトリオの手が震えながら腰の杖にかかった。――彼にはもう理解出来ている。自分が犯した過ちも、その結果に対して何をすべきかも。全て焼き払う。それ以外にもう、ただのひとつも残された道はないのだと。

「――アアアアアアアアアアアアアアアッ！」

心を押し潰す絶叫と共に杖を抜いた。そうして――自ら守り愛した村で、彼は殺戮を始めた。

翌日の朝。使い魔によって報せを受けた異端狩りの先遣が、その現場に到着した。

「――うぉ、ひでぇなこりゃ」

「何があった？　――おい、お前がここの村付きか？」

家も畑も何もかもが焼き払われた焦土の中、その焼け跡にひとり佇む男を見つけて問いかける。自ら生み出したその光景を眺めたまま、乾ききった声でデメトリオが言う。

「……みんな、死にました。……ひとり残らず、殺しました……」

そう口にした彼の頬を一筋の涙が伝う。昨日まであった光景が焼け跡に重なる。村人たちの穏やかな暮らし。子供たちの笑顔。彼自身が台無しにした、彼が守らねばならなかった全てが。

「……何もかも……ぼくの、せいで……」

異端狩り本部への出頭と経緯についての尋問を経た一か月後、デメトリオは拘禁から解放された。異界生命を匿った事実は言語道断だが、自分で始末を付けたならまぁいい。異端狩り側の裁決はおおまかにその形で、多くの重い罰則を科されながらも、彼は実家へと帰省した。

「――戻ったか、デメトリオ！」

「話は聞いています。災難でしたが……まず、お前が無事で良かった」

彼を迎えた両親はひたすらに温かかった。家名への悪影響は決して小さくないというのに、それを責める言葉を彼らはひとつたりとも息子へ放たなかった。そんな父母に感謝しながらも、その温かさはどうしようもなく今のデメトリオが求めるものではない。故に、自分の過ちをひとしきり報告して詫びた後、彼は凍え切った声で告げた。

「……父さん、母さん。あなたたちの研究を、ぼくにも見せてもらえますか」

思いがけない求めを受けた両親が困惑を顔に浮かべる。田舎の村付きとなった時点で、それはもはや息子に関わりのないことのはずだった。今になってそれを求める意図が分からず、彼らは戸惑いながら確認する。

「……東方思想に基づく魔法技術の、か？」

「けれど、それはすでに姉が――」

「下に就いて研究します。必要ならぼくを実験体にしてくれても構いません。いえ――してください」

頭を下げて懇願する。そこに只（ただ）ならぬ決意を見て取った両親が目を見開く。

「落ち着け、デメトリオ。何をそう焦（あせ）って――」

「異端狩り（グノーシスハンター）になります」

その一言が両親を絶句させた。何があろうと息子が絶対に選ばない道だと思っていた。だが――今のデメトリオはもう、彼らの知る息子ではない。夜空の星を見上げて夢を語った少年はもういない。いま目の前にいるのは、使命に呪われたひとりの魔法使いなのだと。

「今から鍛え始めるには年齢が遅い、それはもちろん分かっています。……だから武器が欲しい。他の誰にもない、ぼくだけの武器が――」

迷宮四層「深みの大図書館」。命刈る者によって守られるキンバリー最大の書庫だが、図書館の外にも多くの空間が広がっていることは上級生であれば誰もが知っている。条件の良さから工房を構えたがる生徒も多いが、競争率の高さによって実現出来る者はほんの一握りだ。

「——全員揃ったか」

そんな得難い空間のひとつに、今、オリバーたちはひとつの目的を持って集まっている。側近のグウィンに確認を受けた大勢の同志たちの中から、七年の死霊術師カルメン＝アニェッリが声を上げた。

「揃ったけど、もう少し待ってくれるかね。潜伏組に物資の補充が必要でね」

「承知した。……なるべく急げ」

グウィンがそう告げた上で沈黙する。彼と並んでオリバーが気持ちを整えていると、そこにひとりの女生徒がやって来て口を開く。

「——ねぇ、グウィン。ちょっとこっち来てくれない？」

「ん？」

「あっちの柱の陰。少しでいいからさ」

求められたグウィンがやや考え、オリバーとシャノンに目配せをした上で女生徒と共に柱の陰へと歩いていく。特に止める理由もないので見送ったオリバーだが、兄の雰囲気に少しだけ普段と違うものを感じて首をかしげる。

「……？」

「いやー、お従兄ちゃんモテるねー」

そこに後ろから顔を突き出してきたジャネットが言葉を挟む。それを聞いたオリバーが一瞬ぽかんとし、数秒置いて目を見開く。

「……えっ？　あ――あれは、そういう……？」

「何、気付いてなかったの？　ウブだなー王さま。嫌いじゃないよ、そういうとこ」

うりうりー、と肘で肩を突いてくるジャネット。その振る舞いにオリバーが少々戸惑っていると、ジャネットはふいに真顔になってグウィンたちが向かった柱のほうを見つめる。

「まぁでも、許してやってよ。このうち何割生き残るか分かんないわけだし、最後に物陰で睦み事やチューのひとつくらいはさ。そういうので士気だって変わるからね」

「……別に、咎める気は、ない。……ただ、純粋に驚いた。従兄の知らない一面だったから……」

「あら、そうなの？　じゃあ、そこだけはアタシの勝ちかな」

ジャネットがにっと笑う。その言葉が妙に気になったオリバーだが、そこで束の間の逢瀬を終えたグウィンが柱の陰から姿を現した。女生徒と一言交わして別れ、彼はまっすぐ同志たちのもとに戻ってくる。

「……待たせた」

「ちょうどこちらも済んだところだよ」

カルメンが手を上げて準備の完了を告げる。時の到来を悟ったオリバーの隣を通って工房の出口へと近付き、芝居がかった動作で振り向いた上で、彼女は不敵に告げる。

「――では、行こうか。恩師を殺しに」

先に語ったように、迷宮四層は図書館の外側にも多くの空間を持つ。が、そうした「外郭」の中でもっとも広大なスペースを占有しているのは生徒ではなく、またその場所は工房ですらない。

一言で言えば、原野である。羊の放牧にでも向いていそうな草地が、どこまでもなだらかに広がっている。迷宮内でも特殊な空間であり、魔獣の類は一切存在せず、それどころか天井の疑似太陽を除けば魔法的な加工そのものが一切為されていない。大陸の一部から切り取ってきた土地を何の細工もせずそのまま置いた――そんな印象を受ける場所である。

多くの魔法使いにとって何の意味も持たないその場所は、ひとりの男によって日常的な瞑想の場に用いられている。この時もまた、広大な原野の只中にその存在はあった。結跏趺坐の姿勢で座禅を行う天文学教師、デメトリオ＝アリスティディスの姿が。

「…………む」

気配を感じたデメトリオが長く閉じていたまぶたをぱちりと開く。そのまま横へ流した彼の視界に、学年不詳の制服に身を包んだ生徒たちが次々と姿を現す。

「……来たようだな。なるほど、次は私の番か」

予感があったようにデメトリオが呟く。そんな彼へ向かって、同志たちの先頭に立つオリバーが最初に口を開く。

「……大歴一五二五年――」

「クロエ＝ハルフォードの関係者か？」

声に被せて問いが放たれる。それ自体がすでに答えでもあった。仇敵に先を越されたオリバーが眉根を寄せる。

「自覚がお有りでしたか。……流石は当代きっての英哲。記憶力は確かなようだ」

「ダリウス、エンリコに続いての私であればな。仮にこの頭がどれほど愚鈍でも悟ろうものだ。それにしても……三十二人か」

相手が何気なく口にした数字にオリバーが寒気を覚える。――看破されている。まだ姿を現さずに気配を潜めている分も含めて、自分たちの総数を。その事実に息を呑む。

「同規模の戦力であのふたりを破ったなら大したものだ。よほど巧妙に戦略を組んだか、規格外の切り札でもあるのか。……或(ある)いは、その両方か」

デメトリオの視線が窺(うかが)うようにじっと生徒たちを見つめ、直後、そのまぶたが再び閉じる。

「好きに初めて構わん。……君たちの予測通り、この場に一切の魔法加工は施されていない。そちらにとっては無垢(むく)のキャンバスのようなものだろう」

平原に座したまま生徒たちへ促すデメトリオ。それでも一切の油断はせず、オリバーは同志たちと共に陣形を展開。距離を置いて相手を全周から囲い込む。

「お言葉に甘えましょう。――雷光疾りて(トニトゥルス)！」

「「「「「「雷光疾りて(トニトゥルス)！」」」」」」

全力の呪文斉射で先手を打つ。数十発の電撃が殺到する中、デメトリオの口が悠然と動く。

「[redacted](せりあがれ)」

途端に真下の地面が隆起し、小高い丘となってデメトリオを上空へ持ち上げる。続けて麓で爆(は)ぜる電撃。放った魔法の全てが草地を焦がすだけに終わり、その結果を前にオリバーが呟(つぶや)く。

「……やはり、か」

予想をなぞる結果。彼らに驚きがないことを見て取りながら、デメトリオが再び口を開く。

「多少の予備知識はあるようだな。その上でなお挑むというのも理解に苦しむが――見込みが甘いだけであれば、まだ正しようもある。

キンバリーへの反逆を目論み、すでに教師をふたり殺めていようとも、君たちの立場は未だ生徒。故に——私も今一度教師として語ろう。君たちが知り得ぬ『知』の本質について」

「……伺いましょう」

教壇でのそれと変わらない相手の振る舞いを訝しみながら、オリバーはあえてそれに乗る。開戦まで多少の猶予があることはむしろ彼らの側に好都合だ。相手が喋っている間に地形の変化に応じたフォーメーションを編み直せるし、地面に結界で陣を敷くことも出来る。

一方で、自ら招くそんな不利は鼻にも掛けず。周囲を取り巻く殺意の中、デメトリオは平然と講義を始める。

「知には大別して二種類ある。自ら得るものと、与えられるもの。前者は君たちもよく知るそれだ。感覚と経験から帰納的に導出された真理、あるいはその真理を当て嵌めることによる個別の事象への理解。魔法使いはそれらを果てしなく積み重ねることによって高みを目指す。私の分類においては、これを『能動知』と呼ぶ」

出だしの内容にオリバーが鼻白む。何を語るつもりにせよ、相当に根本的なところまで遡って始めるつもりらしい。一応は話を聞く姿勢を保ちながら、オリバーは魔力波で同志たちに指示を出して陣形の調整を続ける。

「だが——大元を辿れば、『知』とはそうしたものではなかった。この世界がまだ『神』によって治められていた時代の大半に亘って、それは『神』から一方的に与えられるものだった。

この世界の万物に関する全ての知恵は『神』が所有し、それらは支配下の生命へ状況に応じて与えられた。前に述べた『能動知』と対を成す、これが『受動知』の概念である」

　ついに話は神代へと及ぶ。が、その内容にはオリバーも多少興味を惹かれる。自分も知ることをまた別の視点から語っている――そんな風に感じられたからだ。

「我らのルーツたる祖種は、その仕組みによく馴染んでいた。知恵は『神』より与えられるものであり、その所有もまた『神』である。そう受け入れるが故に、彼らは自らの内にそれを溜め込むことをしなかった。そんな彼らの素朴さを『神』もまた愛したのだろう。
だが、種の分化によってこの状況は劇的に変わった。エルフが生まれ、ドワーフが生まれ、ケンタウロスが生まれ、人間が生まれた。彼らは与えられるばかりの受動知では満足しなかった。問題を自らの視点から分析して解き明かし、そのように見出した答えの所有を求めたのだ」

　オリバーも内心で頷く。デメトリオが語るそれは即ち、ヒトの業の始まりに他ならない。

「軋轢もこの時点から始まったと見ることが出来る。『神』はヒトの賢しさを好まなかった。この世の知恵の全ては自らの下に集約しているべきと考えるが故に、それを自ら得ようとする試みは不遜と映ったのだ。ヒトが知恵を蓄えて賢くなるにつれて、『神』はその有り様を嫌うようになっていった。……俗な言い方をすれば、『可愛げがない』と感じたわけだ」

　デメトリオが要約する間にも、オリバーは同志たちの包囲をじりじりと狭めさせていく。話を遮って先手を取ることも出来たが、オリバーはその指示を呑み込んだ。決定打が自分の魔剣である以上、開戦の瞬間には少しでも距離が縮んでいるのが望ましい。

「続く『神』への反逆については以前も語った通り。……『知』の本質へと話を戻そう。『神』が死した後も、その膨大な知恵は世界に遺された。大いなる記録（グランドレコード）と呼ばれるそれは、太陽や月と同様に『神』と独立して働くこの世界の一部。例えば『深みの大図書館』もその一端だ。命刈る者（リーパー）が守っている事実からも見て取れるように、あれの大元はかつてヒトの嘆願に説得された『神』が渋々と造ったもの。神代の書はその大半が反逆の際に『神』の手で焼かれたため、今は後世の禁書の保管庫としての意味合いが強いのだがな。

とはいえ――焼失前の状態ですら、それは『神』の知恵のほんの一部に過ぎなかった。大いなる記録（グランドレコード）の恩恵は、原則として受動知の形でしかヒトにもたらされなかったのだ」

男の説明はオリバーの知識とも一致する。つまり、少なくとも四層より下においては、この迷宮そのものが神代の遺跡なのだ。死の神霊が守っているのはそういうこと。

「受け取るための条件には大きくふたつある。第一が『無我』だ。かつての祖種に『自分』という概念はなく、あったとしても極めて薄かった。自らを『神』から伸びる触手の一本、世界の一部分と捉えるその純粋さ故に、大いなる記録（グランドレコード）の扉は彼らへ向かって開かれたのだ。与えられるだけの立場に不満を覚えず、ただ敬意と共にそれを享受するからこそ」

オリバーの胸に複雑な感慨が湧く。そこで完結していれば、ひょっとしたら世界はずっと平穏だったのだろうか。そんな想像が頭をよぎり、すぐに振り払う。

「しかし、後から分かれた種はそうではなかった。程度の差こそあれ、彼らは例外なく強固な自我を持った。のみならず成長に伴ってそれを強め、必然として受動知から遠ざかった。無論、ヒトが『神』の統治から脱した今となっては尚更（なおさら）だ。

……が、魔法使いの貪欲さは底なしだ。かつて自ら手放したはずの知の蔵に、再び裏口から侵入できないかと考え始める者もいた」

デメトリオが語り続ける。もはや神代の出来事ではなく、現代まで続く魔法使いの営みを。

「相応の条件を満たせば、今なお大いなる記録（グランドレコード）への入場（アクセス）は可能かもしれない。その仮説に基づく『侵入』のアプローチが過去に複数考案された。中でも祖種の血の復活は代表的な試みのひとつ。彼らは生まれながらにして我が薄く、同時にそれ自体が世界と繋（つな）がるための素養だと考えられたからだ。

しかし——結論から言って、これはおそらく失敗した。祖種への回帰を目指した血統の調整、先祖返りの試みそのものがまず成功しなかったからだ。同じメソッドに基づく絶滅種の再生には、サキュバスを始めとしていくつかの部分的な成功例もあるのだが……永い年月の間に、祖種の因子は我らの中で薄れ切ってしまったのだろう。血に限らず、おそらくは霊魂のレベルで」

諦観をもって男が語る。かつては確かにあり、しかし今のヒトからは失われたものを。

「ただ、この試みには根本的な欠陥も指摘されている。主に生育環境と実用性の問題だ。仮に祖種への先祖返りを成功させ、近い存在を現代に復活させたとして――雑多な情報に溢れた現代の環境で育ったそれは、本当に大いなる記録への入場が許されるほど純粋な存在となるだろうか？　それもまた、不純物の少ない神代の環境だからこそ成り立ったのではないか？

仮に、どうにかそのハードルを突破したとして。……大いなる記録の膨大な知に触れた者は、それをどうやって我々に伝えるというのか。彼らは『何も知らない』からそこへ至れるのだ。当然ながら複雑な情報に対しては理解も翻訳も望めまい。読み書きを覚える前の幼児を図書館に放り込むのと同じことだ」

それを聞いてオリバーも理解する。「知らない者にしか知り得ない」という大きな皮肉を。同時に、それこそが魔法使いの解決すべき課題だということを。

「そうした諸問題を踏まえると、逆説的にまた別のアプローチも浮かんでくる。即ち――濁りが多くて成り立たないのなら、純粋な部分だけを抽出すれば良いのではないか。それを鍵として利用することで、我々は我々のままそこへ至ることが可能ではないか――」

「――魂魄分裂……かもしれんのぉ。これは」

診察を終えた霊体医の魔女が、目の前の患者に向かって推測をそう述べる。彼女を訪ねる前にあらゆる可能性を考え尽くしてきた男にとっても、それは思いがけない診断だった。

異端狩りの任に就き始めて以来、彼はひとつの異常に悩まされていた。夢遊病である。時間を選ばずふと意識が途切れ、時間を置いてまったく別の場所で我に返る。まるで自分でない誰かが体を動かしていたように、その間の記憶は朧だった。

「……霊体ですらなく、魂の不具合だと？」

「確定診断は出せんよ。なにせ魂を直接観測する手段がないのじゃから。しかし——お前さんほど自己制御に長けた魔法使いが、それでもなお夢遊病めいた徘徊を繰り返すという。原因は消去法で絞られるってもんじゃろ」

童女じみた外見の、しかし実際は百歳をゆうに超える魔女が根拠をそう語る。思ったよりも問題の根が深い。それを知ったデメトリオが顎に手を当てて考え込む。

「自分の研究で似たような症例を洗ったことがあっての。それらしい患者には魔法使いも普通人もいたが……共通して言えるのは、誰しも強烈な抑圧環境に置かれていたことじゃ。やりたいことが少しもやれず、逆にやりたくもないことばかり強いられる……そういった具合にの」

そう言いながら、霊体医がじっとデメトリオの顔を見つめる。それが正鵠を射ていることもまたデメトリオは認めた。「村付き」の頃に感じていた穏やかな幸せは、すでに今の彼のどこにもない。胸を占めるのは膨大な焦り、そして焼け付くような使命感ばかりだ。

「むろん、同様の環境で誰もが同じ症状を呈するわけではない。負荷に屈して潰れるケースのほうが遥かに多い。故に、わしはこれを疾患ではなく一種の防衛反応だと睨んでおる。不本意な環境に置かれた魂が、それを自ら分割することによって本来性を保とうとする本能。お前さんの魂にはそういった能力が備わっていたのかもしれんな」

　思わぬ角度で自分の状態を定義されたデメトリオが眉を上げる。なるほど——疾患ではなく能力という見方も出来る。だとすれば、彼の対処も自ずと変わってくる。

「……つまり。この身体の中には今、分かたれたふたつの魂があるということか」

「ふたつとは限らん。みっつかもしれんし、あるいはもっとずっと多いかもしれん。今後の環境の変化によって増減することさえ考えられる。魂の挙動なんぞ分からんことだらけじゃよ」

　あっさりと割り切って告げる霊体医。それに不満を覚えることはなく、むしろ感謝の念をもってデメトリオは椅子から立ち上がる。

「概ね理解した。——貴重な見解を頂けて感謝する」

「どうするつもりじゃ？　魔法医としては静かな場所での養生を勧めるが」

　と、医者の側でも一応は無難な治療方針を示しておく。もちろんデメトリオはそれを跳ねのけた。今の彼にそんな暇があろうはずもない。召集があれば速やかに各地の戦場へ駆け付け、現場が落ち着いた時期には普通人たちの監視と並行して己の鍛錬に徹する——それが今の彼の生き方だ。異端化を防止するための監督・指導を兼ねて臨時の「村付き」や「町付き」を務めることは今も多い。だが、その目が憧れをもって夜空を見上げることはもはやない。

「話を聞く限りでは――魂魄分裂そのものよりも、ひとつの体にふたり以上が同居している点に問題が集中している。……いっそ体を与えてみるつもりだ。結果次第では使い魔としての運用も考慮できるかもしれん」

「ほほう、そりゃ面白い。分身ならぬ分魂か。結果はぜひ報告して欲しいのぅ」

興味を覚えた霊体医が逆に焚き付ける。話を終えて立ち去ろうとするデメトリオの背中に、彼女は最後の忠告を授ける。

「じゃが、これだけは忘れるでない。……首尾よく別の体を与えられたとしても、そやつは本質的にお前さん自身じゃ。身体を分けただけで厄介払いとはいかんし、まして完全な制御が可能などとは楽観するでない。それが出来るくらいなら、そもそも最初から分裂などしておらんのじゃからな――」

脳裏をよぎる旧い記憶。その時から遠く隔たった現在で、デメトリオは語る。自らを実験台としたひとつの試みの結果を。

「――きっかけはただの偶然だった。……あるいは、それもまた必然と呼べるのか。未知に焦がれ、未知に踏み躙られ、その果てに全知を欲した愚かな人間にとっては」

語る口調に自嘲が滲む。その話の内容を踏まえて、オリバーが静かに口を開く。ずっと頭にあったひとつの問いを、相手に投げかける。

「ひとつ尋ねたい。……ユーリィ＝レイクは、今どこに？」

返る答えは半ば予想している。少年の眼前で、デメトリオの左手がすっと胸に当てられる。

「ここにいる。或（あ）るいは、もうどこにもいない。……あれは私から一時的に分かたれた魂のひと欠片（かけら）だ。再び私に融（と）けた今、その名前はもはや何の意味も持たない」

そうした言い方でもって、オリバーの友の死は淡々と告げられた。胸中で波立つ感情を少年が必死に押し殺す。そんな相手の心境は一顧だにせず、デメトリオが語りを再開する。

「……大元の祖種がそうであったように。ヒトは本来、この世界と直接に繋（つな）がった存在だ。自我を強く持たず、自らの内に過剰な知を溜（た）め込まず。そのように無垢（むく）のままある限り、今なお世界はヒトの欲（ほっ）するところへ語って応える。それもまた大いなる記録（グランドレコード）の機能の一部だからだ。

即（すなわ）ち、『無知』。『無我』と並んで、それこそが受動知を実現するための第二の条件となる。双方を一定水準で満たした結果こそが、すでに君たちも目にしたユーリィ（あれ）の超直感。歩く先に崖があれば『危ないから戻れ』と告げられ、腹を空かせば『あちらに林檎（りんご）が成っている』と告げられる。それはもはや知るのではない。一切の媒介を挟まず、この世界から直接に知らされるのだ」

辛（かろ）うじて気持ちを切り替えた上で、相手の説明からオリバーも察する。——その性質上、「無我」も「無知」も情報の吸収に伴う劣化が避けられない。故に記憶を吸い上げることで調整を行いながら、デメトリオは短い期間に区切って分魂を運用してきたのだろう。ユーリィの記憶が頻繁に抜け落ちたのはそれが理由と推測できる。

「神代の祖種にとってもそれは同じ。だが、怪我(けが)や飢えなどというレベルを超えて複雑に差し迫った状況では、さらに高次の知恵が必要とされることもあった。そうした際に執り行われたのが祭祀(さいし)だ。祖種の中でもとりわけ純粋な者を巫(かんなぎ)として選び抜き、それを使者として大いなる記録(グランドレコード)へと送り込む試み。あらゆる方法で懸命に『神』の機嫌を取りながら、彼らは幾度となくそれを行ったことだろう」

その歴史はオリバー自身も深く知るところであり、だからこそ否応(いやおう)なく理解出来てしまう。

――今のデメトリオが、その「祭祀(さいし)」を単身で再現できる状態にあることを。

友人と過ごした時間を振り返りつつオリバーは思う。……おそらく、ユーリィの「無我」は最初から不完全だった。だからこそ彼の受動知は直感という素朴な形に留まり、我を強めるにつれて使い魔としての在り方からも逸脱していった。が、本体たるデメトリオはそうではない。ひとつの心の所作、精神面の技術として、この男はそれを磨き抜いて来ているはずだ。

「奇(く)しくも、東方(エイジア)には無我という思想がある。己を捨て、自他の境界を無に帰し、外界と一体化する心法の秘奥(ひおう)。……どこまでも魔法使いとは縁遠い考え方だが。だからこそ、我らが遥(はる)か昔に失ったものを拾い上げる方法としては相応(ふさわ)しい」

続く言葉が推測を裏付けたところで、オリバーは重ねて確信する。「無知」と「無我」の両方を備えたことで、デメトリオという魔法使いは大いなる記録（グランドレコード）へ踏み込む資格を手にしている。

否——それを得た遠い過去の時点で、この男はすでにそこへ踏み込んだのだと。

「呪文とは元来、『神』の権能であった力持つ音の並びだ。我々の扱うそれは伝達の過程で劣化（ダウングレード）を繰り返したことで限られた力しか持たないが、原始（オリジン）が持つ力はその比ではない。

……かつては祖種の中でもごく限られた立場の者だけが教えられ、それが必要とされた状況下でのみ厳正なる行使を許された『世界を動かす』言葉。世界と繋（つな）がった者でしか扱えず、今の人間では発音も聞き取りも適（かな）わぬ、しかし確実に在ったはずの神秘の原型」

　その場所で手にした最大の成果を、男はそう語る。長い話が終わりに近付くのを感じて、とうに陣形の調整を終えた同志たちへ目配せしながら、オリバーは底知れない畏怖が胸にこみ上げるのを感じる。——今なら分かる。ここまでの相手の語りが、何のためにあったか。

「諸君は今から、それを垣間見（かいまみ）る。……ひとつ言い置こう。これは勝ち負けを争う戦いではない。ここまでの説明を踏まえて、問われるのは偏（ひとえ）に理解の速度でしかない」

　この先の戦いの無益を教えるために、それはあった。互いが身を置く次元の違い、それを知らしめるためにデメトリオは語り尽くした。目の前の教え子たちに賢明な判断を促すために。

「この場所はただの原野だ。かつて私自身が東方（エイジア）の辺境から空間ごと運び込み、その時点からいかなる手も加えてはいない。魔法使いの靴底に穢（けが）される以前の、即ち（すなわ）神代のそれに近しい環境。

もう理解できるだろう。なればこそ――ここは最初から、私の絶界に等しいのだと」

デメトリオが眼前に杖(つえ)を捧(ささ)げ持つ。身構える生徒たちへ向けて、結論を告げる。

「先に解を与えよう。勝機と呼べるものは、諸君に絶無である」

確信がそのまま宣言と化す。それを開戦の合図に代えて、同志たちが一斉に動いた。

「「「「「雷光疾りて(トニトゥルス)！」」」」」

呪文の斉射がデメトリオを襲う。先とは異なり、各々(おのおの)で杖(つえ)の角度を違えたそれは単なる平面の包囲射撃ではなく立体空間での十字砲火(クロスファイア)。前後左右に加えて上空からも魔法が降り注ぐため、地面の隆起で体を押し上げる形では躱(かわ)せない。腰を下ろした体勢からでは満足な回避機動も実行不能。

「[redacted](うずまけ)」

対して、同じ姿勢のままデメトリオが原始呪文(オリジン)を詠唱。伴って彼の周囲の大気が猛然と回転し、殺到していた呪文の全てをまとめて横に押し流す。オリバーたちが次撃へ移行する中で再び男の口が動き、

「[redacted](なみうて)」

大地がうねる。デメトリオが座する丘の頂から「波」が生じ、それが二十フィート近い高さを持つ地津波となってオリバーたちに押し寄せる。全員が即応して対処した。半数は仲間と共に二節呪文を束ねて防御し、残りの半数は箒(ほうき)で上空へ飛んで回避する。だが、それすら始まり

に過ぎない。

「[redacted]。[redacted]」

地津波に耐えて間もない同志たちの真下から巨大な円錐がいくつも突き出す。とっさに身を引いて逃れた彼らの眼前で、それらが同時に炸裂する。数人の対応が間に合わず破片を身に受けるものの、防いだ者が怯まず反撃に移る。丘の上の敵へと向かって駆けながら、あるいは箒で飛びながら呪文を唱え、

「[redacted]」

そこから全周に向かって放たれた横向きの圧力が、およそ一切の容赦なく彼らを押し戻す。巨大な掌で張られたように同志たちの体が吹っ飛び、それでもどうにか空中で姿勢を立て直して着地するが――顔を上げた瞬間、遠く小さくなったデメトリオの姿が彼らの目に映った。稼いだ距離が無に帰したどころか、むしろ差し引きで遠ざかったという無慈悲な現実と共に。

「……は、はは……」

「……悪夢だね、こりゃ……」

彼らの口から乾いた笑いが零れる。オリバーもまったく同じ心境で杖剣を握りしめた。

――余りにも桁が違う。敵の詠唱は長さにして通常呪文の一節相当だというのに、その効果の規模は並の魔法使いが唱える三節をゆうに凌いでいる。重ねて馬鹿げているのが、詠唱と詠唱の間に溜めを必要としないこと。地形そのものを変化させるレベルの魔法現象ですら、この敵

はオリバーたちが炎や風を操るのと同じ感覚で扱ってのけている。

　これが原始呪文の力。規模の大きさはゴッドフレイに通じるところがあっても、自らの莫大な魔力量と出力からそれを行う彼とは仕組みの根本から違う。なぜなら、デメトリオの呪文は世界に向かって自発的な変化を促すもの。そこで用いられるメインは彼自身の魔力ではなく世界の側の地力であり、よってその枯渇もまた容易には望めない。極論――彼が生きて呪文を唱え続ける限り、この不条理は何度でもオリバーたちへ襲い掛かる。

「流石だよデメトリオ先生。……でも、ひとつ重箱の隅を突かせてもらうとだね」

　戦慄するオリバーの背後で、ふいに死霊術師のカルメンが声を上げる。その目が見据えるものに、一拍遅れて少年もまた気付く。――丘の上のデメトリオを取り巻く黒々とした霧に似た何か。ここまでの戦闘で彼女が地面にばら撒き、直後に原始呪文に巻き込まれて死んだ使い魔たちの置き土産。その内にたっぷりと蓄えられていた呪いの姿を。

「神代に呪詛はない。――それにどう応じるのかな、貴方は」

　呪詛の靄が男を絡め取り、それを見たカルメンが禍々しく笑う。――練達の死霊術師である彼女は同時に呪者でもある。よってデメトリオの力が太古の神秘だと知らされた瞬間から、このアイディアは自然と頭に浮かんでいた。なぜなら――およそ全ての呪者が知る常識として、呪詛は神代の終わりと同時に生じたもの。故に、神代の御業がどれほど強力であろうとも、それへの対処だけは決して含まれない。

「無用だ。Ms（ミズ）・アニェッリ」

　が——デメトリオの声と共に、彼を包んでいた黒い霧は速やかに薄まって消え去った。それはさながら、大海に落ちた黒いインクの一滴が跡形もなくその青に呑（の）まれるように。驚きに目を見開くカルメンへ向けて、男の解説が後を追う。

「君は私という個人を呪ったつもりだろう。だが生憎（あいにく）、世界と繋（つな）がった今の私はこの空間そのものだ。こちらの対処を問う以前に、呪うものの大きさに対して呪詛（じゅそ）の量が余りにも足りていない。どうしてもと言うなら大禍（メイルシュトローム）でも持ってくることだ」

「はは……無茶を仰（おっしゃ）る」

　およそ実現性に乏しい代案にカルメンの顔が引きつる。この一戦のために彼女が用意してきた全ての呪物、身に宿した呪いを余さず注ぎ込んだとしても、そんな真似（まね）は到底叶（かな）わない。

「まだ続けるか。私を座禅の姿勢から動かすことすら叶（かな）わんその有様（ありさま）で」

　高みから下される言葉に歯軋（はぎし）りする同志たち。その中でオリバーが毅然（きぜん）と声を上げる。

「気圧（けお）されるな。……あの言い方には半ばの欺瞞（ぎまん）がある。俺たちが動かせていないというより、あれは自分自身が動きたくないんだ」

　同志たちも悟って頷（うなず）く。——世界と接続するほどの『無我』の実践には並外れた集中力が要る。座禅の姿勢はそれを補強するものと見なすべきであり、つまりは立って動き回る分の意識を心法の維持に回している。裏を返せば、同じものを欠けば長続きしないということだ。

「まったくだね。律義(りちぎ)にビビってんじゃないっての」

オリバーの言葉を受けてひとりの女生徒が踏み出す。権威に喧嘩(けんか)を売ることに慣れ切ったその振る舞いは、言わずと知れたキンバリー第三新聞部部長ジャネット＝ダウリングのものだ。

「向こうの言葉なんか真に受けてどうすんの。事を実体以上に盛って煽(あお)り立(た)てる——そんなの三文記事だって当たり前にやってることだ。わざわざ哲人サマのお手を煩(わずら)わせるまでもない」

彼女らしい皮肉を聞いた同志たちが少なからず戦意を取り直す。その後押しに感謝しながら、オリバーは仇敵(きゅうてき)へと再び杖(つえ)を向ける。

「——[redacted]」

たちまち吹き付ける猛烈な風雪。気温の急激な低下に伴う冷気が肌を刺すが、それ自体が脅威とはならない。攻撃よりも視界と足場の悪化が狙い——そう踏んだ同志たちが速やかに前進して反撃に移る。踏み立つ湖面(レイクウォーク)の応用で動けば積雪に足を取られることはなく、シャノンの「領域」による索敵がある限りは敵を見失う懸念(けねん)もない。

「「「「「氷雪猛りて(フリグス)！」」」」」

「[redacted]」

吹雪に織り交ぜた同志たちの氷撃を、デメトリオの全周で燃え上がった炎熱が真っ向から迎え撃つ。高熱で融(と)けた大雪がそのまま大水となって丘の斜面を流れ落ちていった。先の地津波で緩んでいた一帯の地面がそれで一気に液状化し、

「[redacted]」

続く詠唱によって、濁流が渦巻く。泥と岩が混ざり合って押し寄せるその様相はもはや循環する土石流と呼ぶのが相応(ふさわ)しい。さすがに踏み立つ湖面(レイクウォーク)では対処しきれず、同志たちは巻き込まれる前に箒(ほうき)で上空へ避難、もしくは渦の外側への後退を余儀なくされる。

「……ッ……！」

天災さながらの攻勢を必死で凌(しの)ぎながらオリバーは思う。――焦(あせ)るな、今はまだこれでいい。この戦況から見て取るほど、敵と自分たちの実力差はかけ離れてはいない。そう見えるように演じてはいても、相手は断じて全知全能の絶対者ではない。

単なる楽観に留まらない根拠がある。まずもって、敵の操る神秘の大元たる大いなる記録(グランドレコード)。デメトリオはそこへ到達し、所蔵された膨大な知恵に触れた――そこまではきっとその通りなのだろう。が、その中身の全てを網羅しているかと言えば、それは断じて否だ。もしそうなら、我々の使う教科書は全て男の名義で書き直されていなければおかしい。

「[redacted]」

デメトリオの座する丘の中腹が急激に膨らみ、そこから火山弾めいた岩の砲弾が無数に放たれる。同志たちが息を合わせて呪文を唱え、飛来する落石を必要な分だけ正確に撃墜。彼らと合わせてそれを行いながら、オリバーは重ねて思い出す。同志たちとの長い議論を経て従兄(あに)の口から告げられた、大いなる記録(グランドレコード)の性質についての結論を。

　――そこに蔵された情報を一冊の本に喩える。まず両手で抱えてなお余るほどの分厚さで……致命的なことに、おそらく索引がない。どのページを開けば自分の欲する情報が書いてあるのか、まずそこから分からない。そもそもの情報量が人間の認識の限界を超絶している。

　当然だ。もともと人間のための本ではないのだから。我々とは精神の構造からして異なる『神』のための知恵の蔵なのだから。デメトリオ＝アリスティディスがどれほどの英哲だったとしても、その差ばかりは埋めようがない――。

「……ふむ」

　丘の上のデメトリオが唸る。圧倒的な戦力差を見せつけられても一向に衰えない生徒たちの戦意。それが単なる蛮勇ではなく、目の前の事象に対する正しい理解に根差していることを、彼はここで認める。

「悟られているようだな。……確かに、君たちの考える通りだ。原始呪文の一部を見つけ出すまでにもずいぶんと難儀したが、それすら他人へ伝えることは限りなく難しい。これの行使に当たっては、世界と接続した状態での認知及び世界観がベースとなるからだ」

「はは、アタシの頭でもそりゃよく分かる。魔法使いあるあるだ」

　率直に明かした敵の言葉にジャネットが笑う。そんな彼女をちらりと一瞥してから、デメトリオは再びオリバーを睨む。

「その意味では君の思う通り。ここにいる私は神に非ず、未だ一介の魔法使いに過ぎん。……

だが、そう変わるものでもないぞ。私と『神』の間に残る距離も、君たちと私を隔てる距離も」

少年が迷わず首を横に振って応える。――その距離がどれほどであっても意味はない。そもそも知恵比べなら最初から勝ち目などありはしない。だが、これは殺し合いなのだ。

ここまでの劣勢を、彼らはただ耐え続けたわけではない。大いなる記録（グランドレコード）のそれとは比べられないにせよ、戦って観察することでオリバーたちの側にも情報は貯（た）まる。故に、序盤はひたすら圧倒的だった原始呪文（オリジン）に対しても、少しずつ法則性は見えてきている。

例えば、まったくの青天井で連発できるわけではないこと。おそらく大威力の連続詠唱は最高で三回、さらに二回目以降は初弾に比べて威力が落ちる傾向が見て取れる。察するにそれはデメトリオの魔力ではなく、動かされる世界そのものの限界だ。天変地異に等しい規模の変動を立て続けに強いることは出来ない。命じられた世界のほうが息切れするからだ。

「……状況は整った。始めよう、従兄（にい）さん、従姉（ねえ）さん」

故に、オリバーの側でも反撃の頃合いを見て取る。促されたシャーウッドの兄妹（きょうだい）が直ちにその態勢に入った。エンリコ戦の時とは違い、もはや躊躇（ためら）うことはしない。それを用いることは、事前の打ち合わせの段階で作戦に織り込んである。

「……**ふたつの魂よ（ドゥエデトローニ）**……**融けてゆけ（ミーシエ）**……**混ざりゆけ（ミーシエ）**……！」

シャノンの詠唱を経て少年に注ぎ込まれる黄金。全身に行き渡る筋骨の変形と魔力流の拡張、破裂した毛細血管から滴(したた)る血の涙。母との魂魄融合(ソウルマージ)を果たしたオリバーの体が箒(ほうき)に乗って上空へ駆け上り――その姿が示す異常を、デメトリオもまた一瞥(いちべつ)して見て取った。

「――む。[redacted]！」

雷を孕(はら)んで襲い来る嵐の只中(ただなか)へとオリバーが突っ込む。飛竜すらたやすく打ち落とす落雷の渦中を凄絶な空中機動(マニューバ)ですり抜け、続く滑空でもって丘の上に座す敵へと迫る。その光景を見上げたデメトリオが目を細める。

「クロエ君の動きか？　まさか真似(まね)できる者がいたとは――」

「**斬り断て(グラディオ)**！」

上空から放たれる剛鉄斬りの切断呪文。クロエの影がちらついた以上、男も並の盾で受け止めることはしない。原始呪文(オリジン)で分厚い壁を立ち上げてそれを防ぐが――そこの守りを厚くした分だけ、不可避的に他の角度の防壁は薄くなる。同志たちはその隙を見逃さない。

「「「「「**雷光疾りて(トニトゥルス)**！」」」」」

「[redacted]！」

襲ってきた呪文斉射の束を続く原始呪文(オリジン)で押し流す。逸(そ)らせこそしたが、一発目で切断呪文を防いだ直後だったことで二発目の威力が目減りし、敵の攻撃はかつてなく近くまで迫った。動かされる世界そのものの限界を踏まえて、彼ら全員が立ち回りを最適化しつつある――それに気付きつつも、デメトリオの視線はあくまでオリバーの動きだけを追い続ける。

「いや……これは、真似(まね)たのではない。継ぎ合わせたのか？　――■■■■■(ふきあれよ)！」

猛烈な乱気流が男の上空を吹き荒れる。空を縦横無尽に駆ける敵を撃ち落とすより前に、まずはその埒外(らちがい)の空中機動(マニューバ)を封じにかかったのだ。が、竜巻じみた気流の中ですら相手は荒ぶる風をなおも乗りこなして飛び続ける。その姿に、デメトリオが無意識のままぼそりと呟(つぶや)く。

「だとしても――贋作(がんさく)だ。本家とは比べるべくもない」

「GAAAAAAAAAAAAAAAッ！」

「「「「「「**火炎盛りて(フランマ)！**」」」」」」

低空への急降下で乱気流を抜けるオリバー。そちらへの追撃にデメトリオが原始呪文(オリジン)を唱える間に、同志たちの呪文斉射が逆方向からデメトリオを狙って押し寄せる。二発目の原始呪文(オリジン)がそれを防ぎ、同時に余波で追撃を断った。

一方で、胸中に生じている苛立(いらだ)ちを自覚した男の眉根が寄る。それは原因であるオリバーですら想定しない影響だった。つまり――半端に似ているせいで、却って見るに堪えないのだ。

「……結局のところ。私もかつて、彼女の剣に魅せられたひとりであるということか」

自嘲を込めてデメトリオが呟(つぶや)き、それで完全に意識を切り替える。……相手の戦力以上に、「無我」を維持するための集中を乱す原因になられるのは好ましくない。故にそこから真っ先に排除すると決めて、男は自分を狙い滑空してくるオリバーを迎え撃つ。

「■■(とど)◇■(け)！」

満を持して唱える原始呪文。が——人の耳には聞き取れぬその音の並びが、口にした瞬間に阻まれる。

「——!?」

「GAAAAAAAAAAAAAAAAAAAAAAAAッ！」

同時に急降下したオリバーが襲い掛かる。近すぎる、呪文で迎え撃つ余裕がない——即座にそう判断したデメトリオが座禅の姿勢を解き、立ち上がる動作と並行しての跳躍で相手の間合いから逃れる。戦いが始まってから初めて——ここに及んでついに、男は自ら動くことを強いられた。

「……今のは……」

襲撃から再上昇したオリバーを警戒しつつ、デメトリオの目が別角度の地面に立つひとりの生徒を見据える。その人物が手にした弦楽器を。先ほど原始呪文の成立を阻んだ原因を。

「……詠唱妨害か。なるほど、可能だ。これもまた呪文である以上は」

納得して呟くデメトリオ。奏者が七年のグウィン＝シャーウッドであることも察しながら、次いで彼は自分と繋がった空間全体を意識する。そこに重なるもうひとつの領域を。

「そして、また別にひとり——『無我』ではないにせよ、私に近い形で自己領域を広げている者がいるな。彼の回避機動の異常な精密さはそのためか？　……大したものだ。原始呪文の効果が大味になりがちなことを上手く突いている」

その言葉を聞いたグウィンが警戒を新たにする。――戦場の全体を把握して同志たちの立ち回りをサポートするシャノンの存在に、相手はもう気付いている。となれば特定はもはや時間の問題だろう。

「規格外の切り札が今の時点で三つ。その全てから祖種の気配を色濃く感じる。……ダリウスとエンリコが討たれたことが、こちらでも漸く腑に落ちてきた」

敵戦力への認識を速やかに改めつつ、デメトリオが杖を構えて彼らに向き直る。オリバーたちも否応なく身構えた。――戦局は先に進んだ。つまり、ここからが本番だ。

「私を立たせた以上、集中力を削ぐという点では一歩前進だ。……その先を見せてもらおう」

相手の言葉尻に被せて同志たちの呪文斉射が襲い掛かる。デメトリオが即座に応じる。

「「「「「「雷光疾りて」」」」」」

「[redacted]。――[redacted]」

一発目の烈風で電撃を逸らした上で、二発目の原始呪文によって足元から岩の円柱を突き上げる。それに押される形で空高く昇っていく敵の姿を、同志たちの視線が地上から追いかける。

「高い……！」「追うぞ！」

半数が箒に跨ってそれを追い、もう半数が円柱の根元を狙った呪文でその破壊を試みる。自分を追って上昇する生徒たちを高みより見下ろしながら、デメトリオが悠然と杖を構える。

「追撃が早い。箒の名手を揃えてきたな」

「「「瞬き爆ぜよ（フラルゴ）！」」」「「「切り裂け刃風（インベトウス）！」」」

同志たちが箒（ほうき）の上から撃つ二種類の呪文。円柱の上の足場は炸裂（さくれつ）呪文の曲射によって、そのさらに上空は乱舞する風の刃で埋める。尋常の動きではもはや躱（かわ）しきれないそれらの攻撃を、跳躍したデメトリオが立て続けに宙を踏んでの機動でことごとく避け切る。空中で軽く五回は別角度へ変じた相手の動きに同志たちが目を剝（む）く。

「な——」「いま何歩踏んだ!?」

「ここは私と繫（つな）がった空間だ。踏み立つ虚空（スカイウォーク）など呼吸に等しい。——[redacted]」

原始呪文で生じた猛烈な下降気流（ダウンドラフト）が生徒たちを低空へと押し戻す。が、それもまた彼らの側で予測済み。円柱を挟んだ反対側からすぐさま別の生徒たちが姿を現す。

「迂回（うかい）か。——[redacted]◇[redacted]」

振り向き様の原始呪文で新手に応じようとするデメトリオだが、それが詠唱の段階で打ち消される。原因は一目瞭然。箒に跨りながらヴィオラを構えたグウィンの姿がそこにある。

「「「雷光疾りて（トニトウルス）！」」」

「——[redacted]！」

風に押されて下降を強いられる前に同志たちが呪文を放つ。曲射で円柱上の足場をことごとく埋める電撃。それらをデメトリオがまたしても踏み立つ虚空（スカイウォーク）による滞空で回避し、

「——む」

爆風をやり過ごした彼が円柱の上に着地した瞬間、そのすぐ背後に気配が降り立つ。オリバーがそこにいた。同志たちの援護に合わせて箒から飛び降りた少年が、もはや呪文での対処が間に合わない至近距離に。

「――決めろ、ノル！」

「AAAAAAAAAAッ！」

下からグウィンが叫び、満を持して少年が奔る。抗いようのない「絶対」を持つその剣が敵の最期を告げて唸る。

「――――」

対するデメトリオは、杖を緩く構えて相手に向かうのみ。無論、彼ほどの魔法使いであれば杖剣がなくとも大抵の相手は軽くあしらえる。が、それも相手が魔剣を使ってこないことが前提だ。この状況はすでに詰み、疑う余地なく自身の必勝の形であるとオリバーは確信する。

なのに。決着へ向けて踏み込む刹那――少年の背筋を、焼けるような戦慄が駆け上る。

「……ッ……!?」

その感覚に、どこかで覚えがある。だが正体を探る暇はもはやない。目の前に糸が並ぶ。その中から未来を選び取る。因果の圧力に押された手足が、ひとつの結果へ向けて突き進む。

果たして、その意図のまま事は運んだ。

彼自身がそう選んだ通り。オリバーの胸に、デメトリオの杖が突き立っていた。

「――かッ――」

刺突を受けたオリバーが衝撃に絶息しながら両足で地を蹴る。それで杖の尖端と体がわずかに離れ――彼の体内に流し込まれるはずだった電撃が、その場所の大気を焼いて爆ぜる。

「――ほう……」

デメトリオの顔に感心が浮かぶ。――刃を持たぬ白杖での攻撃に当たっては、杖が触れた場所から相手の体に魔法を流し込むのが決着に際しての定石。だというのに、その止めが一瞬遅れた自分の結果に驚きながら。

「……これが第四か。仕損じたな。因果を観るのは初めてだった」

半ば独り言のようにデメトリオが呟く。間合いを開けて我に返ったオリバーの背筋に、ついさっき感じた戦慄がそのまま蘇る。辛うじて構えを保ったまま震える口を開き、

「……あなたも……使うのか……」

目の前の結果から、ただひとつ導かれる事実をそう呟く。……自分は今、魔剣を使った。放てば必ず相手を仕留める絶対の技を、間違いなく剣の間合いで用いた。

その上で決着が付いていない。だとすれば――原因は、たったひとつしか有り得ない。

「……第五魔剣……『死せる胡蝶の夢』……！」

死せる胡蝶（こちょう）の夢。……未（いま）だ名付けられぬ第七の魔剣を除けば、それは東方（エイジア）の魔法使いによって考案された唯一の魔剣である。

胡蝶（こちょう）の夢とは、中つ国（チェナ）の寓話（ぐうわ）だ。ある哲人が蝶（ちょう）になってひらひらと空を舞う夢を見ていた。そこで目が覚めたが、同時にふとした疑問を覚える。——自分は蝶（ちょう）になって空を飛ぶ夢を見たのか。それとも、あの蝶（ちょう）こそが本来の自分で、今の自分は蝶（ちょう）の見ている夢なのか？

単純な懐疑主義を促すものでは断じてない。この寓話（ぐうわ）は認知というものの原初的（プリミティブ）な性質を指摘している。というのも——夢を見ている状態において、「自分」と「蝶（ちょう）」の間に言葉通りの線引きは為（な）されていない。それらは目覚めた後に理性のナイフで切り分けられた結果であって、言うなれば人間の独断に基づく後付けの区分（カテゴライズ）に過ぎない。大本の体験においては「自分」と「蝶（ちょう）」のいずれも存在せず、それらは意識の中で融（と）け合った同一のものである。

喩（たと）えを変えて、生まれて間もない赤子の視点を想像してみよう。自我そのものが未発達な彼らは、それ故に認識の中に世界を切り分けるためのナイフを持たない。必然、その体験に「自分」と「相手」という区分もまた存在しない。いわば天然の「無我」であり、彼らはその状態からあらゆる行動を取る。空腹から乳を求める時にも、濡（ぬ）れたおしめの不快を訴える時にも、彼らは「父」や「母」へ向かってそうするのではない。そもそも「自分」と「他者」の区別がないのだ。強いて表現するなら、それは自己を含んだ世界の全てに向かって為（な）されるのだと言える。

これは何も赤子に限った話ではない。成熟した大人でも、認識がこのような状態に近付くことはままある。先の喩(たと)えのように夢を見ている時はもちろんだが――より身近なところでは、普通人と魔法使いに共通して、習熟した分野における集中状態に類似性が指摘される。

一例として、練達した舞踏家(ダンサー)のケースを挙げよう。彼らの意識に「曲のここで手足をこう動かす」といった思考は生じない。素人(しろうと)の踊りは「聞いた音に合わせて逐一手足を動かして」行うものだが、修練を重ねるほど本人の中でそれらの区別は失われていき、「音を聞いた」と意識するまでもなく手足が動く。これこそが「自分」と「音」の線引きが取り払われた結果であり――東方(エイジア)の一部思想においては、この状態を主体(われ)と客体(それ)の合一。即(すなわ)ち「主客(しゅかく)未分の境地」と呼ぶ。言わば限定的な「無我」である。

魔法剣の世界でも、これと似たことが起こり得る。一手の間違いが死に繋(つな)がる剣の間合いで、両者は極限の集中をもって太刀打ちに臨む。身体(からだ)の動作はもちろん、この状況下では思考すら日常と同じ形で行っている余裕はない。よって率先して無駄を削(そ)ぎ落とす。刹那の争いのために認識を圧縮し、世界観そのものを最適化する。

魔法剣の攻防は互いの自己領域での攻防とイコールである。これは極論すれば「見る」も「聞く」も不要ということ。斬り合いの間、彼らは感覚器を通さずして相手を「直接に」感じ取り、その上で読み合いと駆け引きに没頭する。重なった自己領域の中で行うそうした営みは、もはや戦いの形を取った一種の共同作業――ふたつの頭で行うひとつの思考にも近しい。

デメトリオの魔剣は、その極限の心理状態を利用(ハック)する。自己領域を共有した相手を即座に「主客未分の境地」へと過剰に誘導し、自己と相手の区別、即ち(すなわち)「斬った」と「斬られた」の境界を敵の認知から喪失せしめ。その上で——自らは慣れ親しんだ「無我」の状態から、相手のみが斬られる結末へと攻防を導く。この過程に一切の抵抗は生じない。何故(なぜ)なら、相手もまたその結果に合意しているからである。

これが第五魔剣『死せる胡蝶の夢(バビリオソムニア)』。錯覚とも幻覚とも似て非なる心理の必然、認知そのものの本質を逆手に取る不敗のトリック。どんな達人であれ決してこの技には抗(あらが)えない。彼らが生涯を懸けて磨き抜いた非凡な集中力こそが、その敗着をより強く決定付ける最大の仇(あだ)となる。

故に、それは最期(さいご)の夢である。——二度と醒(さ)めること無き、死にゆく蝶(ちょう)の夢。

「——何を驚く？　互いに使うことは、間合いに入った時点で君も直感したはずだが」

構えを維持しながらデメトリオが淡々と問う。が、そこでふと自分の握る白杖(はくじょう)に視線を落とした。刃を持たず、それどころか金属ですらないそれを。

「成程、これか。……私はギルクリストのような杖剣(じょうけん)不要論者ではない。その上で杖剣(じょうけん)を持たないことにはまた別の理由がある。

ひとつには、単純に『無我』と金属の相性が悪いからだ。神代の初期に金属は存在しない。

それを初めて生み出したのはドワーフだが、『神』はその行いもまた快く思わなかった。故に金属は我々と世界との断絶を象徴する要素のひとつ。杖剣(じょうけん)に限らず、何かしら鉄器の類を身に帯びているというだけで、無我の行使には多少の差し障(さわ)りがある」

理由を筋道立ててそう明かす。否応(いやおう)なくオリバーも思い知らされた。杖剣(じょうけん)を持たぬという理由から相手を魔剣の使い手ではないと見た、その判断の甘さを。

「もうひとつの理由は君たちにも分かりやすいだろう。私自身が魔剣の使い手であることを疑わせないための偽装(カモフラージュ)だ。……しかしこれも、同じ魔剣の使い手と相対する際にはさほどの意味を持たない。

君も聞いたことぐらいはあるだろう？　魔剣同機の法則(グランドアーツ・シンクロニシティ)というものを」

問われた少年も無論知っている。それは魔法使いの間でまことしやかに語られる噂(うわさ)、魔剣の使い手同士が本気で立ち会った時に起こる一種の予兆じみた直感を指す。曰(いわ)く——術理の実行を待たずして、彼らは互いが同類であると気付くのだという。

その感覚に、時を遡ってオリバーもまた覚えがある。入学して間もない時期にナナオと立ち合った際に覚えた途方もない戦慄、あの中にそれもまた含まれていたことを自覚する。ただの思い込みではない。なぜなら同定はもう済んでいる。今この瞬間も、同じ感覚にうなじが粟立(あわだ)っているのだから。

「今のケースについて分析しよう。——私は主客未分の境地へと君を引きずり込み、『自分』

と『相手』の区別と共に『斬った』と『斬られた』の境界を曖昧化。君を後者へ誘導することを試みた。対して君は卜占における未来観測の不確定性原理を応用し、無数の可能性の中から『私を斬り伏せる』極めて稀な結果を選び抜こうとした」

オリバーが唇を噛む。その瞬間の奇妙な感覚も、直後の胸を突かれた衝撃も、忌まわしいほど鮮やかに思い出せる。

「結果はどちらも失敗に終わったが、その内実は大きく異なる。――私の魔剣の失敗は、偏に私の側の手落ちが原因。第四魔剣を行使する視点に立った経験を持たぬが故に、君と合一した主観で初めてそれを求められた時、私にはとっさに正しい結果を選び取ることが出来なかった。不慣れ故の調整ミス――端的にそう言うことが出来るだろう」

自らについてはそう結論した上で、デメトリオは視線で斬り付けるように相手を見据える。

「対して君の側はどうか。……第五の術理に取り込まれた後、君には何も出来なかった。誘導への抵抗はおろか、主体と客体が融け合った認識の異変に気付くことさえも」

「………………！」

「その状態のまま、君は何の疑いもなく魔剣を行使した。術理そのものは成立し、君は確かに未来を選び取った。ただし――私によって選ばされた、自分自身が胸を突かれる未来を」

何ひとつ返す言葉もなく、ただ全き絶望の中でオリバーが立ち尽くす。そこへ追い打つように、デメトリオが一連の出来事を取りまとめる。

「理解できるか、少年。私の魔剣は君の魔剣を呑み込んだ。……こちらの失敗は次でケアすれば済む。だが——君のそれは、本質的かつ致命的な敗因だ」

話が結論に至った瞬間、彼らの立つ足場がぐらりと揺れる。決着の不成立を感じ取った地上の同志たちが、あえて寸前で留めていた円柱の根元の破壊を再開したのだ。同時に再上昇してきたグウィンたちも周りを取り囲む。その包囲の中で、デメトリオが平然と口を開く。

「切り札はこれで全てか。……であるなら、やはり諸君に勝機は絶無だ。

——[redacted]」

その瞬間に足元の地面が大きく陥没し、デメトリオとオリバーを円柱の内部へと呑み込んだ。一転して深いすり鉢状になったその地形で、箒から飛び降りたグウィンたちがふたりの後を追う。根元を破壊された円柱がゆっくりと傾き始める中、必死で活路を探すオリバーの前からデメトリオが軽く跳んで下がり、

「愚かな。——[redacted]」

敵に背中を向けたまま、そう詠唱する。結果——詠唱の予測に必須となる口の動きを見て取れず、グウィンたちはその脅威に晒された。彼を含む五人の動きが同時に止まる。動作の途中で彫像のように縫い止められた仲間の姿に、残る同志たちが息を呑む。

「グウィン……！」「石化!?」「違う！　空中で止まって——」

振り向いたデメトリオを前に、彼らは硬直した仲間を置いて下がらざるを得ない。グウィン

の隣を通り抜けざまに男が杖を薙ぎ、斬り飛ばされた右肘から先が地面に転がった。無力化した相手に対する半ば無意識の念押しだ。詠唱妨害は彼をしても無視できない脅威だからだ。

「今までの原始呪文は環境に対して働き、その結果で君たちを間接的に攻撃していたに過ぎん。だが、この距離では君たち自身に呪文が直接作用する。――[redacted]、[redacted]、[redacted]」

立て続けの詠唱が次々と生徒たちを捉えて固めていく。必死に回避しようとする彼らだが、退路の限られた深いすり鉢状の地形、しかも今まさに倒れ込んでいく円柱の内側で試みるそれは余りにも至難。あるいは一目散に逃げるだけなら位置によっては可能だったろう。しかし、彼らにそれは出来ない。自らに優先して君主を守るという務めがある以上は。

「[redacted]、[redacted]、[redacted]。――相殺も回避も不可能だ。これは君たちが呪文で火や雷を起こすのと同じこと。魔法現象を撃ち出して攻撃しているのではなく、『君たちが止まる』それ自体が呪文の結果なのだから」

デメトリオが悠然と語りながら攻撃を続ける。大きく傾いた円柱の内側で壁と床が入れ替わっていくが、その状況すら彼には何のこともない。自分と繋がった空間がどう変化しようと、それは彼にいかなる脅威も及ぼさない。

「唯一の対処は詠唱妨害だった。が、その使い手に替えは効くまい。――[redacted]」

オリバーを除いた最後のひとりがその呪文で仕留められる。まったく同時に、傾きが真横に達した円柱が地面へ叩き付けられる。

「——ノル——！」

激突地点で盛大に舞い上がった土煙。そこへ同志たちと共に走りながら、従弟(おとうと)の姿を求めてシャノンが叫ぶ。直後に吹き付けた風が砂塵(さじん)を押し流し、その視界が速やかに晴れていく。汚れひとつないローブに身を包んだデメトリオが、そこにひとり立っていた。

「……っ……！」

「君だな、シャノン＝シャーウッド。祖種の気配を最も強く感じる。先祖返りの成功例か？……だとすれば思わぬ収穫だ」

目星を付けると同時に男がシャノンへ向かって歩み寄る。同時にその背後の瓦礫(がれき)から何かが飛び出した。とっさの呪文行使で激突の衝撃を耐え抜いたオリバーだ。

「従姉(ねえ)さんに寄るなツッ！」

敵とは反対の、傷と土埃(つちぼこり)にまみれた姿で叫んで駆ける。その殺気を背中で受け止めながら、デメトリオが小さくため息を吐く。

「無駄に足掻(あが)くな。——■■■■■(おもくなれ)」

杖(つえ)を上に掲げた男の口から原始呪文(オリジン)が無情に響く。オリバーと合わせて攻撃に移ろうとした同志たちがそれで一斉に膝を折った。彼らを含む一帯を等しく襲った下向きの圧でもって。

「……がッ……！」「う、腕が……」「上がらな……！」

「[redacted](とまれ)」

動きが鈍った彼らへ容赦のない追撃が下る。間合いを縮めるために四苦八苦した先刻とは逆に、今はそれを詰め過ぎたことが裏目に出ていた。原始呪文(オリジン)の脅威は距離によって変化する。この間合いにおいて、それは決して唱えさせてはいけないものだ。

「[redacted](とまれ)。[redacted](とまれ)。[redacted](とまれ)。[redacted](とまれ)。……[redacted](とまれ)」

抵抗に撃たれる呪文を足運びだけで易々(やすやす)と躱(かわ)し、デメトリオは残る生徒たちを順番に固めていく。立て続けに二十人近くが無力化され、従弟(おとうと)を逃がそうとしたシャノンもその終盤に影像と化して並ぶ。オリバーの目の前で起こった。それはわずか一分足らずの惨劇だった。

「……雷光疾り(トニトゥル)――」

「[redacted](とまれ)」

少年の口が絶叫に等しい呪文を紡(つむ)ごうとした。が――それすら許さぬまま、デメトリオの詠唱が彼を沈黙させる。一切の為(な)す術(すべ)なく、オリバーもまた他の同志たちと等しい影像と化した。

それで抵抗は終わった。結果を見れば、男がもたらした沈黙は死よりもなお徹底的だった。下手に殺せば呪詛(じゅそ)が動く。が、「止める」形で無力化したのならその懸念(けねん)すらない。

自分の他に動くものがなくなった空間を広く見渡して、男がふむと鼻を鳴らす。

「これで全員。……思いのほか粘ったな」

　ここまでの戦いをそう評した上で、停止したオリバーへと歩み寄る。すぐさま片手がその仮面を摑んで引き剝がした。見知った三年生の顔がそこに現れる。

「やはり君か、オリバー＝ホーン。……予感があったとは言え、これほどの事態の中心人物が本当に三年生とは。こちらが後手に回らされるわけだ」

　苦々しい思いに駆られながら呟き、男は続けて右手の杖を少年の頭にかざす。

「それもここまでだ。君たちの動機、目的、規模、背後関係。洗いざらい暴かせてもらう。

　――**夢に遊べ**」

　そうして侵入を開始する。オリバー＝ホーンの内側へ。彼が内に秘めた全てを暴くために。


　ふと気が付くと。迷宮一層の隠し工房で、オリバーは従兄たちと共にテーブルを囲んでいた。

「――ん？」

　目の前で湯気を立てるパンケーキを見下ろして、少年がぽかんとする。……何かがおかしいと感じる。だが、それを裏付ける根拠が、何ひとつ頭に浮かばない。

「どうした、の、ノル。パンケーキ……冷めちゃう、よ？」

　右隣からシャノンが不思議そうに話しかける。オリバーが何も言えずにいると、対面のグウインも気遣って視線を向けてくる。

「食欲が湧かないか。もっと喉を通りやすいもの……氷菓(ソルベ)でも用意するか？」

「少し顔色が悪いようです、我が君(マイロード)」

左隣からテレサが身を乗り出して顔を覗(のぞ)き込んでくる。途端に彼らを心配させていることが申し訳なくなって、オリバーは困惑に駆られるまま首を横に振る。

「ち、違うよ。そうじゃなくて……その……」

何か言おうとするが、満足な言葉はひとつも思い浮かばない。従弟(おとうと)のその様子に、グウィンが小さくため息をつく。

「疲れが溜(た)まっているようだな。……いい機会だ。今日はのんびり休んでいけ」

「ベッド、行こっか。ノル」

先に立ち上がったシャノンが従弟(おとうと)の肩に手を置いて促す。続けて席を立ったテレサもまた、その手でオリバーの袖をきゅっと摑(つか)む。

「私も付き添います」

「ふふ、そうだ、ね。グウィンは？」

従弟(おとうと)を立たせながらシャノンが兄に問いかける。少しの逡巡(しゅんじゅん)の末、その口元がふっと緩む。

「……そうだな。たまには、それもいいか」

四人で連れ立って寝室へと向かう。彼らに流されるままローブを脱がされ、ベッドに横たわったオリバーの左右に、他の三人が並んで寝転ぶ。シャノンがくすりと笑う。

「懐かしい、ね、これ。……昔に、戻った、みたい」

「いささかベッドが手狭だな。テレサ、もっとノルに寄れ」

「では遠慮なく」

促されたテレサがオリバーの胸に潜り込み、そこへぎゅっと顔を押し付ける。その体温に戸惑う彼へ、隣からシャノンが優しく語りかける。

「眠るまで――なんの、お話、聞きたい？　かしこい玉鼠の、三兄妹の、冒険？　それとも……曲がり箒が、お友達を、見つけるまでの……ながーい旅？」

かつて何度も聞いたお伽噺が並ぶ。胸を満たすその懐かしさが、優しく包み込むように彼の混乱を薄れさせていき――同時にこみ上げてきた眠気の中で、オリバーがぽつりと答える。

「……曲がり箒の話が、いい……」

「うん、そうするね。――むかし、むかし。あるところにね。それはそれは、大きく曲がった箒が、いたんだよ……」

従姉の穏やかな声が語り始める。その響きに包まれながら瞼を閉じて、少年は眠りに落ちる。

また、ふと我に返る。賑やかな仲間たちと共に、彼は友誼の間のテーブルに座っている。

「――巣の温度はもう調整し尽くしたし……防音環境は整えたし……この記述の通りに食事か

ら葉物も除いたし……」

目の前でカティがぶつぶつ呟きながらノートに何かを書き込んでいる。その様子をオリバーがじっと見ていると、彼女はやがて頭を抱えて叫ぶ。

「……あーもー！　上手くいかない！　どうやってももぐり鴨が卵を温めてくれない！」

「おーおー煮詰まってんなぁ。まぁ茶ぁでも飲んで落ち着けって」

ガイが苦笑してお茶のお代わりを注ぐ。見慣れたその光景を前にオリバーが沈黙していると、そこに右隣からナナオが身を乗り出し、彼の顔を覗き込んでくる。

「ぼんやりしてござるな、オリバー。如何された？」

「……ナナオ……」

「たくさん悩みを抱え過ぎなのですわ、あなたは。……心配せずとも、カティは大丈夫。ああして三日もすれば妙案を閃くのがいつもの流れですもの」

斜向かいに座るシェラが微笑んで言う。そこにオリバーの左隣から、勢いよくボードゲームの盤が突き出される。

「そうそう！　ほら、ぼくと魔法チェスでもやろうよ！」

無邪気な笑顔を浮かべたユーリィ＝レイクがそこにいる。その姿を見た途端、オリバーの胸に正体の分からない感情がこみ上げる。訳も分からず泣きそうになる自分を抑えながら、彼は辛うじて友人へ受け応える。

「……そう、だな。ユーリィ。今は、それもいいか……」

それを聞いたユーリィが嬉々として盤の上に駒を並べ始める。オリバーもそれに加わって、目の前の日常に意識を委ね始める。


同じ夢を見下ろす形で。そんなオリバーの姿を、デメトリオがじっと観察していた。

「警戒が解けてきたな。……では、そろそろ記憶を洗わせてもらおう」

そう呟いて分析に移る。相手を夢に馴染ませる傍ら、段階的に見て取れるようになっていく少年の記憶を入念に検めていく。男の前に次々と映し出されるオリバー＝ホーンの辿ってきた時間。そう遠くない過去のひとつの死闘が、そこに並ぶ。

「これがエンリコを倒したメンバーか。シャーウッドの兄妹に加えて、カーリー＝バックルにロベール＝デュフルク……なるほど、強力な使い手と共に練達の呪者を揃えている。機械仕掛けの神の攻略には妥当な顔ぶれだ」

機械神を相手に壮絶な戦いを繰り広げる生徒たち。その流れをひと通り確認した上で、デメトリオはさらに過去へと少年の記憶を遡る。やがて、ひとつめの仇討ちへと辿り着く。

「こちらがダリウスの時。……純粋な一対一か。驕りを突かれた結果とはいえ、不運だったなダリウス。一年生が出し抜けに魔剣を使ってきたこともそうだが——君がもう少し魔法剣の分野にリソースを費やしていれば。あるいは錬金術の方面でもうわずかに非才であったなら、君自身が魔剣の使い手とも成り得たろうに」

惜しむ気持ちを込めてそう呟く。彼がそうならなかった理由もまた、男は知っているから。

「現場での主だった顔ぶれは見て取れた。次は入学前に遡っての背後関係だが……」

さらに昔へと記憶を辿ろうとしたところで、ふとその試みが壁に突き当たった。硬い岩盤を前にした鉱夫のように、そこから先は過去を掘り進めることが出来ない。

「……強固な障壁に阻まれているな。警戒というより、これは純粋に心理的なトラウマか。この時期はよほど忌まわしい記憶で満ちていると見える」

原因を推し量りつつ、デメトリオが速やかに方針を切り替える。――記憶の防壁を突破する方法はひとつではない。アプローチの角度を変えることもひとつの手だ。封じられた記憶とは、喩えるなら部分的に逆流を拒む弁の付いた血管のようなもの。故に、現在から直接そこへ至ることは難しくても、それ以前の過去から順番に進んでいけば辿り着けることは多い。

「些か遠回りだが、後ろから回り込むとしよう。……君が幸せだった時代まで遡る。急かしはせん。そこから時系列に沿った形で夢を見続けるといい」

そう呟いて夢を操る。伴って、オリバーの見る光景も移り変わっていく。

「――いいぞ、いいぞぉ！　もうちょっと！　あとほんの少し！」

　声に元気付けられるまま、彼は小さな両手でめいっぱい床を押して立ち上がる。歩行と呼ぶには余りにも頼りない足取りで、それでも前を目指し。生まれて初めての数歩をそこに刻む。

　限界を迎えて傾いた息子の体を、すかさず母の両腕が迎え入れて抱きしめた。

「よぉぉぉーし！　よしよしよし！　よく出来たなぁノル！　立てただけで偉いのに二歩と半分も歩くなんて！　見て見てエド！　こりゃもう来年はタップダンスを踊ってるかもよ！」

「飛躍し過ぎだ……。だが偉いぞ、ノル。頑張ったな」

　そう言って金髪の魔女の横に並び、父はその手で息子の頭を撫でる。引き締まった体を包む飾り気のない単色のセーターとズボン、四角い眼鏡越しの黒い瞳。何事につけ丁寧な所作には自然と教師然とした雰囲気が滲む。歴史に語り継がれる「双杖」の夫としては、その外見は余りにも平凡だ。

　同じ光景を俯瞰していたデメトリオが、見知った顔の登場にふむと頷く。

「……エドガーとの息子か。あの森に隠居している間にひっそりと産んでいたわけだな。……よく隠し通したものだ。子育ての間にも、異端狩りの召集は幾度となくあったろうに」

　数年が立ち、赤子は幼子へと成長する。母の膝に乗せられて、オリバーは机の上に並んだ錬金術の素材と向き合っている。

「――これ、きはんそう。こっち、げらげらだけ。そっち……くもりほおずき」

「よく分かるなぁ！　じゃあこれはなーんだ⁉」

「たまねぎ。ごはんでたべるやつ」

野菜を掲げた母の問いかけに、幼いオリバーは笑ってそう答える。隣に座るエドガーがむぅと腕を組んで唸る。

「我々の調合を見ていて覚えたのか。……学びの順番が僕に似てるな。父として嬉しくはあるが……」

「嬉しい以外に何があるのさ！　あーもうすごい！　かしこい！　私の息子ってば世界一い！」

感極まって抱き上げたオリバーの体をクロエがぶんぶんと振り回し始める。エドガーが慌てて止めに入り、すっかり目を回した息子の体を両手で支えて椅子に座らせる。母の激しすぎる行動を諫めるのは父の役目。その在り方は彼らが夫婦になる前から同じだった。

同じ光景を見下ろしながら、デメトリオがぽつりと呟く。

「……クロエ君ほど親馬鹿にはなれんと見える。自分の血が濃いと悟っては当然か」

さらに時は流れる。薄暗いリビングの中でクロエの膝に乗せられたオリバーは、投影水晶から映し出されるひとりの男の姿を食い入るように見つめている。

「――ただいま。すまない、少し遅く――」

「「あっはっはっはっは！」」

帰宅したエドガーの声に母と息子の笑い声が重なる。ふたりの隣にやって来た彼が、苦笑して鞄を置く。

「……またMr.ブリッジの魔法コメディを観ていたのか。楽しそうで何よりだが、五歳の子供に見せるものとしてはどうなんだ？」

「はははははは……！　――いやー、どうもこうもないでしょ。一本目からかぶりつきだもん。これはあれだよ、運命の出会いってやつ！」

間違いないとばかりにクロエが請け合う。映像を指さしながら幼いオリバーも主張する。

「……ぼくも、じゅもん、つかってみたい」

「おーいいじゃん。じゃあ練習すっか！」

「な、クロエ君……！　そんな軽率に！　慎重に時期を図っていたんじゃないのか⁉」

「この子が興味を持った時がその時期だ！　さぁエド、アレを持って来ーい！」

クロエの勢いに流されるままエドガーが部屋の奥の棚へと向かい、そこからひとつの木箱を持ってくる。それを差し出されたオリバーがきょとんとする。

「……これ……」

「開けてみな。いいものが入ってるから」

促されたオリバーがそっと箱を開く。滑らかな光沢を帯びた一本の杖がそこにある。

「綺麗な杖だろ？　私とエドが一緒に材から選んで削ったんだ。お前の杖だよ、ノル」

「………………」

吸い寄せられるように杖を手に取ったオリバーが、それを目の前にかざしたまま動きを止める。まばたきすら忘れて立ち尽くすその姿に、クロエが腰に手を当てて微笑む。

「あー、既視感。……初めて杖を持った時の反応って、やっぱりみんな同じだよね。ものすごい万能感で勝手に体が震えんの。なんなんだろうなーアレ」

「欠けが埋まった……とでも言うのかな。我々にとっては臓器のひとつにも等しいものだけに」

多くの魔法使いに共通する感動を、エドガーがぽつりとそう表現する。それから息子の前にしゃがみ込み、視線の高さを合わせて息子と向き合う。幼いオリバーも気付いて視線を下ろす。

「いいか、ノル。……今、お前は大きな力を得た。とてもとても大きな……恐ろしい力だ」

「……はい」

「それを使えば、お前には色々なことが出来てしまう。火や雷を起こすことも、それで気に入らない相手をやっつけることも。……この家を燃やしてしまうことも」

「！？おうち、もやしちゃだめ！」

「ああ、そうだ。……だからこそ、よく考えずに使ってはいけない。お前はこれからたくさんの魔法を学ぶ。その全てで、『使ったらどうなるか』をよく考えてから使いなさい。

魔法には何かを壊すことも作ることも出来る。けれど、作るのは壊すよりもずっと難しい。そしてほとんどの場合で、今のお前には壊したものを直せない。……それがどんなに怖いことか分かるか？　ちゃんと頭で考えて、想像できるか？」

言われたオリバーが難しい顔で考え込む。そんな息子へ、エドガーの言葉は続く。

「出来なければならない。全ての魔法使いは、自分の魔法で起こしたことを自分で何とかしなければならない。それが僕たちの『責任』というものだ」

「……せきにん……」

「そうだ。……お前がまだ小さいうちは、お父さんとお母さんもそれを手伝える。けど、大きくなったらお前が自分でやらなきゃいけない。それが出来て初めて、お前は一人前の魔法使いになれる。……この話を、決して忘れてはいけないよ」

そう言いながら息子の頭を撫でる。ふたりの隣にクロエがにっと笑ってしゃがみ込んだ。この父がいる限りは何の心配もないと、深い信頼がその瞳に宿っている。

どこまでも温かな親子の交流。それを見つめるデメトリオが、ぽつりと呟く。

「……凡庸な子育てだ。あのクロエ君の息子を育てているとは思えん。まるでどこかの『村付き』の親子でも見ているようだな」

そう口にしたところで目を細める。夫婦が子を成したことを誰にも告げぬままいた理由が、そのまま目の前の光景に現れていると悟ったから。

「……それこそが願い、か」


「火炎盛りて(フランマ)！——吹けよ疾風(インペトゥス)！——雷光疾りて(トニトゥルス)！」

さらに成長したオリバーが少年の年頃へと差し掛かる。家の庭で呪文の練習に励む彼を、クロエとエドガーが横から見守っている。

「よーしよし、属性の使い分けがスムーズになってきたな。上達してるぞーノル！」

「はぁ、はぁ……！」

息を切らして詠唱を止めるオリバー。そこに小さなビーグル犬がやってきてじゃれ付く。

「ダグ……褒めてくれるの？　……うん！　もっとがんばる……！」

オリバーが気を取り直して練習を再開する。その姿を眺めながら、エドガーが小さく呟(つぶや)く。

「……どの呪文も出力にばらつきがない。全ての属性を満遍なく使いこなせるタイプだな。得手を伸ばす前に苦手を無くそうとする性格面での几帳面(きちょうめん)さも含めて、ますます私と一緒だ……」

「ふーん。それで？」

オリバーを見つめたままクロエが問う。エドガーが複雑な面持ちで腕を組む。彼らは気付いていないが、その姿はオリバーの視界の端に映っている。交わす言葉もまた、耳に届く。

「僕の息子だとひしひしと感じるよ。……だが、君の息子にしては余りにも大人しい。才能の尖端が見えない。……どうしようもなく、そうも思ってしまう」

「残念？　そういう子で」

淡々と問いが重なる。妻に向き直り、エドガーが憤慨して口を開く。

「否！　……そんなはずがないだろう。むしろ逆だ。いっそう愛おしいよ。だが——それだけに、後々の苦労も目に見えてしまう。『クロエ＝ハルフォードの息子』として周りに見られることもそうだし、いずれ本人もそれを意識し始めるだろうことも。そうなった時に、あの子が自分を誇っていられるかどうか……何よりも、それが心配で……」

エドガーの言葉がそこで止まる。その頰に、クロエが微笑んでキスをしている。

「良かった。……頷かれたら、一発ぶん殴ってるところだった」

そんなふたりのもとに息子が走ってくる。会話の間に少しだけ不穏な空気が漂っていた。その理由が自分だということも幼心に漠然と察しながら、その上でオリバーは父母に笑いかける。

「お母さん、お父さん。こっち見て」

「ん？」

「どうした、ノル」

「ノルじゃありません。ぼくは不機嫌な婦花(ダリア)です。いつも何かに怒っています」

急にむっとした顔になってオリバーが言う。何の遊びかとエドガーが戸惑う。

「でも、今日みたいな日は。あんまりお日様が気持ちよくて……**咲き誇れ(ラナルサール)**！」

杖(つえ)を構えたオリバーが呪文を唱える。途端に顔全体を覆う形で、やや不格好な満開のひまわりに似た花が咲き、

「──クソッ(シット)。うっかり咲いちまった」

不機嫌な顔のままそう呟(つぶや)く。著名な魔法コメディアンの有名な持ちネタだった。エドガーがたまらず口元を押さえ、クロエが盛大に噴き出す。

「あははははっ！　何それ、何それ！　いつ練習したの⁉」

「えへへ！　見てないときにこっそり！」

「不意打ちなんてずるいぞ！　このぉー！」

愛(いと)しさが溢(あふ)れたクロエが息子を抱きしめ、その唇に思い切りキスをする。口をふさがれたオリバーの手がじたばたと動き、それを見たエドガーが慌てて声を上げる。

「ク、クロエ君！　ノルが息出来ていない！」

「──ぷはっ。次はお前だーっ！」

「──ッ⁉」

オリバーから口を離すと同時に、クロエは続けざまにエドガーへキスをした。そうしてふたりをダウンさせた後、彼女は仁王立ちで彼らに向き直って言い放つ。

「やい旦那、息子！　私をこんなに幸せにしておいてなぁ、キスされずに済むなんて思うな！　何なんだお前たちの愛おしさは！　ずるいぞこんなの！　いくら愛しても愛し足りないじゃないか！」

そう言って腕を広げた母に、今度はオリバーから抱き着く。胸に頬を擦りつけながら、彼は囁く。

「……ぼくも、大好き」

「うぉい、殺し文句をさらっと出すなぁ！　おい、エド！　尖端がどうしたって⁉　お前の息子はとんでもないジゴロだぞ！　しかも未来の大コメディアンときた！」

「……そのようだな。いや、僕の見込みが甘かった……」

エドガーが苦笑して頷き、穏やかな目でオリバーをじっと見つめる。こんなに良い息子を持てた幸せを、無言のまま噛みしめるように。

「――そこだぁっ！」

かん、と弾かれた木剣が手から飛んで芝生に落ちる。また少し成長したオリバーが、庭の芝生にばったりと仰向けに倒れ込む。

「……お母さん、つよい……！」

「はーっはっは！　そうだとも！　お前の母さんは世界最強だ！　ほらほら、息整ったらもう一本いくぞー！」

やる気満々で木剣を構え直すクロエ。が、そこにエドガーが厳しく声を挟む。

「——だめ、そこまで。……ノル、お父さんとあっちで基礎の型をおさらいしよう。お母さんはな……確かに強いんだけど、色々めちゃくちゃなんだ。あれを真似しちゃダメだから……」

「なんだよー！　また私はのけものかよー！　ちくしょー、いいもんねー！　だったらダグと遊んでるもんねー！」

拗ねたように言ってダグと遊び始めるクロエ。その姿に苦笑しながら、エドガーは息子に基礎の型を教え始める。黙々と型の練習を続けるオリバーの隣で、エドガーがふと口を開く。

「……ごめんな、ノル。お父さんとの練習は退屈だろう」

「？　そんなことないよ！」

「だったら助かる。……お母さんとは道筋が違うけど。お父さんもそうやって強くなったんだ。たくさん練習して、たくさん勉強して、たくさん考えて……少しずつ少しずつ強くなった」

己が非才を打ち明けるようにそう語る。その血を引かせた息子への申し訳なさが、微かにそこに滲む。

「そういう風に頑張るのは大人だって大変なことだ。けど──大変な分、強さがすごくしっかりする。かたく踏み固めた地面に立てた建物みたいに、どんな風に攻められても崩れなくなる。ラノフ流の剣はそういうものだ。……粘り強いお前には、向いていると思う」

父としての確信をもってそう告げる。そんなエドガーと並んで型の練習を続けながら、オリバーがにこっと笑う。

「ぼくも好きだよ、ラノフ流」

「──そうなのか？」

「うん。……あのね、これは、すごくていねいな剣なんだと思う。おぼえることは多いけど、そのぜんぶにきちんと理由があって、考えれば考えるほど『そっか、だからなんだ』って納得できるから。考えた人はきっと、ものすごく時間をかけて『伝えかた』を考えてくれたんじゃないかな。これを練習する誰かがわかりにくかったり、間違っておぼえたりしないように……」

自分なりに感じたことを懸命に述べる。それを感じ取れるだけの想像力を、彼はすでに身に付けていたから。父がそう望んでくれたように。

「そういうところ、お父さんに似てる。……だからぼくね、これ、好き」

「──ッ」

それを聞いた瞬間、木剣を放ったエドガーの両腕が息子の体をぎゅっと抱き締めた。突然の抱擁にオリバーが困惑して口を開く。

「……お父さん？　ぎゅってされたら、練習できない……」

「あ――――っ！　抜け駆けだぞエドこの野郎！　私抜きでノルとイチャイチャしていいと思ってんのかコラー！」

ダグと一緒に猛然と走ってきたクロエがそこに加わる。家族の大きな愛に包まれながら、オリバーはただ満たされている。


無論、温かいばかりの毎日ではなかった。ひとりの人間が成長する過程では辛い出来事も時に起こる。いかに両親の愛が大きかろうと、それは避けられない。

「……生き物は死んだら冷たくなる。なぁ――悲しいだろう、ノル」

クロエの声が重く響く。懸命の処置も実らず体温を失ったダグの体を抱きしめて、オリバーが泣いている。自らの過ちで取り落とした最初の命を、取り返しの付かないその喪失を目の当たりにして。

杖を持ち、呪文を覚え、調合を学び。それ以前とは段違いに出来ることが増えていって――だからこそ、魔法使いが驕る最初のタイミングがそこにある。病に臥せったダグを診た上で、自然治癒を待つべきと両親は判断していた。普通人を含む非魔法生物の治療に当たっては、急を要する場合を除いて出来るだけ魔法を用いないのが原則だからだ。

だが、オリバーには待てなかった。友達の苦しみをすぐにでも取り去ってやりたくて、魔法使いにはそれが出来ると知っていて、だから覚束ない知識で自ら薬を調合した。材料に紛れ込んだ毒草の分量はほんのわずか。事前に自分で飲むことで彼なりに安全性を確認してもいた。だが——魔獣ですらない小型犬の体は、オリバーが想像する以上に脆かったのだ。

「……もっと、勉強、するっ……！　……薬草も、きのこもっ……もうぜったい、間違えないっ……！」

「ああ、そうだな。……一緒に、たくさん勉強しよう」

嗚咽するオリバーの隣に寄り添いながらエドガーが頷く。背後のクロエと同様、彼もまた息子には触れない。どれほど抱きしめてやりたくとも、温もりで汚してはならない経験があると知っているから。

「その冷たさを、覚えなさい。決して忘れないように胸に刻みなさい。……それは、ダグから最後の贈り物。お前の最初の友達からの、いちばん大切なメッセージなんだから……」

ひとつの喪失から魔法使いの責任を心に刻んで、少年はさらに成長する。

「ひゃー、汗かいた汗かいた！　水浴びするぞーノル！」

「う、うん……」

夏の太陽の下で剣の修練に没頭した後、彼はクロエに手を引かれるまま浴室へ連れ込まれた。が、すでに羞恥心を覚えない年齢ではない。一糸まとわぬ姿の母から目を背けて立っていると、そこに本人のいたずらっぽい声が掛かる。

「なんだよー、照れんなよー。もうお年頃かー？　お母さんといっしょはイヤかー？」

「……そんなこと、ないけど……」

か細い声でオリバーが言う。高い位置の蛇口から放たれた水が勢いよくクロエに降りかかる。

「おーちべたい！　今日も精霊頑張ってんなぁ！　いいぞー気張れ、もう十度落とせ！」

激しく叩き付ける水流の中で火照った体を冷却するクロエ。が、その間もずっと、オリバーは浴室の片隅でじっと目を伏せている。照れや羞恥という以上に、それは無意識の畏れだった。自らも魔法使いとして成長しつつある今、無数の神秘を秘めて完成されたクロエ＝ハルフォードの体を、彼の本能は「軽々しく見てはいけないもの」と判断していた。

「……はは」

そんな心理を知ってか知らずか。クロエは息子に向き直り、自ら両腕を開いて裸身を晒す。

「──見惚れていいぞ、ノル。今はその時だ」

その言葉に恐る恐るオリバーが視線を上げ、吸い込まれるように相手の体を見つめる。魔法使いとして完成された、それでいて今なお計り知れない成長の最中にある小柄な魔女の肉体。

皮膚の一片、肉のひと筋に至るまでその美を見て取れぬ場所はない。息を呑み、思わず呟く。

「……お母さん、きれい……」

「うぉい！　いきなりそれはダメだー！」

顔を真っ赤にしたクロエが息子の手を掴み、有無を言わさずシャワーの中に引っ張り込む。

エドガーがふたり分のタオルを手に様子を見に来るまで、母子はそうしてじゃれ合っていた。


とある夜。日中の修行と夕方からの勉強で体力を使い果たし、オリバーはリビングのソファで舟を漕いでいた。

「――どうだった？　今回の会合は」

「んー……。良くはないね、正直」

そこに両親の会話が響く。薄く開けたまぶたの向こうに、外出から帰宅したクロエと話し合うエドガーの姿が映る。

「簡単に説得できるなんて最初から思っちゃいないけどさ。……以前に比べて、向こうのほうで私に対する見方がだいぶ変わっちゃった気がする。こっちが何を言っても人権派の代表って感じで受け取られるんだよね。そんなん名乗ったこと一度もないんだけどなぁ……」

「君の求心力が裏目に出てしまった形だな。……ただ、それも無理のないことではある。人権派への影響力と異端狩りの現場で示した実力が重なって、今の君はその気になれば魔法界そのものをひっくり返しかねない立場だ。保守派の面々も対応に気を揉むのだろう」

エドガーが重い息を吐く。いつになくふたりの雰囲気が重い。夢うつつの中、オリバーは不安を覚える。

「エミィ君にも、交渉の窓口として長く負担を強いてしまっている。それだけに今の状況は心苦しい。……彼女にくらいは、そろそろ打ち明けてもいいんじゃないか？　この子のことも……」

「私も出来ればそうしたいけど……エミィの気持ちを考えると、まだしばらく時間を置きたいかなって。ただでさえ難しい交渉に付き合わせてるじゃない？　今ここで背中を揺さぶっちゃうのは避けたいんだよね。それに、あの子に必死で祝福の言葉を絞り出させるのもさ……」

珍しく引け腰にクロエが言う。オリバーが初めて目にする母の顔が、彼が知らない誰かに対する負い目と苦悩がそこにある。ほんの少し、胸がざわつく。

「……これは私の我儘だけど。エミィには、ノルを嫌いになって欲しくない。むしろ大好きになって欲しいんだ。ノルにも自分のお姉さんだと思って、あの子を慕って欲しい」

「……それは……」

「虫のいい話なのは分かってる。でも――知ってるだろ、エド。私は欲張りなんだよ。どうしようもなく……」

寂しげに微笑んでそう言って、クロエはエドガーを両腕でぎゅっと抱きしめる。

「……お前を選んだのは、お前が男だったからじゃない。……私自身は心からそう思える。でも――ノルを産んでしまった以上、あの子の目には、そう映らないかもしれない。私たちがどれほど言葉を選んで尽くしても、自分が女だから選ばれなかったと感じてしまうかもしれない。……それはきっと、エミィにとって、根こそぎの否定になる」

その葛藤はいかにも込み入りすぎて、幼いオリバーにはまだ理解が及ばない。エドガーが押し黙り、クロエはさらに言葉を続ける。

「だから、ね。……打ち明ける時は、とびっきりの肯定から入りたいんだ。会わせる前に、ノルにはそりゃもうエミィの良いところを片っ端から吹き込みまくってさ。最初っから目がキラキラした状態の初対面にしたいわけ。

私たちが育てた最高の息子が、出会う前からあなたのことを心底尊敬している。あなたを本当の姉のように慕っている。……それくらいでやっと、初めて幸せなものになると思うんだ。ノルとエミィの初対面は……」

願うようにクロエが言う。エドガーがふっと微笑む。

「……分かるよ。が……ノルに委ねるところが大きいな。今のはまず、この子が最高の息子に育ってくれることが前提だろう？」

「――あァン？　それ疑う？　っていうかとっくに最高の息子だけど？　この寝顔見てまだ分

かんないってのは目が悪いな？　悪い目は叩いて直してやらないとな？」

「違う、違う。僕が悪かった。今さら『拳闘王』に復帰しないでくれ」

「ふん、私はいつでも現役だぜ。見てろよ、いつかギルクリスト先生だってこの拳で殴り飛ばす！　思い知れ頑固ババア、これが私の杖剣不要論だ！」

「次の会合でやらないでくれよ、頼むから……」

　こぶしを掲げるクロエに戦々恐々としながらエドガーが言う。ああ、いつものふたりだ。それでやっと安心して、オリバーは眠気に再び身を委ねる。


「――エド！　ノルを連れて逃げろ！　今すぐ！」

　その夜、扉を半ばぶち破るように帰宅したクロエは開口一番にそう叫んだ。息子に杖の手入れを教えていたエドガーがぎょっと立ち上がる。

「どうした、クロエ君！　交渉が決裂したのか⁉」

「そっちは相変わらず平行線！　けどうなじがざわついた！　いつ誰がとかは分からない、ただ直近で何か仕掛けてくる！　ここはもうダメだ！　エミィにも身を隠すよう伝えた！」

　切迫したその声に、エドガーもまた速やかな頷きで返す。その腕が困惑する息子の肩をがっしりと抱く。

「――分かった、ノルと一緒に本家へ身を寄せる。……君は？」

「客の相手。ただ逃げても追い付かれる」

迎撃の準備を整えながらクロエが言う。その間もずっと腰に差したままの杖剣が目に入り、オリバーもまた状況の深刻さを肌で感じ取った。母はこれから戦いへ向かう。その事実を否応なく実感する。

「……お母さん……！」

不安に駆られる息子を、歩み寄ったクロエの両腕がぎゅっと抱き締める。

「心配ないよ、ノル。……言っただろ？　お前の母さんは世界最強なんだ。たとえ異端狩りの連中が部隊ごと押しかけて来たってへっちゃら。軽くあしらってやるさ。

本家はちょっと息苦しいかもだけど、少しだけ我慢してな。……戻ったら一緒にパンケーキを焼こう。シロップとバターをたっぷり盛った、エドに怒られそうなヤツを」

視線を合わせて、安心させるようにそう告げる。オリバーがぎゅっと母を抱きしめる。

「……待ってるからね、お母さん」

「ありがとうな。――愛してるよ、ノル」

そう言って息子の額にキスをする。一方で、同じ光景を眺めるデメトリオも自ずと気付く。

「……そうか。この時が、あの夜か」

母を残して家を出た後、息子を連れたエドガーは夜闇に紛れながら長い距離を移動した。極めて慎重に経路を選んでいることはオリバーにも伝わった。時に変化や変装で姿を変えながら、翌日の正午近くにやっと、彼らは目的地であるクロエの実家——シャーウッド家に辿りついた。小さなオリバーの目からは端が見て取れないほどにそれは大きく、そして旧い屋敷だった。

「——よく来たなふたりとも！　大変だったろう、さぁ上がれ上がれ！」

門前で来訪を告げると速やかに扉が開かれ、一組の老爺と老婆が好々爺然とした顔で彼らを迎え入れる。庭に足を踏み入れた瞬間からひどく重い空気がオリバーの全身を絡め取り、彼の中の不安はむしろ強まる。同じように硬い面持ちの父と共に、オリバーは母屋らしきひときわ大きな建物へと案内されていく。

「オリバーには年が近い相手のほうがいいだろうの。——グウィン、シャノン、可愛い従弟が来たぞ。お前たちが遊んでやりなさい」

粛々と来客を迎える使用人たちと並んで、玄関では精悍な顔つきの少年と、柔らかな雰囲気の少女がオリバーを待っていた。血の繋がる従兄妹なのだと、彼にも一目で分かった。

「……グウィンだ。初めましてだな、オリバー」

「シャノン、だよ。仲良くして、ね」

「——はい。お、お世話になります」

緊張を隠せないままオリバーが受け応える。老婆がそれを見てくすくすと笑う。

「あらあら、ちゃんとした子ねぇ。あれの子供とは思えませんよ」

「君の躾が良いのだろうの、エドガー君。さ、君も奥で寛ぎなさい。パイプは吸うのだったかな？」

「いえ、今は……。ご厚意だけ有難く頂きます」

老爺の勧めをエドガーが丁重に辞する。そんな父の振る舞いのひとつひとつから、オリバーもひしひしと感じ取っている。――ここは、油断してはいけない場所なのだと。


状況の深刻さに加えて夜通し逃げてきた境遇への配慮もあり、歓迎もそこそこにふたりは客室へと通された。ひとまずは体を休めるように父から言われたオリバーだが、屋敷の重い空気を別にしても、彼にはどうしてもベッドに横たわる気にはなれなかった。

「……まだかな……」

抱え込むように窓に張り付き、夜闇に沈んだ外の景色を眺めながらオリバーが呟く。結局一睡もせず、まだ日の高かった頃からずっとそうしている。見かねた父の声が背後から響く。

「……お母さんのことは心配ない。こっちにおいで、ノル」

呼ばれたオリバーが窓を離れて寄っていくと、父の両腕がその体をぎゅっと抱き締める。オリバーもまた相手を抱き返してそれに応えた。――自分も怖い。けど、自分を守らなければならない父はもっと怖いはずだ。幼いながらに相手の気持ちをそう慮りながら、

「――あ――」

そこでふと、何かを感じた。

「……？　どうした、ノル」

エドガーが怪訝な顔をする。父の腕から抜け出したオリバーが窓のほうへ向かって立ち、窓辺の一点を見つめてそう告げる。

「――お母さん、来た」

一瞬置いて、同じものを見たエドガーが息を呑む。

クロエがそこにいた。半ばが欠けた朧な女性の姿で。白く透き通った、風が吹けば今にも散ってしまいそうなカタチで、その場所に現れていた。

「――まさ、か」

エドガーの声が震える。ふたりの眼前で、損なわれた霊体が声にならない声を上げる。

「――あ――ぁ――」

立ち尽くすオリバーへと、クロエの霊体がゆっくりと近付く。朧な片腕で息子の体を抱きしめ、微笑む。やっと帰って来られたと安堵するように。

「――エド――ノ、ル………」

その呼びかけを最後に、跡形もなく姿が散り消えた。全ては泡沫の夢であったかのように。

もはや声もなく沈黙するオリバーとエドガー。やや間を置いて、廊下から足音が響き渡る。

「──起きているか、エドガー君！　シャノンがこの部屋への霊体の侵入を感じ取った！　そこに誰かいるのか⁉」

慌ただしいノックに重ねて老爺の呼びかけが響く。その全てがふたりの耳を素通りしていく。

「……消えちゃった……」

先ほど確かに自分を抱きしめた母の腕。その微かな感触を思い出しながらオリバーが振り向き、父を見上げる。目の前で起こった出来事の意味を、今なお理解出来ないまま。

「……ねぇ、お父さん。お母さんは……どうなったの……？」

我に返ったエドガーの口から事が報告された瞬間から、シャーウッドの屋敷の空気は一変した。それまでは状況を探りつつの厳戒態勢。しかし、この時点で彼らは臨戦態勢に入ったのだ。

「──久しぶりに連絡を寄越したと思ったら、まさか幽霊になって出戻るとはな。……まったく、最期まであの娘らしい」

母屋のリビングに集まって話し合う大人たち。同じ空間の片隅でグウィンとシャノンに寄り添われながら、オリバーはじっとその様子を見ている。交わされる多くの難しい言葉から、それでもどうにか状況を理解しようとしていた。

「こうなった経緯はどの程度分かっているのだ、エドガー君。……不肖の孫なれど、あれは千年に一度の傑物だ。誰が動いたにせよ、そう容易く仕留められるはずはない」

「……朧気には……。……しかし、実行者までは分かりません……。彼女と敵対する勢力の何者か、としか……」

「本人は話さなかったのか？　一度は化けて出たのだろう？」

「……一見した限りでも、霊体の損傷が酷く……形を成せたのは、ほんの数秒でした。……あれでここまで辿り着けたこと自体……き、奇跡としか……」

震える声でエドガーが言う。立て続けの質問を見かねたように、グウィンが話に割って入る。

「お爺様、一旦その辺りに。……エドガー様は傷心でおられます」

「分かっておる。が、敵の正体も掴めんまま放置は出来ん。……状況からの憶測だけでは限界があるな。さて、どうしたものか……」

顎に手を当てて考え込む老爺。が、ふと思いついたように、彼はもうひとりの曾孫へと向き直る。

「……あれの魂はその子に憑いているのだったな、シャノン」

「……う、ん。……固く絡まって、離れない……抱きしめる、みたいに……」

オリバーに憚りながらシャノンがそう答える。それを聞いた老爺が躊躇なく告げる。

「お前なら魂から直接聞き取りも出来よう。場を整えるぞ」

「——っ——。それ、は——」

「お待ちください、お爺様！」

グウィンが強く声を上げた。彼の立場から何度も許される行いではない。が、それでも。

「……仰るように、シャノンなら可能です。しかし、よくご検討ください。クロエ様の魂は今、オリバーと密接に絡み合っているのです。そこから霊体の交接を通して情報を汲み上げるというのなら……それは否応なく、この子にも伝わってしまいます」

彼の言葉を聞いたエドガーの目がハッと見開く。裏腹に、老爺は訝しげにグウィンを見返す。

「なんぞ問題か、それが。……よもやこの子に、母の仇の顔を知らぬまま生きろとでも？」

我に返ったエドガーが老爺に駆け寄る。その袖に取りすがり、必死の形相で懇願する。

「ご容赦下さい、お館様！ ……そんなものを、今のノルに見せられるはずがありません。母がどうなったのか……この子にはまだ、その事実さえ受け止められていないのに……！」

嘆願を受けてしばし沈黙し、老爺が腕を組む。

「親心か。……なるほど。それは儂にも理解できるとも」

跪いたエドガーの肩に老爺が手を置く。慈愛に満ちた微笑みがそこに浮かび、

「だが、エドガー。お前もひとつ忘れているようだ。
我が孫は死に、事は危急。これ即ち、シャーウッド家の存亡に関わる一大事であるぞ」

直後にその顔が一変する。目的のために躊躇なく人の心を踏み躙る、紛れもない魔法使い

のそれに。エドガーの口からひゅっと息が漏れる。

「その上で尋ねる。――儂に抗弁か？　たかが入り婿の分際で」

「――ッ――」

遥(はる)か高みから叩(たた)き付(つ)ける言葉でもって、老爺(ろうや)は相手に一切の抗弁を封じる。余りにも残酷な物言いだが、それに反論し覆(くつがえ)すための発言権が今のエドガーにはない。この場の魔法使いの中で彼は唯一シャーウッドの血を引かない人間であり、クロエの死と同時に、老爺(ろうや)はその立場を限りなく低く見ている。いや――それ以前に、孫が許可もなく取り入れた「外の血」に対して、彼は最初から好意など一片たりとも抱いてはいない。

「……ぼくは……だいじょうぶ、です」

そこにオリバーが声を上げ、全員の視線が驚きと共に彼を向いた。老爺(ろうや)に捻じ伏せられる父の姿を見かねた気持ちも無論ある。だが――それ以上に、今のオリバーには知りたいことが多すぎた。それを知る手段があるというのなら、迷わず飛び付かずにはいられないほどに。

「難しい話はよく、分からないけど……シャノンお従姉(ねえ)ちゃんなら、お母さんとお話ができる。今の、そういうこと、ですよね」

今までの話の中から、彼なりに聞き取った内容をそう告げる。出会って間もない従姉(あね)を見つめて、オリバーは言葉を続ける。

「だったら――ぼくも、それが聞きたい、です。……お母さんが、どうなったのか。ぼくの知らないところで何があったのか。ぼくも、ちゃんと、知りたい……」

シャノンが息を呑み、老爺が口元を歪めてにぃと笑う。その視線が足元のエドガーを冷たく見下ろす。

「良い息子だな、エドガーよ。お前よりも余程状況が分かっておる」

「――ッ！　駄目だ、ノル！　そんなことは絶対に――」

「**眠りに落ちよ**（アルトムソムナム）」

反抗しかけたエドガーの胸を老爺の呪文が撃ち抜き、その体が床に突っ伏して昏倒する。オリバーがぎょっとしてそこへ駆け寄る。

「お父さっ――」

「安心せよ、ただ眠らせただけだ。事が済めばすぐに起こしてやる」

「では、準備をしましょうかねぇ」

倒れたエドガーを一顧だにせぬまま平然と状況が動き出す。異常な空気に圧倒されるオリバーの、その肩を掴んで目を合わせ、老爺が重々しく告げる。

「お前は立派な子だ、オリバー。……子供には少し辛いかもしれん。が――耐えられるな？」

オリバーにも分かった。それが、頷く以外の返答を一切許さぬ問いかけなのだと。

求められたのは、まず浴室で徹底的に体を洗うこと。その工程が済むと今度はグラス一杯の緑色の液体を飲むように命じられ、それを口に含んだ瞬間の刺激でオリバーは危うくむせ込むところだった。度数の高い薬草酒だったのだ。

「坊やの身も浄めましたし、さっそく始めましょうかね。――さぁ、シャノン」

「……っ……」

全ての準備が済んだオリバーが別室へと案内され、中央の椅子に座らされる。老婆から彼に触れるよう促されたシャノンが、そこで動きを止める。

「躊躇うのかい？　……あぁ、優しい子だねぇ。祖種の血が濃い子はみんなそうだ。私の兄も最期までそうだったよ……」

感慨の滲む声で老婆が呟き、その手でシャノンの肩を強く握る。

「でもね、拒むことは出来ないよ。そこも兄さんと同じさね。……お前の務めなんだ」

圧をかけられたシャノンの体が微かに震える。見かねたオリバーがそこに声をかける。

「……シャノンお従姉ちゃん。ぼくは、大丈夫だから……」

自分がこれから何をされるのか、自分の身に何が起こるのか――それら全ての不安よりも、彼の中では「母がどうなったのか知りたい」気持ちが勝っている。そうなれば、シャノンが止まっていられる理由はもはやなかった。長い躊躇いの末に、彼女は手にした杖をオリバーの胸に当て、呪文を唱える。

「——**魂よ語れ**(アニマエネクスム)——」

途端に視界が塗り替わった。オリバーに憑(つ)いた母の霊体から、真新しい記憶が彼の中へ一斉に雪崩(なだ)れ込んだ。

「——よく凌(しの)ぎなさる。足掻(あが)くだけ無駄と分かっていましょうに」

生前のクロエが目にした絶望的な光景がオリバーの目に映る。暗い森の中で溶岩と化して煮え立つ周囲の地面が。そこから絶え間なく彼女へ襲い掛かる魔人たちの影が。

「あぁあぁ、酷(ひど)いね——削(そ)いじゃうなんて。寂しいよ、寂しいよ。君と一緒にいさせてよぅ」

闇の中より襲い来る巨爪。まとわりつく呪詛(じゅそ)の霧と、喉の潰れた羊にも似た嗄(しゃが)れ声。

「テメェの仕事は灯(あか)り持ちか。いい御身分だな、ババア」

「…………」

遥(はる)か高みに浮かぶ偽りの満月。その青白い光を受けて立つ巨大なゴーレムの輪郭(シルエット)。狂気を帯びて響く甲高い笑い声。

「どうぞご自由に！　キャハハハハハハハ！」

「[redacted]」

聞き取れぬ詠唱に続いて全身を打つ衝撃。絶望的な戦況でなお衰えぬ母の戦意。

「こちらです、先輩！」

暗闇に一縷の光が差し、その方向へ向かってクロエが駆けた。安堵と喜びが彼女の中に込み上げる。この瞬間にその相手が助けに入ることに、彼女はただ一点の疑いも抱いてはおらず、

「──エミ、ィ──？」

故に、裏切りもまた予想できない。背後から胸を貫かれた衝撃。追って耳に響く声。

「……ごめんなさい。私にはもう、これしか」

なぜ、とクロエの中で疑問が渦巻く。一方で、本当の地獄はそこから始まる。

「──背中からひと突きか。上手くやったもんだなぁ、オイ」

低い位置から見上げる視界に魔人たちの姿が映る。深い洞窟の中、心臓を貫かれた上で生命維持のための最低限の治癒を施され、クロエは魔人たちの囲いの中に横たわっている。声を上げることも出来ず、あらゆる身動きを封じられた上で。

「キャハハハハ！　流石のクロエ君もこれは読めなかったと見えます！」

「そうだよねぇ。君のこと、ずっとずっと大事にしてたもんねぇ」

老爺の哄笑と皮肉気なバルディアの声が反響する。淡々とした声が確認する。

「ここから先も……良いのだな？　予定通りで」

クロエを裏切った女が静かに頷き、洞窟の奥へ姿を消す。哲人然とした男が頷いて杖を抜く。

「では始める。……気の進まない仕事だが、誰からいく？」

「──私から任されよう」

ひとりの男が自ら前に出る。ことさらに胸をそびやかして傲然と立ち、その瞳に危うい光を湛えながら、彼はクロエを見下ろす。

「……不様ですな、クロエ先輩。自信家の貴方のことだ、よもや思いもしなかったでしょう。こんな形で私の足元に伏せることなど」

言いながら、男は歪な笑いを浮かべて杖を振り上げる。

「──**腹から裂けろ！**」

詠唱と共にクロエの体内を激痛が蝕む。──シャノンの側で感覚の同調を抑えていなければこの時点でオリバーは気絶し、その時点で追体験も打ち切られていただろう。が、従姉の思い遣りによって彼は耐えた。耐えられてしまった。そこへ重ねてダリウスが声を放つ。

「……目障りだった。ずっと──ずっと、ずっと……ずっとずっとずっと！　貴方のことが大嫌いだった！　**指から捩れろ！**」

続けざまの激痛呪文がクロエを痛めつける。その間も、ダリウスの口は猛然と感情を吐き出し続ける。

「その生意気な顔が！　その不遜な言葉が！　その天衣無縫の剣がッ！　いつもいつもいつも

私の目を焼いた！　大嫌いなのにどうしても目を逸らせなかった！　――**骨まで焼かれろ**！」

「分かるか――貴方には分かるか⁉　同じ世界に貴方が存在していることが苦痛だった！　貴方に向けられた怒りも笑顔も、貴方から掛けられた罵倒も称賛も！　その全てに一喜一憂する自分の不様が憎くて憎くて死にそうだった！　いつだって殺してやりたかった！　いつだってこうやって貴方を滅茶苦茶に痛めつけたかったんだッ！　――**溶けて崩れろ**ッ！」

「私をルーサーと比べるなッ！　あいつと比較して私を下に見るなッ！　わ、私は――私は！　あんな剣だけの馬鹿とは違うッ！　この杖の下に衆愚を導くべくして生まれてきた！　その使命に自覚あらばこそッ、いつまでも野蛮な斬り合いにばかり興じていられるものか！　あ――貴方も何故分からない⁉　あいつは非才だからあんなにも馬鹿でいられるだけだ！　私に同じものを求めるなッ！　そんなものに憧れさせるなッ！　私の前でいつまでも忌々しく輝くなッ！　――**削れて落ちろ**ッ！」

　果てしなく呪詛を吐き出しながら拷問に没頭する男。その姿を眺めて魔人たちが笑う。

「キャハハハハ！　若いですねぇ！　ああまで剝き出しの愛憎を抱えていられるとは！」

「ふふふ～。先輩からすればきっと、ルゥ君もダル君もたくさん可愛がってたつもりなんだろうねぇ。あの人はずっと気付いてなかったよぉ。それがルゥ君にとっては祝福でも、ダル君にとってはぜぇんぶ呪いになってたことに」

　執拗な繰り返しの末に、男がやっと拷問の手を止める。それで気が済んだのではなく、単なる激情による息切れの結果として。

「……ハァッ、ハァッ……！　ハァッ……！」

「おぅ、その辺にしとけ。お前ひとりのために用意した場じゃねェんだからよ」

人相の悪い女が肩を掴んで男を下がらせ、同時に自ら前に出る。

「よう、先輩。アタシはアイツほどしつこくはねェから安心しろよ。

在学中はアンタと殺し合いもしたが、他で色々と世話にもなった。その辺はいいとこトントンだ。別に恨み辛みが溜まってるわけじゃねェ。……でもよォ」

表情からすっと温度を消して、女は杖を振り上げる。

「……悪ィな。本能でイラつくんだわ、アタシより自分が強いと思ってやがる奴には。

――**打ち潰されろ**」

一定の間隔で激痛呪文を三十回。それで女が拷問を終えて下がると、今度は少女の形をした呪詛の塊がその場所を替わる。

「次はわたしだねぇ。ふふふ……まだ自我はあるのかな？　わたしが誰だか分かる？　バルディアだよ、バルディア＝ムウェジカミィリ。

キンバリーにいる間、先輩には何度も声を掛けてもらったよね。こんな呪い持ちのぼろ切れみたいな小娘でも、あなたはずっとひとりの後輩として接してくれた。バナちゃんといっしょに喧嘩を売ったら、わたしまで迷わず素手で殴ってきたりして。……あの時は本当に驚いたよお」

　クロエの傍らに座り込み、バルディアと名乗った呪者はその顔を間近に寄せる。

「その上から目線の分け隔てなさがね。わたしはずぅっと、だぁ――い嫌いだった。澱みと暗がりだけがわたしたちの居場所なのに、それを無遠慮に照らし出すあなたの輝きが心底疎ましかった。だからねぇ……わたしは今、すっごくすっごく嬉しいよぉ。だって、これで、やっと。これでようやく、あなたもおんなじ暗がりに沈んできてくれたんだもん。ふふ……だから、いっぱい歓迎するね。――**爛れて腐れ**」

　絡み付くような拷問が始まる。最初の男とは対照的に決して焦らず、吟味に吟味を重ねた苦痛を楽しげに与え続ける。三十二回の呪文を経て彼女の拷問が終わり、続けて小柄な老爺が進み出る。

「次はワタシですね！　ご機嫌如何ですか、クロエ君！　このような形でアナタと向き合うことになるのは本当に悲しい！　アナタは授業ではおよそ最悪の生徒でしたが、アナタにゴーレムを潰されるたびに改善点を洗い出して造り直すのはワタシの生き甲斐でした！　分かりますか、この気持ちが！　ワタシは今から自分の生き甲斐を自ら踏み躙るのです！」

　そう口にした瞬間、その顔からあらゆる感情が消え去る。真っ白な石板のように平坦になった声で、老爺は言う。

「――しかし。遺憾極まりないことに、それもまた魔道というもの。――**渇き朽ちよ**」

淡々とした二十回の呪文を経てエンリコの拷問が終わる。バネッサがギルクリストを睨む。

「次はアンタがいけ、ギルクリスト。……最後に回るのはオススメしねェ。アタシらも立ち位置を疑っちまうからよ」

「…………」

人相の悪い女に促され、背筋の伸びた老女が無言で歩み出る。その瞳がじろりとクロエを見下ろす。

「まだ見えていますか、Ms.ハルフォード。……詫びはしません。存分に呪いなさい」

そう告げて杖を構え、尖端をぴたりと相手の胸に据える。

「最後にひとつ。……貴方は粗野で、下品で、浅慮で。私が教えた魔法使いの理想とはどこまでも程遠く。呪文に至っては、もはや目を覆うほどに雑でしたが――」

老女がぐっと口元を引き結ぶ。それで封じきれなかったものが、続く一言となる。

「――ただひとつ。その剣だけは、嫌いではありませんでした。……**強き痛み在れ**」

義務として唱えられた呪文は三度。それで老女の分が終わり、哲人然とした男に順番が回る。

「トリだぜ、アリステイディス。キッチリ締めろや」

「……あぁ」

人相の悪い女に促された男が歩み出る。杖を抜き、クロエを見下ろす。

「今さら多くは語らない。ただ――我々と君で、ついに志を同じくすることが出来なかった。

それを心底、残念に思う。

「——刻まれよ（ドロール）」

二十回の詠唱が機械的に終わり、そうして六人全員が事を終える。二重の中継を挟んで記憶を見下ろす現在のデメトリオが、そこでぽつりと呟（つぶや）く。

「……悪鬼の所業だな。我が事ながら」

過去の自分をそう評する。静まり返った洞窟の中、魔人たちがその奥の暗がりへ目を向ける。

「済んだぜ。——出て来いよ、エスメラルダ。このパーティーの立役者さんよォ」

闇の中から女がゆらりと姿を現す。クロエを裏切り、背後からその胸を刺した人物が。

「お前が裏切った。アタシらが痛めつけた。ぜんぶ予定通りだ、ここまでは」

「……分かっています」

歩み出た女がしゃがみ込み、クロエの体を抱いて天井を仰ぐ。開いたその口の中に——牙が覗（のぞ）く。人ならぬ長さと鋭さを備えた四本のそれを、数秒置いてクロエの首筋に突き立てる。

「——おぉ——」「——ヒュウ」

ごくり、ごくりと喉が鳴る。血を吸っていると一目で分かる。だが同時に、それ以外の何かを同時に吸い上げているのだと直感する。クロエの目から最後の光が消え、心臓の鼓動が止（や）む。その遺体を、女の両腕が軋（きし）むほどに抱きしめる。

「なかなか見応えあったぜ。——どんな味だった？　愛（いと）しい相手の魂ってのはよォ」

人相の悪い女に問われて、女がゆっくりと振り向く。それはもはや彼の記憶だ。デメトリオがよく知る貌になって。後に魔法界の頂点に立つ魔女がそこにいる。

「――貴様らには、永遠に解るまい」


「――ぁ――」

長い追想に続く深い眠りを越えて、オリバーがベッドの上で目を覚ます。傍らで息子の手を握っていたエドガーがそこに飛び付く。

「ノル……！　戻ってきたのか！　あぁ、ノル……ノル……！」

涙を流して息子を抱きすくめるエドガー。その隣で、目元を泣き腫らしたシャノンが謝る。

「ごめん、ね……ひどいもの、見せて……ごめん、ね……！」

その声を聞いていられる時間も長くはない。オリバーの目覚めを聞きつけて、ほどなくシャーウッドの長たる老爺が部屋を訪れる。

「目覚めたか、オリバー。あれから三昼夜眠り続けるとはな。流石の儂も気を揉んだぞ」

エドガーを押し退けてベッドの隣の椅子に座り、そうして老爺はオリバーに問いかける。

「して。――見たのか？　母の仇どもの貌を」

冷たい視線が曾孫を見据える。答えに迷う余地もなく、オリバーがこくりと頷く。

「――見た。……もう、忘れない」

意思を込めてそう告げた。老爺(ろうや)の口元がにぃと歪(ゆが)む。

「……魂の半分は向こうに持っていかれた。そうだな？　シャノン」

「……うん。わたしと、似た……けど、ぜんぜん違う形の、力で……」

確信をもって請け合うシャノンの言葉。それを聞いた老爺(ろうや)が真顔に戻る。

「……エスメラルダ＝カテナ＝ドラクルーグ。孫の小判鮫(こばんざめ)と侮(あなど)って放り置いたのが間違いだったな。呪詛名(ミドルネーム)の『手枷(カテナ)』が示すように、穢(けが)れた血を遠く受け継ぐとは聞いていたが――まさか、その身に吸血鬼(ヴァンプ)の異能を蘇(よみがえ)らせていようとは」

そう口にした老爺(ろうや)が立ち上がってベッドから離れ、窓辺に立つ。

「不幸中の幸いに過ぎんが、こちらの内情の漏れはわずかだ。……霊魂の扱いとして無法が過ぎる故に、魂魄吸収(ソウルアブソーブ)は決して尋問の代わりにはならん。人格と結び付いた記憶はただでさえ脆(もろ)く繊細なもの。あのような形では吸収の過程で散り散りであろうよ」

他に背を向けて語り続ける。全ては理解出来ないまま、オリバーはじっとそれを聞いている。

「が――遺憾なことに、より根本的なものはいくらか奪われた可能性がある。……魂が持つ固有の性質。クロエの『双杖(そうじょう)』に代表される、所謂(いわゆる)『魂の才能』と呼ばれるものだ」

エドガーがぐっと俯(うつむ)く。その分析から自分が失ったもの、奪われたものを直視して。

「シャノンと違い、あれに祖種の血は強く出なかった。故に、我らの秘奥(ひおう)たる魂魄融合(ソウルマージ)の術式まで奪われてはおらん。もっとも——仮に奪ったとしても、吸血種の穢れきった身でその再現が可能とは思わんがの。

いずれにせよ、方針は明らかだ。——討たねばならぬ。我が孫娘を裏切り弑した連中は無論、何よりも吸血鬼という種そのものを生かしてはおけぬ。あの変種は存在そのものが祖種への侮辱だ。ヒトの深奥に座する宝玉の扱いは、断じてあのような形で為されるべきものではない」

老爺が窓辺で振り向く。その口元が爛れた執念を宿して歪み、目鼻と皺の全てで凄絶に笑う。

「そして何より。……不肖の孫娘があれなりに果たさんとしていた宿願を、彼奴らはこの狼藉によって阻んだつもりでいる。——許せぬよなぁ」

親心を取り繕ったところで、本当のところはオリバーにも分かる。老爺にとって、それは自らの宿願。即ちシャーウッドの宿願に他ならないのだと。

「だが、敵は強大だ。吸血鬼を除いた他の六人を見渡しても、その顔ぶれたるやいずれ劣らぬ魔人揃い。……対して、シャーウッドの魔道はただでさえ戦向きのそれとは言い難い。自然、戦力の増強が急務となろうな」

話の向きを変えたところで、老爺の視線が再びオリバーを向く。

「そこで、だ。——一役買ってもらうぞ、オリバー」

「な——待ってください！　ノルに何を⁉」

エドガーが息子を庇って間に立つ。老爺が呆れたように肩をすくめる。

「察しが付かんか？　……魂をふたつに引き裂かれながら、健気(けなげ)にも我が孫娘は己が息子のもとへ舞い戻った。お前も奇跡と言った通りよ。この僥倖(ぎょうこう)を今に活(い)かさずして何とする」

父親の想(おも)いなど一顧だにしない。自分の中で完結した論理で、老爺(ろうや)はどこまでも揚々と語る。

「理屈は単純至極。彼奴(きゃつ)らが邪道で力を得たなら、こちらは大手を振って正道を往くまでのこと。

故に——当主として命ずる。母との魂魄融合(ソウルマージ)を試みよ、オリバー」

厳かな前置きを経て告げられた言葉。絶句する父の背後で、オリバーが口を開く。

「……それは……」

「意味は察しておるようだな？　その通り、クロエの魂を己の力として取り込むのだ。——まさか嫌とは言うまい？　最愛の母の魂と融(と)け合えるのだ。お前にとっても願っても無かろう。幽霊になってまで戻ってきた孫娘の想(おも)いとて、それでやっと報われようもの」

立場を弁(わきま)えるのもそこが限界だった。エドガーが激怒して声を上げる。

「ふざけるな(ノン)ッ！　あ——あなたはッ！　自分の言葉が何を意味するか分かって言っているのか⁉　ご自分でも語ったように、魂はヒトの最も奥に位置する本質だぞ！　子供のそれに直接干渉し、あまつさえ都合よく変化させようと⁉　許されるものか！　たとえ母の魂を用いようと、そんなことは決して——！」

「**凝りて止まれ**(ブロイベーレ)」

　呪文の一撃がエドガーを固める。硬直した彼を、老爺が冷たく見下ろす。

「家外から来た種馬は黙っておれ。儂は今、自分の血を引く曾孫と一対一で話しておる」

　老爺の視線が真っ向からオリバーを見据える。そこから目を逸らさぬまま、少年はぽつぽつと答え始める。

「……それをすれば、ぼくは……強くなれる？」

「なれるとも。母の魂を受け継ぐのだ。きっと母のように強くなれる」

「お母さんみたいに強くなったら……あの人たちにも、勝てる？」

「勝てるとも。奴らは何故群れてクロエを殺したと思う？　あれの力を何よりも恐れたからだ」

　完璧な返答だった。であるのなら——全てを見届けてしまった今、オリバーには選択肢など有り得ない。

「——やります。やらせて、ください」

　答えが重く響く。それを聞き届けたエドガーが、やっとのことで硬直から脱して口を開く。

「——かはっ……ノ、ノル……！　断りなさい！　いけない、そんな道を選んでは……！」

「酷なことを言うな、エドガーよ。……息子の手を見てみるがいい」

　そう言って、老爺はオリバーの体を覆う掛け布をめくる。そこに隠れていた両腕が露わになり、

「──ッ！」

エドガーが絶句する。　息子の手。　膝の上で握りしめすぎて骨が砕け、　紫色に腫れ上がったそれを目にして。

「——くく、それでもまだ握っておる。大した怒りだ」

心底愉快げに老爺が笑う。俯いたオリバーの口がぼそぼそと動く。

「……ごめんなさい、お父さん。でも、ぼく……」

父へと目を向ける。まだ怒りにも悲しみにも形を成さない、ただひたすらに膨大な感情を宿して震えるそれを。

「……何か、してないと……はじけちゃいそう、なんだ……」

止められない。それを悟ったエドガーの顔が絶望に染まる。老爺がその背後に立ち、皮肉なまでに優しく肩を叩く。

「本人の合意は得た。……連れて逃げようなどとは思うなよ？　それを許す儂でないことぐらい、お前ならとっくに承知のはずだ」

釘を刺されたエドガーが沈黙する。彼にも分かっていた。ここはすでに籠の中。クロエの存在が失われた今、自分にも息子にも、出口などどこにも残されていないことは。

「戦力として育てる以上、戦いの訓練も並行して行わねばならんな。指南役を家中から適当に見繕っても良いのだが……そこに限れば、多少なりとお前の親心を酌んでやらんでもない」

慈悲の名を借りた命令が下される。何を選ぶ余地もなかった。エドガーが父として取れる道は、もはや他に何もない。決まり切った返答をか細い声で口にする。

「……その役目。どうか、私に……」

「許そう」

いかにも寛大な処置であるかのように頷いた上で、老爺は相手に釘を刺す。

「だが、決して甘やかすな。その気配がわずかでも見えたが最後、お前が息子に会うことは二度とない。そう思え――」

そこから始まった鍛錬の日々を、デメトリオは目を細めて眺め続けた。

「……壮絶だな。身体を苛め抜く類の荒行なら、私もひと通りは経験したつもりでいたが……」

肉体を余さず痛めつけるための修行から命懸けの魂魄融合。さらに追い打ちで魂を馴染ませるための鍛錬。およそ正気の沙汰ではない。どの流派のどの教えにも、それを是とする理など載ってはいない。

「……すでに修行や鍛錬の次元ではない。これはもはや拷問、でなくば苦しみ抜いての自殺だ。死んでいないのはただの結果に過ぎん。いや……魂が持つ本来性という意味では、この瞬間も、彼は死に続けているのか……」


同じ形で日々が続いた。その日も地下の訓練場で数え切れずオリバーの心身を痛めつけた後、エドガーの口が乾ききった声で終わりを告げる。

「──今日はここまでだ。……治癒はシャノン君に頼む。早めに休んで明日に備えろ」

「……お父、さん……」

「先生と呼べ。……ここでは、それしか許されない」

そう言って去ろうとする父の背中に、オリバーが弱々しく声をかける。

「……弱くて、ごめんね……明日は……もっと、がんばる……から……」

「──ッ！」

震える肩に指を食い込ませて押さえつけ、エドガーが体を引きずるように訓練場を去っていく。入れ替わりに入ってきたシャノンとグウィンが、父に代わって従弟へと駆け寄った。

「お疲れ様、ノル。……今日も、頑張った、ね」

「……お従姉ちゃん……」

消耗しきったオリバーの目が従姉を見返す。小さなその体を、グウィンが両腕に抱え上げる。

「動かなくていい。部屋まで担いでいく」

「……ありがとう、お従兄ちゃん……」

「礼など言うな。……頼む」

言葉を交わしながらオリバーを自室へと運んでいく。その記憶を見ていたデメトリオが、そこでふと気にかかる。

「……彼らの立ち位置は、そのままシャーウッドのスタンスとイコールではないようだな。この辺りの内情も知っておきたいところだ。――視点を変えてみるか」

オリバーの夢から離れて現実に戻り、少し考えた上で、静止したグウィンに杖を向けて記憶へと侵入する。ほどなく、彼の視点から見た「その頃」が再現され始める。

「……これで大丈夫だ。大人しく寝ていれば、負傷と疲労は明日までに回復する……」

「……うん。ちゃんと、寝てるね」

治療を終えたオリバーをベッドに寝かし付け、グウィンはシャノンと共に部屋を出る。廊下をしばらく歩き、何を言っても従弟の耳には届かないと確信できる距離まで来たところで、彼は震える口を開く。

「……なんなんだ、これは……」

グウィンのこぶしが壁に叩き付けられる。寡黙な兄が滅多に行わない激情の表明に、シャノンがびくりと肩を震わせる。

「……あれから毎日毎日、徹底して心身を痛めつけるばかりの訓練。やっとそれを越えたところで命懸けの魂魄融合、そこから更に馴染ませるための訓練、訓練、訓練……！　こ——こんなものが人間への仕打ちであるものか！　それも親を亡くしたばかりで傷付き切った子供への……！」

溜めに溜めた感情を吐き出すグウィン。その肩に手を置いて、シャノンが兄を宥める。

「わたしも、同じ気持ち、だよ。……でも、落ち着いて、グウィン。お爺様に聞かれたら……」

「いちばん聞かせてやりたいのはその人にだ！　何故だ、何故お爺様はノルにあんな真似をする⁉　訓練の名を借りたあの拷問でノルが強く育つと本気で思っているのか⁉　そんなはずがあるものか、ただ擦り減っていくだけだ！　欠けて砕けて壊れていって、やがてあの子が二度と立ち上がれないようになるだけだ……！」

悲鳴じみたその声を聞いて、長く悩んだ末に、シャノンはぽつりと口にする。

「……お爺様も……思って、ない」

「——何？」

グウィンの顔が妹を振り向く。深く俯いたまま、シャノンが答える。

「お爺様も、思って、ない。あれで、ノルが、強くなるって。ただ……試したい、だけ。魂魄融合

でヒトが、どういう風に、変わるか。どれくらい、保って、どれくらいで……つ、潰れる、か。ノルで、それ……確かめようと、してる」

グウィンの心臓がどくんと鳴る。曾祖父に対する最後の信頼が、そこでひび割れる。

「――本人が言ったのか。それを」

「言わなくても、分かる、の。わたしは……感じる、から……」

否定しようのない根拠を妹が示す。眩暈を覚えたグウィンがよろめき、壁に背中を突く。

「……あの人は……どうして、そこまでノルに冷たく当たる。仮にも血を分けた曾孫だろう。クロエ様とは不仲だったとしても、仮に肉親の情を棚に上げたとしても――シャーウッドの血を引く貴重な子孫には違いない。それを相応の扱いで遇する気すら、ないのか」

呆然とグウィンが言う。その疑問に、ややあって再びシャノンが答える。

「お爺様は、確信、してた。……ノルには、濃く顕れて、いない。シャーウッドの血も、クロエ様の血も。才能の尖端……が、どこにも、ない。ひどく凡庸な子供……だって……」

続くほどに声が震える。グウィンにも分かる。曾祖父の残酷な考えを口にすることが、兄にそれを伝えることが、刃でかき混ぜられるに等しい痛みを彼女の胸に呼び起こしていると。

「どうせ、大したものに、ならない。だから――ここで、使い潰して、しまって、惜しくない。……お爺様は……そう、思ってる……！」

涙声で絶叫する。グウィンの目が据わり、彼女の前で踵を返す。シャノンがその肩を摑んで止める。

「待って、グウィン！」

「止めるな！　直訴に向かう！」

「だめ！　わたしたちの声、お爺(じい)様は、聴いてくれない……！　前も、そうだったこと、憶(おぼ)えてる！　あの時、グウィンがわたしと――」

「――ッ――」

同じ過去を思い出したグウィンが凍り付いたように立ち止まる。説得の無意味をそれで悟り、彼の怒りはただひたすら自分の不甲斐(ふがい)なさに向けられる。

「……なぜ、俺は魂魄融合(ソウルマージ)に耐えられなかった。なぜ……！」

「どうしようも、ない。魂にも、相性が、ある。ノルとクロエ様で、成り立つのは……あのふたりが、すごく深く愛し合っている、から。だから、融合の抵抗も、少なく済む……」

「少なくだと⁉　あれのどこが――！」

「グウィンじゃ、もっと無理なの！　わたしだって、同じ！　……生前のクロエ様に、わたしたち、会ったことも、ない。魂の距離が、遠すぎる。それじゃ――融(と)け合うことなんて、出来ない……」

涙声でシャノンが言う。怒りを通り越した虚脱状態で天井を仰ぎ、グウィンが呟(つぶや)く。

「……どう転んでも、見届けるしかないと？　あの子が潰れていく様を……」

シャノンが首を横に振り、兄の手をぎゅっと掴む。

「……グウィン。ノルの部屋、行こ」

「……どの面を下げて……」

「ふつうで、いい。難しいこと——何も、考えなくて、いい。ただ……寄り添って、あげて。ノルは、今すごく、寂しいの。訓練の間は、怒りと痛みで、頭がいっぱいで、忘れてる。でも——夜になるたびに、消えちゃいそうなくらい、辛くなる。なのに、あの子……いつも、枕を噛んで、それに耐えてる……」

グウィンも自ずと察した。オリバーが訓練に出た後の、その部屋の光景をシャノンは何度も見ている。従弟の苦しみの跡を、彼女がそこに見て取れないはずもない。

「今のわたしたちに、出来るのは……寂しさを、紛らわせてあげる、ことだけ。でも——それがないと、あの子、きっと、もたない。明日にだって……ううん、今夜にだって……潰れちゃうかも、しれない……！」

悲痛なその声が胸に響いた。グウィンが大きく息を吐き、背筋を伸ばす。

「——グウィン」

「取り乱してすまない。……少しは、従兄らしい顔になったか」

シャノンが涙を拭って微笑む。痩せ我慢であろうと、彼女のよく知る兄がそこにいた。

「……うん。いつもの、かっこいいグウィンに、なった」

「なら行こう。ノルを独りにしたくない」

頷き合ったふたりが従弟のもとへ足を向ける。辿り着いた部屋の扉をノックして、返答があるやすぐさま中に入っていく。

「戻ったよ、ノル。遅くなって、ごめん、ね」

シャノンが詫びながらベッドに駆け寄る。その後に続く長身の姿に気付いたところで、蕾が綻ぶようにオリバーが微笑んだ。

「……あ。お従兄ちゃんも、一緒だ……」

「些か手持無沙汰でな。俺もこちらで過ごすことにした」

そう言って杖を振り、ベッドの脇に寄せた椅子にふたりで座る。オリバーがごにょごにょと言葉を濁す。

「……その。駄目だったら、いいんだけど……」

「どうした？」

遠慮がちに従兄の顔を見て、オリバーがぽつりと呟く。

「……楽器、弾いてくれる……？」

グウィンが即座に立ち上がって部屋を出た。かと思えば、一分と経たずに楽器を背負って戻ってくる。

「――っ、どれがいい。ヴィオラか、コントラバスか、バイオリンか。他でも構わん。弦楽はひと通りいける」

「わっ、すごい……！　えっと——ど、どれだろ……ぜんぶ聴いてみたい……」

「なら全て聴かせてやる。まずは馴染(なじ)みやすいバイオリンから。選曲は……」

「あれ、いいと、思う。……星の海の、踊り」

「承知した。……では、僭越(せんえつ)ながら」

シャノンのリクエストを受けて演奏が始まる。オリバーとシャノンがうっとりとそれに聞き入る中——一連の光景を眺めていたデメトリオが、静かに納得して頷(うなず)く。

「——従兄(あに)と従姉(あね)の思(おも)い遣(や)りに恵まれて、か。……成程。これが最後の支えというわけだ」

そうしてグウィンの記憶から抜け、男は再びオリバーの夢へと侵入する。

「しかし、当主の予定通りに進んだなら今こうなってはいまい。……この先で何があった？」

さらに時が流れた。成長したオリバーは、なおも地下の訓練場で父と向き合っていた。

「——ぐっ……！」

「もう一度だ。ノル」

斬り倒した息子に向かって父が命じる。すぐに立ち上がったオリバーが彼に向かっていき、数合の剣戟(けんげき)を経て再び斬り伏せられる。

「……っ！」

「もう一度！」

何度でもそれを繰り返す。実力差は明らかであり、たとえ百本繰り返してもオリバーに勝ち目はない。だからこそ続ける。その必敗を覆す唯一の術を、彼に会得させるために。

「無理を強いていることは分かっている。だが――頼む。それに目覚めてくれ。私にはどうやっても教えられない。だが……今のお前の中には、もう在るはずなんだ」

懇願に応じたオリバーが速やかに立ち上がり、不屈の意思が宿る瞳で父を見つめる。

「……絶対に身に付けるよ。安心して、先生」

「……怪我……いつもより、ひどい、ね」

訓練の後。部屋に戻ったオリバーに、シャノンがベッドの上で治癒を施していた。

「――仕方ないんだ。剣と呪文に関しては現時点で技術の底上げをやり尽くして、ここから先は少しずつ伸ばしていくしかない。他に飛躍的な進歩が見込める要素といったら……それはもう、母さんが使っていた魔剣だけだから」

オリバーが言い、こぶしを握り締める。己の至らなさが身に沁みる。

「俺を生かすために、父さんは必死でそれを身に付けさせようとしてくれている。……そう分かっているのに、応えられない自分が歯がゆいよ。技術が上がれば上がるほど分かってしまう、母さんに及びもつかない俺の才能も……」

「……ノルは、がんばってる、のに。これ以上なんて、どこにもない、くらいに……」

シャノンの目にじわりと涙が滲む。オリバーが慌てて彼女へ向き直る。

「泣かないで、従姉さん。……前と比べて、最近は休みの時間が少し多めにもらえるんだ。お爺様に働きかけてくれてるんだよね？　父さんと従兄さんと一緒に……」

「少しだけ、ね。……でも、それが、聞いてもらえるのは……お爺様の想像よりも、ずっと、ノルが、頑張ってるから、だよ」

治癒を終えたシャノンが従弟の手をぎゅっと握る。オリバーが優しく微笑む。

「なら、良かった。……俺は、もっと強くなるよ。お爺様に一人前の魔法使いと認められるくらい。そして——今度は、俺の手で従兄さんと従姉さんを守れるくらいに」

決意を込めてそう告げる。愛おしさが胸にこみ上げ、シャノンがたまらず従弟を抱きしめる。

「……ノル……ノル……！」

「ね、従姉さん——」

敬愛する従姉に抱き着かれて恥じらうオリバー。が——ふいにその動きがぴたりと止まり、顔色が青ざめる。

「……ごめん。一旦、離れて……」

「え……？」

「……離れて！　お願いだから！」

肩を押してシャノンの体を突き放し、彼女に背中を向ける。が、その一瞬でシャノンにも見えてしまった。少年の下着の薄い布を、内側から押し上げるものが。

「……あ……」

察したシャノンが言葉を失う。彼女を前に、背中を縮こまらせたオリバーが呟く。

「……ごめんなさい。……昔は、こんな風になんて、ならなかったのに……」

か細い声でそう詫びる。――性的な成熟だけが理由ではない。日常的な荒行に死の危険を感じた体が一刻も早く子孫を残そうとする、それは一種の生存本能だ。ここでの生活に順応してきた今ですら、彼はそれほどまでに危うい日々を生きている。

「す――すぐに、鎮めるから。こんなの嘘だ、何かの間違いだ。絶対に――絶対に違う。これまで一度だって、そんな目で従姉さんを見たことなんてない……！」

目に涙を浮かべてオリバーが言い続ける。向き直ることは到底出来ないまま、せめて横顔だけを相手に向けて、その口を開く。

「すぐ、直すから。だから――お従姉ちゃん。ぼくを、嫌いに、ならないで」

涙で揺れるその瞳を見た瞬間、シャノンの中であらゆる迷いが消えた。ベッドに膝をかけて上に乗った彼女が、その全身でもってオリバーを背中から抱き締めた。

「――ノル。だいじょうぶだよ、ノル」

「……あっ――。――ま、待って、お従姉ちゃん。まだ……！」

蹲ろうとするオリバーの体を止めて、前を向かせて抱きしめる。下着の中で屹立したままのそれがシャノンの腹に当たるが、彼女はもう気にしない。そんなことは何ひとつ気にならない。

「おっきくなっても、いいの。それは何も……変なことじゃ、ないの」

ただ、想いを言葉にして伝える。自分ほどにはそれを感じ取れない従弟のために。

「ノルが、どんな風に、なっても。わたしは――絶対に。ノルのこと、大好き、だよ」

その声が、オリバーの胸を途方もない温かさで満たす。両目から透明な雫が伝ってシャノンの肩に落ちた。その涙を止めたくて、彼女がもっと強く抱きしめようとすると――皮肉も、腹に当たるそれの感触はなおさら強くなる。

「……ふふ。ちょっとだけ、抱きしめづらい、ね」

「……ごめんなさい……」

「謝っちゃ、だめ。……押されちゃう、から。もっと強く、抱きしめる、ね」

負けないくらいの力で抱きしめて、そのまま一緒にベッドに横たわる。相手が落ち着くまでそうしていると、やがてシャノンの側でも気付いたようだった。自分の気持ちは伝わったが――これはこれで、相手に大きな我慢を強いてしまっていることに。

「……あのね、ノル……」

だから、口にしてしまう。深くは考えず、半ば反射的に。

「……これ、辛い、よね。……一度……すっきり、したい……？」

オリバーの肩がびくりと震える。顔を向けられずに俯いて、彼は掠れる声で言う。

「言わないで、従姉さん。……あなたに……そんなこと、させたくない」

言外に告げる。劣情を向けるなど思いも付かないほど、あなたという人間を敬愛しているのだと。その気持ちを受け止めて、シャノンが少年を抱きしめ直す。

「そうだよ、ね。ごめんね。

……優しいノル。わたしの大好きな、ノル」

「――ほほ。逞しくなったのう、ノル。見違えるようだ」

曾祖父に呼ばれたオリバーが応接間を訪れる。物言わぬエドガーに加え、何人かの親戚と共にシャーウッドの老爺がそこにいた。初対面の彼らにひとしきり挨拶を済ませた上で、オリバーは曾祖父に向き直る。

「……どのようなご用向きでしょうか、お爺様」

「そう急かすでない。構わんだろう、たまに年寄りの世間話に付き合うくらいは」

言いながら対面の椅子を勧める。それに応じながらも、オリバーは一切相手から目を逸らさない。老爺が苦笑する。

「この程度で気を緩めるような年齢ではないか。ほほ——早いのう、子供の成長は。ならば良い。お前の望み通り、さっそく本題に入るとしよう」

どんな内容かと身構えるオリバーに、老爺は軽くそれを切り出す。

「ずいぶん硬くなっておるが、安心せい。何もそう難しいことを求めるわけではない。単に協力を求めたいだけだ。シャーウッドの血筋に連なるものとしては至極当然のな」

「……協力……？」

訝しんだオリバーが眉根を寄せる。老爺の説明がそこに続く。

「我らの宿願については以前にも語った通り。が——それと並び立つ我らの責務が、祖種の血統の維持だ。……万にひとつも有ってはならんことだが。遠い未来、我らの魔道がその到達を見ず潰えたとして。——それでも尚、祖種の血は遺されねばならぬ。この世界からそれを喪わせてはならぬ」

一転して厳かな声でそう告げる。オリバーが慎重に頷いた。共有には至らないまでも、その意思は彼にも理解できる。

「だが——それを行う上で、我らにはいくつかの制約があってな。第一に、血を外に漏らしてはならぬ。祖種の血統は神秘にして不可侵。俗界に流れ出ることは断固として許されぬ。第二に、血脈の純度を維持する上で、外の血を取り入れることも最小限に抑えたい。これも魔法使いの家では特段珍しくないことよ。あのクロエには散々に破られたがのう」

忌々しさの中に微かな愉快さを織り交ぜて老爺が言う。母との関係が良くなかったことはオリバーも知っている。が——必ずしも嫌ってばかりではなかったのかもしれない、とその姿を見て彼は思う。そんな勘繰りをよそに老爺は続ける。

「これらを踏まえて。シャーウッドの後継は多くの場合、近しい血縁者同士の交わりによって産み出される。儂と妻もそうであり、グウィンとシャノンもそう。無論、クロエもだ」

「……っ……」

オリバーの表情が硬くなる。この家の環境から予想できた事実ではあったが、いざ面と向かってそれを告げられるのは少なからぬ衝撃を伴った。それを見て取った老爺がため息をつく。

「その顔だと、こうした話は伝えられていなかったかの？　……やれやれ。あの娘と来たら、そんなことすら息子に伝えんとは。シャーウッドの血筋として少しの自覚もあらなんだな」

ともあれ。お前に協力を願うのもそのことよ、オリバー」

「……俺に、誰かと子を成せと？」

「理解が早くて助かるのう。それで——構わんな？　ここへお前たち親子を匿ったのは儂だ。その報恩として、少しばかり子種を貰い受けたい。ただそれだけの話よ」

さも些細な話のように言ってのける。嫌悪を押し隠して黙り込むオリバーに、老爺は再び軽い口調になって続ける。

「ああ、重く考えずとも良いぞ。これはそこまで重大な話ではない。というのも、あくまで数を打ちたいというだけの事情でな。

　血を濃く保ってきた代償に、我らの一族には得てして子供が出来辛い。無論、大抵の不妊に対しては魔法使いなら打つ手はいくらでもあるが……我らの場合は中々に深刻でな。加えてこの傾向ときたら、一族の中でも祖種の血を濃く引いた者に限って重く顕れおる」

　憂いを込めて老爺がそう明かす。悠久の時を越えて血を繋ぐことは、魔法使いにとってもそう簡単ではない。

「簡単に言えば、ひとりやふたりと交わったくらいでは子供が出来ん。運良く出来たとしても流れるか、無事に育たん。……つまりは、世継ぎがままならんのよ。か弱い胎に一粒でも多く子種を打ってやらねば。ひとりでも多く赤子を産ませなければのう」

　言葉を切った老爺の前でオリバーが思い悩む。……心情としては無論嫌だが、この状況できっぱりと断ることは出来そうにない。だから次善の策を取った。それを求められるまでにどれほどの猶予があるのか、まずはそこから確認に移る。

「……いつの話になりますか、それは」

「いつ？　──ふ、ふははは！　いつ！　お前、今いつと申したか！」

　膝を叩いて老爺が笑う。その意味が分からず困惑を浮かべるオリバーに、老爺は改めて言ってのける。

「何を悠長に構えておる。——今よ。その子種を今日寄越せと言っておる。何をどう聞いて遠い未来の話などと思い違えた？　出来ぬとは言わせん。隠しても儂には一目で分かるぞ。——精通は、もう済んでおるのだろう？」

「——ッ！」

オリバーの背筋をぞっと寒気が這い上る。この相手に対する自分の見込みの甘さを思い知る。速やかに席を立って去ろうとした少年の体を、背後から伸びてきた曾祖母の腕が羽交い絞めにする。

「——な——」

「駄目ですよ、坊ちゃん。他の些事ならいざ知らず——世継ぎの問題に関して、当主の決定は絶対ですもの」

細い腕からは想像も出来ない力で押さえ込まれる。その拘束に必死で抗ってオリバーが叫ぶ。

「い——嫌だ！　離せッ！　離せェェエッ！」

「ほほ、元気に暴れますねぇ。これはよく育った。この活きの良さなら存外に期待が持てるやもしれません。グウィンの時は残念でしたからねぇ」

その名前を耳にした瞬間に動きを止め、オリバーの目が射殺すように老爺を睨む。

「……従兄にもやらせたのか、これを……」

「当然よ。言っただろう？　これはシャーウッドの血筋に連なる者の責務だと。

むしろ儂（わし）こそ理解に苦しむ。何故（なぜ）そこまで拒む？　見知らぬ相手の子を孕（はら）めと言われるならまだしも、男の側に求められることなど単純至極。腰を振って出すものを出すだけではないか。その相手とて、お前も満更ではない人物のはずなのだがな」

子供の癇癪（かんしゃく）を窘（たしな）めるようにそう言って、老爺（ろうや）は相手の目をじっと見返す。

「従兄（あに）の名前が先に出たのだ。本当はとうに察していよう？　――思い出せ。これまで家中で顔を合わせた人間の中で、最も祖種の気配が濃かったのは誰であったか。そして推し量るがいい。自分が今から誰と番（つが）わせられようとしているのか。

言い置くと、本人の同意はすでに得ている。……それでも尚（なお）、お前はこの務めを拒むと？」

答えるまでもない。鋼のような沈黙でオリバーが応じ、拒絶の意思を行動に移そうとした。

その瞬間に老爺（ろうや）が異変に気付き、

「む――**芯まで痺れよ（インペディエンドム）**！」

杖（つえ）を抜いて麻痺（まひ）呪文でオリバーを撃つ。それで力の入らなくなった口が半ば開き、その中に血の滲（にじ）む舌が覗（のぞ）く。

「危うい危うい。……こやつ、舌を噛（か）み切ろうとしおったぞ。それで死ねんことなど百も承知で、床での務めがままならぬ状態へ自分を追い込むことだけを狙っておった。はは――まったく油断も隙もない」

　どこか愉快げにそう言ってから、老爺はここまで一言も発しないエドガーへと目を向ける。

「この年齢で大した玉に育ったものだ。――お前の教育の賜物か？　エドガーよ」

「……ッッッ……」

　その皮肉に返るのもまた、ひたすら血の滲むような沈黙のみ。状況を見かねたように、今度はオリバーとは初対面の親戚のふたりが口を開く。

「……畏れながら、御当主。もう少し時期を見ても良いのではありませんか」

「同感ですわ。オリバー君の心情は別にしても、彼女のほうも器として若すぎます。妊娠の可否とは別に、体への負担も考慮すべきかと……」

　遠慮がちに各々の意見を述べる彼らを、老爺の視線が斬り付けるように睨む。

「クロエが死に、敵の存在が明らかとなったこの折にか？　――言葉に気を付けよ分家の若輩ども。お前たちが事の優先順位すら弁えぬ愚昧なら、その席次も今一度考え直すことになるぞ」

　そう告げる間にも、麻痺から復帰したオリバーが再び暴れ始める。口には曾祖母が猿轡を噛ませたため舌を噛み切ることはもはや出来ない。それでもなお暴れる。絶対の拒否を示す眼光で曾祖父を睨み続ける。

「――ッ！　――――ッ！」

「やれやれ。このまま部屋に通しても、ともすれば自ら一物を引きちぎりかねんな。……止むを得ん。薬を打て」

指示を受けた家人が速やかに魔法薬と注射器を載せたトレイを持ってくる。曾祖母が手に取ったそれを準備し、慣れた手つきでオリバーの首筋へと注入する。体内に入り込んだ異物の感覚にオリバーの抵抗がいっそう激しさを増す。

「――――――――ッ！――――――――ッッ！」

「一本では足らぬ。通常の五倍量……否、十倍量だ。致死の際まで情欲を煽って理性を削り取れ。こやつの頭に物を考える部分を一片たりとも残すな。この分だと、それで漸く事の終わりまで一匹の獣に堕してくれようよ」

「――――――――ッ！――――――――ッッッ！」

「いつまでも無駄に足掻くな。そう恐れずとも、終わってみれば大したことではあるまいよ。グウィンも最初は拒んだが、三度目以降はもはや何も言わなんだ。……もっとも、今は自分よりも余程お前に執心のようだ。前もって厄介払いで外へ出していなければ、今にもこの場へ飛び込んで来たかもしれんがな――」

「――――――――ッッッ！――――――――ッッッッ！」

少年の抵抗は長きに及んだ。ただの一本でも正気を失わせるに足る劇薬を十本首に打たれ、その上で少年はなおも抗った。わずかに動く指先だけで床を掻き毟って爪を剥がし、その痛みで正気を保とうとさえした。凄絶なその抵抗を前に準備の不足を悟る老爺だが、これ以上薬を増やせば狂う前に死ぬ。やむなく魅了の魔法を重ね掛けさせて薬の追加に代えた。それでもオリバーはなお暴れ続けた。

周りの親戚たちが息を呑んで見つめる中、さらにそこから二十分以上も暴れ続けた末――ついに、少年の抵抗が止む。というよりも、意識が半ば飛んでいる。彼が大量に撃たれた薬は脳の一部分を興奮させると同時に麻痺させるもの。量が過ぎればこうなることは自明だった。

「おお、やっと静かになりおった。いやはや、大したものだ。この量を打たれながらよくぞ今まで耐えたものよ」

感心と呆れを半々に込めて老爺がため息を吐く。人の思考に理性をもたらす部分を徹底的に麻痺させられ、今の少年の脳は動物的な本能のみが極端に興奮して働いている状態。もはや会話はおろか意思疎通もままならない。彼の人格を徹底的に剝奪した上で、老爺は次の指示を出す。

「……よし、部屋に放り込め。かつてなく荒々しい交わりにはなろうが、シャノンならば問題あるまい。いざという時のために杖は持たせておるし――腕の一本や二本が千切れたところで、後で繋ぎ直せば済む話だからのう」

曾祖母が頷き、そうして心を失った少年が最寄りの寝室へと運ばれる。開けた扉から押し込まれた瞬間、己を見失った彼の目にそれが映る。薄暗い部屋の中、所在なさげにベッドに腰かけた従姉の姿が。

「……ノル……？」

オリバーの体が動く。その意思とは無関係に、ふらふらと彼女へ寄っていく。

「どうしたの、ノル。……お顔、上げて。お従姉ちゃん、ここに――んっ⁉」

喰らい付くように唇を奪い、そのまま相手の体をベッドに組み伏せる。少年の異変に気付いたシャノンの肩が恐怖の感情に震える。ベッドの横には彼女の杖が置かれていた。だが、そこに手が伸びない。従弟に対してそれを向けることを、彼女は考えることすら出来ない。

「――あっ――ま、待って。ノル、待って……！」

爪の剝がれた指先が腕に食い込む。その痛みにシャノンが悲鳴を上げる。

「い、痛い……！　痛いよ、ノル……！　腕、そんなに強く、握ったら……！」

訴える声は少年の耳に届かない。彼女の知るオリバーはそこにいない。少年の人格は薬漬けになった脳の奥に封じ込められ、今その体を突き動かすのは獣じみた本能だけだ。

「お――お願い、聞いて……！　お従姉ちゃんの、言うこと、聞いて……！」

暗い部屋に悲鳴が虚しく反響する。それでもなおシャノンは呼びかけ続ける。何があっても愛し続けると決めたたったひとりの従弟に。そうすれば必ず届くと信じて。

「……ノル……！」

「――――――――……………？」

ふと気が付くと。知らない部屋の乱れたベッドの上に、オリバーは突っ伏していた。

「…………痛っ……。……なんだ、これ……」

痛みを覚えて両手を見下ろす。無惨に爪の剝がれた指先がそこにあり、こみ上げる悪い予感と共に、オリバーは周囲を見回す。

果たして現実はそこにあった。彼が身を置くのと同じベッドの上に、一糸まとわぬ従姉の体が力なく横たわっていた。

「…………ノ、ル……」

切れた唇がか細い声を紡ぐ。その体を覆う数え切れない青痣と乾いた血に、全身の至る所に刻まれた噛み跡に、オリバーの喉がひゅっと鳴る。

「――従姉、さ――」

彼と視線を合わせたシャノンが微笑む。変わり果てた姿で、それでも変わらぬ優しさを瞳に湛えて。

「…………良かっ、た。……やっと……優しい、ノルに、戻って、くれた……」

声を聞いたところで、オリバーは気付いてしまう。その体をあちこちで汚す血とは異なる体液に。両脚の間から今なお鮮やかな赤と入り混じって滴るそれに。

「……あ……あ……」

その光景を呼び水に、記憶が蘇る。薬で正気を失っていた間も、彼の目はその一部始終を見ている。故に憶えている。思い出せてしまう。自分が何をしたのか。敬愛する従姉に対して、この手足がどのような暴虐を働いたのか。

「……ぁぁぁあああああああああああああああああああああ…………！」

薄暗い部屋に慟哭が響く。裂けた喉から溢れた血が声に混じる。それでもなお、現実は何ひとつ変わらず彼の目の前にある。

「――ふははははは！　そうかよ！　よもやそうなるかよ！」

事より数週間後。妻からひとつの報せを受け取った老爺は、そこで即座に少年をリビングへ呼び付けた。

「出来た子だ、オリバー。――当たりよ。お前の子種でシャノンが孕んだ。相性が良いと睨んではおったが、まさか一度の仕込みでここに至るとは！　これは儂も脱帽だ！」

昏い瞳がぼんやりと老爺を見上げる。従弟の隣に立つグウィンが震える。感情を抑える余り、噛みしめすぎたその奥歯が口の中でへし折れる。

あの日から今日まで衰弱と自傷を重ねて過ごし、この時のオリバーは別人のように痩せていた。食事はおろか水すら喉を通らず点滴を頼み、発作的に体のあらゆる部位を切り裂こうと、あるいは噛み千切ろうとするため、グウィンとエドガーが昼夜を問わず彼に張り付いて一挙一動を見張り続けた。その期間はさしもの老爺も休息を許す他なかった。

だが今、老爺の中には大きな喜びがある。その感情の命ずるまま朗らかに、どこまでも明るく、彼は壊れ切った曾孫に接する。

「そう気落ちするな、曾孫よ。お前はこの結果を誇って良い。いや、誇らずしてどうする。グウィンには出来なんだことだぞ？　偉大なる祖種の血を後世へ繋ぐ――そのための希望をひとつ増やしたのだから！」

老爺がそこまで語ったところで、ようやくオリバーの思考が鈍く動く。言葉は全て耳を右から左へ通り抜けるまま、何がそんなに嬉しいのだろうと、彼はぼんやり思う。従姉の妊娠の報せは彼も先ほど受けている。その瞬間に両目へ突っ込もうとした指も、すでに従兄の手で止められている。

「ごほん。……いや、儂も少々先走っておるな。確かに、この妊娠が失敗に終わる可能性は否めん。むしろその可能性のほうが高い。世継ぎの候補がひとり増えるなどと考えるのはいかにも早計であろうよ。

だが、その成否とは別に揺るがぬものもある。お前の子種でシャノンが孕んだという事実だ。相性の悪い相手ではまずここまで至らん。逆に言えば、お前の子種で試す限りは成算が見込めるということ。一度目が失敗となってもそれで失望することはない。二度でも三度でも、五度でも六度でも！　また同じように試みれば良いのだからな！」

老爺が高らかに口にする。それを聞いた瞬間、すでに凍え切ったはずの少年の心がなおも芯の部分で凍て付いた。──今、何と言った。繰り返す？　二度でも三度でも？　また同じように、自分の子種を使って？

その意味を呑み込めずにいるうちに、老爺の手がオリバーの肩をがっしりと摑む。

「オリバーよ、我が曾孫よ。──改めて、お前にこれまでの遇し方を詫びよう。

率直に言うが、儂はずっとお前を見くびっておった。馬鹿娘が勝手に連れてきた入り婿に過ぎんエドガーの面影が強かったがために、お前の価値もまたその延長上で考えてしまった。その不明を、今は心底から悔いる。儂が間違っていた。お前は芯から儂の血統だった」

オリバーには何を詫びられているのか分からない。自分をどう思っていたとか、それがそんな理由だとか──そんなことは今となってはどうでもいい。そもそも誰に対して謝っているのか。傷付いたのは従姉だろう。ここにいるのは彼女を傷付けただけの獣だろう。

「シャノンを孕ませた件だけを評価してのことではない。儂が何よりも見上げたのは、今日までお前が生き延びた事実そのものだ。九死に一生すら望めんと見た魂魄融合の負荷に数え切れぬほど耐え抜いて、よくぞここまで不撓不屈に育ってのけた。如何に儂でも、これほどの執念を繰り返し見せつけられてはな。もはやお前を認めぬわけにはいくまい」

何ひとつオリバーには意味が分からない。なのに、相手が本気で褒めていることだけは伝わる。困惑と混乱が何周も回っていっそ可笑しい。なんなのだろうここは。一体いつから自分は、こんなにも狂った場所にいたのだろう。

「聞け、オリバーよ。今のお前にはふたつの代えがたい価値がある。ひとつには魂魄融合を経た魔法使いの稀有な長期生存例として、もうひとつにはシャノンと相性の良い番として。どちらもお前が生き続ける限りは容易に揺るがぬものだと分かろう。故に――これらの成果を以て、お前はこの家においての確かな立ち位置を得たのだと知れ。もはや庇を貸すだけの客ではなく、一山いくらの実験体でもない。今のお前は紛れもないシャーウッドの一族だ」

　難解に過ぎる言葉を、オリバーが辛うじて断片的に理解する。仲間に入れてくれるらしい。従姉を汚して傷付けて孕ませた功績で、どうやら自分は晴れて彼らの同族になったらしい。ああ、それは納得がいく。全身の血管という血管に汚泥が詰まったような吐き気にしっくりと説明が付く。お爺様、まさかあなたもそうだとは知らなかった。

「それらに加えて、儂はお前という人間を気に入った。時とあらば格上の儂を向こうに回して一歩も引かぬその胆力、母への愛と共に胸に宿したるその激情、果てしなき苦痛を延々と耐え抜くその忍耐――いずれも我が家の現状には欠けていたものよ。グウィンとシャノンも優秀だが、あれらは行儀がいいだけに少々退屈での。そこに現れたお前が望外に育ってくれたせいで、はは――儂の胸にまで、クロエがここにいた頃の刺激が戻ってきよった」

　心底嬉しそうな老爺を前に、あらゆる暗い感情が入り混じった曖昧な微笑がオリバーの口元に浮かぶ。それを好意の返報と解釈して、老爺がなおも明るく言葉を続ける。

「そこで、だ。——エドガーの扱いも含めて、お前への待遇は大いに上向ける。部屋も一等のものに移し、日々の生活においても諸々の自由を認めよう。ああ、無論シャノンにはいつ会いに行っても構わんぞ。あれが腹に宿しているのはお前の子だ。父が子に会いに行けぬなどという不憫はあるべきではないからのう」

何もかも素晴らしい冗談だ。いっそ腹を抱えて笑い転げたくなるのを堪えて、代わりにオリバーはただ笑みを深くする。肩を掴む老爺の手にひときわ熱が籠もる。

「ここまで言えば、流石に儂の気持ちは分かってくれような？　——共に親しくやっていこうではないか。クロエの仇を討ち、シャーウッドの宿願を果たすその日まで。なぁ愛しい曾孫よ、こればかりは否とは言うまいな！」

「うふふふふ。やぁっと仲良くなれましたねぇ、可愛い曾孫と」

老爺の後ろのテーブルで曾祖母が笑う。本当に良かったと明るい表情が告げている。少年を羽交い絞めにして薬を打ったのと同じ手でお祝いのケーキを切っている。ああ、あれなら食べられるかもしれないと空腹を忘れた体でオリバーは思う。きっと自分に相応しい豚の餌だと。

「ノル。——今より儂らも、そう呼んで構わんな？」

オリバーも頷く。——構わない。獣をどう呼ばわろうとあなたたちの自由だ。

「——はい。どうか、今後とも宜しくお願いします。お爺様、お婆様」

気付けば、最高の笑顔で完璧な返答を口にしている。肉の削げた頰で形作る従弟のその顔に、そこに在る人の形をした深淵に——隣に立つグウィンの肩が、ぶるりと震える。

それから三日が経った。砂のような食事を嚙んで飲み込むことを思い出すと、彼という魔法使いの体はみるみるうちに調子を取り戻した。顔色と振る舞いが元に戻り、介助なしに自分で部屋から出歩けるようになり、その時点でグウィンとエドガーの見守りも自分から断った。彼らにそんな手間をかけさせるのが申し訳なかった。

それから、もっとも大切なことに苦悩した。会いに行こうなどとは絶対に思えなかった。だが、想わずにいることも同じだけ不可能だった。今どうしているのか、何を思って過ごしているのか、体に辛いところはないのか——考えれば考えるほど不安と焦燥が募り、それはやがて彼の手足を突き動かした。

「…………」

息を潜めて、扉の前を何度も通り過ぎる。その向こうにいると分かっているのに、扉をノックする勇気がどうしようもなく湧かない。いざそうして拒まれるのならまだいい。通された先で自分を見る彼女の目を想像すると背筋が凍る。あの優しい瞳が二度と戻らないと知った瞬間、その場で自分は灰になって死ぬのかもしれないとすら思う。

「――ノル？　そこに、いるの？」

扉を挟んで声が響く。心臓が跳ねる。手足が反射的に逃げ出しそうになる。

「行かないで。入って、きて。……わたしに、お顔、見せて」

そう求められれば、断る権利などオリバーにはなかった。ひとつ深呼吸し、崖に踏み出す思いで扉を開く。きつく閉じた瞼をおそるおそる開けていく。

変わらない従姉の微笑みがそこにあった。傍らの椅子に腰かけたグウィンと並んで、ベッドの上から優しい瞳が自分を見ていた。たちまち途方もない安堵が胸の中にこみ上げ、そこで我に返って慌てて顔を背ける。――変わらずあってくれるなら尚のこと。その温かさに救われる資格など、今の自分にあるはずがない。

「そっぽ、向かない、で。お願い。もっと、こっちに……来て」

なのに、従姉は重ねて彼に求める。感情の板挟みで磨り潰されそうになりながら、オリバーは震える足で一歩ずつ彼女へ近付く。が、ベッドまで三歩分を残したところで足が止まる。そこで床が途切れたかのように立ち尽くす従弟の姿に、シャノンの顔がくしゃりと歪む。

「……ノル……」

「……あなたに触れる資格が、ない……」

深く俯いたままオリバーが言う。それを聞いたグウィンが、おもむろに両手を自分の首に回す。

「そうか。……では、俺には息をする資格もない」

そうして迷わず指に力を込める。呼吸と血流の大半が遮断され、その顔が見る間に赤黒く溢血していく。

「……っ……」

「え、グウィン──」

「従兄さん⁉」

一拍遅れて状況に気付いたオリバーとシャノンが同時に青ざめ、従姉のほうが先に動く。ベッドの上で身を乗り出してオリバーに手を伸ばす。

「さ──触って、ノル！　でないと、グウィン、本当に、死んじゃう……！」

「あ、あ……あ……！」

葛藤を上回る焦燥の中、オリバーは震える手をそこに重ねる。懐かしい体温を肌に感じた瞬間、グウィンが絞首の手を解いて呼吸を再開した。血液が正常に血管を流れ出し、ぜいぜいと息を荒げる間に彼の顔色が戻っていく。

「……命拾いした。助かったぞ、ノル」

「な──なんで……なんで、そんなこと……！」

困惑に声を震わせながらオリバーが問う。椅子の上で天井を仰いで、従兄がそれに答える。

「なんでも何もない。お前が負う咎があるとすれば、それは全て先に俺が負うべきはずだったもの。……従弟にそれを押し付けた事実を、俺は一生忘れない。その無力と恥を、己を八つ裂きにしてもなお足りない不甲斐なさを……」

その告解を前に、シャノンと手を重ねたままオリバーが立ち尽くす。椅子から立ったグウィンが従弟へと向き直る。

「お前に触れたい。俺に資格はあるか、ノル」

「……そんなの、もちろん……」

「では、させてくれ」

許可を得ると同時に足を踏み出し、彼は腕の中に従弟を抱きしめる。

「して欲しいことがあれば言え。死ねと言われれば死ぬ。……だが、出来れば、今はまだそれを言ってくれるな。お前をここに残したまま死にたくはない」

そう口にしたグウィンの頬を一筋の涙が伝う。温かい感情で胸が詰まり、オリバーは精一杯の抱擁でその想いに応える。

「……生きてよ、従兄さん……」

「承知した。お前が望む限り、そうする」

約束を込めて頷く。ベッドから立ち上がったシャノンが、そんなふたりを諸共に抱きしめる。

「資格とか、そんなの、分からない。……ノルが、触ってくれなくても、いい。いつだって――わたしから、抱き締める、から」

オリバーの口から嗚咽が漏れる。慟哭でも絶叫でもなく。望まぬ行為を強いられたあの日から初めて――ただひとりの子供として、彼はやっと泣くことを許された。

罪を共有する相手が生まれたことはオリバーにとって大きな救いとなり、その目線を少なからず前向きにした。そうなれば、今の彼にとって最優先で成すべきことはひとつだった。苛烈な訓練の密度はそのままに――残る時間から割ける分の全てを、彼はそのために捧げた。

「――ああ、気持ちいい、よ。……ありがとう、ね。ノル」

ほうと息を吐いてシャノンが呟く。服を脱いで晒されたその背中に、体内で乱れた魔力の流れに、オリバーは恐る恐る手を当てていく。

「ほ……本当に？　痛くない？　き――気持ち悪く、ない……？」

「なんで、そう思う、の？　ぜんぶ、気持ちいいよ。ノルが触って、くれるところ……」

ひとつの迷いもなくシャノンが即答する。それに安堵しながらも揺れ続ける心のまま、オリバーは懸命に処置を続ける。

「……手当ては……割と得意、なんだ。これをすると、母さんが喜んだから。もっと上達したくて……いつも父さんに、練習を付き合ってもらった。で、でもね――調子に乗ってやり過ぎた時は大変だったんだよ。背中が真っ赤になっちゃって……」

「うん……うん……」

少年の言葉にシャノンが優しく頷く。――魔法使いの妊娠期間は普通人と比べて遥かに短く、お腹が大きくなっていく過程も相応に早い。そこに見て取れるひとつの命の成長がオリバーに立場の自覚を急かしていた。直ちに少年期を終えて、その先の青年期すら飛び越して、自分は父にならねばならない。資格があろうと無かろうと、それにもはや否応はない。

「……本当に、大丈夫、かな。お腹の子供、嫌がってないかな……」

「きっと、伝わってる、よ。優しい人が、たくさん、触ってくれてるって」

穏やかな声でシャノンが請け合う。目に滲んでいた涙をぐいと指で拭って、オリバーはその言葉を信じる。

「そうだったら、いいな……。……もう少しだけ、続けるね」

「うん。疲れたら、ここでいっしょに、寝よ。わたしのせいにして……明日はお寝坊、しよ」

どこまでも温かい声でシャノンが言う。その優しさに甘えたくなる気持ちを押し殺して、オリバーはお腹の中の子供のことを想う。どうしたらその子を幸せに出来るか。穢れ切った無力なこの両手に、何をどうすれば、その子を抱き上げる資格が宿るのか。

「……従姉さん」

「ん？」

いくら考えても分からない。だから答えを求めてしまう。それこそが最たる甘えだと分かっていても、どうしようもなく訊かずにはいられない。

「……ぼくは……なれるのかな。この子の、お父さんに……」

そんな少年に向き直り、シャノンは顔を近付ける。

「ノル。お耳、出して」

「え？」

「ないしょ話」

戸惑いながらオリバーが耳を差し出す。そこに両手を当てて、シャノンは小さく囁く。

「実はね。ふたつだけ、分かってるの。……この子は、女の子で。ノルのことが、大好き」

言われたオリバーが驚きに目を見開く。従姉の言葉を疑おうなどとは露ほども思わない。だが、その上でなお、今の内容は信じがたい。

「……まだ、産まれてもいないのに……？」

「分かるの。産まれてなくても、分かるの。これはね……これだけは、絶対」

声に力を込めてシャノンが請け合う。だから、他に何の根拠もなくとも、その通りなのかもしれないとオリバーは思う。呆然とする彼から一度身を引いて、シャノンは大きくなった自分のお腹を見下ろす。

「だから、ね。……産まれたら、いっしょに、可愛がろ。たくさんたくさん抱きしめて、頭撫でて、キスしてね……」

我が子が眠る揺り籠を優しく撫でながらシャノンが言う。オリバーをまっすぐ見つめ、微笑みと共に告げる。

「……それから、ふたりで、伝えよ。——産まれてきてくれて、ありがとう、って」

オリバーは頷いた。そうして初めて、命の宿るお腹に自ら触れた。……こんな父ですまない。だが、必ず君を守ると——胸にそう誓って。


理屈では、ふたりとも分かっていた。それが余りにも儚い望みであることは。祖種の血を濃く引く者の出産が何事もなく成功する——シャーウッドという家の歴史に照らして、その可能性が決して高くないことは。

だが、望める道が、他になかった。オリバーとシャノンの間で起こってしまった全ての出来事についての贖いと成り得る、それはこの世で唯一つの道だった。オリバーという人間が自分を赦せる未来へと至る、それだけが最初で最後の可能性だった。

神がいれば、あるいは、その願いを拾い上げたかもしれない。

だとすれば——それが叶わないことも、ずっと昔に決まっていたのかもしれない。

「――従姉さんっ！」

夜明け前に危急を知らされたオリバーがグウィンと共に処置室へと駆け込む。安産でないことは昨夜の段階で確定していた。一時間前までは従姉の手を握って出産に立ち会っていた彼も、事が差し迫ってからはそれすら許されず部屋を追い出された。

「……あ……」

だから。再び戻った時には、結果だけがそこにあった。憔悴したシャノンが抱きかかえる小さな体。あらゆる感情を無くした瞳で彼女がじっと見つめる、息絶えた赤子という形で。

「残念ですよ。……手は尽くしたんですけどねぇ。本当についさっきまで、お腹の中で生きていたのに」

器具台に杖を置いた曾祖母がため息混じりに告げる。その声が、オリバーの耳には入って来ない。シャノンと彼女の腕の中の赤子、そして何も出来なかった自分。彼が認識する世界には、ただそれだけしか存在しない。他のものが何ひとつ意味を持たない。

「……ノル……」

従姉の瞳が彼を向く。罪の行方に裁決が下る。その指先が死した我が子の頬をなぞり、

「……ごめん、ね……わたし……産んで、あげられなかった……」

続く謝罪をもって。ひとりの人間の生涯を、永遠に呪った。

静寂の中で時が過ぎた。涙は、流れなかった。思い悩むことさえ、もはやなかった。

だから——その時にはもう。何もかも、彼の中で決まっていた。

「……本当にやるのか、ノル。まだあれから二日だぞ」

地下の訓練場に姿を現した息子へエドガーが声をかける。オリバーがただ、頷(うなず)く。

「やる」

「……御館様には私から話を通す。しばらく休みを取っても——」

「やると言ったんだ、先生」

頑(かたく)なな返答にエドガーが口を閉ざす。あらゆる言葉が意味を持たないことは、すでに彼も悟っている。

「……分かった。今のお前に、それが必要なら……もう、何も言うまい」

エドガーが構える。オリバーが無言で斬りかかる。ふたつの刃が火花を散らして重なる。

勝ち目のない立ち合いを繰り返しながら。その胸の内で、少年は己に問いかける。

——なぁ、オリバーよ。憶(おぼ)えているか。ここに来てから、自分が何をしようとしていたか。

強くなろうとしたな。……母を責め殺した連中を討つために。

強くなろうとしたな。……従兄(あに)と従姉(あね)を守るために。

強く在ろうとしたな。……産まれてくる子供の父になるために。

「……ハ……ハ……」

それで、お前は何をやった。それを望んだ結果、実際にお前には何が出来た。

まず、従姉を犯して孕ませた。次に、産まれる前の娘をひとり死なせた。

他には？　何もないよ。ただそれだけだ。お前がやったことは、本当にただそれだけ。

「……ハハ……ハ……」

何の冗談だ。何をどう間違えば、あの始まりからここまで酷い有様になる。

考えるだけ無駄か。だって、どう足掻いても取り返せない。お前はもうそうなったんだから。

人の形をした畜生に成り下がったんだから。

じゃあ、これから何をする。ありもしない償いの道を探すか？　これから長い時間をかけて。

その間ずっと人並みに飯を食って、人並みに眠って起きて、人並みに考えたり悩んだりして。

──まるで人並みに生きる権利があるみたいに。

違うだろう。それは違うだろう。まったくもって違う。どうしようもなく違うだろう。

まずは苦しめ。飯を食う時も、眠って起きる時も。その全てで息をするように苦しめ。

苦しみの中で全てを探せ。苦しみの果てに全てを為せ。それを原則として胸に刻め。

その上で──まだ、気付かないか。お前が今、ずいぶんと向かない真似をしていることに。

「……ハハハハ……！」

乾ききった哄笑が迸る。自分を嗤い、嘲り尽くす声が、抑えようなく少年の喉から溢れ出す。――そうだ、その通りだ。まったくもってその通りだ。

一足一杖の間合いにおける絶対勝利の技？　万にひとつの勝ち筋を確実に辿る魔剣？　――笑わせるなよ。お前の手にそんなものがあってたまるか。

それは母の輝きだ。お前には真似出来ない。穢れ切ったその手では決して掴めない。

お前にはお前の暗がりがある。そこに蟠った似合いの闇がある。掴むべきはそれだ。万にひとつの勝利なんかじゃない。それは万にひとつの選び抜いた苦しみだ。

苦しむためには、生きなければならない。

生きるためには、敵を倒さなければならない。

ならば結果は同じことだ。お前の魔剣はその形だ。それはお前の人生の在り方そのままだ。

さぁ選べ。無数に並んだ未来の中から、自分にもっとも相応しい苦しみを掴み取れ。

お前がそれを持っていけ。――もう二度と誰も、そんな形で苦しませないために！

「――アアアアアアアアアアアアアッ！」

糸が視える。それを選ぶ。刑が決まった。結末へ向かって剣が奔る。

手首を断った。握りの緩んだ手から杖剣が落ちた。自分はまだ握っていた。

成ったのだと、それで分かった。

「――――な――」

空になった自分の利き手を。深く抉られた傷口からどくどくと血を流すその手首を、エドガ

ーが慄然と見下ろす。長い忘我の時を経て、彼の視線がゆっくりと上がっていき、

「――ノル。今の、は」

目の前の相手に問う。彼の息子だったものがそこにいる。因果の圧力に晒された全身から血を滴らせた姿で。打ち勝った相手よりも遥かに重い傷を負った、もはや屍よりもなお酷いその有様で。

「……出来たよ。父さん……」

成り果てた少年が告げる。永遠に喪われた全てと引き換えに、ただひとつ得たものを。元の形は見る影もなく。二度と解けぬ歪みと捩れの果てに――そのようにして、彼の魔剣は成立した。


現場で見届けた父ひとりを除いて、その成果は他の誰にも告げられなかった。今のオリバーの立場であれば誰にも明かす必要はないとエドガーが言った。それを材料に交渉するまでもなく、彼はもう当主に気に入られているのだから。

父の言葉にオリバーも頷いた。その判断は、彼にとっても都合が良かった。

「――おお、ノル！　やっと顔を出したか！　心配したぞ！」

同じ日の夜、オリバーは老爺に会いにいった。いつものリビングではなく、この日の場所は

珍しく相手の私室だった。二日ぶりに目にする曾孫を、老爺は待ちかねたように笑顔で迎える。

「今回は残念だったな。……が、そう気を落とすな。似たようなケースでも、最初の一度で出産に成功した例のほうがむしろ少ない。上手くいくまで何度でも繰り返すのが我が家の世継ぎの常よ。たった一度の失敗で落ち込んでいても始まらん」

「そうですよぉ。産んでさえくれれば、こちらは何度だって取り上げますからねぇ」

同じ部屋にいた曾祖母がそう言って茶を用意し始める。そちらに目礼してから向き直るオリバー。その前のテーブルに、老爺は棚から持ち出してきたチェス盤を置いてみせる。

「せっかく来てくれたことだ、辛気臭い話ばかりでは出る気力も出るまい。……気晴らしがてら、チェスでも一局どうだ？　聞けばエドガーとはずいぶん打ったのだろう？」

「喜んで。過分のお気遣い、痛み入ります」

オリバーも快諾した。盤の上に手早く駒を並べながら、老爺が上機嫌に語り始める。

「儂は大抵のものは魔法界の品で揃えるのだが、チェスばかりは普通人の作ったものが好きでなぁ。魔法チェスときたらまるで駄目だ、あれは奇抜なばかりで品位と美しさがない。この限られたマスの中で繰り広げる読み合いと駆け引き——卓上遊戯の醍醐味は偏にそれだというのに」

「同感です」

追従ではなく本音でオリバーも同意する。曾祖父との間でそれが出来たのはこれが初めてだった。不思議な感慨を覚える中で盤面の準備が終わり、先行を譲られたオリバーから駒を動かし始める。中盤に差し掛かったところで老爺が腕を組んだ。

「ほう、中々生意気な手を打つな。……どれ、ちょいと待て。これは長考のしどころだぞ」

顎に手を当てて老爺が考え始める。そこで祖母の持ってきたお茶が盤の横に置かれ、オリバーが何気なくそれを口に含む。途端にふくよかな香りが鼻を抜けて意表を突かれた。きっと葉は特別なものではない。ただ丁寧に淹れてあると感じる。お湯の温度からカップの温め方、茶葉の保存まで、飲む相手のことをよく考えて。

「よし、ここだ。……ふふ、これは我ながら妙手だぞ。容易には狙いを見切れまい」

「確かに、これは考えさせられますね。こちらも時間を頂きます」

しばし静かに時間が流れる。時計の針が時を刻む音だけが響く。やがて長考の末に一手を指しながら、老爺がぽつりと口を開く。

「……母が、な」

「――？」

「儂の母、つまりはお前の高祖母だが――これがまた、筋金入りのチェス好きでの。どの程度かと言うと、家の者にひとり残らず教え込むのだ。大人も子供も使用人も関係なく、定石から何から徹底的に。……儂も、幼少の時分からずいぶん付き合わされた」

駒を動かしたオリバーが盤から視線を上げる。曾祖父の生い立ちを耳にするのは、ほとんどこれが初めてだ。

「昼夜を問わず向こうの都合で対局を迫ってくるものだから、姉弟たちは大層迷惑がっておった。が——不思議と儂は、あの時間が嫌いではなくての。盤を挟んだ向こう側の母親が、その時だけは一心不乱に儂と向き合ってくれるのが嬉しかった。……昔の儂は正直、余り出来のいい子供とは言えなくての。それ以外では母に余り構ってもらえなんだ」

一抹の寂しさを滲ませて老爺が苦笑する。その手が静かに駒を動かす。

「お前が気に入ったのは、母を亡くして間もない姿が、その頃の自分と重ねて見えたのもあったのかのう。……思えば儂も、耐え忍ぶ時期は人並み以上に長かった。こうして当主の座を任されるに至ったのは、無論その年月の中で己の才覚を見極め伸ばせたからだが——それも全て、あの苦しい時期を越えたらばこそ。忍耐は時に他のあらゆる能力に勝る美徳と、今はつくづく思うのよ」

自分の駒を動かしながら、オリバーはその声にじっと耳を傾ける。……何ひとつ理解出来なかった前と違って、それは不思議なほど誉め言葉として胸に伝わる。

思えば——従姉を傷付けて娘を死なせた以外に、自分にはここでひとつだけやったと言えることがある。耐えたのだ。日々押し寄せる苦痛と苦悩に、今まで膝を折ることなく耐え続けた。それに何の意味もなかったとしても、確かに耐えることだけはした。そうしなければこの家で息を繋ぐことは出来なかった。

だから、思う。同じ年頃まで時を遡れば、相手もそうだったのかもしれないと。

「お前もまたそうあって欲しいと思う。これは見込みではなく願望、もっと言えば単なる儂の夢想だがの。……はは、まるで年寄りの寝言よな。つい口が滑ったわ。今のは忘れて構わんぞ」

「……いえ。きっと、長く憶えています」

微笑んで首を横に振りながらも、盤上では厳しい一手で相手の受けを問う。老爺が唸って眉根を寄せる。

「たまに可愛いことを言ったかと思えば、打つ手のほうには少しも可愛げがない。……まったく困った曾孫よ。また時間を貰うぞ」

「どうぞ。その間、俺もじっくり考えますので」

熟考する曾祖父の顔をじっと見つめながらオリバーは思う。――今のこの人は、普通のお爺ちゃんだ。孫贔屓で、それが自分の趣味に付き合ってくれると嬉しくて、つい口が緩んで昔語りを始めてしまう。これまで見てきた冷酷な魔法使いの振る舞いが嘘のように。

どちらが本当なのだろうと考えて、きっとどちらも本当なのだとオリバーは思う。……ふたつの顔があるということは、両方とも相手には必要だったということ。魔法使いとして残酷に傲慢に振る舞うべき時があり、ひとりの人間として素朴に振る舞いたい時があった。それは自然なことだ。自分が彼の前で今「いい子供」として振る舞い、従兄と従姉の前では本音を打ち明けるように。

オリバーは想像する。では、彼もまたかつて「いい息子」として母親に振る舞ったのだろうか。祖種の血を守ることを第一とするこの家の環境で、それは同時に「いい魔法使い」であることを彼に求め続けたのだろうか。だとすれば——その求めがなければ、彼はそうならずに済んだのだろうか。残酷で傲慢な面は大きく育たず、誰の心も踏み躙ることなく。ひとりの優しいお爺ちゃんになっていたのだろうか。

「……もう少しだけ、何かが違っていれば……」

「むむむむむ……。——ん？　今、何か言ったか？」

オリバーの口から漏れた呟きに老爺が顔を上げ、少年は「いえ」と微笑んで応える。それで彼もすぐさま盤面に視線を戻し、にぃと微笑む。

「……よし分かったぞ。十八手先まで見切って——ここだ！　どうだ、これで降参だろう⁉」

考え抜いた一手を打った老爺が、きらきらと目を輝かせて曾孫を見つめる。盤面を眺めてしばらく考えた末、オリバーはそれが自分の敗着に繋がることを悟り、頷く。

「ええ、参りました。……本当にお強い。必死で食い下がっても年季が違う」

負けを認めてそう告げると、老爺は得意満面になって胸をそびやかし、それから駒の位置を前に遡って動かし始めた。すぐにも感想戦に移ろうというつもりらしい。オリバーは苦笑し、そして静かに椅子から立ち上がる。

「楽しかったです。この家に来てからのあなたとのやり取りの中で、これがいちばん」

本心から口にして杖剣の柄に手を置く。盤面を遡ることにすっかり集中して、老爺は何ひとつ警戒していない。駒を動かし終えたところでやっと、その顔が何の気なしに盤から上がる。それと同時に、

「さようなら、お爺ちゃん」

遊んでくれてありがとう。胸の中でそう告げて、オリバーは刃を横に薙いだ。

相手は少しも動かなかった。何の抵抗もなく骨に刃が通り、断ち切られた首が横に転がって床に落ちた。その鈍い音と共に、脱力した体の重みを受け止めた椅子が微かに軋んだ。

これまでの努力を自分で笑いたくなるほど。魔剣を使う必要など、どこにもなかった。

「――え？」

茶菓子のお代わりを用意していた曾祖母が異変に顔を上げる。曾孫が好むと知っている小ぶりのフィナンシェをたくさん皿に盛っている。オリバーが微笑む。曾祖父の血で濡れた杖剣を手に、まっすぐそちらへ歩み寄る。

「――待って。ノル、なんで」

そこでやっと杖に手が伸びかける。余りにも遅い。踏み込んだオリバーの左手が腕を摑み止め、同時に杖剣の切っ先を心臓へ滑り込ませる。流し込んだ魔法が命の中枢を破壊し尽くす。

目の前で曾祖母が息絶える。末期の顔に、困惑より先の感情をついに浮かべられないままで。

「……その『なんで』の答えを──あなたたちにも、分かって欲しかった」

もう届かない言葉をそう呟いて、貫いた胸から刃を引き抜く。命を失った体が崩れ落ちて彼の足元の床に小さく倒れ伏す。小柄な人だったのだと、そこで初めて気付く。

「…………」

その最期を眺めてオリバーは思う。──彼らは魔法使いだった。自分よりずっと年経て狡猾な、本来の実力ではどうあっても遠く及ばぬ程の。

だが同時に、人間でもあった。確かに彼の曾祖父であり、曾祖母だった。


オリバーの使い魔に呼ばれて当主の私室に駆け付けた時。グウィンとシャノン、そしてエドガーは、事の全てが終わった光景をそこで目にした。

「──これ、は」

言葉を失って立ち尽くす三人の前に、ふたつの屍とひとりの少年の姿がある。自分がもたらしたその結果を余さず見通せる部屋の片隅から、オリバーが静かに口を開く。

「こうするしかないから、こうした。もう一日だって待てなくて……だから、今日やった」

短くそう口にする。説明にはそれで足りると分かっている。そうして彼らへ向き直る。

「お別れだ、従兄さん、従姉さん。数え切れない恩義を踏み躙る結果になっちゃってごめん。

でも、たったひとつだけ言える。

——あなたたちはもう、俺を守らなくていい」

オリバーが孤独に微笑んで口にしたその言葉に、グウィンとシャノンが息を詰まらせる。その隣でエドガーが踏み出して息子と向き合う。

「……決めたんだな？　ノル」

「うん、ごめんね。……父さんは、ひとまず俺と一緒に行く？」

「これから何をするつもりだ」

「母さんの仇を討つ。母さんの悲願を果たす。……それ以外は、よく分からないや」

苦笑して、正直なところをそう告げる。エドガーが頷いて腰の杖剣を抜く。

「理解した。……なら、もっと図太くいけ」

そう言うと同時に老爺の屍へと歩み寄ってしゃがみ込む。断ち切られた首と体を寄せて合わせ、そこに救命としては意味を成さない治癒を施す。そうして死者の体を元通りに繋ぎ直した上で、彼は改めて自らそれを断ち切った。

「——⁉　父さん、何を——！」

「黙って見ていろ」

立ち上がったエドガーが有無を言わさず義祖母の屍へと足を向ける。こちらも同様に胸の傷口へ治癒を施し、その上で寸分違わぬ位置に杖剣を差し込む。引き抜いたそれを右手に握り、息子たちに背を向けたまま彼は言う。

「これで完璧だ。——このふたりは私が殺した。現場を見れば誰もがそう思う」

オリバーたちが絶句する。慎重で思慮深いエドガーの言動として、それは余りにも大胆だった。

「彼らはシャーウッドの家を頂点で支配していた両名だ。それがまとめて喪われれば、言うまでもなく権力の座は空席になる。……が、そこに滑り込むことを狙う人物も一族の中にはいる。それも、私たちにごく近い感覚でこの家の現状を憂いる者が」

エドガーの言葉にグウィンがハッとし、オリバーもまた思い出す。自分が最悪の行為を求められたあの日、同じ場所で反対意見を口にした親戚がふたりいたことを。

「トラヴィス様と、ローズ様、か……」

「そうだ。私はここ数年をかけて密かに彼らと交流し、結託し、反逆を実行するタイミングを窺っていた。……まさか、それが息子の手でもたらされるとは思わなかったが」

「——それ、は——」

「意外か？　……何もしてなかったわけじゃないんだよ、私も。そう言ったところで、今となっては何の言い訳にもならないだろうが……」

向き直ったエドガーの口元に自嘲が浮かぶ。その奥に潜む凄絶な自責もまた、オリバーには見えてしまう。ここでの年月を相手がどれほど苦しんだか——親子だから、分かってしまう。

「が、このシナリオは未完成だ。なにしろ下手人がここにいるのだから。必然、私という反逆者を自ら始末した功績をもって初めて——ノル、お前は新たなシャーウッドの家に迎えられる」

「——！　待って、父さ——」

「凝りて留まれ（プロイベーレ）！」

意図を察して動きかけたオリバー。その体を、エドガーの呪文が出鼻で縫い止める。

「安心しろ、お前にさせるつもりはない。……してもらうのは後の調整だけでいい。今私がやったのと同様の、傷口と凶器の簡単な細工。そこのふたりの手を借りれば容易（たやす）いことだろう」

「————！」

グウィンとシャノンの手が杖（つえ）に伸びる。が、突き出したエドガーの左手がそれを先に制する。

「止めるなよ、グウィン君、シャノン君。……君たちにも分かるはずだ。ノルを守る上で、今はこれが最上の方法だと。他の形ではどこかに必ずしわ寄せが来る。家を飛び出して当てもなく逃げ回るなど以（もっ）ての他だ。これから相手取らねばならない敵の強大さを考えれば、そんな不安定な立場に君たちを置けるわけがない」

「——ぐ——」「……っ……！」

その正しさを前にふたりが立ち尽くす。従弟（おとうと）を決して独りにはしない——それは彼らがとっくの昔に決めていたこと。が、その形にも良（よ）し悪（あ）しはある。家を捨てての放浪はエドガーも言うように最悪のパターンだ。身を潜めて生きるだけならまだしも、強大な七人の敵を討ち果たすためには多くの魔法使いの協力が必須となる。流浪の身からそんな交渉は持ち掛けられない。

グウィンとシャノンにその現実を理解させた上で、エドガーが息子へ向き直る。

「ノル。……お前が望まぬ行為を強いられたあの時、助けてやれなくて本当に済まない。お前の叫びは聞こえていた。救いを求める視線にずっと気付いていた。なのに――なのに私は、ついにその場から動けなかった。

私はクロエ君とは違う。杖を抜いてあの場に飛び込んだところで、それ一本で全てを捻じ伏せることなど出来ない。私だけが不様に死ぬならまだいい。だが――私がいなくなれば、この家でのお前の立場はますます危うくなる。それを想像すると、どうしても……」

震える声でエドガーが告げる。歯を食いしばって俯き、果てしない悔恨を口にする。

「……だが。今にして思えば、そうするべきだったのかもしれない。あの場で私が何も出来ずに死んだとしても、お前を救おうとした父の姿はお前の記憶に確と残っただろう。そういう父を持ったという誇りと共に、お前はこの先の人生を歩んでいけたのかもしれない。今のこんな酷い有様よりも、よほど上等な私の面影を胸に抱いて……」

違う、とオリバーが言おうとする。だが口が動かない。顔を上げたエドガーが手の甲で涙を拭い、無理やりに笑って息子を見やる。

「でもな、ノル。……言う資格はとっくの昔にない。けど、最期にこれだけは言わせてくれ。

父さんはな、この世の何よりも。……いや、他の何かと比べることなんて、ただの一度も考えなかったほど――」

言いながら、杖剣を自分の首に当てる。永遠に揺るがない一言を、その口が紡ぐ。

「――お前と母さんを。ずっとずっと、いちばんに愛しているよ」

全ての想いを込めた遺言と共に、エドガーは自ら首を断った。決して死に損なわぬよう、肉と骨を一息に。ふたつに分かたれた父の体が迸る鮮血と共に崩れ落ち、同時にオリバーを縛っていた呪文が解ける。

「――父、さ――」

呆然と駆け寄ろうとするオリバーを、グウィンとシャノンが左右から引き留める。

「触るな、ノル。……遺体を乱せば細工が難しくなる。違和感に気付く者が出るかもしれん」

「い、遺体？　違うよ。だって――あれは父さんだよ。ぼくがずっと大好きだった、ぼくのことをずっと一番に想ってくれていた――」

半ば錯乱したオリバーの言葉が宙を彷徨う。父の亡骸を見つめるその視界の端に、さっきまで曾祖父と打っていたチェスの盤が映る。頭に蘇った過日の光景が、そのまま口を突いて出る。

「――ぼくといっしょに、何度もチェスを、打ってくれた……」

オリバーの目から一筋の涙が零れる。その腕を掴むグウィンの手に力が籠もる。

「その父君の最期の願いが、お前を守ることだった。……頼む、ノル。……頼む……」

身を震わせながら懇願する。従兄と従姉に挟まれたまま、オリバーは目の前の光景をじっと見つめて――涙でぼやけていた視界と焦点が、やがて、はっきりと定まる。

「……今、分かった……」

ぽつりと呟く。グウィンとシャノンが、両脇から従弟の顔を覗き込む。

「……さっき父さんに訊かれたこと。母さんの仇を討って、母さんの悲願を果たして、その先にどうするのか。俺は、どうしたいのか……」

そう口にしたオリバーの体が芯から震える。今なら分かる。分かってしまう。――この光景は、きっと珍しいものではないのだと。無惨に責め殺された母の記憶と目前の光景を重ねて、彼はついにそれを理解する。

外にもきっと、同じものが溢れている。人の命を奪い、尊厳を貶め、心を踏み躙る――それを是とする理由が、魔法使いの営む世界にはいくらでも転がっている。だから彼らはそうする。魔道の探求という正しき道理をもってそれを行う。そして心は磨り潰される。目の前の出来事は、そうした無数の悲劇の中のほんのひとつに過ぎない。

だから、仇を討つだけでは終わらない。母の悲願を果たしてもきっとまだ足りない。もし、もう二度と誰も、そんな目に遭わせたくないというのなら。

「……世界を、優しくする。大きくは変えられないかもしれない。けど……それでも、今よりは少しだけ。こんな悲しい光景が、もうどこにも生まれないように……」

為すべきことを彼は知る。かつて信じたひとつの魔法を胸に。自分がこれから生涯を捧げて目指すその場所を、遥かに遠く霞む理想を——その口で、初めて言葉にする。

「——優しいものが、優しいままで、いられるように……！」

その瞬間を見届けたところで、デメトリオは記憶に沿った夢の進行を打ち切った。

「……経緯は把握した。もう、じゅうぶんだ」

苦渋に満ちた声で呟く。自分の行いを端緒として始まりながら、自分の知らぬところで歪に育った仇花。悲劇に慣れ切ったはずの男の心を、それが久しく強烈に掻き乱す。

「クロエ君をいたぶり殺したのは確かに我々だ。が——断じて本意ではない。このような悲傷の坩堝に、ひとりの人間を突き落とすことは」

意味のない釈明と知りながらも言わずにはいられなかった。……全てを見てしまったデメトリオには確信できる。自分が間接的に導いてしまったオリバー＝ホーンの生き方には救いがどこにもない。およそ実現し得ない理想を目指す過程で際限のない苦痛を刑罰として己に課す、そんな生涯が地獄以外の何だというのか。その歩みの先に悲嘆と絶望以外の何が待つと言うのか。

彼自身に罪はない。少なくとも今目にした記憶から測る限り、まだ幼かった彼に責任を問えるような出来事はあの中にひとつも存在しない。だが、彼はそれを背負ってしまった。周りの大人たちが、そして他ならぬ自分が背負わせてしまった。故に——どれほど歪な形であろうとも、その在り方を諭して変えられる立場にデメトリオはない。

だとすれば、と男は考える。彼の仇敵の立場から、せめて出来ることはと。

「もう終わりにしよう。……ここで私に勝とうと負けようと、いずれにせよ君の余命は長くない。

ならばせめて、私が穏やかな結末を与えてやる。苦痛にまみれたその人生が、せめて最期ぐらいは、君が喪った温かな平穏の中で終わるように——」

そう宣言して夢を操る。それが取るに足らない偽善だと、自分自身が誰よりも知りながら。

ふと気付くと。懐かしい森の家の中に、少年は座っていた。

「——え——？」

「——どうした？　ノル。石投げられた石蛇みたいな顔して」

隣から懐かしい声が響く。テーブルに肘を突いて掌に顔を載せ、自分をじっと見つめる母がそこにいる。

「……母さん……」

「うん、お前の母さんだよ。いつもお前の傍(そば)にいる。そんなの当たり前じゃないか。
――ははん。さては居眠りしてたな。私がいなくなる夢でも見てたのか？」

そんなものは杞憂(きゆう)とばかりにクロエが笑い飛ばす。そこに彼女とは反対側からチェス盤が差し出される。オリバーが振り向けば、父が穏やかな顔でそこにいる。

「悪い夢を見てしまったみたいだな、ノル。……ほら、こっちにおいで。嫌なことは忘れて、父さんと上品なチェスをしよう」

「ほーら来た。相手してやってよノル。さっき私に魔法チェスで八連敗食らってさ、いじけてるんだあいつ」

「いじけてはいない！　ただ、君の打つ手で気力を根こそぎにされただけだ！」

父と母のやり取りを呆然(ぼうぜん)と眺めるオリバー。ふと気付けば、グウィンとシャノンまでもがテーブルの対面に座っていた。どこまでも優しい瞳で、じっと従弟(おとうと)を見つめている。

「見てみたい、な。ノルがチェス、指すところ」

「あまりじろじろ見つめてやるな。それで集中が乱れる」

「……従兄(にい)さん、従姉(ねえ)さん……」

彼らと父母に促されるままオリバーがチェスを始める。だが、数手も立たないうちに駒を動かす手が止まる。心の奥で燻(くすぶ)る拭い難(がた)い焦燥が、彼を目の前の遊戯に集中させない。

「どうした、ノル。手が止まっているぞ」

「あれ、あんまり気が乗らない？　じゃあ趣向を変えようかな」

クロエがパチンと指を鳴らす。途端に、賑やかな声が窓の外から響いてくる。

「ほら、庭を見て。友達がたくさん遊びに来てるよ」

オリバーの見知った顔がいくつも窓の向こうに映る。クロエに背中を押されて玄関へと向かい、扉を抜けて、オリバーはふらふらとそちらへ歩いていく。

「……みんな……」

「おお、オリバー！　お邪魔してござるぞ！」

「お家の庭を借りてお茶会を開いていますの。あなたも嗜んでいかれるでしょう？」

ナナオとシェラが声を上げて手招きする。同じテーブルの反対側で、カティとガイが賑やかに言い争っている。

「あっ、こらガイ！　そのフィナンシェもうみっつめ！　ひとりふたつまでなのに！」

「うっせぇな、どうせ次々焼き上がってくんだろ！　そこの石窯でどんどん焼いてんだからよ！」

ガイが指さした石窯をオリバーも見る。そこで焼き菓子がどんどん出来上がっては下のバスケットに積まれていく。それをぼんやり眺めて立ち尽くす少年を横目に、読んでいた本から顔を上げてピートが呟く。

「……身内が騒がしいが、読書にはいい場所だ。木漏れ日の具合が丁度いい」

「駆けっことかくれんぼとお昼寝にもね！　いいところに住んでるなぁ、オリバー君！」

むしゃむしゃと焼き菓子を食べながらユーリィが声を上げる。瞬間、弾かれたように、オリバーの目がその姿に吸い寄せられる。

「……ユーリィ……」

「ん、ぼくの相手してくれるの？　嬉しいなぁ、他にもみんないるのに」

彼の笑顔に招かれるまま隣に座り、オリバーはそっと周りを見渡す。──家の中には大切な家族が、すぐそばの庭には大好きな友人たちが揃っている。彼の感想をユーリィが先取りする。

「こんな風に過ごせたら何も言うことはない。──そんな感じかな？　ここは」

「……ああ、その通りだ。幸せしかここにはない。見渡す限り、俺にとって優しいものだけで満たされている……」

否定の余地もなくオリバーが頷く。焼き菓子をごくんと呑み込んでユーリィが続ける。

「じゃあ、もうそれでいいんじゃないかな。ここで幸せなのに、わざわざ自分から辛い目に遭いに行くことなんてないよ。ただ温かくて、穏やかで、満たされている。……そういうのは嫌なのかな？　オリバーくんは」

じっと目を見つめてユーリィが尋ねる。返答に代えてオリバーが微笑み──同時に、ゆっくりと首を横に振る。

「嫌なわけがないさ。……ただ、俺には許されない」

「誰が言ったの？　それ。ご両親や友達じゃないよね。他には何だろ？　神様はこの世界にいなかったと思うけど」

「誰も言わないよ。ただ、俺自身がそう決めた。自分が幸せになる資格なんて俺にはない。この歩みはいつも、どんな時だって——誰かの幸せと隣り合わせの、俺の苦しみにだけ向いているべきだと」

　自ら思い定めたその在り方をそう語る。ユーリィが腕を組んでうーんと唸る。

「理に適ってないと思うなぁ。誰かを幸せにしたいのはぼくも分かる。でも、きみの苦しみは何のためにあるの？　それは何も産み出さないし、何にも繋がらない。まるきり意味がないじゃないか。オリバーくん自身をどこまでも不幸せにして、ただそれでおしまいだ」

　そう説得を試みながら、ユーリィの虚像を操るデメトリオが自分で呆れる。諭せる立場にはないと自覚しているのに、その歪みを前にするとどうしても放り置けない。村付きとして過ごす間に培った性分が、その頃と同じまま、間違った道を進んでいく子供を窘めようとする。

「意味はあるよ。……少なくとも、俺の中ではちゃんとある」

　オリバーが答える。どこまでも幸せな光景を、まるで遠い星のように眺めながら。

「これまでの人生で、ひどいことがたくさん起こった。本当に、本当にたくさん。その中には俺がこの手で起こしてしまったことも一杯ある。……もちろん、全ての原因が自分だったなんて己惚れてはいない。それらの多くの場合で、俺はただ無力だった。

でも——少なくとも、今はそうじゃない」

そう口にして、オリバーは自分の手を見つめる。これまでの戦いで多くの血と罪に汚れて、それでもまだ何かを掴もうとする欲深い手を。

「……拾い集めたいんだ。ひとつでも多く、砕けて散ってしまったものの欠片を。きっとその行いで何も蘇ったりはしない。でも——そうしないと、それらはずっと置き去りにされてしまう。あんなに悲しいことがあったのに、あんなに多くの人が泣いて苦しんだのに、誰にも思い出されない遠い過去になってしまう。それだけは、どうしても受け入れられない。

……だから、俺がずっと背負い続ける。あれら全ての出来事に対して、何か報いることが出来たと思える日が来るまで。その時に抱いた全ての痛みと苦しみ、罪と意識と一緒に……」

デメトリオも理解する。少年の中で、それら決して切り離せないものなのだと。感情が抜け落ちた記憶はただの記録だ。それでは彼がもっとも守りたいものが遺せない。即ち——その瞬間を必死に生きた、今はもういない人々の心が。そこから彼が受け取った多くの想いが。

オリバーの目が彼を見据える。全てを見透かすようなその視線に、思わず息を呑む。

「今の君なら分かるはずだ、ユーリィ。……楽か苦かは関係ない。その先で幸せになれるかどうかさえ本質的な問題じゃない。ただ——自分で選んだその道を、まっすぐ歩くことの誇り。あの決勝での戦いを通して。それは、君もまた見出したものじゃなかったか？」

問い返されたユーリィがぴたりと動きを止める。しばしの戸惑いを経てその瞳が澄み渡り、震える手が自分の胸にそっと触れる。

「……あぁ、そうだ。そうだよ。なんで――なんで今まで忘れていたんだろう。きみと同じだ。――ぼくだって、そうだったじゃないか」

夢から覚めたようにそう呟く。彼の納得を見て取って静かに頷き、オリバーが椅子から立ち上がる。

「分かってくれたみたいだな。……なら、そろそろ行くよ」

「……そうだね。じゃあ、ぼくも」

ユーリィも自然とその後に続く。賑やかな庭から外へと向かって歩き出す彼らの姿。それに気付いた友人たちが一斉に血相を変えて立ち上がる。

「な――お待ちなさいオリバー！　Mr.レイクも！」

「どこ行く気だ、オマエら！」

「なんでいなくなっちゃうの⁉　ガイの一発ギャグそんなにつまんなかった⁉」

「いや、そこは自分を疑えよ！　滑った回数は絶対おまえのが多いだろ！」

「早まられるなお二方！　お菓子、まだ沢山ござるぞー！」

後ろ髪を引く声にオリバーが苦笑する。思いのほか真に迫っていると感心する。足が鈍らないように心を固めていると、今度は家の中から家族までもが飛び出してくる。

「ノル……！」「待て、ノル！」

「行くな、ノル！　分かっているだろう！　そちらには苦しみしかない！」

シャノンとグウィン、そしてエドガーが口を揃えてオリバーを引き留める。その中からさらにひとり進み出て、クロエが息子へと呼びかける。

「ノル、ここにいなさい。お母さんとお父さんと、お従兄ちゃんとお従姉ちゃんと、たくさんのお友達と一緒に――ここでいつまでも、ずっと穏やかに幸せに過ごそう。

それだけでいい。他に求めるものなんて、人間には最初から何もないんだよ」

そこで初めて綻びが見て取れた。オリバーが振り向き、母の形をしたそれをまっすぐ見返す。

「その言葉はきっと正しい。けど――母さんだけは、決して言わない。クロエ＝ハルフォードはいつだってまだ見ぬものを追い求めた人だから。そこへ向かう人の意志とぶつかることはしても……彼らの想いそのものを否定することは、決してしなかった人だから」

クロエが言葉を失って口を閉ざす。彼女を含めたこの場の全てを見渡し、オリバーは微笑む。

「みんな、ありがとう。偽物でも温かかった。ひとときの幸せな夢を見られた。

でも――終わりにしよう。この場所は、俺には優しすぎる」

そう口にした瞬間から視界が暗くなり始める。闇の中に家が消え、庭が消え、家族と友人が消える。もう外を目指す必要もないと感じて、オリバーは手を自分の胸に当てる。

「待たせてすまなかった。……見捨てて去ったりしないよ。俺の罪をひとつ残らず抱えて持っていく。重さに膝が砕けて潰れても、折れた両腕で這うことになっても――」

方角だけは、決して見誤らない。たとえ歩むほどに遠ざかるとしても止まりはしない。この命ある限り、遥か遠くに霞む光へ進み続ける。自分は最期までそう在るだろう。あの日からずっと、それがオリバー＝ホーンの魔道なのだから。

腰の杖剣を抜き放つ。切っ先を胸に添える。ひとつ呼吸を置いて、それを一気に心臓まで突き通す。同時に呪文を唱えた。安らぎの夢から、苦難に満ちた現実へと己を押し戻す誓いを。

「――**生きて苦しめ！**」

鮮やかな痛みが胸を切り裂く。夢の地平を離れた意識が、その中を急速に浮かび上がる――。

「――[redacted]！」

デメトリオの口から呪文が紡がれると同時に、少年はその手を振り切って動き出した。

「――アアアアアアアアッ！」

一瞬の間もなく刃が奔る。それを反射的な後退で躱しながら、デメトリオは今なお状況を理解出来ないままでいる。「混乱で頭が働かない」という感覚に、久しく溺れている。

「――――？　――――？　――――!?」

焦燥が追い付き、思考が始まる。何が起こったのかを頭が理解し始める。原始呪文による少年の拘束を解いたのは他でもない自分自身。この場で解除手段は他に存在しないのだから当然とうに吸収したはずの分魂へと叫ぶ。肉体を失ってなお、友を助けんと動く己の一部へ。

「……融け残っていたというのか。お前が――私の中に、今なお……！」

だ。だが、それを望んで行ったのは彼であり彼でなく、

　壊れかけの五体を隅々まで満たす懐（なつ）かしい痛みと軋（きし）み。それで目覚めたと悟る。彼が知り得る中で最大の現実感（リアリティ）が、疑問の余地なくオリバー＝ホーンに苦界への帰還を告げている。よって再開する。一切の停滞なく中断されていた死闘へ身を投じる。戸惑いはない。彼の人生はそういうものだ。目指す場所は常に遠く霞（かす）み、為（な）すべきことはいつだって目の前に果てしなく列を成す。泡沫（うたかた）の夢に再演された記憶によって、それらは少年の中でいっそう確かな輪郭を得た。

　記憶の地平に累々と横たわる過去の死者たち。そこに混じる、ひときわ小さな嬰児（えいじ）の亡骸（なきがら）。在りし日の従姉（あね）の腕に抱かれたまま永遠に沈黙するそれが、何よりも大きな罪となって彼の歩みを宿命付ける。その罪科を刻んだ焼（や）き鏝（ごて）が絶えず背中を突き動かす。自らかくあれと願うその責め苦。己が立場に相応（ふさわ）しき地獄に身を置きながら。業火（ごうか）で焼け爛（ただ）れた胸の内に、少年は狂おしく慟哭（どうこく）する。

――娘よ。悪（あ）しき因果の渦中（かちゅう）にぽつりと宿り、ついに産声（うぶごえ）すら上げることのなかった死児よ。

身勝手は承知で希う。どうか――二度とこの父の下に生まれてくるな。次あらば決して、このような悪鬼の子に生まれつくな。

烏滸がましくも父に成ろうとしたあの日々――俺には、君のために考えた多くの名前があった。君にしてあげたかった沢山のことがあった。元気に育った君と手を繋いで歩く日を今でも繰り返し想い描く。君はどんな顔で笑ったのだろう。どんな瞳で俺を見たのだろう。その時に俺は、いったいどんな気持ちで君を見つめたのだろう。

何ひとつ、してやれなかった。どれひとつとして許される前に、君の存在は俺の手の中を滑り落ちた。だから――何もかも、ずっとここに在る。不出来な父として君に注ぐはずだった膨大な感情の束。不安と焦燥に焼かれながら君の誕生を待ったあの頃のまま。それは今も、この胸の内で巨大な熾火と化して燃え続けている。

――約束する。息絶える瞬間まで、それを抱え続けると。いつまでも君を想い続け、いつまでも君に詫び続け、いつまでも君に呪われ続けると。……それが贖いになるなんて少しも思わない。ただ――みっともなく足掻く俺の姿に、君が少しでも留飲を下げてくれたら救われる。

……そして、いつか。……あるかどうかも分からない、遠い遠い未来。

魂魄学が朧気に推し量るように。俺たちの魂が、本当に生死を越えて巡るというのなら。

その日のために、俺は戦う。再び生を受けた君が、今度こそ良き父の下に生まれつく時のために。そこで君が浮かべてくれる、俺には見られなかった笑顔のために。

その時——今より少しでも、世界が優しくなっているように——！

通常の呪文がそうであるように、原始呪文(オリジン)の効果範囲も呪文によってまた異なる。停止よりもその解除のほうが干渉に要する力が小さいため、効果範囲はデメトリオを中心とする極めて広い一帯に及んだ。即ち(すなわ)——そこで止まっていた全ての同志たちも、例外なく動き出す。

「——動け、シャノン！」

体の自由を取り戻したグウィンが最初にそう叫んだ。すぐさま詠唱妨害(スペルジャミング)での援護に戻ろうとするが、彼の愛用のヴィオラは先の戦いで瓦礫(がれき)に埋もれている。服の中に仕込んだ予備のバイオリンへ右手を伸ばしかけるが、その腕すら肘から先が失われていた。

「……チ……！」

その程度で何も諦めはしない。他の同志を呼んで治癒で傷口から肉を盛り上げ、機能する限界まで尺を伸ばしたところで、彼は左手に握った予備の弓を持ち手からそこへ突き刺す。即ち(すなわ)——腕と直接に、杖を繋げる。

「……ぐッ……！」

「グウィン——！」

兄の壮絶な所業にシャノンの顔が歪(ゆが)む。追加の呪文で肉を固めて弓を固定しながら、グウィンは彼女へ重ねて命じる。

「俺を見るな！　ノルを守れ！　あの子を援護しろッ！」

それが彼らの共有する絶対の意思。シャノンが彼から視線を振り切り、すでに展開した感覚領域での状況把握と呪文行使に集中する。何よりも優先するべきはオリバーの治癒。彼女の従弟(おとうと)は今なお魂魄融合(ソウルマージ)の最中にあり、祖種の血に由来する素養から広大な自己領域を持つ彼女の治癒がなければ、その肉体は速やかに崩壊へと突き進むのだ。

「……**繋がり治れ**(サナヴルネラ)……！」

シャノンの呪文が響く。彼ら兄妹(きょうだい)の覚悟を傍(かたわ)らで見て取り、ジャネットがにっと笑う。

「……ああ、そうさ。グウィン、あんたはそれでいい」

そう呟(つぶや)いた彼女がふたりの脇を駆け抜けて敵へと向かう。今なおそこにある、自分の仕事を果たすために。

「――**吹き荒べ烈風**(インペトウス)！　**焼き尽くせ焦熱**(フランマ)！　**踏みしだけ雷蹄**(トニトウルス)ッ！」

デメトリオによって一度は完全に制圧されたオリバーたち。しかし、その前と後では明白に状況が変わっていた。まずもって敵が原始呪文(オリジン)を使ってこない。迎撃に用いられるのは彼らも知る通常の呪文であり、いかにキンバリーの教師と言えどもその現象規模は大幅に落ちる。必然、これまでは通じなかった多くの手段が攻略に活きてくる。

「……ぐッ——！」

　無論、デメトリオは原始呪文を使わないのではない。使えないのだ。オリバーの夢を抜けた瞬間から彼の中に「無我」の成立を阻む異物がある。それが融け残った分魂であることは言うまでもない。「無我」が破綻すれば大いなる記録との接続は自ずと断たれ、その状態での認知及び世界観をベースとした原始呪文はどう足掻いても使えない。即ち——戦闘の序盤でオリバーが看破した通り、今や彼はひとりの魔法使いでしかない。

「**押し寄せよ氷雪！**——ッ⁉」

　通常呪文を駆使して同志たちの攻勢を迎え撃つデメトリオ。が、その脚を予期せぬ痛みが走った。彼の意識の死角を突いて低い位置を斬り抜けた隠形の少女・テレサ＝カルステの奇襲だ。肉を浅く抉るに留まったその一撃から、彼女は速やかに次の襲撃の準備へと移行する。

「やれ、ちっこいの！」「私たちが壁だッ！」

　小さなその体を覆い隠す形で魔法剣に長けた同志たちが前に出た。迷わず彼らを肉の壁としながらテレサが動き続ける。互いに躊躇いは一片もない。当然だ、どちらもこのために使うと決めた命なのだ。戦いの中で仲間の盾になって死ぬのは当たり前で、それは究極的に順番の違いでしかない。

「――――ッ！！！」

声なき咆哮を上げてテレサが駆ける。ずっと頭の中にあった雑念が今ばかりは綺麗に吹き飛んでいる。なぜなら悩む余地がない。君主に対する思い遣りと私欲の区別がどうあれ、今の彼女がやるべきことは「彼を守り」「敵を討つ」ただそれだけしかない。思考も行動も全てそこに注ぎ込めば、もはや他には何も要らない。

だから、想える。この瞬間だけは。あの人を愛しているのだと。自分の心の醜さとは関係なしに、彼女はそれを揺るぎなく想える。

「隠形の手練れ!? この期に及んで――**打ち据えよ雷鞭！**」

テレサに気を引かれた瞬間を狙って同志たちの呪文射撃がデメトリオを攻め立てる。その全てを足運びと呪文迎撃で凌ぎながら、男は異端狩りの現場で磨き抜いた観察眼でもって敵の切り崩しを図る。誰から倒すべきか、どこから狙うべきか。その解を求めた思考がやがて、位置関係においてわずかに孤立したひとりの男子生徒へと目を付ける。

「**抱き焦がせ炎熱！**」

躱し得ない距離から彼が放った呪文がその生徒を襲う。出力の差があるために対抗属性を用いようと迎撃は叶わない。これで確実にひとり減らした――そう判断しかけたデメトリオの思考が即座に訂正を強いられる。その生徒が両手を広げて呪文を迎え入れたからだ。

「――!?」

炎を受けた生徒の体が焼けていく。絶命までほんの数秒足らずのその瞬間に、彼女は灼熱の中で不敵な笑みを浮かべる。

「――やっと騙されてくれたね、先生――」

変化で男子生徒に偽装したカルメン＝アニェッリがそこにいた。デメトリオと彼女の間で殺害による経路が結ばれる。その忌むべき関係性を通して、カルメンが身の内に蓄えた呪詛が一斉にデメトリオへと流れ込む。

「……は、は……」

意識が途切れる刹那、彼女の頭にリヴァーモアへの感謝が浮かぶ。――彼のおかげだ。彼が自分の研究を完成させてくれたから、死霊術を次の段階へ進める成果を出してくれたから、自分はここで迷わず命を使い切ることが出来る。そちらの未来を彼に託して、ただ一介の呪者として敵を呪い尽くすことに殉じられる。

無論、小さな嫉妬もそこに混じる。だがそれも悪くはない。魔法使いが最期に抱く感情としては破格に人間らしい。故に――どこまでも満たされた面持ちで、カルメン＝アニェッリは炎の中に消えていった。

「……お……！」

デメトリオの体がずしりと重くなる。カルメンの遺した呪詛がその全身を絡め取っている。「無我」が健在の状態であれば広大な空間に散ったそれも、今のデメトリオでは対処に打てる手段がない。全て呑(の)み込んで戦い続けることだけが唯一の許された道だ。

「――ッ、**押し寄せよ氷雪(フリグス)！**　**焼き尽くせ焦熱(フランマ)！**　**踏みしだ[redacted]蹄――吹き荒べ烈風(インペトゥス)ッ！**」

男の中で秒刻みに余裕が削(そ)ぎ落されていく。が、それで思考を鈍らせたりはしないのが哲人と称された者の意地。まず二発の呪文を経て迫る生徒たちを牽制(けんせい)。彼らの意識が防御へ向いたその瞬間を狙って、詠唱妨害(スペルジャミング)に阻(はば)まれることを前提とした連続詠唱を敢行。

「――ッ！」

その狙いは、誰よりも三発目は無いと確信している相手。詠唱妨害の大元たるグウィンへと、デメトリオの風の呪文が曲射の軌道でもって襲い掛かる。杖(つえ)が向いた先とはまるで違う方向への攻撃であることも対応の遅れに拍車を掛けた。オリバーの治癒に集中しているシャノンにはとっさに迎撃できず、どう動いても躱(かわ)しきれない風の刃がグウィンへと押し寄せ、

「――**凝りて留まれ(フロイベーレ)！**」

その軌道上に立ちはだかる形でジャネットが割り込む。対抗属性をぶつけて威力を削(そ)ぐが、一部分ですら相殺(そうさい)はしきれない。彼女も最初からそれは承知。だから余りの分を体で引き受ける。一切の回避動作を取らなかった彼女を風の刃が斬り付け――その体を、胸から上と下で両断した。

「ジャネットッ！」

守られたグウィンが思わず名前を呼ぶ。胸から上だけで地面に仰向けに落ちたジャネットの

体。その両目がぎろりと動いて後ろの男を睨(にら)み、

「――どこ見てんだ馬鹿野郎！　あんたの従弟(おとうと)はあっちだろう！」

最後の力を振り絞った叱咤(しった)を叩(たた)き付ける。それが容赦なく、グウィンを我に返らせた。

「――済ま、ない」

すぐに治癒を行えば救命が間に合う。それは百も承知のまま、グウィンは彼女を残して敵へと前進する。詠唱妨害に集中する余り、他の同志たちとの距離が離れ過ぎていたのが今の窮地の原因だった。故に前に出なければならない。自分を守って倒れた相手を見殺しにして。

遠ざかるその背中を見送りながら、ジャネットははぁとため息を吐く。

「……ったく。最後まで、世話の焼ける……」

そうしてやっと力を抜く。――半分以下の体から呪文を放って敵を驚かせてやりたいが、さっき声を張り上げたことでその分は使い切った。もちろん後悔はない。彼女は嬉(うれ)しかった。彼が自分を呼んでくれたことが。その後でちゃんと自分を置いて行ってくれたことが。

「……長い片想(かたおも)いだったなぁ。……はは、かっこわる」

よそから見たら三文記事にもなりゃしない。そんなどこまでも彼女らしい思考を最後に――キンバリー第三新聞部部長・ジャネット＝ダウリングは静かに息を引き取った。

「――今日は夢について話そうか。みんな、将来は何になりたい？」

教え子の全員が揃った教室の中、いつもの教壇からデメトリオがそう尋ねる。途端に子供たちが次々と手を挙げて答え始める。

「わたし、街でお料理屋さんやりたい！」

「ボクは図書館で働いてみたい！　先生の部屋みたいに本がいっぱいあるところ！」

「たくさん畑増やして大農家――！」

各人各様の希望を主張する。それを聞いたフレットが、教室の中央ではんと鼻を鳴らす。

「みんな望みがちいせぇな。おれは違うぜ。ドーンと竜退治の箒乗りだ！」

「えー！　それは無理だよー！」「箒は魔法使いじゃないと乗れないじゃん！」

「これからなるかもしれねぇだろ！　毎日たくさん杖振ってんだぜ！」

憤然と反論するフレット。たちまち他の子供たちとの間で始まりかけた口論に、デメトリオが両手を上げて水を差す。

「はいはい、喧嘩しない。まだ授業中だよ。――マヤ、きみはどうだい？」

そうして最前列の少女へと目を向ける。微笑みを浮かべてマヤが言う。

「前にゆった。たくさん勉強して、せんせーのお手伝い」

変わらぬ答えにデメトリオの胸がぐっと詰まる。それを苦労して腹に落とし込んでから、彼は再び教え子たちに向き直る。

「……ありがとう。……うん、みんな、それぞれ色んな夢があって素晴らしい。どれもなれるとは保証してあげられないけど、本気で目指す時はどんどんぼくに相談してくれ。それも『村付き』の仕事だからね」

胸をこぶしで叩いてデメトリオが請け合う。――地方の子供たちに教育を施し、その将来の可能性を広げること。言わずと知れた「村付き」の役割を、彼は改めて強く自覚する。教え子たちが望む多くの未来に対して、自分はその架け橋とならねばならないのだと。

「今聞かせてくれたきみたちの夢。大変なものから難しいものまで色々だけど、少なくとも『他の星に行く』ぼくの夢と比べて見込みが薄いってことはない。……もちろん、壁に突き当たって挫折することもある。でも、覚えておいてくれ。その経験も決して無駄にならない。成功も失敗も、君たちが生きている限りは未来に活きるんだから」

デメトリオは伝える。これから多くの厳しい現実と向き合うであろう子供たちに、その中で共通して必要となる心構えを示す。転んでも立ち上がること。泣き止んだら前を向いて歩くこと。その繰り返しで人生は進む。魔法使いも普通人も、それだけはきっと変わらない。

「どうか恐れずに挑んで欲しい。約束するよ。力の及ぶ限り、ぼくもそれを応援する――」

守れなかった約束がある。

悠久の時を越えて変わらず、それが男の背中を押す。

「――シ――」

斬り込んできた敵の腕に杖を絡め、左手でその尖端を持つ。手首の関節から連鎖して肘と肩を極め、そのまま体重を乗せて相手の体を組み伏せる。自ら肩を外して脱出しようとした敵のうなじに杖の尖端を当て、そこから流し込んだ魔法で一息に絶命させる。

「――ッ――」

一瞬の出来事にオリバーが固唾を呑む。――魔法剣の技術ではない。それは杖術だ。杖剣文化が発生するより以前に護身法として伝えられた旧い技術。今では資料にその存在が記されるのみで誰も学ぼうとはしない、もはや化石じみた遠い昔の魔法使いたちの戦い方。

「……尽きせぬ重荷を、背負うのが……」

捻じ伏せた生徒の亡骸を置いて踏み出し、デメトリオが低い声で呟く。もとより決死の覚悟の同志たちが、それでもなお相手の圧に押されて攻めを鈍らせる。

「……この世でただ……自分だけだと……？」

鬼気を宿した男の瞳がオリバーを睨む。その口が震えを帯びて開き、

「――驕(おご)るな若造。……負ってきたぞ。

五百と六十七年――私はそれを負ってきたぞッ！！！！」

刻み付けるように叫ぶ。それに応えて、膨大な記憶がデメトリオの脳裏に溢(あふ)れ出(だ)す。

彼とて分かっている。――もう、誰も憶(おぼ)えてはいない。かつて山間にあった小さな村のことも、そこにあった素朴な人々の暮らしも。忙(せわ)しなく移ろうこの世界の中では、もはや誰ひとり顧みはしない。

だが、自分は憶(おぼ)えている。マヤ、フレット、ミスカ、ファムル、シュカ――自分を慕ってくれた全ての教え子たちの顔と名前を、彼らの口が語ったひとつひとつ異なる夢を、自分だけは永遠に憶(おぼ)えている。それを応援すると、力になると約束しながら、他でもない自らの手でその未来を奪い去った裏切りと共に。

今でも思い描く。自分に生を断たれなければ、あの子たちはどんな大人になったのだろう。夢を叶(かな)える子もいればそうでない子もいただろう。そのどちらの中にも子を成して親になる者がいただろう。そうやって生まれたはずの子供にはまた異なる未来があっただろう。その子供にも、そのまた子供にも、そこから脈々と続く遠い子孫にも。なのに――そうして連なる可能性の全てを、自分の過(あやま)ちが消し去った。

彼らの未来は無限だった。故に、それを奪った罪もまた無限だ。全てを贖(あがな)う術(すべ)などない。そんなものは決して有り得ない。だから無限に贖(あがな)い続ける。己の全てを使って世界を守ることで失った命に詫(わ)び続ける。この生が尽きるまで贖罪が終わることはない――。

「……ああ。知っているよ、先生」

オリバーが頷(うなず)く。余りにも馴染(なじ)み深い宿敵の在り方を、今ばかりは全(まった)き理解の中で見つめる。

……そう、彼もまた知っている。記憶を覗(のぞ)かれた時、分魂のユーリィを介して、相手の記憶もまたオリバーに流れ込んでいたから。

互いに大きな罪を負った。その贖(あがな)いに、彼は世界を守ろうとした。自分は世界を変えようとした。

差はたったそれだけ。この相手と自分の違いは、本当に、ただそれだけ。

「だから。――あなたの分も、俺が持っていく」

約束を告げ、地を蹴ったオリバーが敵へとひた走る。デメトリオもまた応じて構える。無我が崩れて大いなる記録(グランドレコード)との接続が断たれようと、未(いま)だ主客身分の境地への突入に支障はない。故に起こる事象はすでに約束済み。魔剣と魔剣、そのふたつの絶対のせめぎ合い。

確たる勝算はオリバーの中にない。だが予感がある。自分の魔剣の本質を思い出した今、この刃は相手に届き得ると大切な何かが囁(ささや)いている。その感覚を信じて剣の間合いへと踏み込む。一足一杖(いっそくいちじょう)への突入と同時に互いの魔剣が発動する。

――こっちだ、オリバー君。

信じたものが標(しるべ)をくれる。オリバーもそれを見据えて辿(たど)る。脇目も振らずその方向へ駆け抜

ける。多くの未来の中から、自分がもっとも苦しみ抜くだろうその道を。

——第五魔剣・『死せる胡蝶の夢（パピリオソムニア）』

彼我（ひが）が融（と）ける。回避はおろか認知すら不能、心持つ全てを原初の夢のうちに敗北せしめる寂（じゃく）滅（めつ）の一手。男が生涯を懸けて磨き抜いた心法淵源の極意がその牙を剝（む）く。

——第四魔剣・『奈落を渡る糸（アングスタヴィア）』

未来（いと）を摑（つか）む。対処はもとより抵抗すら不当、万の敗死に埋もれた一筋の正着を手繰り寄せる必滅の一刀。少年が人生そのものを捧（ささ）げて形にした因果背理の精髄が咆哮（ほうこう）する。

杖（つえ）と剣が斬り違った。互いに絶対の名を冠するそれが。

「————」

「…………」

背中を向け合ったまま、互いに沈黙する。まるで何も起きなかったかのように。斬り合いも、殺し合いも、彼らの間には最初から無かったかのように。

その静けさが。——ぽたりと、微かな音で破られる。

「…………」

デメトリオの足元が少しずつ真っ赤に染まっていく。断たれた胸から溢（あふ）れ出（だ）すその血潮で。脇から斬り込み心臓に達した傷より滴（したた）る、混じり気のない命の赤で。

「……捨てきれなかった私（おまえ）が、仇（あだ）か……」

ため息と共にそう呟き。男の体は、原野の中へとゆっくり崩れ落ちた。

決着の後。まだ息のある同志たちに手当てが施されるのを見届けた上で、オリバーは仇のもとへ足を運んだ。

「…………」

草地に倒れ伏したデメトリオの前で止まり、その体を無言で見下ろす。そうしていると、やがて男のほうから口を開く。

「……大した機転だ。あの土壇場で……私の中の、あれを狙うとは」

「……ユーリィが、俺を呼んだ。それが無ければ……

自らの勝因をそう告げる。——生死を分ける瀬戸際で、彼はデメトリオではなくユーリィを狙った。そこだけが「無我」の綻びだったからだ。

第五魔剣によって自他の境界が失われる中、それでもユーリィの存在だけは見失わなかった。それは同時に彼の魔剣の本質でもあったから。自らの手で友を殺すその未来、その選択によって自分が最も苦しみ抜く未来が、オリバーには他のどれよりもはっきりと見て取れた。

斃した敵の傍らに立ったままじっと動かない。否、動けない少年に、デメトリオがぽつりと問いかける。

「……どうした。拷問にかけないのか？　ダリウスにしたように……」

「分かっていて問うなッ！」

オリバーが叫ぶ。板挟みの感情に揺らぐ瞳で仇を見下ろす。

「……ずるい……！　ずるいぞ、あなたは……！　こんなふざけた話があるか……！　……ユーリィが！　あなたの中に、ユーリィがいる！　俺の友達がそこにいる！　何度も俺を救ってくれた友達が！　それを、それを、それをっ……！　痛めつけられるものか！　この手で拷問になど、かけられるものか……！」

その嗚咽を聞きながら、デメトリオが中空を見上げる。

「……そうか。……悪いことをした。盾に取ったつもりは、ないのだが」

およそ意味のない釈明と知りながら口にする。オリバーが涙を拭って相手を見下ろす。

「……拷問は、出来ない。だが、問いからまで逃れさせはしない。

——答えろ、デメトリオ＝アリスティディス。母への仕打ちについて説明しろ。……何を思い、何のために！　あなたはあんな真似をした！」

根本の問いを打ち付ける。デメトリオの視線がオリバーの顔を向く。

「……どう答えた？　前のふたりは……」

「……ダリウスから、まともな言葉は返らなかった。エンリコは踏み絵と述べた。母さんの魂を踏み躙る行為の共有と、そこから生まれる結束。それ自体が目的であったと……」

オリバーが答える。デメトリオが小さく息をつき、目を細める。

「……その向きは、確かにあった。だが——私個人の所感は、些か違う」

「…………」

「私はあれを、覚悟のために行った。……もう二度と、クロエ君の姿を思い出して縋らないために。彼女が唱えた未来の在り方に惹かれないために。あえて考えうる最悪の形で互いの関係を終わらせ——その暗い記憶でもって、クロエ＝ハルフォードという光に蓋をした。……私にはそれが必要だった。あの後も前を向き続けるために。己の足を鈍らせないために……」

堪らないやり切れなさがこみ上げて、オリバーがこぶしを握り締める。

「……出来なかったのか。母と共に、歩むことは……」

「それを考えなかったと言えば嘘になる。だが——私は結局、選ばなかった。余りにも無謀な博打に思えたからだ。彼女の描く未来像は種としてのヒトに期待し過ぎている。それが致命的に裏切られた場合の犠牲と秤に掛けて、私は今の形で世界を維持することを選んだ。眩しい夢を追うことではなく、暗い現実を守り続けることを……」

そこで一度声が途切れた。少しの間を置いて、デメトリオが言葉を続ける。

「勇気がなかったと言われれば、否定はしない。おそらくその通りだ。……しかし、これほど長く生きると分かってしまう。ひとつの光が指し示す方向に後先考えず舵を取る危うさを。それがもたらす希望と熱狂に、世界が丸ごと身を委ねてしまう恐ろしさを。

繰り言になるが。異端狩りの現場は、いつもそうだった。その類の悲劇で溢れ返っていた。……異界の『神』に心を奪われた異端たちとて、自ら望んで暗闇へ身を投げるわけではない。彼らは皆、自らが見出した光へ向かった先でそこへ転げ落ちるのだ。希望の大きさに反比例して末路は酷くなる。クロエ君の場合はその中でも最悪のケースに成り得ると私は思った。……故に、どうしても肩を並べることは出来なかった」

オリバーが沈黙する。取り繕った回答とは思わない。ユーリィを介して一度は心を繋いだ相手の、それが紛れもない本心だと知っている。

「私個人の立場から言えることはそれだけだ。……だがおそらく。君が最も知りたいのは、そこではあるまいな」

「…………」

オリバーが無言で肯定を示す。デメトリオが語り始める。

「なぜエスメラルダ君がクロエ君を裏切ったのか。――それについては、私にも完全な回答の持ち合わせはない。彼女が内心を語ったことはついぞなく、我々も強いてそれを問い詰めはしなかった。本人の働きだけで、同胞の証にはじゅうぶんだったからだ。

……あの夜以降、彼女は誰よりも魔法使いらしく世界を守り続けている。ともすれば私を含めた他の六人以上に強く、烈しく、頑なに。ひとつの呪いも同然にその責務を己に課している。心を覗かずとも、共に死線を潜ればそれは伝わる。……故に、私も彼女を信任した」

「…………」

「彼女の真意は窺い知れない。だが、事の経緯から予測出来たことはいくつかある。ひとつに――あの拷問はまずもって、エスメラルダ君自身が必要としたものということだ。これは動機の話ではない。望むと望まざるとに拘らず、彼女にはそれが必要だった。あるいは望まぬ心を捻じ伏せるほどに切実だった。その理由は、おそらく……」

「……魂魄吸収の段取りか」

自分の中にもあった推測をオリバーがそう述べる。デメトリオがかすかに頷く。

「私も同じ形で推察した。……彼女が魂を吸い上げるためには、おそらく対象の自我を崩壊させる必要があるのだ。君たちが扱う魂魄融合は、その根本として融かす魂の間に相性を問うものだろう。エスメラルダ君の場合はそこが違う。彼女は吸収の相手を選ばない。誰の魂であろうと構わず吸い取って我が物にする。裏を返せばそれは、相性の擦り合わせに代わる工程が別にあることを意味する」

妥当な推察だとオリバーも思った。魂の性質に謎は多くとも、そこには理がある。祖種とはまた別の形で魂へ干渉する吸血鬼の異能にも、それは等しく立ちはだかるはずなのだから。

「あの拷問はそれだった。私はそう考えている。自分でやらずに私たちに委ねたことも、そのように考えれば辻褄が合う。……今の君が私を拷問にかけられないように。我々に預けなければ、彼女には出来なかったのだ。クロエ君の人格を徹底的に砕いて踏み躙り、その魂を無防備な状態で曝け出させることが。自分に吸収できる状態まで、自らの手でそれを追い込むことが……」

オリバーが奥歯を嚙みしめる。――だとすれば、尚のこと解せない。自ら出来ぬことを他人に預けてまで、あの魔女はなぜそれを行った。いや、それ以前に何故ずっと母と共にいた。デメトリオと同様の理由で「世界を守る」道を選んだのなら、それまでクロエ＝ハルフォードと肩を並べて戦い続けた行動と整合性が取れない。これに限っては急に心変わりするような問題ではないはずだ。

「そこから先は全き暗闇の中だ。なぜ彼女がそこまでしてクロエ君の魂を欲したのか。なぜその力を用いて自ら世界を守る苦難を選んだのか。いずれも私の知り得るところではない。……故に、君の質問に対して答えられる内容も、これで全てだろう」

そう告げた上で、デメトリオはまっすぐオリバーを見つめる。

「ここから先は忠告になる。君の敵ではなく、ひとりの教師としての。……聞きたくなければそれでも構わん。今のうちに止めを刺せ」

少しの思案の後、オリバーは語るに任せた。もとより他になかった。男の中の友人を二度刺すことを――それが切実に求められない状況下で、彼にはもう選べなかった。

「――あの夜の魂魄吸収によって、エスメラルダ君はクロエ君の魂から力を得た。その事実は君もすでに知る通り。だが――それで終わりではない。そこから先の年月、同じ方法で彼女がどれほどの魔法使いから魂を奪ったか。その数を君は知っているか？」

　オリバーが首を横に振る。デメトリオがそこへ残酷な解を投げて寄越す。

「軽く百人を下らん。私が知るだけでその数だ。異端狩りの現場で相対した敵もいれば、彼女の在り方を嫌って対立した同僚、はたまた政敵として彼女に牙を剝いた者もいる。いずれにせよ結果は同じ。そうした連中をひとり残らず捻じ伏せ――斃した中から選り抜いた者たちの魂ばかりを、エスメラルダ君は悉く吸い上げてきた。……想像出来るか。その全てが、今や彼女の力として身の内にあるということが」

「……ッ……！」

「恒常的な頭痛はおそらくそれが原因だ。……疼くのだろうな、彼女の中で。意に反して吸収を強いられた数多の魂たちの無念が、今この瞬間も解放を求めて叫ぶのだろう。

　尋常の精神で耐えられるとは思えん。それだけで発狂して当然の状態だろう。だが――彼女は変わらない。奪い取った魂の力を数え切れず身の内に蓄え、それと同じだけの呪いを呑み込み続けながら、本人の人格にはあの夜から少しの変化もない。……私は恐ろしい。吸収で得た膨大な力よりも――あれで変わらないという事実そのものが、腹の底から悍ましい」

　畏怖に震える声でデメトリオが言う。同じ感情に震えかける体を必死で抑えるオリバーへ、男はなおも語り続ける。

「君が敵に回すのはそういう相手だ。……無論、君自身もまた、想像を絶する苦行を乗り越えて己を鍛え上げてきた。それは記憶を覗いてよく知っている。だが——その上で尚、君が手にし得たのはクロエ君ひとりの力のみ。それもほんのわずかな一端に過ぎない。

……どう抗うというのか。たったそれだけの力で、いったい何が出来るというのか。あの吸血鬼を相手に——君たちがどう、立ち向かえるというのか……」

その問いを前に、少しの沈黙を経てオリバーが口を開く。……たやすく絶望が答えとなる問いだと知っている。故に——難しく考えることは、あえてしない。

「……勝機は絶無だと。戦いを始める前に、まったく同じことをあなたは言った。ダリウスも、エンリコも、まったく同様に考えていたはずだ」

覆してきた、とは言わない。そう誇るには彼の側でも余りに多くの犠牲を払った。だから、

「——覆す。この先、何度でも。……俺に言えるのは、それだけだ」

決意を込めてオリバーが告げる。宣言というよりも、それは約束として。犠牲に捧げた多くの同志たちに対する誓いとして。

少年の右手が握りしめる杖剣を、デメトリオがじっと見やる。

「……懸けるか、その魔剣に。……そうなのだろうな」

そう口にした瞬間、彼の頭をふと記憶がよぎる。長らく思い出さずにいたはずの過去。心の奥底に封じていたはずの声が。

——絶対なんて言い張る奴は気に食わない。だから片っ端からぶちのめす。
——分かるかよ爺さん。それこそが、この魔剣の存在意義ってやつだ！

余りにも鮮やかに目に浮かぶ。不敵に笑う教え子の顔が。授業で数え切れず彼を困らせた問題児の、その態度とは裏腹な、どこまでも明け透けな笑顔が。

「……蓋が、緩んだか……」

苦笑に交えてそう呟く。閉め直そうとは思わなかった。頑なにそれを続ける意味も、敗れた今となってはすでにない。

「……話は終わりだ。語るべきことは、もう本当に、何もない。

……拷問をキャンセルした詫びだ。残り時間は少ないが……後は、こいつと好きに話せ」

そう告げたデメトリオのまぶたが閉じる。数秒の間を開けてそれが再び開くと——そこに宿る無邪気な光はもはや、オリバーの仇たる哲人のものではない。

「——あっ。オリバーくん！」

視界に友人を見つけて呼びかける。オリバーが呆然とそれを見つめる。

「……ユー、リィ……？」

「えっ？　あ——ごめん、もうちょっとだけ近付いてくれる？　目より先に耳が霞んじゃってさ。この距離だとよく聞こえないや！」

オリバーが即座に膝を突いて相手に寄り添う。何よりも真っ先に、謝罪が口を突く。

「──すまない。俺はさっき、君を──」

「ぼくを狙って斬ったんでしょ？　良かったたぁ、上手くいって！　もうあれしか思い付かなくて！」

あっけらかんとユーリィが言ってのける。少しの負の感情も伴わないその笑顔が、むしろ百万の罵倒よりもオリバーの胸を締め付ける。

「……なぜ……なぜ君はそうなんだ、ユーリィ。……詰ってくれ。頼むから恨み言のひとつも言ってくれ！　君は最後まで俺を助けてくれた！　なのに──なのに俺は、君を斬ったんだぞ……！」

堪え切れなかった涙が目から溢れる。それを見たユーリィが困り顔で眉を寄せる。

「ありゃりゃ、また泣いちゃった。うーん、困った。笑顔が見たいのになぁ……」

「……無茶を言うな……！」

堪え切れず嗚咽するオリバー。その様子を見て少し考えてから、ふと思いついたようにユーリィの視線が他を向く。

「──そうだ。ちょっと見て、オリバーくん。上、上」

「え……？」

視線で促されたオリバーが上空を見上げる。これまで控えめに雲が浮かぶ青空だったものが、急速な夕暮れを経て夜へと移り変わる。

「……あ……」

気が付けば、満点の星空がそこにあった。呆然と見上げるオリバーに、ユーリィはにっと笑ってみせる。

「すごいでしょ？　魔法加工はしてないって先生は言ったけど、空だけは違うんだよ。だって、そうじゃないとずっと暗いだけだもん。自然には昼と夜がないとさ。今はちょっとずるして日没を早くしちゃったけど」

そう言ったユーリィがいたずらっぽく舌を出す。そうして星を見つめたまま言う。

「ぼくを見てたら悲しくなるんでしょ？　だったら見なくていいよ。代わりに夜空を見よう。あの時みたいに、いっしょに隣に並んでさ」

指で涙を拭って、オリバーがその提案に頷いた。横たわるユーリィと並んで座り込み、彼もまた星空を見上げる。

「……綺麗だ、な……」

「うん。ぼくも、そう思う」

ユーリィがぽつりと応える。彼の中で決して変わらない憧れを、そこに込めて。

「だからずっと見上げた。だからずっと行きたかった。諦めて目を逸らしてからも、ずっとずっと。だから……こんなに経っても、ぼくが残り続けた」

ひとりの男の願いをそう語る。押し黙るオリバーの隣で、ひとつの星を見つけて、その口調が打って変わって明るくなる。

「あれは冥王の孤独(ヴァナトー)だね。……知ってる？　オリバー君。あそこには寂しがり屋の生き物がたくさんいるんだよ。ぼくときみが行ったらどんな顔するかな？」

「……驚いて飛び上がるだろうな。俺はともかく、君の賑(にぎ)やかさに」

「あはは、逃げられちゃうね！　じゃあ追っかけないと！」

「逆効果だよ、それは。慌てて追わず、むしろ座ってじっと待つんだ。そのうち向こうから気になって近付いてくる。そうやって少しずつ、少しずつ距離を縮めていって……」

苦笑してオリバーが受け応える。ふいに静かになったユーリィが、相手をまっすぐ見つめる。

「……きみは、逃げないでくれたね」

その言葉に、オリバーが思わず顔を逸(そ)らす。無意味な照れ隠しが口を突いて出る。

「……それを忘れるくらい胡散臭(うさんくさ)かったんだ。正直——少し怖かったぞ、あの時は」

「今はどう？　まだ怖い？」

「怖くないし、賑(にぎ)やかなのはもう諦めたよ。……今だって、ちっとも暗い場所にいる気がしない。君が傍(そば)にいると、いつも周りはお祭り騒ぎで……」

途中で言葉が途切れる。それ以上は声が震えそうで言えなかった。ユーリィが微笑(ほほえ)んだ。

「ごめんね、うるさくて。……また泣いちゃう？」

「……いや……」

かぶりを振って涙を押し戻し、オリバーは夜空に視線を戻す。ユーリィが目を細める。

「もう見えなくなってきちゃった。……オリバーくん。ちょっとだけ、君の目を貸して」

オリバーが頷いてユーリィの右手を握りしめる。意念の伝達は普通なら杖を介するものだが、すでに心を繋げた彼とはその必要もなかった。オリバーが見上げる夜空の光景が、その感動と共にユーリィの脳裏に映し出される。

「——ああ。……きみの目で見ても、こんなに綺麗なんだ……」

嬉しそうにそう呟く。その呼吸が少しずつ細く、弱くなっていく。

「……ねぇ、オリバーくん……。……ちゃんと……笑ってる……？」

「笑ってるよ。泣くわけないだろう。こんなに綺麗なものを見てるんだから」

声を強めてオリバーが言う。それが嘘ではないと信じる。涙は少しだけ出ているかもしれない。でも確かに、今自分は笑っているはずだと。彼の隣で笑えているはずだと。

「……良かった……。……ぼくと……おんなじ……」

心底安心したようにそう呟いて。それを最後に——ユーリィはもう、言葉を発さなかった。

——動員戦力三十二名。戦場、迷宮四層。
戦術目標達成。デメトリオ＝アリスティディス殺害。
作戦中の戦死者、同志十二名。
備考。——計測外の戦死者について補足。
友が、ひとり。

〈了〉

あとがき

こんにちは、宇野朴人(うのぼくと)です。……三年目、ついに終結と相成ります。

同じものを見上げ、美しさを分かち合った。そんな彼らの絆の、これが決着です。


三本目の柱を欠いたことで、キンバリーの内部は激しく動きます。一方、三年間を過ごし終えた生徒たちは、いよいよ上級生へと差し掛かる時期。新学期が始まる前にまとまった休みをもらえるタイミングでもあり、実家への帰省や研究旅行の予定を立てるにはうってつけの頃合いと言えます。剣花団の面々もまた例外ではありません。

束の間(つかのま)キンバリーを出て、彼らは広い世界を見ることになるでしょう。魔境での苛烈な経験を経た上で改めて向き合う「外」は、彼らの目にどのような色合いでもって映るのでしょうか。

あなたも道中お気を付けを。魔が潜むのは、何もキンバリーの中だけではないのですから。

◉宇野朴人著作リスト

「神と奴隷の誕生構文（シンタックス）I〜III」（電撃文庫）
「ねじ巻き精霊戦記　天鏡のアルデラミンI〜XIV」（同）
「七つの魔剣が支配するI〜X」（同）
「スメラギガタリ壱・弐」（メディアワークス文庫）

本書に対するご意見、ご感想をお寄せください。

ファンレターあて先
〒102-8177　東京都千代田区富士見2-13-3
電撃文庫編集部
「宇野朴人先生」係
「ミユキルリア先生」係

本書は書き下ろしです。

電撃文庫

七つの魔剣が支配するX

宇野朴人

2022年9月10日　初版発行

発行者　青柳昌行
発行　株式会社KADOKAWA
〒102-8177　東京都千代田区富士見2-13-3
0570-002-301（ナビダイヤル）
装丁者　荻窪裕司（META＋MANIERA）
印刷　株式会社暁印刷
製本　株式会社暁印刷

ISBN978-4-04-914531-1　C0193　Printed in Japan

電撃文庫　https://dengekibunko.jp/

電撃文庫創刊に際して

文庫は、我が国にとどまらず、世界の書籍の流れのなかで〝小さな巨人〟としての地位を築いてきた。古今東西の名著を、廉価で手に入りやすい形で提供してきたからこそ、人は文庫を自分の師として、また青春の想い出として、語りついできたのである。

その源を、文化的にはドイツのレクラム文庫に求めるにせよ、規模の上でイギリスのペンギンブックスに求めるにせよ、いま文庫は知識人の層の多様化に従って、ますますその意義を大きくしていると言ってよい。

文庫出版の意味するものは、激動の現代のみならず将来にわたって、大きくなることはあっても、小さくなることはないだろう。

「電撃文庫」は、そのように多様化した対象に応え、歴史に耐えうる作品を収録するのはもちろん、新しい世紀を迎えるにあたって、既成の枠をこえる新鮮で強烈なアイ・オープナーたりたい。

その特異さ故に、この存在は、かつて文庫がはじめて出版世界に登場したときと、同じ戸惑いを読書人に与えるかもしれない。

しかし、〈Changing Times,Changing Publishing〉時代は変わって、出版も変わる。時を重ねるなかで、精神の糧として、心の一隅を占めるものとして、次なる文化の担い手の若者たちに確かな評価を得られると信じて、ここに「電撃文庫」を出版する。

1993年6月10日
角川歴彦

第28回
電撃小説大賞
金賞
受賞作
エンド・オブ・アルカディア
死ぬことのない戦場で
死に続けた彼と彼女の、
邂逅と共鳴の物語！
蒼井祐人 【イラスト】──GreeN
Yuto Aoi
END OF ARCADIA
彼らは安く、強く、そして決して死なない。
究極の生命再生システム《アルカディア》が生んだのは、複体再生〈リスポーン〉を駆使して戦う１０代の兵士たち。戦場で死しては復活する、無敵の少年少女たちだった──。
電撃文庫

第28回電撃小説大賞
銀賞
受賞作
愛が、二人を引き裂いた。
BRUNHILD
竜殺しのブリュンヒルド
THE DRAGONSLAYER
東崎惟子
[絵] あおあそ
最新情報は作品特設サイトをCHECK!
https://dengekibunko.jp/special/ryugoroshi_brunhild/
電撃文庫

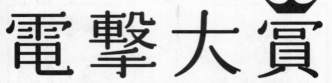